ALEXANDER SCHWARZ

DIE ENTDECKERIN
DER WELT

 aufbau taschenbuch

ALEXANDER SCHWARZ

DIE ENTDECKERIN DER WELT

ROMAN

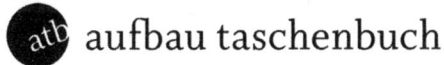

aufbau taschenbuch

MIX
Papier | Fördert
gute Waldnutzung
FSC® C083411

ISBN 978-3-7466-3881-2

Aufbau Taschenbuch ist eine Marke
der Aufbau Verlage GmbH & Co. KG

1. Auflage 2022
© Aufbau Verlage GmbH & Co. KG, Berlin 2022
Fotos © Alexander Schwarz
Satz Greiner & Reichel, Köln
Druck und Binden CPI books GmbH, Leck, Germany
Printed in Germany

www.aufbau-verlage.de

Teil 1

Amsterdam
1691–1699

KAPITEL 1

»Vorsichtig, passen Sie doch auf!« Maria Sibylla Merian stand an der Kade im friesischen Harlingen neben dem Pferdekarren, der sie und ihre beiden Töchter seit dem frühen Morgen von Wieuwert hierhergebracht hatte.

»Sie sollen die Kisten abladen, nicht einfach herunterpurzeln lassen.«

Der Kutscher brummte verärgert etwas Unverständliches.

»Wenn Sie den vereinbarten Betrag in Gänze wollen, dann sorgen Sie besser dafür, dass nichts kaputt geht.«

Schon am frühen Morgen waren Maria Sibylla und dieser griesgrämige Kutscher aneinandergeraten.

»So viel Gepäck nehme ich nicht mit«, hatte der lapidar gesagt, als sie von Schloss Waltha in Wieuwert aufbrechen wollten.

»Was soll das denn heißen?«, fragte Maria Sibylla. »Das sind unsere Sachen, und die gehen mit.«

»Aber nicht für den vereinbarten Preis.«

Maria Sibylla sah ein, dass sie mehr Gepäck bei sich hatten, als es normalerweise üblich war, und um die Sache abzukürzen, bot sie ihm gleich einen Betrag, den er wohl akzeptieren würde.

»Also gut, ich gebe Ihnen einen ganzen Gulden, aber damit hat es sich.«

Der Kutscher lächelte linkisch und murmelte etwas.

Maria Sibylla war froh, dass dieser Kerl noch nicht bemerkt hatte, wie schwer vor allem einige der Holztruhen waren, die sie hütete wie ihre Augäpfel. Sein leises Fluchen beim Anheben der Truhen ignorierte Maria Sibylla denn auch geflissentlich. Sie hielt es schlicht für unnötig, diesen ungehobelten Kutscher darüber aufzuklären, dass sich darin praktisch ihr ganzes Kapital befand, das ihr den Neuanfang in der großen Stadt ermöglichen sollte: einhundertdreißig Kupferplatten, die sie für ihre beiden ersten Bücher gestochen hatte, die Drucke auf Papier, die Malereien auf Pergament, ihre Malutensilien, ihre kleine Bibliothek und schließlich die Laden mit den lebenden Raupen, aufgespießten Schmetterlingen und allem weiteren Untersuchungsmaterial an getrockneten Pflanzen und präparierten Tieren.

Maria Sibylla schaute über das flache Weideland und atmete tief durch. Die sechs Jahre, in der sie abgeschottet in einem Schloss der pietistischen Labadistensekte ihr Leben gefristet hatte, waren endgültig vorbei. Sie sehnte sich regelrecht danach, endlich wieder in einer Stadt leben, sich wieder mit gebildeten und kunstinteressierten Leuten austauschen zu können. Amsterdam war nach London und Paris in den letzten Jahrzehnten in rasantem Tempo zur drittgrößten Stadt in ganz Europa herangewachsen. Vor allem dank der Schifffahrtshandelsrouten und der Vereenigde Ostindische und West-Indische Compagnien zog die Stadt Händler aus aller Herren Länder, aber auch Gelehrte und Künstler von Rang an. Hier, so dachte sich Maria Sibylla, würde ihre Arbeit auf Resonanz stoßen, hier würde sie für sich und ihre Töchter ein Auskommen erwirtschaften können, hier würde sie für das, was ihr so am Herzen lag, ein Publikum finden. In ihre Heimatstadt Frankfurt oder gar zu ihrem Mann nach Nürnberg wollte sie nicht zurück. Jetzt war es Zeit für ein neues Kapitel in ihrem Leben. Ihrem Plan, in Amsterdam erfolgreich arbeiten zu können und vielleicht gar zu etwas Ruhm und Ehre und einem bescheidenden Wohlstand zu kommen, schien nichts mehr im Wege zu stehen.

Den umständlichsten Teil ihrer Reise hatten sie hinter sich. Zwar hatten sie keine Möbel bei sich und waren ihre Habseligkeiten sowieso eher bescheiden, ihre Arbeitsutensilien dagegen waren nicht wenige. Das Aufladen ihres Gepäcks auf den Pferdekarren, das Abladen und das Beladen des Schiffs, das sie auf die andere Seite der Zuiderzee nach Nord-Holland brachte, hatte darum auch Zeit gekostet und ein breit gefächertes Sammelsurium an Flüchen und Verwünschungen des Kutschers hervorgebracht. Der Wind war lau, und so entschied sie sich, nur die kurze Überfahrt nach Hoorn zu machen und den Rest des Weges mit der Treckschute, einem dieser modernen geschlossenen Boote, die erstmals zum regelmäßigen Transport von Personen oder Gütern gedacht waren, zurückzulegen.

Gern hätte sie, endlich auf der holländischen Seite in Hoorn angekommen, in der kleinen Schänke *Het Onvolmaeckte Schip* gleich neben der Anlegestelle zur Erfrischung noch ein Glas Limonade mit ihren Töchtern getrunken, aber dafür blieb keine Zeit mehr. Der Treiber mahnte schon zur Eile. Er habe schließlich einen Fahrplan einzuhalten, sonst könne er seine Lizenz und damit seinen Broterwerb verlieren. Der Kutscher fluchte, aber es half nichts, an eine Pause war nicht zu denken. Die Holztruhen mussten so schnell wie möglich an Bord. Er werde jedenfalls seinem Pferd rechtzeitig die Zügel geben, meinte der Treiber.

Mit seinen großen Handflächen streichelte er über die Nüstern des Pferds, zog kräftig an seiner Pfeife und sah zu, dass alle Passagiere sicher an Bord gingen.

In der Zwischenzeit standen auch die Umzugstruhen der drei

Frauen um den hohen Mast auf dem Vordeck. Um diesen war das Tau gewickelt war, dessen anderes Ende am Zaumzeug des Pferdes befestigt war.

Sobald alle Passagiere unter Deck an den beiden langgezogenen, sich an den Längsseiten gegenüberliegenden Holzbänken Platz genommen hatten, spornte der Treiber sein Zugpferd an und begann, das Ross am Wasserweg entlang zu treideln. Der Schiffer sorgte am Ruder stehend dafür, dass die Treckschute nicht gegen das Ufer stieß, und der Treiber dafür, dass das Pferd auf dem parallel zum Kanal laufenden Leinpfad ruhig und stetig seinen Dienst verrichtete.

Sobald die Treckschute in Bewegung kam, wurde Maria Sibylla etwas ruhiger und setzte sich zu ihren Töchtern auf eine der Holzbänke unter Deck. Sie schaute sich um. Die Treckschute konnte bis zu dreißig Leute aufnehmen, sie war aber nur zur Hälfte gefüllt, was Maria Sibylla ganz recht war. Denn kaum saßen sie, begannen die männlichen Passagiere ihre Langpfeifen mit Tabak zu stopfen und sie ordentlich zu paffen. Die Luft war schnell geschwängert vom übelriechenden Tabakrauch. Die Frauen auf den Bänken begannen zu hüsteln. Doch das half nichts. Die ein oder andere Flasche machte die Runde, was zur Folge hatte, dass die Lautstärke, in der man sich unterhielt, zunahm.

Na, das kann ja was werden, dachte sich Maria Sibylla.

Die Fahrt von Hoorn in Noord-Holland bis zum Anlegeplatz Buiksloot im Norden Amsterdams dauerte gut fünf Stunden. Zum Glück war es ein schöner Sommertag. So konnten Maria Sibylla und ihre Töchter immer mal nach draußen an Deck gehen, um frische Luft zu schnappen.

Tatsächlich hielt es ihre dreizehnjährige Tochter Dorothea nicht lange in dem stickigen Innenraum aus.

»Ja, geh nur nach draußen und genieße die Sonne, meine Liebe«, sagte Maria Sibylla und wandte sich an ihre Älteste.

»Und Jacob holt uns an der Anlegestelle in Buiksloot auch sicher ab?«

In Maria Sibyllas Stimme klang noch immer Anspannung und Unsicherheit. Sie mochte es nicht, von anderen abhängig zu sein. Und auch wenn sie Jacob, den Verlobten ihrer ältesten Tochter, als zuverlässig kennengelernt hatte, ganz wohl war ihr bei dieser ganzen Unternehmung nicht. Außerdem wusste sie noch nicht, wo sie eine Wohnung finden würde. Zunächst würde sie mit Dorothea bei Johanna und ihrem Jacob einziehen. Eine hoffentlich vorläufige und vor allem kurzfristige Lösung. Sie wollte so schnell wie möglich ihr Atelier einrichten, so dass sie ihre Arbeit aufnehmen konnte. Außerdem wollte sie dem jungen Paar nicht auf die Füße treten.

Jacob war den Frauen vorangereist und hatte sich um eine Wohnung gekümmert. Er hatte auch für den Umzug der wenigen Möbel, die sie besaßen, gesorgt. Als Überseekaufmann hatte er, mit den richtigen Papieren und Empfehlungsschreiben ausgestattet, bei der West-Indische Compagnie schnell eine Anstellung in deren Amsterdamer Kontor erhalten.

Maria Sibylla versank in Gedanken. Nach all der Abgeschiedenheit in den letzten sechs Jahren würde eine solch große Stadt wie Amsterdam sicherlich nicht einfach werden, auch für Johanna und Dorothea nicht. Sie hätte schon viel früher aus Wieuwert weggehen sollen, gleich nach dem Tod ihrer Mutter. Was hatte sie nur so lange in dieser Sekte gehalten? Die Geborgenheit der Lebensgemeinschaft? Nun ja, die hatte sie teuer bezahlt. Wortwörtlich. Sie lachelte bitter. Erst hatte sie alle Besitztümer und ihr Geld abgeben müssen und dann nicht mal in ihrem eigenen Beruf arbeiten dürfen. Kunst sei eitel. Immerhin die naturkundlichen Arbeiten hatte sie fortsetzen dürfen. Maria Sibylla atmete hörbar aus. Jetzt würde ein neues Leben beginnen, und es galt, in Amsterdam Fuß zu fassen. Sie würde schon einen Weg finden.

Ihr wurde bewusst, dass sie zum ersten Mal in ihrem Leben auf sich selbst gestellt war. Von ihrem Mann hatte sie sich scheiden lassen, ein Leben mit ihm erschien ihr einfach nicht mehr möglich. Sie wollte nicht mehr daran denken, versuchte, ihre Erinnerungen auszulöschen, und war jedenfalls heilfroh, dass sie sich dafür entschieden hatte, Andreas zu verlassen.

Die Gemeinschaft der Labadisten machte ihre Scheidung in gewisser Weise auch einfacher. Sie fühlte sich dort aufgehoben, dafür war sie ihnen dankbar. Sich als Frau scheiden zu lassen, war noch immer ein Unding, und sie hätte wohl sowieso nicht nach Nürnberg zurückgehen können und aus Frankfurt wegziehen müssen, um soziale Ächtungen zu vermeiden. Da kam ihr der Umzug mit ihrer Mutter und ihren beiden Kindern nach Wieuwert gerade recht.

Von diesem Tag an musste sie für sich selbst und ihre Töchter aufkommen. Jedenfalls für die jüngste, Dorothea, die noch bei ihr wohnen würde. Johanna hatte ja ihren Jacob.

Der hatte ihr geschrieben, dass er für Johanna und sich eine kleine Wohnung an der Vijzelgracht gefunden habe und dass ihm zu Ohren gekommen sei, dass in der Straße um die Ecke wohl eine Wohnung zur Miete stand. Maria Sibylla konnte nur hoffen, dass er Recht behielt und dass sich die Wohnung auch als Atelier eignete. Sie freute sich, dass ihre Tochter einen solch aufmerksamen jungen Mann gefunden hatte.

»Ja, Mama, Jacob wird uns sicher abholen, das hat er fest zugesagt«, riss Johanna ihre Mutter aus ihren Gedanken. Sie freute sich sehr auf das Wiedersehen mit Jacob Hendrik Herolt, ihrem Jacob. Sie hatte ihn vor ein paar Jahren in Wieuwert kennen- und schließlich auch lieben gelernt. Noch vor ihrer Reise hatten sie sich verlobt. Nach dem Ritus der Labadisten waren die beiden sogar schon verheiratet, aber dies musste nach dem Aufgebot in Amsterdam erst auch noch von den hiesigen staatlichen Stellen bestätigt werden.

»Ich bin schon richtig gespannt auf die Wohnungen, die er für uns gefunden hat«, schwärmte Johanna. »Und es wäre doch ein Glück, wenn ihr tatsächlich etwas gleich um die Ecke bekommen könntet.«

»Ja, das würde uns so einiges an Mühe ersparen«, antwortete Maria Sibylla. »Und ich hoffe, dass wir genug Platz haben für meine Arbeitsmaterialien und die Druckpresse.«

Ihr fiel plötzlich auf, wie die anderen Passagiere sie musterten. Sie trug ein einfaches Kleid aus einem dunkelbraunen Leinenstoff, einen breiten weißen, gestärkten Kragen und eine kleine weiße Haube. Sie sah die Verwunderung der anderen, denn ihre einfache Kleidung stand im Kontrast zu ihren vorwitzigen, klaren und lebendigen Augen. Vor allem ihre Hände fielen auf. Sie waren schlank und fein, nicht die groben und von der Arbeit rauen Hände, wie sie bei einer – ihrer Kleidung nach zu urteilen – eher armen Frau erwartet wurden.

Maria Sibylla kümmerte sich nicht darum, was die anderen über sie und ihre Töchter dachten. Es machte ihr sogar heimlich Freude, die verdutzten Gesichter zu sehen. Sie wusste ja gar nicht, was man in Amsterdam trug. Und so musterte sie jetzt ihrerseits ihre Mitpassagiere.

Die Männer trugen meist Schuhe mit großen Schnallen an der Außenseite. Ihre Beine wurden bedeckt von langen Kniestrümpfen, die bis zu dunklen Kniehosen reichten. Dazu trugen sie ein manschettenloses Hemd, darüber einen Wams mit einer langen Knopfreihe und darüber wiederum einen weißen, mit Spitzen verzierten Kragen. Auf ihren Köpfen trugen sie entweder einen Dreispitz oder einen recht hohen Hut mit breiter Krempe.

Maria Sibylla schnappte immer wieder Fetzen von ihren Gesprächen auf, die sich um die abschwächende Wirtschaft drehten, darüber, dass immer weniger Schiffe immer weniger Waren aus den Kompanien mitbrachten. Dass es zu viele Kaper gäbe, die die bis unter den Bauch gefüllten Schiffe nur allzu gern ausraubten. Und natürlich auch, welche Geschäfte sie in Amsterdam zu tätigen gedachten.

Die Frauen an Deck der Trekschute verhielten sich leiser. Sie trugen allesamt bodenlange Kleider, darunter ein Hemd mit Puffärmeln, einen weiten, weißen Kragen und eine Haube.

Dorothea konnte ihre Augen kaum von einer Frau lassen, deren Kleidung aus feiner Wolle gewebt war. Vor allem die feinen Stickereien auf dem Stoff hatten es ihr angetan. Sie zupfte ihre Schwester, die sich in der Zwischenzeit wieder neben sie gesetzt hatte, aufgeregt am Ärmel.

»Schau mal da, diese Muster auf dem Kleid, sind die nicht wunderschön?«

»Ja, aber starr sie doch nicht so an, das gehört sich nicht, Dorothea«, ermahnte Johanna sie.

»Und der weiße Kragen, ganz aus Spitze gehäkelt.« Dorothea kam aus dem Staunen nicht mehr heraus. »So was möchte ich auch.«

Johanna beugte sich zu ihrer Schwester hinunter und flüsterte ihr ins Ohr: »Mir wäre die goldene Brosche mit der Perle, die den Kragen zusammenhält, noch viel lieber.« Sie kicherten.

Die Broschen der anderen waren nur aus Silber und Bernstein gefertigt. Immerhin, selbst solche Eitelkeiten hatte sich in Wieuwert niemand erlauben dürfen.

Als die Frau mit dem wollenen Umhang und der goldenen Brosche zu ihnen herübersah, drehten sie schnell ihre Köpfe in eine andere Richtung.

Sie sprachen Deutsch miteinander, waren aber sehr wohl auch der niederländischen Sprache mächtig.

»Fahren Sie zu Besuch nach Amsterdam?«, fragte ihre Sitznachbarin Maria Sibylla. Sie war schon etwas älter, hatte einen Korb auf ihrem Schoß und schaute sie mit freundlichen Augen an.

»Nein, wir möchten uns in Amsterdam niederlassen«, antwortete Maria Sibylla.

»Na, da sind Sie nicht die Einzige«, sagte die Frau. »So viele haben in den letzten Jahrzehnten ihr Glück in der Stadt gesucht.«

Maria Sibylla war nicht wirklich an einem Gespräch interessiert. Sie antwortete der alten Frau höflich, ermunterte sie aber auch nicht, weiter zu erzählen.

Ihre Gedanken kreisten vielmehr um ihre ersten Wochen in Amsterdam. Dorothea hielt es drinnen nicht lange aus und war schon wieder oben. Maria Sibylla nutzte die Gelegenheit, in Ruhe mit ihrer Ältesten zu reden. Sie drehte sich zu ihr um.

»Wenn wir in Amsterdam ankommen, wird sich unser Leben doch sehr verändern. Bist du dir dessen bewusst?« Sie schaute Johanna sorgenvoll an.

»Ja«, antwortete Johanna und lächelte, »ich werde mit Jacob eine Familie gründen.«

»Ja, das auch.« Die Sorgenfalten Maria Sibyllas wurden tiefer. »Vor allem meine ich aber, dass wir unseren Lebensunterhalt verdienen müssen. Ich werde wieder Malunterricht geben, wir werden neue Bücher malen und schreiben, und dafür müssen wir Raupen und Schmetterlinge fangen, Blumen finden, Farben mischen und insbesondere Leute kennenlernen, die uns gewogen sind. Die Zeiten, in denen – wenigstens was das betrifft – in Wieuwert für uns gesorgt wurde, sind ein für alle Mal vorbei.«

Johanna begriff so langsam die Sorgen der Mutter, beschloss aber, das Ganze von der sonnigen Seite zu sehen. Schließlich war Amsterdam eine große Chance, die sie nutzen wollte. Hier wollte sie nach dem Leben in Wieuwert, wo sie sich mit der Zeit doch immer mehr eingeschlossen gefühlt hatte, ein neues Leben in Freiheit beginnen, ihre Familie gründen und gemeinsam mit ihrer Mutter weiter Kunst betreiben und Malunterricht geben. Und sie war sich sicher, dass das auch für ihre Mutter galt. Warum sollten sie sonst dieses Wagnis eingehen?

»Du hast einiges von mir gelernt, Johanna, beim Zeichnen und Malen machst du eine gute Figur; du kannst kupferstechen, und das Präparieren von Schmetterlingen geht dir gut von der Hand. Du hast wirklich Talent«, lobte ihre Mutter, und ihre Gesichtszüge hellten sich etwas auf. »Aber deine Schwester steht erst am Anfang. Sie muss noch so viel lernen.«

»Ich glaube, auch sie hat Talent. Und sie ist ein sehr neugieriges Persönchen«, meinte Johanna.

»Ja, da hast du recht«, sagte Maria Sibylla lächelnd. »Neugierig und wissbegierig ist sie sicher. Wenn sie nur nicht so ungeduldig wäre.«

Sie schaute sich kurz um, doch die anderen Fahrgäste schienen vor allem mit sich selbst beschäftigt zu sein. Nach einer kurzen Pause wandte sie sich wieder an ihre Tochter.

»Ich habe nachgedacht, Johanna. Es wäre am besten, wenn wir anfangs alle unter demselben Namen arbeiten, meinem Namen. Damit würden wir sicherlich am besten Geld verdienen.«

»Deine beiden Bücher *Der Raupen wunderbare Verwandlung und sonderbare Blumen-nahrung* sind immer noch in aller Munde, sowohl bei Künstlern als auch bei den Naturwissenschaftlern und Gärtnern. Das haben wir sogar in Wieuwert noch mitbekommen«, sagte Johanna.

»Ja, der Ansatz war neu und ist noch immer einzigartig.« Maria Sibylla war immer noch stolz auf diese beiden Bücher. Ihre drei Blumenbücher, die sie noch in Nürnberg herausgebracht hatte, waren vor allem dazu gedacht, ihren Schülerinnen und Handwerkern Vorlagen an die Hand zu geben, die Blumen und Insekten abzumalen oder zu schnitzen. Und auch die beiden Raupen-Bücher – das zweite hatte sie verlegt, als sie zwischenzeitlich wieder in Frankfurt wohnte – richteten sich tatsächlich nicht nur an Künstler. Wissenschaftler und Naturkundige hatten ihre Arbeit als bahnbrechend gelobt, weil sie nicht wahllos Raupen und Schmetterlinge gemalt hatte, sondern diese in Verbindung mit den Blumen setzte, von denen sich die Raupen ernährten.

»Damit hast du dir wirklich Respekt verschafft«, sagte Johanna anerkennend.

»Meist signiere ich meine Blätter sowieso nicht. Aber ich glaube, wenn wir unsere Kunst signieren, sollten wir es alle unter meinem Namen machen. Dann verkaufen wir sie einfacher und besser. Das ist zwar etwas schade, schließlich sollt ihr beiden ja auch irgendwann mit eurer Kunst auf eigenen Beinen stehen, aber im Moment ist es vor allem wichtig, dass wir so schnell wie möglich Geld verdienen.« Maria Sibylla war sich nicht sicher, wie ihre Älteste diesen Vorschlag aufnehmen würde. Schließlich stand sie auf der Schwelle zur Selbstständigkeit, zumindest in ihrem Privatleben. Dass sie weiterhin zusammenarbeiten würden, war ihnen beiden klar, und so wollten sie es ja auch. Malkurse für andere Frauen geben, Farben mischen und verkaufen, das würden wahrscheinlich zunächst die Haupteinnahmequellen sein. Natürlich hoffte sie darauf, dass sie schnell Illustrations- oder Malaufträge bekamen. Und vor allem nach und nach immer mehr Zeit und die Freiheit dafür hatten, ihre Kunst frei auszuüben.

»Das ist schon in Ordnung«, meinte Johanna. »Damit kommen wir wahrscheinlich schneller auf einen grünen Zweig.«

Maria Sibylla war stolz auf ihre Tochter. Nicht nur auf ihr unübersehbares Maltalent, sondern auch auf ihren Charakter, darauf, wie erwachsen sie in der Zwischenzeit geworden war, wie sie sich selbstverständlich als Künstlerin sah.

»Dann nennen wir das Ganze einfach eine ›Jungfern-Compagnie‹«, scherzte Maria Sibylla jetzt fast heiter.

Johanna musste lachen. »Das klingt doch wunderbar«, stimmte sie ihrer Mutter zu. »Und so machen wir aus der vermeintlichen Schwäche gleich unsere Stärke. Angriff ist die beste Verteidigung.«

»Dann kann niemand auf den Gedanken einer Hierarchie kommen, wie sie die Bezeichnung ›Merian und Töchter‹ hätte. Das ist auch für die Zukunft ein guter Schritt.«

Johanna war überrascht. Sie wusste, dass ihre Mutter über ihre Kunst und ihre selbstständige Arbeit gründlich nachdachte. Aber dass sie sich schon um einen Namen Gedanken gemacht hatte, wo sie doch noch nicht einmal angekommen waren und die Arbeitsmöglichkeiten ausloten konnten, verwunderte sie. Es gab ihr aber auch ein Gefühl der Geborgenheit. Ihre Mutter hatte schon immer gut für ihre Töchter gesorgt. Nach der Scheidung von ihrem Vater vielleicht sogar noch mehr als zuvor. Johanna konnte sich noch gut daran erinnern, wie ihr Vater vor dem Eingangstor zu Schloss Waltha darum gebettelt hatte, eingelassen zu werden. Aber die Labadistenbrüder und ihre Mutter waren hart geblieben. Sie und Dorothea hatten geweint, ihre Mutter gebeten, ihren Vater doch zu ihnen zu lassen, aber alles Flehen hatte nichts geholfen. Seitdem hatten sie ihren Vater nicht mehr gesehen.

Sie wusste nicht, warum ihre Mutter ihren Vater verlassen hatte. Ja, ihr Vater konnte durchaus aufbrausend sein, aber sie kannte von Freundinnen noch ganz andere Erzählungen. Vielleicht war ja etwas zwischen ihren Eltern vorgefallen, von dem sie nichts wusste. Am wahrscheinlichsten schien es ihr aber, dass ihre Mutter genug davon hatte, immer nur als seine Frau wahrgenommen zu werden. Außerdem durfte sie in Nürnberg kein Mitglied einer Zunft werden. Immer stand sie im Schatten ihres Mannes. Dass die beiden sich immer weniger vertrugen, das hatte sie schon einige Zeit vor der Scheidung gespürt, und ihr war nicht entgangen, wie ihre Mutter aufblühte, als sie mit ihr und Dorothea allein bei ihrer Großmutter in Frankfurt wohnte. Das machte ihr deutlich, dass das ein oder andere geschehen sein musste. Aber ihre Mutter lehnte jedes Gespräch darüber unwirsch ab. Johanna hatte ihren Vater nicht mehr gesehen, seit er in Wieuwert aufgetaucht war und erfolglos darum gebeten hatte, eingelassen zu werden. Die Frage blieb eine offene Wunde in Johannas Herzen.

»Na, dann fange ich so schnell wie möglich an, Dorothea das Zeichnen und Illustrieren beizubringen.« Maria Sibyllas Worte brachten Johanna wieder zurück ins Hier und Jetzt.

»Schaut mal!« Dorothea platzte von draußen herein. »Da vorne stehen ganz viele Häuser.«

Maria Sibylla und Johanna standen auf, gingen die paar Stufen an Deck und erblickten zum ersten Mal die Stadt am Horizont, die ihre neue Heimat werden sollte: Amsterdam.

❧ KAPITEL 2 ❧

Als sie in Buiksloot, dem trockengelegten Moor nördlich von Amsterdam ankamen, stand Jacob Hendrik Herolt mit einem breiten Karren bereit. Wieder wurden alle Gepäckstücke umgeladen, wieder stöhnten die Arbeiter beim Hochheben der schweren Kisten und wunderten sich über den Inhalt, und wieder ließ Maria Sibylla Merian sie im Dunkeln darüber, was sich in den Kisten befand.

Jacob war ein stattlicher Mann Anfang dreißig. Johanna hatte sich in diesen hübschen Kerl mit seinen gleichmäßigen Gesichtszügen und seiner offenen und ehrlichen Art Hals über Kopf verliebt, als sie vor sechs Jahren ins niederländisch-friesische Wieuwert gezogen waren. Heimlich zunächst, aber als sie spürte, dass er ihre Gefühle erwiderte, wurden die beiden schließlich ein Paar.

Maria Sibylla war anfangs nicht so angetan gewesen von den Geschichten, die ihre Tochter mit roten Wangen und voll Inbrunst über diesen jungen Kerl erzählte. Als sie ihn aber besser kennenlernte, wuchsen ihr Vertrauen und ihre Zuneigung zu ihm. Es stellte sich heraus, dass er sich als Händler gut machte und sich liebevoll um ihre Tochter kümmerte. Sie hoffte für Johanna, dass dies auch so bliebe, schließlich hatte sie selbst mit der Zeit andere, schmerzhafte Erfahrungen machen müssen.

»So, alles ist auf dem Karren verstaut. Bitte höflichst aufzusteigen, meine Damen«, rief Jacob, den Staub von seinem Überrock abklopfend. Er lächelte, als er den dreien hinaufhalf. Sie mussten sich mit einem offenen Karren zufriedengeben. Da saß man zwar eher ungemütlich direkt auf den groben Holzbalken unter freiem Himmel, eine Kutsche aber hätten sie sich einfach nicht leisten können. Die war den wenigen Auserwählten mit einem gut gefüllten Geldbeutel vorbehalten.

Johanna bestieg als Letzte den Karren. Jacob lächelte, seine Augen musterten sie liebevoll, und die beiden deuteten einen flüchtigen Kuss an.

Jacob fragte, ob sie gleich etwas von der Stadt sehen wollten, aber die drei waren erschöpft von der langen Reise und wollten nur noch schlafen. Also wies Jacob den Kutscher an, auf dem kürzesten Weg zur Vijzelgracht zu fahren, wo er eine kleine Wohnung auf der zweiten Etage gefunden und angemietet hatte.

KAPITEL 3

Jacob hatte nicht zu viel versprochen. Die Wohnung, die er für Maria Sibylla und Dorothea gefunden hatte, war zwar nicht sehr groß, aber sie würden gut darin leben und arbeiten können.

Maria Sibylla fiel auf, dass alle Häuser hier im Viertel neu gebaut waren. Die Stadt hatte großartige Pläne entwickelt, in der Erwartung, dass der Bevölkerungszuwachs – wie er sich zu Anfang des Jahrhunderts entwickelt hatte – anhalten würde. Der angefangene Halbbogen der großen Grachten sollte auch im östlichen Teil der Stadt weitergeführt und bis zum nördlichen Meeresarm hin geschlossen werden. Dafür mussten alte Stadtmauern und Wehre ab- und neue wieder aufgebaut werden. Die Stadtverwaltung wollte den Patriziern und Neureichen der Stadt dabei Baugrund offerieren. Doch der Bevölkerungszuwachs ließ auf sich warten, und so waren noch immer nicht alle teuren Bauplätze verkauft. Manche versuchten, auch mit den ursprünglich als Kutschhäuser gedachten Gebäuden etwas Geld zu verdienen, indem sie sie vermieteten. Da diese einen eigenen Eingang hatten, brauchte man sich nicht mit den Mietern abzufinden. Außerdem hatte man so keinen Verkehr etwaiger ungewollter Kreaturen unter Stand an der Vorderfront der Gracht zu befürchten. Einige der Parzellen an der Kerkstraat waren von vornherein als Ladengeschäfte und kleinere Handwerksbetriebe gedacht.

Vor solch einem stand Maria Sibylla Merian mit ihren Töchtern und Jacob nun.

»Das wird also unser neues Zuhause?«, fragte Dorothea und schaute an der weiß gestrichenen Fassade hoch. Das Haus war aus dem für Amsterdam so typischen roten Backstein gemetzelt.

»Ja«, sagte Jacob fröhlich. »Die ersten beiden Etagen jedenfalls. Die oberen Stockwerke sind an jemand anderen vermietet.«

»Na, dann lasst uns erst mal hineingehen und unser neues Reich inspizieren«, schlug Maria Sibylla vor.

»Nach dir, verehrte Maria Sibylla«, sagte Jacob und streckte einladend seinen rechten Arm zur Eingangstür hin aus.

Sie gingen die drei Stufen nach oben. Maria Sibylla holte tief Luft. Ihr war bewusst, dass hier ein neues Leben für sie begann. Ein Leben voller Ungewissheiten in einer fremden Umgebung, in der sie noch niemanden kannte und in der sie sich von Anfang an behaupten musste. Sie musste es unbedingt schaffen, wenigstens Dorothea und sich durchzubekommen; und alles, was ihr hierfür zur Verfügung stand, waren ihr Talent als Künstlerin, ihre alten Kupferstiche und Bücher und was sie Neues würde schaffen können. Aber würde das genug sein? War ihre Kunst in dieser Stadt überhaupt gefragt? Wie sollte sie die richtigen Leute kennenlernen?

Diese Gedanken schossen ihr durch den Kopf, und für einen Moment war sie sich nicht mehr so sicher, ob sie mit dem Umzug nach Amsterdam die richtige Entscheidung getroffen hatte. Doch sie wusste, in Wieuwert zu bleiben, wäre unmöglich gewesen. Der Aufenthalt bei den Labadisten schränkte ihr Leben auf Dauer viel zu sehr ein.

Maria Sibylla fasste sich wieder, schob diese Dämonen zur Seite, drückte ihren Rücken durch und öffnete die linke der beiden Turen. Die Vorderseite des Hauses bestand aus einer großen Glasfront mit kleinen, viereckigen Gläsern, jeweils einfasst in einen feinmaschigen, rautenförmigen Rahmen aus hell gestrichenem Holz.

»Dieses Haus war eigentlich als Ladenwohnung gedacht, darum die Glasfront und die hohe Decke über zwei Stockwerke«, sagte Jacob. »Aber ihr braucht ja viel Licht zum Arbeiten.«

Der vordere Raum zur Straße hin erstreckte sich über die gesamte Breite des Hauses und war sonnendurchflutet.

»Die Druckpresse stellen wir hier vorne ans Fenster«, richtete Maria Sibylla den Raum sogleich in Gedanken ein. »Die Schränke mit den Kupferplatten, das Papier und Pergament und alle Utensilien zum Drucken stellen wir links und rechts etwas dahinter.«

Maria Sibylla öffnete zwei Schiebetüren und betrat den hinteren Teil des Raumes, der nur noch halb so hoch war wie der vordere Bereich.

»Die Kabinette mit den Sammlungen bringen wir hier nach hinten«, rief sie den anderen zu, die noch im großen Zimmer standen.

Am Ende des Raums befand sich die Feuerstelle. Dort konnten sie einen Tisch und Stühle hinstellen. Eine schmale Tür ermöglichte den Zugang zum Innenhof.

»Da wir bisher noch gar keine Druckerpresse haben, wäre es geschickt, wir würden unsere Arbeitstische vor die Fensterfront stellen.«

Maria Sibylla verharrte einen Moment, schloss die Augen und atmete tief ein.

»Das Holz riecht noch so frisch«, stellte sie fest.

»Das ist kein Wunder«, sagte Johanna, »das Haus ist ja auch fast neu.«

Erst jetzt fiel ihnen auf, dass sich über den Flügeltüren nach hinten ein weiteres Zimmer befand. Darum war der hintere Teil des Hauses also nicht so hoch. Eine steile Treppe mit schmalen

Stufen führte hinauf. Maria Sibylla stieg die Stufen nach oben, die anderen folgten ihr.

»Die ist ja wirklich steil«, staunte Dorothea.

»Hier in der Stadt geht man mit dem Platz in den Häusern sehr sparsam um. Deshalb sind die Treppen fast überall ziemlich eng und steil«, sagte Jacob.

»Wir werden uns daran gewöhnen«, rief Maria Sibylla von oben.

»Hoffentlich bevor eine von uns mit dem Hintern zuerst unten wieder ankommt«, sagte Dorothea lachend.

»Also wirklich, ich muss doch schon bitten«, sagte Maria Sibylla, musste insgeheim aber schmunzeln.

Die Vorderseite dieses Raumes war ebenfalls mit Glasrauten über die gesamte Front bestückt.

»Herzlichen Dank, Jacob, für deine Mühen. Diese Wohnung hat alles, was wir zum Leben und Arbeiten brauchen. Und ich bin wirklich froh über die großen Fenster«, sagte Maria Sibylla.

»Praktisch ist, dass wir um die Ecke wohnen und ich keinen langen Weg zur Arbeit habe«, sagte Johanna.

»Na dann.« Maria Sibylla klatschte zufrieden in die Hände. »Hoffen wir, dass wir hier tatsächlich bald einziehen und uns einrichten können.«

KAPITEL 4

»Da steht jemand vor unserer Haustür!«

Dorothea nahm ihre Haube, die sie neben sich auf den Arbeitstisch gelegt hatte, strich sich ihre Haare nach hinten und setzte die weiße Haube auf. Maria Sibylla stand auf und richtete ihr Kleid.

»Wer will uns denn besuchen?«, fragte sich Johanna. Sie waren erst seit ein paar Tagen eingezogen und hatten noch keine Bekanntschaften gemacht. Freundlicherweise hatte ihnen der Hauseigentümer gestattet, die Wohnung schon im Voraus zu beziehen. Jacob hatte sich für sie verbürgt, und der Vermieter schien ein gutgläubiger Mann zu sein.

Sie hatten die Zeit genutzt, um Kabinette einzurichten und alle Arbeitsutensilien an ihren Platz zu stellen.

Maria Sibylla schaute sich kurz um, ob es auch nicht mehr allzu unordentlich aussah, strich mit ihren Händen über die Haube und gab dann ihrer jüngsten Tochter ein Zeichen, die Tür zu öffnen.

Ein schlanker Herr trat mit forschem Schritt ein. Er deutete ein kurzes Nicken an und begrüßte Maria Sibylla mit einer Verbeugung. Maria Sibylla erwiderte seine Begrüßung mit einem Knicks.

»Guten Tag, gnädige Frau. Bitte entschuldigen Sie, dass ich so impertinent bin, einfach so bei Ihnen anzuklopfen. Simon Schijnvoet der Name. Gehe ich richtig in der Annahme, dass Sie Maria Sibylla Merian aus Frankfurt sind? Mir wurde zugetragen, dass Sie vor ein paar Tagen in unsere schöne Stadt gezogen sind, und wie es der Zufall so will, wohl genau in die Straße, in der auch ich wohne.«

»Aber bitte, kommen Sie doch herein.« Sie trat einen Schritt zur Seite. »Ja, ich bin Maria Sibylla Merian. Was verschafft mir die Ehre Ihres Besuchs?«

Sie musterte den Besucher aufmerksam. Er trug eine lange Perücke und hatte gleichmäßige Gesichtszüge. Seine großen Augen mit dem warmen Blick zogen ihre Aufmerksamkeit auf sich. Den dunkelgrünen Überrock trug er, ebenso wie das weiße Hemd darunter, ein ganzes Stück weit offen. Seine Hände wirkten kräftig, obwohl seine Finger schmal waren. Vor allem aber fiel Maria Sibylla auf, wie gepflegt sie waren.

»Nun, Ihr guter Ruf eilt Ihnen voraus, mevrouw Merian. Wie ich höre, haben Sie ein paar Jahre nicht mehr gemalt, und ich hoffe, dass Sie diese Tätigkeit hier in Amsterdam wieder aufnehmen werden?«

»Verehrter Herr, Ihr seid zu gütig.« Maria Sibylla errötete bei so viel unerwartetem Lob leicht. Die Situation war ihr etwas peinlich. Sie neigte ihren Kopf zur Seite, hob die Augenbraue und schaute Simon Schijnvoet vorsichtig lächelnd an. Sie wusste noch nicht so recht, was sie von diesem Schijnvoet halten sollte.

»Außerdem scheinen Sie ja gut informiert zu sein. Genau das habe ich vor«, bestätigte Maria Sibylla. »Zu unterrichten, Farben herzustellen und zu verkaufen, überhaupt alle Materialien, die zum Malen nötig sind, anzubieten und selbstverständlich auch wieder selbst ins Kupfer zu stechen, zu illustrieren und zu malen.«

Simon Schijnvoet schien sich darüber zu freuen. Er machte den Eindruck, als könnte er es kaum glauben, dieser bekannten Künstlerin in ihrem eigenen Atelier gegenüberzustehen.

Maria Sibylla fuhr fort: »Und seien Sie versichert, ich habe in den letzten Jahren auch nicht stillgestanden. Zusammen mit meinen Töchtern habe ich meine Kunst weiterentwickelt, meine Beobachtungen und Studien vorangetrieben. Ich nehme an, Sie kennen meine Bücher zur Entwicklung der Raupen?«

Sie wollte ihn testen, diesen Kerl, der so ganz ohne Vorankündigung bei ihr hereingeplatzt war. Wollte ihn aus der Reserve locken und wissen, wer er eigentlich war.

»Aber selbstverständlich, Frau Merian!«, sagte Simon Schijnvoet. »Wie ich ja schon sagte, Ihr Ruf eilt Ihnen voraus. Und ich darf hinzufügen, dass ich ein großer Bewunderer Ihrer Kunst bin. Umso glücklicher preise ich mich, heute Ihre Bekanntschaft machen zu dürfen.« Wieder verbeugte er sich kurz.

»Da Sie neu sind in der Stadt, darf ich davon ausgehen, dass Sie noch nicht viele Leute kennen?« Um ihr die vielleicht peinliche Antwort zu ersparen, fuhr er ohne eine solche abzuwarten fort: »Es wäre mir eine große Ehre, Sie mit ein paar meiner Freunde bekannt zu machen.«

Das klang nur allzu verlockend, doch noch immer wusste Maria Sibylla nicht genau, wer dieser Herr war. Zugegeben, er sah gut aus und hatte eine angenehme Ausstrahlung. Es schien ihr fast, als wären seine Intentionen aufrichtig.

Zu oft aber war es schon geschehen, dass sie enttäuscht wurde. Ihre gescheiterte Ehe war ihr Mahnung genug. Aber auch in geschäftlicher Hinsicht war es ihr immer wieder passiert, dass Männer ihr so lange geschmeidig daherkamen, wie es für sie von Nutzen war. Sobald sie hatten, was sie wollten, booteten sie sie einfach aus. Wenn Männer bei ihren Geschäften allein sein wollten, hatte eine Frau auf einmal keinen Platz mehr.

»Nun, werter Herr Schijnvoet, Ihr Angebot ehrt mich. Es würde mich aber noch mehr ehren, wenn ich wüsste, wer dieser edle Herr, der so überraschend in meinem bescheidenen Atelier aufgetaucht ist, denn eigentlich ist und wem er mich vorstellen möchte.«

»Ich bitte meine Unhöflichkeit zu entschuldigen. Ich kann schließlich nicht erwarten, dass Sie, gerade erst hier angekommen, wissen können, wer ich bin. Ich bin Architekt und Bildhauer, gestalte aber auch Gärten. Ich habe zwar keines dieser Fächer gelernt, aber mir einige Kenntnis und Kunstfertigkeit in diesen Disziplinen erworben, und so habe ich die Ehre, für wohlangesehene Herrschaften und Städte zu arbeiten. Außerdem bin ich Adjutant des Gerichts und sammle leidenschaftlich gern, und da bin ich nicht der Einzige hier in der Stadt.«

»Und was, wenn ich fragen darf, sammeln Sie?«

Maria Sibylla hatte schon eine Vermutung, worum es ging. Sie hatte bereits in Wieuwert gehört, dass es in Amsterdam bei den Reichen und Wichtigen und solchen, die sich gerne dafür hielten, Mode sei, alle möglichen Naturalien, sowohl Pflanzen als auch Tiere zu sammeln. Vor allem über die holländischen Handelsstützpunkte und Kolonien aus den Überseegebieten kam so manches teuer bezahlte Exponat in die Stadt. Konnte man seltene Ausstellungsstücke vorweisen, wurde man mit einem Besuch der Reichen und Einflussreichen beehrt und durfte sich in dem Glauben wähnen, auch dazuzugehören. Maria Sibylla hasste dieses Gebauchpinsel, diese vorgetäuschten Freundschaften, die nichts wert waren, sobald der andere nicht mehr von einem profitieren konnte. Auf der anderen Seite wusste sie, dass sie sich in diesen Kreisen bewegen musste – äußerst behutsam, vor allem als Frau zwischen lauter Männern –, um überhaupt eine Chance zu haben, ihre Kunst verkaufen und sich in dieser sich so schnell entwickelnden Stadt zu behaupten.

Ihr war bewusst, dass sie mit dem Zeichnen von Raupen und Schmetterlingen auf gewisse Weise in das Beuteschema dieser Sammler passte. Diese Sammler wiederum besaßen unter Umständen aber wiederum ihrerseits Stücke, die Maria Sibylla liebend gern in Kupfer stechen würde. Sie hoffte, dass diese Leute, die offensichtlich über gute Kontakte zu den Handelskompanien und Kolonien verfügten, auch Exponate aus Suriname in ihren Sammlungen besaßen. Diesen Simon Schijnvoet könnte also der Himmel gesandt haben. Sie könnte durch ihn jede Menge Zeit sparen, wenn er sie tatsächlich in die hohen Kreise einführen würde, ohne dass sie sich selbst anbiedern müsste. Maria Sibylla verfügte über ein gesundes Selbstbewusstsein, und sich in einer Gesellschaft einschmeicheln zu müssen, von der sie spätestens seit ihrem Weggang aus Frankfurt nicht mehr Teil war, war ihr ganz furchtbar zuwider.

»Naturalien, geschätzte Frau Merian.« Seine Antwort riss sie aus ihren Gedanken. Genau das also, worauf sie gehofft hatte. »Meine Sammlung enthält bereits eine durchaus ansehnliche Menge an Muscheln, Fliegen, Skeletten und auch ausgestopften Tieren und Feuchtpräparaten. Aber Sie wissen ja, wie das ist, als Sammler hat man nie genug und ist immer auf der Pirsch nach neuen Exponaten«, verkündete Schijnvoet stolz.

»Besitzen Sie auch Schmetterlinge aus Suriname oder gar die entsprechenden Raupen?«

Dorothea verdrehte ihre Augen. »Nicht schon wieder Suriname«, flüsterte sie verärgert ihrer Schwester zu.

»Ich hoffe auch, dass sie sich das endlich aus dem Kopf schlägt. Wir sind doch gerade erst hier angekommen«, antwortete ihr Johanna leise.

Für Simon Schijnvoet dagegen kam dieser Wunsch wohl nicht ganz unerwartet. Schließlich kannte er Maria Sibyllas Bücher, mit den Kupferstichen und Illustrationen der Raupen und Schmetterlinge aus deutschen Gefilden, und konnte sich vorstellen, dass sie wissen wollte, was für Schmetterlinge in anderen

Breiten zu finden wären. Nur allzu gern zeigte er seine Schätze und freute sich über Lob und Anerkennung, das Seelenbrot eines jeden Sammlers.

»Es wäre mir eine ganz besondere Freude, Sie in meinem Haus begrüßen und Ihnen meine Sammlung zeigen zu dürfen, verehrte Frau Merian.« Simon Schijnvoet deutete eine Verneigung an. »Sollen wir sagen, heute in einer Woche?«

»Wie außerordentlich großzügig von Ihnen, Herr Schijnvoet. Wenn es Ihnen nicht zu viel Mühe macht, würde ich Ihre Sammlung nächste Woche gern besuchen.«

Da war sie also, die Chance, in die für sie so wichtigen Kreise eingeführt zu werden, Leute kennenzulernen, die in der Stadt etwas zu sagen hatten, die sich für Kunst interessierten und zahlungskräftig und willig waren, dafür Geld auszugeben, mit der sie ihre Leidenschaft für die Natur und deren Erkundung teilen konnte, und bei den Sammlern, über deren Sammlungen sie schon die sonderbarsten Dinge gehört hatte, Tiere und Pflanzen zu sehen, wie sie sie bisher nicht vor Augen bekommen hatte, ja, von deren bloßer Existenz bis jetzt sie nicht einmal gewusst hatte.

»Die Ehre ist ganz meinerseits. Und wenn Ihre Töchter ebenfalls Interesse haben, sind selbstverständlich auch sie mir willkommen.«

Simon Schijnvoet wandte sein Gesicht halb zu Johanna und Dorothea hin. Die beiden erröteten und senkten ihre Augen.

»Da freuen sich die beiden bestimmt. Schließlich arbeiten wir zusammen in unserer Jungfern-Compagnie. Mein wohlgemeinter Dank, Herr Schijnvoet, für Ihr großzügiges Angebot«, sagte Maria Sibylla.

»Wohlan, Frau Merian. Dann überlasse ich die Damen wieder ihrer Arbeit und empfehle mich mit den besten Grüßen.«

Maria Sibylla begleitete Simon Schijnvoet zur Tür.

Kaum hatte er sie hinter sich zugezogen und Maria Sibylla sich wieder umgedreht, platzte es aus Dorothea heraus.

»Ich habe noch nie einen solch schick angezogenen Mann gesehen. Sind euch die verzierten Schnallen an seinen Schuhen aufgefallen? Wie elegant, wie modisch!«

»Meine Lieben, dieser Mann kann sehr wichtig für uns werden«, sagte Maria Sibylla und konnte ihre Freude über den unerwarteten Besuch kaum verhehlen.

»Und ich habe nichts anzuziehen, um dort standesgemäß erscheinen zu können«, befürchtete Johanna.

»Also gut, es wird sowieso Zeit, dass wir die Stadt besser kennenlernen«, sagte Maria Sibylla. »Ich muss mich nach einem gut sortierten Buchhandel mit einer vernünftigen Druckerei umschauen.«

»Da wäre noch diese Sache mit der Gemeinde zu regeln.« Jacob schien sich doch mehr Sorgen zu machen, als er anfangs hatte zugeben wollen, wie Maria Sibylla an diesen Wisch kommen sollte. »Du brauchst die Bestätigung der Stadt, dass du eine Wohnung mieten darfst.«

Jacob hatte sich in den Wochen, in denen er schon hier war, mächtig ins Zeug gelegt. Er konnte Maria Sibylla nicht ersparen, dass sie selbst bei der Stadt vorsprechen musste, um an eine Wohnung zu gelangen. Und da gab es noch einen Haken: Eine alleinstehende, zumal geschiedene Frau hatte kein Recht auf eine Wohnung in der Stadt, hatte er in Erfahrung gebracht.

»Nun, dann werde ich mir etwas einfallen lassen müssen«, hatte Maria Sibylla gesagt, als er sie darauf angesprochen hatte. Sie sah die tiefen Falten im Gesicht ihres Schwiegersohns. »Sei nicht so besorgt, das wird schon.«

In Wirklichkeit war Maria Sibylla besorgter, als sie klang. Aber sie vertraute darauf, dass sie bekam, was sie wollte.

»Ich bin doch nicht hierhergekommen, um mich von einer Formalität aufhalten zu lassen. Ich bin hierhergekommen, weil es in Amsterdam seit Jahren die besten Buchdrucker und Kupferstecher der Welt gibt. Wo sonst erleben die Künste und die Wissenschaften eine solche Blüte? Wo kann ich mich also besser niederlassen als im Zentrum der Buchdruckkunst?

Ich brenne darauf, endlich wieder Grabstichel und Pinsel in die Hand zu nehmen, zu kreieren und veröffentlichen zu dürfen. Sechs lange Jahre war mir dies von den Labadisten verwehrt. Verstehst du, ich muss einfach wieder malen, jede Faser in mir lechzt geradezu danach.«

Maria Sibylla unterstrich ihre Worte mit ausladenden Handbewegungen.

»Hast du denn schon konkrete Pläne?«, fragte Jacob. Er wusste, dass Maria Sibylla selten etwas dem Zufall überließ.

»Ja, natürlich! Ich plane den dritten Band meiner Raupen-Bücher. Man kennt sie in den einschlägigen Kreisen in Amsterdam auch, du wirst schon sehen. Ich werde nicht mein Leben lang nur auf Bestellung gefällig Blumen und Tiere malen und danach in Vergessenheit geraten. Ich werde vielmehr meine eigentliche Arbeit fortsetzen, die mir so am Herzen liegt: den Lauf der Natur zu beschreiben, in Text und Bild, und damit Gottes wunderbare Schöpfung in eine Ordnung zu bekommen.«

»Deshalb also Amsterdam«, sagte Jacob.

»Ja, natürlich«, sagte Maria Sibylla im Brustton der Überzeugung. »Außerdem zählt die Stadt in der Zwischenzeit so viel Reiche und Kunstmäzene, dass es doch gelacht wäre, wenn ich meine Kunst hier nicht an den Mann bringen könnte.

Zudem dürfte das der Ort sein, an dem ich am einfachsten zahlungskräftige Schülerinnen für meine Malkurse finden kann, schließlich wollen wir in der Zwischenzeit ja nicht nur trocken Brot essen. Vor allem aber möchte ich mit den besten Buchdruckern zusammenarbeiten. In dieser Hinsicht bin ich wohl von zu Hause sehr verwöhnt. Schließlich galt mein Vater als einer der größten Kupferstecher und Drucker, die es jemals gab. Und warum sollte ich Kompromisse eingehen, wenn ich selbst etwas Einzigartiges schaffen kann?«

»Gründe zuhauf also, um nach Amsterdam zu ziehen«, sagte Jacob und hoffte, dass sie es schaffen würde, die Klippen der Bürokratie zu umschiffen. Jedenfalls hatten sie noch eine Menge vor, und er mahnte zur Eile.

Schließlich wollte Maria Sibylla nicht nur ins Rathaus, um sich die Bestätigung für die Wohnung zu holen. Sie wollte, wenn sie schon einmal in der Nähe war, auch die Gelegenheit nutzen, Buchhändler und Drucker kennenlernen.

Als Maria Sibylla mit ihren Töchtern und Jacob aus dem Haus ging, staunten sie nicht schlecht. Die Vijzelgracht erwies sich tagsüber als umtriebige Gracht. Schiffe löschten ihre Ladung in die Packhäuser oder fuhren noch weiter in die Stadt hinein. Andere kamen von dort, schon wieder vollgestaut mit Waren, um sie zu ihren neuen Eigentümern irgendwo ins holländische Hinterland oder in ferne Orte auf anderen Kontinenten zu bringen, so weit die Handelsbeziehungen Amsterdams reichten.

Sie gingen Richtung Norden und kamen schon nach kurzer Zeit auf einen ausladenden, länglich angelegten Platz, den Schapenplein, auf dem links ein etwas verloren wirkender, großer Turm mit einem angebauten stattlichen Gebäude stand. Früher verlief hier die Stadtmauer, mit der Erweiterung der Stadt hatte der Turm seine ursprüngliche Funktion verloren.

Sie hatten den Platz gerade erst betreten, als vom Carillon aus dem Turm eine Melodie erklang. Vorbeigänger strömten auf den Platz, um ihn in Richtung Osten in die Doelensluis, Amstel oder Reguliersdwarsstraat wieder zu verlassen. Andere eilten in die entgegengesetzte Richtung. Es war ein ständiges Kommen und Gehen, und niemand außer den Neuankömmlingen schien dem Carillon besondere Aufmerksamkeit zu schenken.

»Kommt, wir gehen hier weiter«, sagte Jacob und zeigte Richtung Norden auf das Rokin.

»Sollen wir gleich zum Rathaus gehen, um dich als Wohnungssuchende einzuschreiben, oder möchtest du erst bei Buchhändlern vorbeischauen? Die meisten haben ihre Werkstätten und Läden in direkter Nähe des Rathauses«, fragte Jacob.

»Lass uns zuerst ins Rathaus gehen, dann haben wir das hinter uns.«

Maria Sibylla wollte sich für die Buchhändler und Drucker Zeit nehmen. Schließlich ging es darum, sich die besten für eine Zusammenarbeit auszusuchen.

Kaum hatten sie den Platz überquert und waren in den Rokin eingebogen, schien es, als bevölkerten hier noch mehr Menschen die Straße als an der Vijzelgracht oder dem Schapenplein.

»Aus dem Weg, Mensch!«, hörte Maria Sibylla plötzlich eine raue Männerstimme hinter sich rufen. Sie drehte sich um und sah drei breitschultrige Arbeiter auf sich zukommen, die riesige Fässer vor sich herrollten.

»Habt ihr keine Augen im Kopf? Auf die Seite, verdammt nochmal!«

Maria Sibylla und ihre Töchter sprangen einen Schritt zur Seite und drückten sich gegen die Häuserwand. Die Männer rollten die Fässer über die Straße von der Kade zum Bodenspeicher. Die Arbeiter waren raue Burschen und konnten sich einen Spaß daraus machen, unbedarften Frauen einen Schreck einzujagen oder ihnen wenigstens ein paar schlüpfrige Bemerkungen unter heiserem Lachen hinterherzurufen. Mit Jacob als Begleitung waren sie dieses Mal wenigstens davor gefeit.

»Seid ihr von allen guten Geistern verlassen? Macht, dass ihr hier wegkommt!«, brüllte ein anderer Arbeiter sie an und wies mit ausgestrecktem Arm nach oben.

Maria Sibylla sah hinauf. Sie standen direkt unter einem prall gefüllten Sack, der nur an einem dicken Tau hing. Wenn er fiele, würde er sie unter sich begraben. Maria Sibylla trat rasch von der Häuserwand zurück auf die Straße, zog ihre Töchter mit sich, und war froh, dass der Kutscher, der hier auf sie zukam, seinem Pferd rechtzeitig die Zügel straffte.

Maria Sibylla atmete erst mal tief durch. Solch eine Umtriebigkeit hatte sie noch nie erlebt.

»Da ist man ja seines Lebens nicht mehr sicher«, sagte Maria Sibylla, schaute zurück und sah, wie der Sack beinahe die Höhe von der aufgeschlagenen Flügeltür erreicht hatte, in denen andere Arbeiter schon darauf warteten, den Sack in Empfang zu nehmen und ins Innere zu ziehen. Auf der Straße zogen die Arbeiter über einen Flaschenzug in gleichmäßigen Zügen an dem Tau die kostbare Fracht nach oben.

»Deshalb sind die Häuser hier so schief gebaut«, sagte Dorothea langsam.

»Würde man die Fassaden nicht etwas nach vorne gebeugt bauen, würde wahrscheinlich die Hälfte der getakelten Fracht an den Häuserwänden zerschellen«, erklärte Jacob.

»Was ist denn das?«, rief Johanna erstaunt aus.

Maria Sibylla schaute in die Richtung, in die Johanna zeigte, weiter nach Norden auf den Rokin hinein.

»Lasst uns weitergehen«, sagte Jacob rasch, winkte zum Zeichen, dass sie ihm folgen sollten, und ging los. Nach ein paar Schritten drehte er sich um und sah, dass die drei noch immer an derselben Stelle standen und auf das Gebäude vor ihnen starrten.

»So etwas habe ich noch nie gesehen«, sagte Dorothea und sprach damit aus, was auch Maria Sibylla dachte.

Zwischen den Schiffsmasten hindurch sahen sie ein eindrucksvolles Gebäude, das sich über das Wasser spannte. Der Eingang des Prachtbaus diente gleichzeitig als Brücke, an deren höchsten Punkt das Stadtwappen Amsterdams prangte.

Der Brückenbogen war so hoch gebaut, dass zumindest Boote und kleinere Schiffe mit einem beweglichen Mast hindurchfahren konnten. Der Innenhof war umrahmt von Rundbögen, die mit einem überdachten Gang entlang der Mauern offenen Einblick auf den Hof gab. Dort standen überall in ihre dunklen Umhänge gekleidete Männer, manche von ihnen trugen Schwerter, die in kleineren Gruppen eifrig miteinander diskutierten.

»Unglaublich«, brachte Maria Sibylla hervor. »Ist das eine Kirche?«

»Der Einzige, der hier angebetet wird, ist der schnöde Mamon«, sagte Jacob. »Das hier ist die Börse.«

»Die was?«, fragte Dorothea. Jacob erklärte ihr das noch recht neue Prinzip des Wertpapierhandels, den sich dauernd ändernden Wert eines Rohstoffes oder Produkts.

Maria Sibylla begriff, warum sich die Gesprächsfetzen der vorbeilaufenden Herren um Kaffeebohnen und Zucker drehten. Über erwartete Ankünfte von Schiffen aus dem »Osten« und wie gefüllt deren Laderäume sein mochten. Maria Sibylla wunderte sich darüber, was diese Herren arbeiteten. Mit solchen Spekulationen ließ sich vielleicht Geld verdienen, aber befriedigend konnte das nicht sein. Nur darauf zu wetten, was morgen oder übermorgen der Preis für dies oder das sein würde, schaffte ja noch keinen Wert. Es trug nichts bei zu dieser Welt. Würde sie so etwas tun, sie wäre todunglücklich. Worin lag nur der Sinn dieses Spekulierens, dieses modernen Börsengetues? Nur wenn man etwas machte, etwas kreierte, erkundete, erfand, hatte man doch etwas zum Leben beigetragen, zum Miteinander.

Wie auch immer, dachte Maria Sibylla, was mein Ziel ist, das weiß ich ganz genau.

»Nehmen diese Schiffe nach Übersee nur Waren auf oder transportieren sie auch Passagiere?«, fragte Maria Sibylla vorsichtig.

»Beides«, antwortete Jacob.

»Jetzt fang doch nicht schon wieder damit an, Mutter«, sagte Dorothea halb verärgert, halb ängstlich. Jacob schaute sie fragend an.

»Meine Mutter hat diesen irrsinnigen Wunschtraum, einmal nach Suriname zu reisen«, klärte ihn Johanna auf.

»Träumen darf man ja wohl noch«, sagte Maria Sibylla und schaute auf die Schiffe, die an der Kade lagen.

»Und was soll dann aus uns werden, solange du weg bist? Wir können doch nicht einfach ohne dich weiterarbeiten?« Dorothea schmiegte sich an ihre Mutter.

Maria Sibylla seufzte und drückte sie an sich. Tatsächlich hatte sie sich schon Gedanken darüber gemacht, was in der Zwischenzeit wohl mit ihrer Jungfern-Compagnie geschehen würde, wenn sie es tatsächlich schaffte, eine solche Reise anzutreten. Ob ihre Töchter die Unternehmung allein führen könnten? Aber vor allem Dorothea musste noch viel lernen, und Johanna besaß nicht Maria Sibyllas Unternehmergeist, war bei Verhandlungen noch nicht stark genug. Vor allem als Frau musste sie darauf achten, dass die Männer sie als Verhandlungspartnerin ernst nahmen und sie nicht einfach über den Tisch zogen.

»Kommt, wir sollten weiter«, versuchte Jacob, die drei auf andere Gedanken zu bringen und sie an das Ziel des heutigen Tages zu erinnern. »Nur noch an der Längsseite der Börse entlang, und dann sind wir auch schon auf dem Dam, dem Platz, auf dem das Rathaus steht.«

Tatsächlich standen sie schon wenige Häuser weiter auf einem großen Platz. Hier ging der Rokin über in den Damrak, wandelte sich von einer schmalen Straße in einen weiträumigen Platz, dem umtriebigsten Ort der Stadt, ihrem Herz.

Jacob zeigte, sobald sie in den Platz einbogen, nach links.

Während die drei noch über das Börsengebäude staunten, überstieg das, was sie jetzt sahen, schlicht ihr Vorstellungsvermögen.

Vor ihnen stand ein großes, noch recht neues Gebäude und beherrschte vom Rand der westlichen Seite aus den gesamten Platz, als ob dieser nur hierfür geschaffen sei. Das sechsstöckige Bauwerk strahlte eine enorme Autorität aus. Das Sinnbild für den Reichtum der Stadt, den sie mit ihrem Handelsgeist in Übersee erlangt hatte.

»Ein Königspalast wie im Märchen«, hauchte Johanna ehrfürchtig.

»Holland hat keinen König, nur einen Statthalter«, sagte Jacob. »Das ist das Rathaus. Das alte ist abgebrannt, und da sie wohl nicht mehr wussten, wohin mit ihrem Reichtum und ihrem Stolz, haben sie sich für diesen Prunkbau entschieden.« Er fügte scherzhaft hinzu: »Du darfst deinen Mund auch wieder schließen, Johanna.« Sie errötete leicht.

Maria Sibylla wandte den Blick vom Rathaus ab und schaute sich um.

»Das bedeutet ja wohl, dass hier eine Menge Geld umgeht und dass die Künste und die Wissenschaft hier tatsächlich auf fruchtbaren Boden fallen könnten«, sagte sie mehr zu sich selbst.

Ihr Blick schweifte über die immensen Gebäude und den Platz, in dessen Mitte sie standen. Die schiere Größe von allem, der Reichtum, der hier zu herrschen schien, das scheinbar unablässige bunte Treiben auf den Straßen, das alles überwältigte Maria Sibylla. Kinder spielten mitten auf dem Platz, Männer gingen an ihnen vorbei und waren miteinander in Gespräche über die Börse vertieft, Frauen flanierten in bunten, auffallenden Kleidern vorüber.

Maria Sibylla registrierte, dass sich ihre Töchter sichtlich für ihre einfache Kleidung schämten, die sie am Leib trugen und die so gar nicht der hiesigen Mode zu entsprechen schien. Zeit, sich hierüber Gedanken zu machen, blieb ihr nicht.

Auf dem Dam wurde vor allem Handel getrieben. Gemüsefrauen boten ihre Ware aus den Handkarren heraus feil, andere verkauften Kräuter, die sie in geflochtenen Körben bei sich trugen. Bäcker priesen ihr in Karren gestapeltes Brot, Kinder tobten auf dem Platz herum, ihre Mütter versuchten meist vergeblich, sie einzufangen, andere spielten mit Murmeln an Häuserwänden. Der Geruch der Kräuter und des frischen Brotes vermischte sich mit dem Salz des Meeres. Möwen flogen über ihre Köpfe hinweg, in der Hoffnung, etwas Essbares aufpicken zu können.

Matrosen rollten schwere Fässer aus den Bootsanlegern, die sich dem Rathaus an der gegenüberliegenden Seite des Platzes befanden. Dieses Mal standen sie nicht im Weg, sondern konnten ihnen aus sicherer Entfernung bei ihrer Arbeit zusehen. Dazwischen stand ein schon fast klein wirkendes Gebäude, in das die Seemänner die Fässer rollten. Es war die größte Waage der Stadt.

Oben auf der Treppe zum ersten Stockwerk stand ein Wachturm und vor ihm eine Handvoll bewaffneter Soldaten, die darauf achteten, dass das muntere Treiben in ruhigen Bahnen verlief.

»Ich glaube, ich habe in den sechs Jahren in Wieuwert nicht so viele Menschen gesehen wie in dieser letzten Stunde«, sagte Maria Sibylla und stöhnte auf.

KAPITEL 6

Die Angelegenheit im Rathaus war schnell erledigt, wenn es auch einige Zeit brauchte, bis Maria Sibylla und Jacob sich in diesem riesigen Gebäude zurechtfanden. Nachdem sie endlich das richtige Zimmer gefunden hatte, wurde sie für ein fehlendes Formular in eine weitere Amtsstube geschickt. Bei der Einschreibung als Wohnungssuchende zögerte sie einen Moment, als sie gefragt wurde, wie es um ihren Familienstand bestellt sei. Dann gab sie kurzerhand an, dass sie Witwe und ihr Mann in Deutschland gestorben sei. So würde man der Sache auch nicht weiter nachgehen, kalkulierte sie. Das bewahrte Maria Sibylla vor peinlichen Fragen. Auch half es, dass Jacob mit ihr war. Er verwies darauf, dass er schon ein Auge auf eine Wohnung geworfen, mit dem Eigentümer gesprochen habe und dass die Einkünfte Maria Sibyllas durchaus zureichend seien und somit einer Einigung mit dem Hauseigentümer nichts mehr im Wege stehe.

Erleichtert verließen die beiden das Rathaus und stießen wieder zu Johanna und Dorothea. Die standen nur ein paar Meter vom Eingang entfernt, genossen den Trubel und wirkten neugierig auf dieses neue Leben in Amsterdam, das nun vor ihnen lag.

»Es gibt hier um das Rathaus herum einige Buchhändler. Einer gleich hier um die Ecke am Beginn der Kalverstraat«, sagte Jacob. Sie überquerten den Platz wieder Richtung Rokin, bogen aber kurz davor rechts in eine Seitenstraße ein. Nach nur wenigen Minuten standen sie vor der Buchhandlung.

Maria Sibylla öffnete die Tür und wollte gerade eintreten, als ihr ein Lehrling mit einer langen Schürze entgegenkam. Er verneigte und entschuldigte sich dafür, dass der Meister im Moment leider nicht zugegen sei, sie sollten um die Mittagsstunde noch einmal vorbeischauen.

Währenddessen schaute sich Maria Sibylla in dem Raum um, sah die Druckerpresse und auf einem langgezogenen Tisch Grabstichel neben einigen Kupferplatten liegen. Vor einer der Kupferplatten saß ein Mann vornübergebeugt und führte tief konzentriert den Stichel in das Kupfer. Er ließ sich von dem Besuch nicht im Geringsten stören, schaute nicht einmal auf und sprach kein Wort, setzte nur immer wieder mit ruhiger, aber bestimmter Hand den Grabstichel an und ritzte lange, gleichmäßige Striche ins Kupfer. An der Wand hingen Drucke von Stadtansichten. Nur allzu gut kannte Maria Sibylla solche Blätter von ihrem Vater, der darin zu wahrer Meisterschaft gelangt und weit über die Grenzen Deutschlands bekannt geworden war. Vielleicht waren es diese Drucke, die ihr ein vertrautes Gefühl vermittelten. Vielleicht war es auch die Aufgeräumtheit, die der ganze Raum ausstrahlte, das konzentrierte Arbeiten des Kupferstechers. Sie hatte das Gefühl, dass dies ein Ort war, der dazu beitrug, dass Amsterdam den Ruf erstklassiger Kupferstecher, Buchmacher und Verleger hatte. Ein Ort, an dem auch sie neu anfangen konnte. Maria Sibylla dankte dem Lehrling und versicherte ihm, später wiederzukommen.

»Wenn du noch einen anderen Buchhändler kennenlernen möchtest«, schlug Jacob vor, »ich habe von einem gehört, der nur ein paar Straßenzüge weiter arbeitet. Er ist wohl recht umtriebig und dafür bekannt, dass er viele Bücher verlegt.«

»Ja, gerne«, meinte Maria Sibylla, »das kann ja nicht schaden.«

Sie bogen rechts in den schmalen Gapersteeg ab, der die Kalverstraat mit dem Rokin verband, gingen auf der Brücke vor der Börse über die Gracht, auf der noch immer jede Menge Betrieb herrschte, und liefen auf der Nes ein kleines Stückchen in südliche Richtung.

Schon nach ein paar Schritten rümpfte Dorothea die Nase. Zwar hatten sie sich allmählich an den Fäkaliengestank aus den Grachten gewöhnt, aber hier kam noch ein weiterer unangenehmer Geruch hinzu, der immer stärker wurde. Dorothea hielt sich angeekelt die Hand vor die Nase.

»Was ist denn das nur für ein fürchterlicher Gestank!«

»Dorothea, zunächst einmal ist es für uns, die wir die Natur untersuchen, einfach nur ein Geruch. Wir verbinden keine Werte damit, nehmen nur wahr«, sagte Maria Sibylla etwas strenger, als sie beabsichtigt hatte. »Das ist außerordentlich wichtig für unsere Arbeit, verstehst du? Wenn wir nicht neutral auf die Dinge sehen können, würde uns viel verborgen bleiben. Ein vorschnelles Urteil macht dich blind. Versuche den Geruch einzuatmen und zu erkennen, was du eigentlich riechst.«

Maria Sibylla war es wichtig, dass Dorothea lernte, so zu denken. Schließlich sollte sie mit ihr und Johanna zusammenarbeiten, und das bedeutete nun mal weit mehr, als nur am Zeichentisch zu sitzen.

Dorothea blieb stehen. Sie atmete ein, versuchte, ihren Ekel zu verdrängen und zu ergründen, welche Gerüche sie wahrnahm.

Auch die anderen blieben stehen und beobachteten sie.

»Fisch«, sagte Dorothea schließlich. »Ich rieche Fisch.« Und nach einer kurzen Pause: »Aber auch noch irgendetwas anderes.«

»Ich denke, du hast recht«, bestätigte Maria Sibylla stolz. Es freute sie, dass ihre Jüngste so lernbegierig war. »Lasst uns weitergehen und schauen, was wir antreffen.«

Als sie an der Kreuzung zum Sint Pietershalsteeg standen, wurde ihnen der Grund des penetranten Geruchs klar: Sie standen vor dem Fischmarkt der Stadt. Die Stände befanden sich in der Mitte des Stegs wie auch links und rechts an die Häuserwände angelehnt. Kurioserweise befanden sich in den beiden Gebäuden links und rechts des Marktes Fleischhallen. Knechte liefen mit großen, manchmal noch blutigen Fleischstücken über der Schulter aus den großen Flügeltüren, legten sie auf Karren und gingen davon. So erklärte sich auch der andere Geruch, den Dorothea zunächst nicht hatte deuten können.

Nicht nur das olfaktorische Erlebnis nahm an Intensität zu, auch der Lärmpegel war auf dem Markt wesentlich höher. Marktfrauen priesen ihre Ware in den höchsten Tönen und vor allem lautstark an, was sie nicht hinderte, immer wieder auch derbe Witze über die Vorbeigehenden zu reißen, die sich nicht zu einem Kauf bei ihnen entscheiden konnten.

»Da laufen ja Störche!«, sagte Johanna verwundert und zeigte auf eines der gefiederten Tiere.

»Pass nur auf, dass sie dir nicht einen dicken Schmackes in dein hübsches Gesicht drücken wollen«, sagte eine der Marktfrauen lachend, und die nächste rief mit heiserer Stimme: »Oder sich gar mit ihrem langen Schnabel unter deinem Rock vergnügen.«

Die Marktweiber schämten sich nicht ihrer Zahnstummel, als sie lauthals lachten und sich einen Spaß mit Johanna machten.

Für eine kokette Antwort blieb Johanna keine Zeit, ein Mann mit einem kleinen Fisch aus Kupfer, angesteckt an seinem Gambeson, der ihn als Fischträger auswies, machte ihnen mit einem kurzen Zeichen deutlich, dass es genug sei. Er erklärte Maria Sibylla und ihrer Familie, dass die Störche keineswegs zufällig hier seien, sondern die Fischabfälle aßen, die auf den Boden fielen. So bliebe der Markt sauber.

»Aber ihre Flügel ...«, sagte Johanna.

»Die haben wir gestutzt, so dass sie uns nicht davonfliegen

können«, sagte der Mann. »Stets zu Diensten, meine Damen, mein Herr.« Er verbeugte sich kurz.

Maria Sibylla bedankte sich bei ihm und sagte, sie wären nicht gekommen, um Fisch zu kaufen, sondern einen Buchhändler aufzusuchen, der hier in der Straße seinen Beruf ausübte.

Der Mann zeigte weiter die Straße hinunter, als er das hörte.

»Nicht weit, Sie können das Aushängeschild schon sehen, da arbeitet ein Buchhändler.« Sie bedankten sich, und zu viert gingen sie weiter auf der Nes.

Das kleine Schild, das über dem Eingang hing, verwies darauf, dass ein gewisser Timotheus ten Hoorn hier einen Buchhandel betrieb. Sie traten in den dunklen Raum.

Maria Sibylla sah mehrere Bücher auf dem Boden gestapelt hinter einem Ladentisch stehen.

»Guten Tag, guten Tag, treten Sie ein, gnädiger Herr, gnädige Damen, was verschafft mir die Ehre?«

Timotheus ten Hoorn war ungefähr in Maria Sibyllas Alter. Er unterbrach seine Buchbinderarbeit, stand auf und ging hinter die Ladentheke. Er war mager, schon fast dürr. Seine Augen huschten argwöhnisch hin und her, als ob er seinen Besuchern nicht wirklich trauen könne.

»Huch«, rief Johanna. Sie hatte aus dem Augenwinkel einen Blick auf das Motiv eines Kupferstichs erhascht, den der Lehrling hochgehalten hatte, um ihn zu überprüfen. Ihre Augen weit aufgesperrt, hielt sie sich erschrocken die Hand vor den Mund und wendete sich schnell ab.

»Tu das sofort weg!«, befahl der Buchhändler seinem Lehrling herrisch. Offenbar hatte er erkannt, was vorgefallen war.

»Was ist denn?«, fragte Maria Sibylla ihre Tochter.

»Nichts, schon gut«, murmelte diese, »es ist nichts, bitte verzeiht.«

»Aber nicht doch, bitte verzeihen Sie mir vielmals«, beeilte sich der Buchhändler zu sagen, »mein Lehrling ist zuweilen noch recht ungeschickt.«

Johanna räusperte sich und nahm die Hand wieder von ihrem Mund. Maria Sibylla wollte es für den Moment dabei belassen und wandte sich wieder dem Buchhändler zu, fragte ihn, was für Bücher er verkaufe, wollte ein paar illustrierte Ausgaben sehen, sich ein Bild von seiner Arbeit machen.

Sie blieben nicht lange. Was Maria Sibylla sah, war nicht die Qualität, die sie sich wünschte. Bei ihrer Frage nach philosophischen Werken zögerte er etwas, und Maria Sibylla war klar, dass er unter dem Ladentisch wohl noch ganz andere Bücher feilbot, für die sich außer einer bestimmten Klientel sicherlich auch die Zensurbehörden interessieren würden.

Nein, das war wirklich nicht, wonach sie suchte. Hierfür war sie nicht nach Amsterdam gezogen, und so verabschiedeten sie sich, sobald es die Höflichkeit zuließ.

»Gehen wir zurück in die Kalverstraat«, sagte Maria Sibylla, sobald sie wieder auf der Straße standen.

Johanna schmiegte sich an Jacob, dass man meinen konnte, sie wolle sich in ihm vergraben. Sie fürchtete die unvermeidliche Frage, die dann auch nach wenigen Schritten prompt kam.

»Was war denn los?«, verlangte Maria Sibylla eine Erklärung.

»Der Kupferstich«, begann Johanna zögernd, »also auf dem Kupferstich …« Sie schnappte nach Luft.

»Jaaa?« Dorothea platzte fast vor Neugier.

»Da waren einige Personen drauf zu sehen …« Johanna ruderte mit den Händen, als ränge sie nach Worten.

»Ja, und?« Ihre kleine Schwester starrte sie verständnislos an.

»Nun ja, die waren … wie soll ich sagen …«

»Nun sag schon«, meinte Jacob, »es wird so schlimm doch nicht sein.«

»Also, die waren in, ähm, in fleischlicher Konversation.«

»Himmel hilf!«, stieß Maria Sibylla hervor.

»Unzüchtig?«, wunderte sich Jacob.

Johanna atmete tief durch. Nur Dorothea schien nicht empört zu sein. Sie fand es vor allem spannend, hätte insgeheim den Stich doch liebend gern selbst gesehen. Auch wenn sie wusste, dass das ein sündhafter Wunsch war. Und doch.

Sie gingen über den Wijde Lombardsteeg wieder zum Rokin und dann weiter so, wie sie gekommen waren über den Gapersteeg in die Kalverstraat.

Dieses Mal war der Buchhändler selbst zugegeben. Gerard Valck öffnete ihnen die Tür und hieß sie herzlich willkommen. Schnell wischte er sich mit einem Tuch schwarze Farbe von den Händen und entschuldigte sich dafür, er sei gerade mit den Vorbereitungen zum Drucken eines Kupferstichs beschäftigt. Er hatte eine warme Ausstrahlung, beobachtete die Eintretenden mit wachen, freundlichen Augen.

»Was wünschen der Herr?«, wandte er sich an Jacob.

Wie oft war ihr dies schon passiert, dass Maria Sibylla in Begleitung eines Mannes immer nur die Frau des Mannes war, eben nur seine Begleitung.

»Bitte nein, meine Schwiegermutter hier ist vom Fach, wir begleiten sie nur«, sagte Jacob schnell mit einer abwehrenden Handbewegung.

»Oh, bitte entschuldigen Sie vielmals«, sagte Gerard Valck. »Selbstverständlich, womit kann ich Ihnen dienen, mevrouw?«, wandte er sich jetzt an Maria Sibylla.

Trotz dieses Fauxpas fühlte Maria Sibylla sich hier gleich wohl. Jedenfalls viel wohler als in der Buchhandlung, die sie gerade besucht hatten. Sobald sie den Raum betreten hatte, überkam sie ein unbestimmtes, vertrautes Gefühl. Maria Sibylla konnte es sich nicht recht erklären, aber als sie den Raum etwas mehr auf sich wirken ließ, die Atmosphäre, die hier herrschte, wurde es ihr langsam bewusst: Hier war die gleiche Wärme und Hingabe spürbar, wie sie auch bei ihrem Vater und ihrem Schwiegervater fühlbar gewesen war.

Maria Sibylla nickte Valck kurz zu.

»Ich bin auf der Suche nach einem guten Drucker und Buchhändler für meine Bücher und Kupferstiche hier in der Stadt«, erklärte sie unumwunden. Sie sah sich weiter in dem recht hell gehaltenen Raum um und sah, dass der Kupferstecher noch immer über der Kupferplatte saß und sich auch jetzt nicht von seiner Arbeit abhalten ließ. Stoisch und mit absoluter Hingabe setzte er seine Arbeit fort.

Als Maria Sibylla wieder den vollbärtigen Gerard Valck ansah, bemerkte sie hinter ihm an der Wand einen Kupferstich mit einer Karte der holländischen Provinzen mitsamt den angrenzenden Gebieten Belgiens und Deutschlands.

»Wie erfreulich zu sehen, dass Sie auch Landkarten stechen und drucken«, sagte sie.

»Wenn es das ist, was Sie interessiert«, meinte Gerard Valck, »davon haben wir etliche, und nicht die Schlechtesten, wenn ich das in aller Bescheidenheit hinzufügen darf. Diese hier oben ist schon etwas älter.«

Aus einer Lade holte er noch weitere Landkartenstiche.

»Sehen Sie, hier haben wir auch neuere Karten über die unterschiedlichsten Länder, auf dem ganzen Globus verteilt.«

Er zögerte etwas, bevor er die folgende Frage stellte: »Aber, wenn Sie mir gestatten, darf ich wissen, warum Sie sich so für Landkarten interessieren? Bitte verstehen Sie mich nicht falsch, aber für eine Frau ist dies doch eine etwas ungewöhnliche Frage. Normalerweise sind die Damen eher an biblischen Szenen oder Porträts interessiert.«

Zunächst ärgerte sich Maria Sibylla über seine Frage. Warum sollte sie sich nicht für Landkarten interessieren, nur weil sie eine Frau war? Aber dann verstand sie, dass dieser Buchhändler aus seiner Erfahrung heraus sprach und nicht wissen konnte, wer sie war.

»Nun, ich bin praktisch umringt von Landkarten und Stadtansichten aufgewachsen«, antwortete Maria Sibylla. Sie entwickelte eine geradezu diebische Freude daran, Gerard Valck noch ein wenig im Ungewissen zu lassen. Ihre Augen funkelten vor Vorfreude. Ihr war klar, dass er die Werke ihres Vaters kennen musste.

»Ah, ich verstehe«, sagte Gerard Valk etwas verwundert und schien nachzudenken. Bestimmt war ihm bereits ihr Akzent aufgefallen, demzufolge sie wohl aus deutschen Landen stammen musste, auch wenn ihr Niederländisch durchaus hinreichend war. »Und wo sind Sie aufgewachsen?«

»In Frankfurt am Main«, antwortete sie knapp.

»Da kommt mir als Erster eigentlich nur der alte Matthäus in den Sinn, der Merian. Ein unglaublicher Kupferstecher und Verleger. Seine *Topographia Germaniae* ist noch immer unübertroffen. Zu schade, dass er das Werk nicht selbst vollenden konnte, sondern uns schon viel zu früh verließ.«

»Ich war erst drei, als er verstorben ist«, sagte Maria Sibylla.

»Aber dann sind Sie … Sie sind seine Tochter?«

Er richtete sich kerzengerade auf, seine Augen begannen zu strahlen, er wirkte geradezu verzaubert, dass er die Tochter dieses Meisters in seinem Atelier begrüßen durfte.

»Ist es tatsächlich wahr? Welche Ehre, mevrouw Merian! Und darf ich in aller Bescheidenheit sagen: Ich kenne auch Ihr Werk, auch wenn es keine Landkarten und Stadtansichten sind, sondern Blumen, Schmetterlinge und Vögel. Und ich darf sagen, Sie stehen Ihrem werten Herrn Vater in nichts nach. Ihre Arbeiten sind schlicht famos, Ihre Detailtreue, Ihre Kompositionen, Ihre Farbenpracht, einfach genial.« Er kam ins Schwelgen, strahlte vor Glück.

Maria Sibylla meinte in seinem Gesicht zu lesen, dass er es durchaus aufrecht meinte.

Sie wusste schon gar nicht mehr, wie gut es tat, von jemandem so gelobt zu werden, der vom Fach war, der wusste, was er sagte, der ihre Arbeit wirklich beurteilen konnte. Wie hatte ihr dies doch in Wieuwert gefehlt. Sie durfte stolz sein auf das, was sie geleistet hatte, und sie durfte das Lob annehmen. Das hatte nichts mit Eitelkeit zu tun, sondern mit Anerkennung.

Der Kupferstecher am Fenster hatte ihren Namen gehört und wandte sich zum ersten Mal von seiner Arbeit ab, richtete sich auf und schaute sie an.

»Meine Verehrung, Frau Merian. Welch wundervoller Schicksalstag, Sie einmal begrüßen zu dürfen. Sie haben meine größte und aufrichtige Bewunderung für Ihre Kupfersticharbeiten und Illustrationen.«

»Darf ich Ihnen vorstellen, sehr geschätzte Frau Merian«, beeilte sich Gerard Valck zu sagen, »dies ist Pieter Sluyter. Meiner Meinung nach einer der talentiertesten Kupferstecher in Amsterdam, auch wenn er für dieses Fach noch sehr jung ist.«

»Es ist mir eine Ehre, gnädige Frau,« Pieter Sluyter stand auf und verneigte.

»Ganz meinerseits«, grüßte Maria Sibylla zurück. »Ich bin neu in Amsterdam und gedenke hierzubleiben. Ich suche also kapable Leute, mit denen ich mir eine Zusammenarbeit für meine Arbeiten vorstellen kann.«

»Und Sie haben dabei an uns gedacht?« Gerard Valck schien sein Glück kaum fassen zu können.

»Nicht so schnell, werter Herr Valck«, sagte Maria Sibylla. »Wie gesagt, ich bin neu in der Stadt und erkunde noch. Aber ja, Sie wurden mir empfohlen, und was ich bisher sehe, erfreut mich. Hätten Sie die Güte, mir einige Ihrer Kupferstiche und Drucke zu zeigen?«

»Aber mit dem größten Vergnügen!« Da Gerard Valck ihr Werk kannte und wusste, dass er seine Arbeiten und die des jungen Pieter Sluyters nicht unter den Scheffel zu stellen brauchte, zeigte er ihr in aller Ruhe und in der bescheidenen Art des wahren Meisters, der er nun mal war, Drucke und Bücher.

Maria Sibylla gefiel mehr und mehr, was sie sah, die Feinheit der Arbeiten, wie die beiden über ihre Arbeit und Kunst sprachen. Ihr war schnell klar, dass sie sich hier auf einer Stufe mit Fachleuten unterhielt.

Ach, wie hatte sie das in ihrer Zeit in Wieuwert vermisst! Sich mit Leuten auszutauschen, die nicht nur eine Ahnung, sondern ein tiefes Verständnis von Kunst und dem Handwerk, das es so dringend mit sich bringt, haben.

Ihre Töchter standen einen Schritt hinter Maria Sibylla und hörten mit wachsendem Erstaunen zu. Ihnen wurde zum ersten Mal so richtig klar, wie hoch angesehen ihre Mutter in der Kunstwelt tatsächlich war, wie sehr man ihre Werke schätzte. In ihrer Abgeschiedenheit in Wieuwert hatten Johanna und Dorothea sich immer wieder gefragt, was es denn mit der ganzen Kunst auf sich habe, ob sie der Mühen wert wäre, das Aushalten all der Verzagtheiten, wenn einmal etwas nicht so gelang, wie Maria Sibylla es sich vorgestellt hatte. Aber hier, mitten in Amsterdam, zwischen den Drucken und Büchern von Gerard Valck, in der Art und Weise, wie der Buchhändler und Kupferstecher mit Maria Sibylla sprachen, war aller Zweifel verflogen. Hier wurde ihnen klar, dass sie die Töchter einer sehr besonderen Frau waren und dass diese besondere Frau auch ihre Lehrerin war und sie niemand Besseren finden könnten; und wie glücklich sie sich preisen konnten, dass Maria Sibylla ihnen alle

Möglichkeiten bot, um ebenso als Künstlerinnen leben zu können und selbstständig ihren Lebensunterhalt zu verdienen.

Schließlich verabschiedeten sie sich und vereinbarten ein baldiges Wiedersehen in der Buchhandlung.

Maria Sibylla fühlte, dass sie hier die Richtigen gefunden hatte. Die beiden verstanden etwas von ihrem Fach und sie waren ihr zudem sympathisch.

Kapitel 7

Johanna und Dorothea freuten sich auf ihre erste Einladung seit ihrer Ankunft in Amsterdam, auch wenn sie nicht wussten, was eine Wunderkammer denn nun eigentlich sei. Für sie war es schon ein Fest, ihre neuen Kleider zu tragen, und wenn sie auch nur wenige Meter in der Kerkstraat flanieren würden. Maria Sibylla stand ihnen diese Freiheiten nur allzu gerne zu. Zu lange hatte sie sie in Wieuwert der wirklichen Welt vorenthalten und konnte sehen, wie vor allem Dorothea alle neuen Eindrücke in sich aufsog. Ihre Neugier freute Maria Sibylla. Wenn sie diese auch bei der Arbeit an den Tag legen würde, könnte eine gute Malerin aus ihr werden. Immerhin konnte sie den Pinsel gut führen, hatte Talent, so viel war schon deutlich. Wenn sie nur etwas geduldiger wäre.

Johanna war die ruhigere, besonnenere ihrer beiden Töchter. Sie war genauer in allem, was sie tat, nahm sich Zeit dafür. Dabei sorgte sie sich auch immer um ihre jüngere Schwester, war fast wie eine Tante oder gar Mutter zu ihr. Dorothea konnte sie alles fragen, auch wenn Johanna in letzter Zeit immer häufiger errötete, wenn Dorothea Fragen über ihre Beziehung zu Jacob stellte. Die Fragen, was Johanna denn gefühlt habe, als Jacob sie zum ersten Mal geküsst habe, gehörten dabei noch zu den harmloseren.

Maria Sibylla betrachtete ihre Töchter. Sie war stolz auf die beiden, wie sie strahlten in ihren neuen Kleidern, die ihnen ausgesprochen gut standen.

Sie sah, wie die beiden regelrecht aufblühten, und das machte ihr Freude. Schließlich war sie einst selbst in einer Stadt aufgewachsen.

Sie selbst hatte mit ihren vierundvierzig Jahren einen etwas einfacheren Schnitt und zurückhaltendere Farben gewählt. Sie war auch beileibe nicht mehr auf der Suche nach einem Mann. Sie hatte nach ihrer gescheiterten Ehe genug von Männern, die meinten, über sie bestimmen zu können.

Simon Schijnvoet begrüßte die drei fast schon überschwänglich. Er entschuldigte seine Frau, die unpässlich sei, und bat sie sogleich einzutreten in seine Wunderkammer. Oder besser: Wunderkammern. Er habe je eine für jedes der Elemente eingerichtet, Erde, Luft, Feuer und Wasser, erläuterte der rührige Sammler noch, bevor er mit sichtbarem Stolz langsam die Tür öffnete.

»Nach Ihnen, meine Damen«, lud er sie in sein Refugium ein.

Maria Sibylla hatte schon gehört, dass die Reichen in Amsterdam es sich zum Zeitvertreib machten, Pflanzen und Tiere aus allen Ecken und Enden der Welt zu sammeln und in ihren Häusern auszustellen, um sie dann der interessierten Bevölkerung präsentieren zu können. Dies geschah nicht ganz frei von Eitelkeit, da man damit subtil unter dem Vorwand der Naturkunde zur Schau stellen konnte, wie reich man war, welch guten Geschmack man hatte, wie modern man war oder gar wie viel Macht man besaß. Sie hatte davon gehört, dass es einen regelrechten Wettbewerb zwischen den reichen Männern hier in der Stadt gab, wer wohl die schönste, vor allem aber exotischste Sammlung besaß.

Männer und ihr unausstehlicher Geltungsdrang, seufzte Maria Sibylla innerlich. Immerhin konnte sie deshalb jetzt all diese wunderbaren Formen und Farben, Pflanzen und Tiere der

Schöpfung aus anderen Erdteilen in ihrer ganzen Schönheit bewundern.

Das Licht, dass durch die Fenster in den Raum schien, den sie gerade betreten hatten, durchflutete seine Mitte, während wegen der halb zugezogenen schweren Gardinen die Seitenwände im Dunkel blieben. Ihre Augen mussten sich erst an den Kontrast zwischen Hell und Dunkel gewöhnen. Das Licht, in dem sich Staubflocken in der sonnenerwärmten Luft wiegten, scheinbar darauf bedacht, niemals den Boden zu berühren, führte ihre Augen wie von selbst auf die großen Tische, die an der Längsseite in langen Doppelreihen in der Mitte des Raumes standen.

»Bitte, bitte, meine Damen, gehen Sie ruhig weiter«, ermunterte Simon Schijnvoet Maria Sibylla und ihre Töchter, die, von der unheimlichen Atmosphäre überwältigt, in der Tür standen. Er ging selbst ein paar Schritte voraus zu den Tischen und nahm einen langen Zeigestock, der am vordersten der Tische angelehnt stand.

Maria Sibylla trat näher. Sie erkannte jetzt, dass auf den Tischen Holzkästen standen, die an der Oberseite mit Glas abgedeckt und in denen die sonderbarsten Käfer ausgestellt waren, die man sich nur denken konnte. Große, kleine, farbenschimmernde und schwarze. Welche mit riesigen Greifwerkzeugen am Maul, andere wieder gänzlich unscheinbar.

Simon Schijnvoet hob seinen Zeigestock, wies auf verschiedene seiner Exponate und begann zu erklären:

»In diesen Kästchen finden Sie vor allem Käfer und anderes Ungetier, das einst aus dem Dreck und Schlamm der Erde kroch. Auch wenn sie darum nicht Teil von Gottes wunderbarer Schöpfung sein mögen, so finde ich sie doch der Mühe wert, sie zu betrachten. Sie sind ganz außergewöhnlich in ihrer Bauweise, finden Sie nicht?«

Jetzt verweilte der Stock bei einem der ausgestellten Käfer, einem großen und sonderbar aussehenden Exemplar.

»Dieser hier hat am Kopf zwei Hörner, die wie eine Zange geformt sind. Wundervoll bizarr, finden Sie nicht auch?«

Maria Sibylla hatte schon allerhand merkwürdige Formen auf Gottes Erdboden kriechen sehen, so dass sie sich so schnell über nichts mehr wunderte oder gar ekelte. Aber diese Form hier war ihr gänzlich neu.

»Diese köstlichen Tiere werden Herkuleskäfer genannt und verändern, wie ich mir habe sagen lassen, am Körper mitunter sogar ihre Farbe zwischen grün und schwarz.«

»Und wo haben Sie dieses Prachtexemplar her?«, fragte Maria Sibylla. Sie beugte sich fasziniert näher über das Exponat und betrachtete die sonderbaren Formen des Käfers.

»Aus unseren Handelskolonien im Westen. Dieses Exemplar wurde in Surinam in meinem Auftrag gefangen und für meine Sammlung hierher verschifft.«

Simon Schijnvoet schien sich daran zu erfreuen, dass die drei Frauen so viel Interesse an seiner Sammlung zeigten.

Er ging einige Schritte auf die Wand zu, die immer noch im Dunkeln lag.

»An den Längsseiten entlang der Wände finden sich noch viele Prunkstücke anderer Natur«, sagte Simon Schijnvoet und wies mit einer ausladenden Geste in Richtung auf die Wände hin.

Mit einem Ruck zog er an einer breiten Kordel und schob die Gardinen zur Seite, so dass auch die Wände im einfallenden Sonnenlicht lagen.

Ein gellender Schrei zerriss die andächtige Stille. Dorothea stand Auge in Auge mit etwas, das aussah wie eine riesige, braun geschuppte Echse mit massivem Kopf und einer doppelzüngigen Zunge. Die Krallen dieses Untiers waren stark, der muskulöse

Schwanz enorm lang. Das Biest sah Dorothea bedrohlich hungrig an und schien im gleichen Moment nach ihr zu schnappen und sie mit Haut und Haar verspeisen zu wollen. Dorothea drängte sich an Maria Sibylla, die sie in den Arm nahm.

»Keine Angst, keine Angst, meine Lieben«, rief Simon Schijnvoet, vielleicht eine Spur zu süffisant. »Die machen Ihnen nichts mehr. Diese Tiere sind ausgestopft oder in Alkohol eingelegt, auf jeden Fall aber sind sie schon lange tot.«

Es hatte ihm augenscheinlich eine diebische Freude bereitet, dass der Komodowaran solch einen tiefen Eindruck bei seiner jüngsten Besucherin hinterließ, aber ein stechender Blick Maria Sibyllas machte ihm mehr als deutlich, dass er damit zu weit gegangen war.

»Die einzigen Tiere, die hier noch leben, sind die Holzmaden in den Kabinetten und die Ratten in den Wänden«, versuchte Simon Schijnvoet, die Situation mit Humor zu retten.

Maria Sibylla nahm sich Zeit, sich umzuschauen. Die Wände standen voll mit enorm großen Kabinetten, die bis hin zur Decke reichten. Im unteren Teil befanden sich breite Schubladen, jede mit zwei Griffen versehen, so dass man die Laden gut herausziehen konnte. Der obere Teil der Kabinette bestand aus Regalbrettern. An manchen Schränken waren diese hinter Glastüren verschlossen, andere hatten keine Türen. Auf ihnen standen die sonderbarsten ausgestopften Tiere, die Maria Sibylla jemals gesehen hatte.

Sie öffnete eine Lade, in der sie in ästhetisch anmutender Ordnung alle möglichen Muscheln in unterschiedlichen Größen fand. Alle waren aber in ihrer Hauptfarbe weiß. In der darunter liegenden Lade lagen weitere Muscheln, nur waren sie dieses Mal bunt.

Maria Sibylla ging zum nächsten Kabinett und fand schließlich, wonach sie suchte. Dieser Simon Schijnvoet mochte zwar ein netter Kerl und begeisterter Sammler sein, aber ob er tatsächlich wusste, was er da so alles zusammentrug, davon war sie weniger überzeugt. Auch schienen ihm die Zusammenhänge, die die Natur vorgab, wohl noch nicht so richtig klar geworden zu sein. Immerhin hatte er vorhin erst gesagt, er habe lediglich gehört, dass der Herkuleskäfer seine Farbe verändern könne. Selbst gesehen hatte er es also nicht, wie sollte er auch, schließlich war der Käfer längst tot, bevor er hier in Amsterdam ankam. Aber genau das machte für sie den Unterschied. Sie wollte die Tiere in ihrer Umgebung sehen, erleben, wie sie sich verhielten, sich bewegten. Nur dann konnte sie das Wesen dieser Tiere erfassen. Erst dann konnte sie ein getreues Abbild von ihnen erstellen. Hier lagen und standen all die Tiere zwar wunderschön ansprechend nebeneinander. Aber über ihre Lebenswelten klärte einen so eine Wunderkammer nun mal nicht auf.

Sie betrachtete eine Lade voller Puppen. Die dazugehörigen Raupen und geschlüpften Schmetterlinge suchte sie jedoch vergeblich. Sie öffnete die darunterliegende Lade, aber dort waren nur die getrockneten Blätter verschiedenster Bäume in schön anzusehenden Mustern angeordnet.

»Werter Herr Schijnvoet«, fragte sie, »darf ich Sie fragen, ob Sie auch Schmetterlinge in Ihrer Sammlung haben, solch farbenfrohe aus dem amerikanischen Suriname?«

Hierauf hatte sie eigentlich gehofft. Als sie noch in Wieuwert gewohnt hatte, hatte sie ab und zu Exponate von Tieren und Pflanzen zu sehen bekommen, die Cornelis van Aerssen van Sommelsdijck – der Eigentümer des Landguts, auf dem sie lebte – gelegentlich zu seinen Schwestern schicken ließ, die das Landgut verwalteten, solange er als holländischer Gouverneur in Suriname diente. Als Maria Sibylla zum ersten Mal einen dieser wundervollen, auf der Oberseite bläulich schimmernden Schmetterlinge sah, war es wie Liebe auf den ersten Blick. Sie wusste sofort, diese filigranen Tiere wollte, musste sie fliegen sehen, auf Pflanzen sitzend und Blütennektar trinkend. Sie wollte wissen, aus welcher Raupe er schlüpfte, aus welcher Puppe er kam, wie das Ei aussah, das am Anfang seines Lebens stand. Sie wollte es mit eigenen Augen sehen, sie wollte den ganzen Prozess beobachten, wollte hautnah miterleben, wie sich dieses Tier von so etwas Unscheinbarem in einen prächtigen Schmetterling entfaltete und letztendlich seine Bestimmung und seine Freiheit fand. »Himmelsfalter« wurde er von denen genannt, die ihn mitgebracht hatten. Himmlisch sah er auf jeden Fall aus, fand Maria Sibylla. Damals hatte sie den Entschluss gefasst, nach Suriname reisen zu wollen. Die anderen, denen sie davon erzählte, hielten sie für verrückt, auch ihre Töchter. Sie hörte nur Antworten voller »Aber«. Antworten, in denen die Probleme immer größer, viel größer waren als die Möglichkeiten. Es ging in den Bedenken meist um die Finanzierung dieses Plans und um die Sorge, wie Maria Sibylla als Frau allein solch eine lange Reise unternehmen wolle, das gezieme sich nicht. Schließlich höre man ja so einiges darüber, welche Freiheiten sich die Männer so weit weg von zu Hause nahmen, und was, wenn sie dort Kannibalen in die Hände fiele? Und was wolle sie eigentlich immer mit diesen dreckigen, haarigen Puppen und Raupen?

Aber all diese Zweifel war Maria Sibylla bereits seit ihrer Kindheit gewöhnt. Schon ihre Mutter war dagegen gewesen, dass sie als kleines Kind malen lernen wollte. Sie sollte lernen, den Haushalt ordentlich zu führen, zu nähen und zu stricken. Ihre dreckigen Kleider, wenn Maria Sibylla mal wieder auf Käfersuche gewesen war, trieben ihre Mutter fast täglich zur Weißglut.

Maria Sibylla war nichts anderes gewohnt, als dauernd anzuecken. Irgendwie erfüllte sie nie die Ansprüche und Erwartungen, die andere an sie hatten. Sie war es von Kindheitsbeinen an gewohnt, ihren eigenen Weg zu gehen. Aber war es als Kind eher die Mutter gewesen, die sie zurückzuhalten versucht hatte, während ihr kupferstechender Künstlervater und malender Stiefvater sie ermunterten, die Welt mit anderen Augen zu sehen und ihren Weg zu gehen, so waren es jetzt vor allem die Frauen, von denen sie Rückhalt spürte. Die meisten Männer kamen zwar nicht umhin, Maria Sibyllas Talent und ihre Fähigkeiten zu bewundern. Gleichzeitig beneideten sie sie aber auch darum und missgönnten ihr das unvergleichliche Talent – und was war leichter, als sie an dem Punkt anzugreifen, worin sie sich von ihnen allen unterschied? Sie war nun einmal eine Frau, und als solche schickte es sich nicht, im Dreck zu wühlen, Schmetterlinge einzufangen oder gar Kunst als Beruf auszuüben. Als Zeitvertreib nebenbei, das wollte man sich ja noch gefallen lassen und mitunter sogar fördern. Aber die Professur eines solchen Berufs sollte man den wahren Kennern des starken Geschlechts überlassen.

Zum Glück dachten nicht alle Männer so. Simon Schijnvoet jedenfalls schien solche Ressentiments nicht zu hegen.

»Die Schmetterlinge, aber sicher, Frau Merian«, sagte er auf ihre Frage hin. »Wie Sie vielleicht schon bemerkt haben, befinden wir uns hier im Bereich des Erdreichs. Ich habe mir, wie gesagt, erlaubt, meine Sammlung nach den vier Elementen einzuteilen. Die Schmetterlinge befinden sich deshalb selbstredend in der Abteilung Luft.«

Er ging mit ihr weiter in den Raum hinein und blieb vor einem der Tische stehen. Dort hingen nicht nur die Wände voller Schmetterlinge, sondern es lag auch auf den Tischen und in den Schubladen eine unglaubliche Anzahl der schönsten Exemplare, hübsch angeordnet in großen Schaukästen aufgespießt nebeneinander.

Maria Sibylla konnte es kaum fassen. So viele Schmetterlingsarten in allen Größen und Farben hatte sie noch nie zu Gesicht bekommen. Sie war wie entrückt, während ihr Blick über die einzelnen zarten Tiere glitt und dem Spiel der Flügeladern folgte. Sie versuchte, darin Muster zu ergründen, nahm die verschiedenen Farben und Körperformen in sich auf, wollte sich – noch weiter nach vorne gebeugt, bis ihre Nase fast das Glas des Schaukastens berührte – die schier unglaublichen Farbnuancen einprägen. Sie würde noch heute Mittag versuchen, sie nachzuzeichnen. Vor allem aber wuchs ihr sehnlichster Wunsch zu einem Entschluss heran: Sie wollte und musste diese prächtigen Tiere lebend sehen, in ihrem eigenen Habitat. Sie wollte sie beschreiben, sie in Kupfer stechen und zeichnen. Wollte von Grund auf wissen, woher dieses Leben kam, wie dieses Tier zu einem solch schönen Geschöpf werden konnte und wie lange sein Weg dauerte, bis es sich so wunderbar entfalten konnte.

»Waren Sie selbst schon mal in Surinam, Herr Schijnvoet?«, fragte Maria Sibylla.

»Oh nein, wo denken Sie hin?«, sagte er. »Ich bin hier in meinem Amt als Adjudant des Gerichts unabkömmlich, müssen Sie wissen. Nein, nein, ich beauftrage manchmal Kapitäne, Wissenschaftler oder Offiziere, von denen ich weiß, dass sie sich auf große Reise begeben, damit, mir Exponate mitzubringen, und manchmal kaufe ich sie auch hier bei den einschlägigen Händlern in der Stadt.«

»Was meinen Sie, ist es teuer, so eine Überfahrt nach Surinam?«

Maria Sibylla drehte, noch immer über die Schaukästen gebeugt, ihren Kopf, schaute zu ihm auf und sah mit ihren funkelnden, offenen Augen direkt in die seinen.

»Sie … Sie meinen doch nicht …«, stammelte Simon Schijnvoet überrascht. »Sie überlegen doch nicht ernsthaft, ob Sie selbst …«

»Großer Gott, Sie haben sie doch gehört, meneer Schijnvoet!«
Eine große Frau mit einem freundlich wirkenden, etwas rundlichen Gesicht, welches gleichzeitig einen intelligenten und bestimmten Ausdruck hatte, betrat schnellen Schrittes den Raum. Sie mochte um einiges älter sein als Maria Sibylla. Ihre Kleidung ließ erkennen, dass sie gut, sehr gut betucht war.

»Werte Agnes Block, Sie sind schon da! Ich hatte Sie etwas später erwartet.« Simon Schijnvoet ging mit einer einladenden Geste seiner Hände auf sie zu, um sie zu begrüßen. »Ich freue mich ungemein, Sie in meinem Haus begrüßen zu dürfen.«

»Einen wunderschönen Tag, Herr Schijnvoet, und Sie mögen entschuldigen, dass ich einfach so hereinplatze. Ihre Frau war so gütig, mir die Tür zu öffnen.«

Agnes Block trat weiter in den Raum hinein und machte mit ihrer kerzengeraden Haltung einen überaus selbstsicheren Eindruck. Simon Schijnvoet hatte ihr vor ein paar Tagen erzählt, dass Maria Sibylla Merian seit Kurzem in der Stadt wohne und dass er sie eingeladen habe, seine Wunderkammer zu besichtigen. Auch Agens Block hatte schon vom Talent der Frankfurterin gehört und es kaum erwarten können, sie zu treffen.

»Ich wollte sichergehen, dass Ihr Gast nicht schon wieder weg ist, bevor ich sie getroffen habe. Sie sind mir doch ob meiner Impertinenz hoffentlich nicht böse, lieber Schijnvoet?«

Er hätte gern mehr Zeit gehabt, Maria Sibylla seine Sammlung noch ausführlicher zu zeigen, gleichzeitig war er aber auch erfreut, dass Agnes Block sich die Mühe machte, seine Wunderkammer aufzusuchen.

»Nun, möchten Sie uns einander nicht vorstellen?«

Maria Sibylla stand nur wenige Meter von Simon Schijnvoet entfernt, aber Agnes Block hatte ihr bisher noch keinerlei Aufmerksamkeit geschenkt, sie noch nicht einmal eines Blickes gewürdigt, obwohl sie doch offenbar der Anlass ihres Besuchs war.

»Aber mit der allerhöchsten Freude«, sagte Simon Schijnvoet, der noch immer etwas überrumpelt wirkte, und stellte die beiden einander vor.

Der Moment, in dem sich die Blicke der beiden Frauen trafen, war kurz, aber intensiv. Das burschikose Auftreten der Agnes Block schien wie weggeblasen. Ihre braunen Augen strahlten jetzt eine Wärme aus, die sich auf Maria Sibylla übertrug. Und auch Maria Sibylla schien auf Agnes Block Eindruck zu machen. Jedenfalls unterhielten sich die beiden Frauen sogleich angeregt über die Blumen- und Pflanzenzucht, über das Füttern von Raupen mit Salatblättern und das Malen von Schmetterlingen. Die beiden Frauen fühlten eine unmittelbare Zuneigung füreinander, ein Verständnis, wie es das wohl nur unter Frauen gibt, die sich in der Männerwelt zu behaupten wissen.

Eine Verbündete, schoss es Maria Sibylla durch den Kopf. Sie fühlte, dass sie, so unterschiedlich ihre Lebenswege auch waren, doch die gleichen Kämpfe für ihre Selbstbestimmtheit durchgemacht haben mussten.

»Sie müssen selbstverständlich auch noch meine jüngste Tochter kennenlernen, Frau Block«, sagte Maria Sibylla, nachdem sie ihr Johanna vorgestellt hatte. »Wo ist sie denn?«, fragte sie.

»Dorothea ist bei den Leguanen hängengeblieben. Sie ist wohl regelrecht fasziniert von diesen Biestern«, antwortete Johanna. Maria Sibylla rief sie, und Dorothea kam hereingerannt.

»Habt ihr diese gemusterten Leguane gesehen?«

Maria Sibylla und die anderen lachten über so viel unverfälschte Freude. Schließlich hatten sie sich ja auch alle etwas davon bewahrt in ihrem Leben, als Sammler, als Blumenzüchterin oder als Künstlerin.

»Und Ihr Mann?«, fragte Agnes Block an Maria Sibylla gewandt, wieder in ihrer fast schon rüden Art, die sich wohl nur eine Frau ihrer Klasse erlauben durfte. Stille breitete sich aus, und wenn diese auch nur ein wenige Sekunden anhielt, so war sie doch für alle fühlbar.

Simon Schijnvoet schaute zu Boden, und Agnes Block schien es jetzt doch etwas peinlich zu sein, dass sie so direkt und unvermittelt eine Frage gestellt hatte, deren Antwort sie im Grunde genommen nichts anging.

Maria Sibylla atmete tief ein, streckte ihren Rücken durch, schaute Agens Block direkt in die Augen und sagte: »Ich bin Witwe. Sozusagen.«

»Oh, das tut mir leid, Frau Merian, mein Beileid.«

Agnes Block wirkte betroffen. Sie sah nicht, wie die beiden Töchter urplötzlich erstarrten und ihre Mutter mit angstvollen Blicken ansahen.

»Danke«, antwortete Maria Sibylla. »Es ist schon ein paar Jahre her, und wir haben uns unser Leben zu dritt ganz gut eingerichtet.«

Als Dorothea etwas sagen wollte, hielt ihre große Schwester sie zurück.

»Nicht jetzt«, flüsterte sie ihr zu und hielt sie am Arm fest.

»Warum kommen Sie, werte Frau Merian, nicht nächsten Dienstagmittag zu mir? Ich habe dann ein paar Freunde eingeladen, um gemeinsam in meinem Garten das Wachsen und Blühen zu betrachten. Es würde mich sehr freuen, wenn Sie durch Ihre Aufwartung unser kleines Beisammensein bereichern würden«, lud Agnes Block ein. »Was meinen Sie, Herr Schijnvoet?«

Er war bereits eingeladen worden und hatte auf diesen Vorschlag gehofft, damit er Maria Sibylla noch weiteren Leuten, die für sie interessant sein konnten, vorstellen könnte.

»Welch charmante Idee, Frau Block«, sagte er, »ich fände es ebenfalls sehr wünschenswert, wenn wir Frau Merian bei Ihnen begrüßen und sie unseren Freunden vorstellen dürfen.«

»Das ist dann abgemacht.« Agnes Block wandte sich wieder an Maria Sibylla. »Um vierzehn Uhr, wenn Ihnen das recht ist?«

»Es ist mir eine große Freude, herzlichen Dank für Ihre Einladung, Frau Block«, antwortete Maria Sibylla.

Simon Schijnvoet schien ihr tatsächlich aufrichtig helfen zu wollen, hier in Amsterdam Fuß zu fassen. Und Agnes Block, das fühlte sie schon jetzt, könnte durchaus eine gute Freundin werden.

Der Nachhauseweg fühlte sich wie ein Ankommen an, nicht nur in ihrer neuen Wohnung, sondern auch in dieser Stadt. Amsterdam schien sie tatsächlich mit offenen Armen empfangen zu wollen.

KAPITEL 8

Maria Sibylla hatte für den Empfang bei Agnes Block ein Kleid aus Wolle gewählt, nicht wie üblich aus Leinen. Es war im bescheidenen, aber edlen Schwarz gehalten, wie man es hier in der Stadt oft trug. Bescheidenheit galt als eine Tugend. Unter dem Kleid trug sie einen weißen Unterrock, der nach hinten umgeschlagen und in Falten festgemacht wurde. So fiel das Kleid nach hinten und öffnete sich an der Vorderseite, wodurch der verzierte Unterrock zu sehen war. Auf Verzierungen mit Spitzen oder Samt hatte sie, als der Verkäufer den Preis hierfür nannte, dankend verzichtet. Die recht unangenehmen Hackenschuhe waren praktisch nicht zu sehen. Kleid und Rock reichten bis auf den Boden.

Ihr hochgeschlossener, weißer Kragen, der sich von Schulter zu Schulter streckte, war aus Spitzen gehäkelt. Sonst würde das Ensemble allzu trostlos wirken, fand Maria Sibylla. In der Mitte vor der Brust wurde der Spitzenkragen von einem Schmuckstück mit einem gefassten Bernstein zusammengehalten. Die Ärmel des Kleides waren kurz. Darunter trug sie ein Unterhemd mit langen, weitausladenden Ärmeln. Letztere waren für Maria Sibylla gewöhnungsbedürftig, war sie als Künstlerin doch gewohnt, mit ihren Armen und Händen frei arbeiten zu können.

Sie trug keine Verzierungen im Haar, nur eine bescheidene, schwarze Kappe auf ihrem Kopf.

Ihre Töchter jedenfalls staunten nicht schlecht, so schick gekleidet hatten sie sie noch nie gesehen.

Freundlicherweise hatte Simon Schijnvoet ihr angeboten, dass sie gemeinsam zum Empfang von Agnes Block gehen könnten. Das würde ihr die Ankunft erleichtern, und sie brauchte nicht zu befürchten, verloren in der Ecke zu stehen und nicht zu wissen, mit wem sie Konversation treiben konnte.

Sie gingen einfach von der Kerkstraat aus Richtung Westen und bogen bei der ersten Gelegenheit nach rechts ab, gingen über eine Brücke über die Keizersgracht, und schon waren sie auf der Herengracht. Simon Schijnvoet freute sich, jemandem die Stadt zeigen zu können.

Waren die herrschaftlichen Häuser an dieser nobelsten Gracht Amsterdams sowieso nur für die wirklich Reichen bezahlbar, so zählten diejenigen, die sich ein doppeltes Haus leisten konnten, wohl zu den Allerreichsten. Simon Schijnvoet wusste die neuesten Gerüchte über die Bewohner einiger der Häuser zu erzählen, wie reich sie waren, womit sie handelten, mit wem der Herr des Hauses wohl gerade eine Affäre hatte oder – Gott verhüte – seine Frau. Maria Sibylla amüsierte sich köstlich an der Seite Simon Schijnvoets – und doch hörte sie ihm nicht wirklich zu. Vielmehr beschäftigte sie die Frage, wen sie gleich treffen würde, ob sie dem Anlass entsprechend richtig gekleidet war, nicht zu ärmlich, aber auch nicht zu schick, wie die anderen Gäste auf sie als Neuankömmling reagieren würden, ob sie von ihnen akzeptiert werden würde. Sie konnte sich noch keine richtige Vorstellung von diesem Nachmittag machen, und das machte sie mit jedem Schritt nervöser. Nur nichts anmerken lassen, dachte sie. Sie sah nach oben und musterte all die Verzierungen, die an den Häusern der Herengracht angebracht waren, eine schöner und ausgefallener als die andere. Offensichtlich ließ man es sich etwas kosten, seinen Reichtum und Geschmack zur Schau zu stellen.

Ihr fiel auf, dass der Eingang der Patrizierhäuser sich nie direkt an der Straße befand. Vielmehr musste man ein paar Stufen hinaufgehen, bevor man auf einem kleinen Absatz eintreten konnte.

»Nun ja«, erklärte Simon Schijnvoet, »die hohen Damen und Herren möchten eben nicht gleich im Dreck der Straße stehen.«

Dabei gab es hier doch sowieso schon viel weniger Schmutz als in anderen Straßen, fiel Maria Sibylla auf. Hier fuhren fast keine Karren oder Kutschen.

Simon Schijnvoet schien ihre Gedanken erraten zu haben. »Kutschen würden viel zu viel Krach machen für die hiesigen Anwohner.« Er rümpfte seine Nase. »Deshalb haben ja auch viele ihre Kutschhäuser an der Rückseite und nicht hier an der noblen Herengracht.«

Er sah, wie Maria Sibyllas Blick immer wieder an den Hausfronten entlang nach oben schweifte.

»All die verschiedenen, wunderbar verzierten Giebel. Ist unsere Stadt nicht schön?«, sagte er.

Maria Sibylla konnte nicht anders, als ihm recht zu geben.

»Wir sind gleich da«, sagte Simon Schijnvoet nach ein paar weiteren Minuten auf der Herengracht. Er räusperte sich, druckste etwas herum. Irgendetwas schien ihn zu bedrücken, bemerkte Maria Sibylla. Sie ermunterte ihn, frei von der Leber weg zu sagen, was er auf dem Herzen habe.

»Tja, also …«, stammelte Simon Schijnvoet, »wenn ich Sie neulich richtig verstanden habe, Frau Merian, dann denken Sie also unter Umständen daran, eine … wie soll ich sagen, eine große Reise zu unternehmen, nach Suriname …«

»Aber sicher, Herr Schijnvoet«, unterbrach Maria Sibylla ihn, »genau das habe ich vor!«

»Nun ja, wissen Sie«, sagte er noch immer zögernd, »vielleicht wäre es klug von Ihnen, diesen Wunsch heute noch nicht zu explizieren. Er könnte auf einige der Anwesenden abstoßend oder gar impertinent wirken.«

»Wie kommen Sie denn darauf?«, fragte Maria Sibylla amüsiert, die die Antwort zwar ahnte, es aber doch genau wissen wollte.

»Solche Reisen werden bisher doch eher Männern zugestanden, und Frauen sind in seltenen Fällen auf solchen Reisen nur als begleitende Ehegattin zugelassen.« Simon Schijnvoet war froh, dass er seine Befürchtung geäußert hatte.

»Wenn ich mich immer nur an das gehalten hätte, was bisher so üblich war, glauben Sie mir, mein hoch geschätzter Herr Schijnvoet, dann hätte ich es sicherlich nicht bis hierher gebracht. Aber gut, ich verstehe Ihren Einwand und will für heute Vorsicht an den Tag legen«, antwortete Maria Sibylla. Sie wollte ihren neu gewonnenen Freund nicht gleich bei der erstbesten Begegnung vor anderen brüskieren, zumal sie ja seine Begleitperson war.

Simon Schijnvoet war sichtlich erleichtert und wechselte das Thema.

»Nach der nächsten Brücke, die die Gracht quert, kommen wir schon zu dem Haus, in dem Agnes Block wohnt. Wie ich Frau Block kenne, wird es sich übrigens eher nicht um einen beliebigen Empfang handeln. Wenn sie eine Einladung ausspricht, dann doch meist mit herausragenden Händlern, Politikern und Künstlern der Stadt.«

Nach seinen Worten wurde es Maria Sibylla etwas flau in der Magengegend. Sie zwang sich, ein paarmal tief durchzuatmen, und fing sich wieder. Schließlich war es ja genau das, was sie wollte: eingeführt werden in die hohen Kreise der Stadt. Sie wollte die Leute kennenlernen, die sie unterstützen und ihr weiterhelfen konnten, ihren Traum zu verwirklichen, als Erste die Schmetterlinge Surinames nach dem Leben zu malen.

»Sollen wir?«, fragte Simon Schijnvoet, als sie vor dem prächtigen Grachtenhaus standen. Der erste Eindruck, den sie von ihr

70

haben würden, könnte entscheidend sein, fuhr es ihr durch den Kopf. Maria Sibylla rückte ihre Garderobe zurecht, holte noch einmal tief Luft und nickte schließlich. Das war ihre Chance.

KAPITEL 9

Sie gingen die paar Stufen hinauf, und Simon Schijnvoet zog
an der Hausklingel. Eine Bedienstete öffnete, erkannte ihn sogleich und hieß die beiden freundlich einzutreten. Agnes Block
bemerkte sie im gleichen Moment, als sie über die Schwelle des
Salons in der Bel Etage traten, sie löste sich von ihren beiden
Gesprächspartnern, mit denen sie sich offensichtlich angeregt
unterhielt, und kam sofort auf sie zu. Sie begrüßte sie wohl-
gelaunt, sprach ein paar Sätze mit ihnen, ehe sie sich bei Simon
Schijnvoet entschuldigte und Maria Sibylla ein paar Schritte zur
Seite zog.

»Ihr Salon ist einfach wunderbar, liebe Frau Block«, sagte
Maria Sibylla. Sie war schier überwältigt ob der Größe und des
Reichtums, der sich ihr zeigte, den Farben und Formen. Der
Raum hatte eine wohl fast zwei Stockwerke hohe, reichlich mit
Stuck verzierte Decke. In der Mitte einer Wand befand sich ein
Kamin, der so groß war, dass er Maria Sibylla bis über die Hüften reichte. Auf dem Kaminsims standen zwei weiße Vasen mit
blauen Blumendekors. Maria Sibylla wusste um dieses Status-
symbol aus Delfter Fayencen, mit denen sich die Reichen gern
schmückten. Sie begann sich allmählich zu wundern, warum sie
als Künstlerin aus einfachen Verhältnissen in diesen offensichtlich illustren Kreis eingeladen wurde. Ihr musste wohl wirklich
ein sehr guter Ruf vorausgeeilt sein, und sie war festen Willens,
diesen Ruf nicht nur nicht zu enttäuschen, sondern die Erwartungen noch zu übertreffen. Ihr Blick fiel auf den über dem

Kaminsims eingefügten Spiegel mit dem vergoldeten Rahmen, der fast bis zur Decke hinaufreichte. Vor den Wänden standen reich verzierte Kommoden und abwechselnd kleine Beistelltische und Stühle, dazu vor dem Kamin zwei Fauteuils.

Maria Sibylla schaute sich um. Die großen Fenster zur Gracht auf der einen und zum Garten auf der anderen Seite, die alle beinahe vom Boden bis hinauf zur Decke reichten, fluteten das Zimmer geradezu mit Licht. Von der Deckenmitte hing ein Leuchter herab, der wohl an die zwanzig Kerzen zu tragen vermochte.

»Ich bin wirklich … Es ist wunderschön«, sagte Maria Sibylla überwältigt.

»Das freut mich, dass es Ihnen gefällt«, meinte Agnes Block. »Und jetzt möchte ich Ihnen einen Herrn vorstellen, der für Sie durchaus interessant werden könnte.« Sie brachte ihren Mund näher an Maria Sibyllas Ohr und flüsterte: »Und Sie auch für ihn.« Sie drehte sich um und wandte sich an einen recht gebrechlich wirkenden alten Mann, der vornüber gebeugt auf einem der beiden grün gepolsterten Fauteuils am Kamin saß. Er saß als Einziger im Raum, fiel Maria Sibylla auf, aber die anderen schienen ihm alle mit dem größten Respekt zu begegnen. Er hatte offensichtlich Mühe zu atmen und wirkte, als koste es ihn zu viel Kraft, den Gesprächen um ihn herum zu folgen. Als Agnes Block ihn ansprach, hob er müde seinen Kopf und sah Maria Sibylla aus seinen wässrigen Augen an. »Meneer Commelin, darf ich Ihnen Maria Sibylla Merian vorstellen?«

»Wen?«, fragte Commelin nur müde und wenig interessiert.

»Frau Merian«, wiederholte Agnes Block.

»Mediterran?«, fragte Commelin nach.

»Aber nein doch«, erwiderte Agnes Block und wiederholte mit erhobener Stimme Maria Sibyllas Nachnamen.

»Meloman, soso«, sagte Commelin eher gelangweilt.

Oh je, dachte Maria Sibylla, schwerhörig ist er auch noch. Wenn das nicht nur noch peinlicher wird.

»Nein, nein«, nahm Agnes Block noch einen Anlauf. »Mein verehrter Herr Commelin, ich möchte Ihnen gern Frau Merian vorstellen.«

Sie sprach jetzt so laut, dass alle anderen Gespräche im Raum verstummten. Maria Sibylla wollte am liebsten im Boden versinken. Ihr war diese Szene furchtbar peinlich. Ein älterer Herr, der sich nicht die Bohne für sie interessierte, und die Hausherrin, die ihren Namen gerade lautstark durch den ganzen Salon geschleudert hatte.

»Sagten Sie etwa Merian?«, wollte sich Jan Commelin versichern. Seine Augen wirkten auf einmal gar nicht mehr so trübe. Sein Rücken streckte sich, so gut es ging, und es huschte ein angedeutetes Lächeln über sein Gesicht. Auch den anderen musste diese Veränderung in seiner Gestalt aufgefallen sein, und nun stand Maria Sibylla endgültig im Mittelpunkt der Aufmerksamkeit. Sie traute sich fast nicht mehr zu atmen.

»Echanté, mevrouw Merian, quelle surprise, Sie hier im Blockschen Salon anzutreffen.« Jan Commelin schaute ihr jetzt direkt in die Augen. »Sagen Sie, sind Sie es wirklich leibhaftig, die Frau der beiden Raupen-Bücher?«

Maria Sibylla errötete. In ihren Augenwinkeln nahm sie Simon Schijnvoet wahr, der sich hinter Commelin gestellt hatte. Alle Anwesenden begannen sich jetzt um die kleine Gruppe zu scharen. Simon Schijnvoet gab ihr mit einem kurzen Nicken zu verstehen, dass sie sich ein Herz fassen sollte. Maria Sibylla holte Luft.

»Ja, meneer, ich habe diese beiden Bücher selbst gestochen, gemalt und geschrieben«, antwortete sie schließlich. Ihre Stimme, anfangs noch fast zerbrechlich, wurde mit jedem Wort fester.

»Extraordinaire, Madame Merian, extraordinaire, wirklich vorzügliche Arbeiten. Und ein so erfrischender Blick! Meine Hochachtung. Bitte geben Sie mir die Ehre, Sie so bald wie möglich in unserem Hortus Medicus der Stadt begrüßen zu dürfen.«

Hatte der alte Mann sie gerade vor der ganzen Gesellschaft über alles gelobt und ihr eine Einladung ausgesprochen? Maria Sibylla konnte es kaum fassen. Sie schaute zu Simon Schijnvoet, dann zu Agnes Block. Beide nickten fast unmerklich mit dem Kopf, schlossen dabei kurz ihre Augen, als ob sie ihr bestätigen wollten, dass alles gut sei und sie die Einladung vertrauensvoll annehmen dürfe. Sie schienen stolz darauf zu sein, dass Maria Sibylla so gut in der illustren Runde aufgenommen wurde.

»Mein Neffe, wo ist er denn …« Jan Commelin drehte seinen Kopf, so gut es eben ging, nach links und rechts. »Ah, da bist du ja. Darf ich vorstellen? Caspar Commelin. Wäre es Ihnen kommod, wenn er mit Ihnen einen Termin abspricht?«

»Bien sûr, Monsieur Commelin«, erwiderte Maria Sibylla, seine Vorliebe für das Französische aufnehmend.

War Jan Commelin der Älteste inmitten dieser Gesellschaft, sein Neffe war mit Abstand der Jüngste. Maria Sibylla schätzte ihn auf Anfang zwanzig, vielleicht gerade mal so alt wie Johanna. Er hatte warme Augen und eine freundliche Ausstrahlung und schlug vor, alsbald einen Boten nach Maria Sibylla zu senden, um einen Termin für einen Besuch im Hortus Medicus abzusprechen, der unter Mitwirkung und Leitung seines Onkels errichtet worden war.

»Sie sollten auch unseren Herrn Bürgermeister kennenlernen, Frau Merian«, schlug Jan Commelin vor, und wie auf Kommando trat ein selbstbewusst wirkender Mann mit einem schmalen Oberlippenbart ein paar Schritte auf sie zu.

»Angenehm Ihre Bekanntschaft zu machen, Frau Merian. Darf ich mich vorstellen? Nicolaes Witsen.«

»Sehr erfreut, Ihre Bekanntschaft zu machen«, erwiderte Maria Sibylla, während sie einen Knicks andeutete.

»Er ist nicht nur Bürgermeister«, ergänzte Jan Commelin, »sondern auch Weltreisender, Schiffbauer, Verwalter bei unserer Vereenigde Oostindische Compagnie und ein nicht unverdienstlicher Sammler. Er ist der Kunst und unserer Wissenschaft sehr zugetan, worüber wir sehr froh und dankbar sind.«

»Zu freundlich, mein lieber Herr Commelin, zu freundlich«, wiegelte Nicolaes Witsen nur scheinbar peinlich berührt ab. Er war wohl recht froh, dass ein anderer für ihn die Rolle übernahm, seine vornehmsten Verdienste und Tätigkeiten aufzuzählen und dass so auf elegante Art seiner Eitelkeit Genüge getan wurde. Trotz dieses Charakterzuges hatte Nicolaes Witsen ein einnehmendes Wesen. Sein gepflegtes Schnurrbärtchen unter der wohlgeformten Nase und seine wachen braunen Augen verrieten, dass sich in diesem Amtsträger auch ein Schelm verbarg.

Nicolaes Witsen hielt in seinem Gespräch mit Maria Sibylla nicht lange hinter dem Berg, dass er eine ansehnliche Wunderkammer zusammengetragen habe, schließlich habe er eben in seiner Funktion als Verwalter der VOC die allerbesten Verbindungen und damit Zugang zu Lieferungen der exotischsten Tiere und Pflanzen, die man sich nur vorstellen könne. Jetzt gewann doch die Eitelkeit vor der Zurückhaltung, der Politiker vor dem Wissenschaftler und Sammler, zumal sich so die Möglichkeit bot, den anwesenden Damen und Herren seine besondere Position in Erinnerung zu rufen.

Maria Sibylla traute sich zu fragen, was denn ›VOC‹ bedeute, und sie erfuhr, dass die Vereenigde Oostindische Compagnie ein außerordentlich erfolgreiches Handelsunternehmen in den

Überseegebieten weit östlich von Holland war. Die Schiffe der VOC brachten Handelswaren in die Stadt, die dort gelagert und schließlich mit großen Gewinnen weiterverkauft wurden.

»Haben Sie auch Sammlerstücke aus dem Westen, aus Suriname?«, fragte Maria Sibylla den Bürgermeister. Eine so konkrete Frage hatte wohl niemand erwartet, und die Augenpaare der Anwesenden richteten sich überrascht auf Maria Sibylla.

»Ich hatte das Vorrecht, in meiner Zeit in Friesland einige wunderschön schimmernde und große Schmetterlinge zu sehen, die von dort mitgebracht wurden, darum meine Frage.«

Die Antwort Nicolaes Witsens ließ sie aufatmen. Selbstverständlich habe er auch Exponate aus Suriname, und nicht die geringsten, wenn er dies mit aller Bescheidenheit hinzufügen dürfe. Wie gesagt, seine Beziehungen …

Maria Sibylla freute sich nun umso mehr über die Einladung, seine Wunderkammer zu besuchen. Endlich würde sie die besonderen Schmetterlinge wiedersehen, die sie nicht vergessen konnte, seit sie sie zum ersten Mal betrachtet hatte.

»Und hier darf ich Ihnen eine Kollegin von Ihnen vorstellen.« Agnes Block war wieder zu Maria Sibylla getreten und legte ihr kurz eine Hand auf den Arm. »Alida Withoos.«

»Es ist mir eine Ehre, eine so erfahrene und bekannte Künstlerin zu treffen, Frau Merian«, begrüßte sie eine Frau, sie wohl Ende zwanzig sein mochte. Ihrer Kleidung nach zu urteilen, war sie lang nicht mit solch großen wirtschaftlichem Fortune ausgestattet wie die anderen Gäste. Aus diesem Grund und weil Alida Withoos anscheinend neben Maria Sibylla die einzige anwesende Künstlerin war, fühlte sie sich sogleich mit ihr verbunden.

»Kommen Sie mit«, bat Agnes Block die beiden Frauen, »lassen wir die Herren für ein paar Augenblicke alleine, dann kann ich ihnen ein paar Zeichnungen von Frau Withoos zeigen, die sie in meinem Auftrag angefertigt hat.«

Agens Block ging ihnen voraus aus dem Salon, weiter den Gang entlang und dann hoch zur zweiten Etage. An der Wand sah Maria Sibylla mehrere Blumenzeichnungen, alle im gleichen Stil.

»Schauen Sie nur«, Agnes Block wies auf die erste eingerahmte Zeichnung an der Wand, »ist dieser Eisenhut nicht einfach wunderbar?«

Tatsächlich war Maria Sibylla überrascht, die ausgewogene und genaue, mit Wasserfarben gemalte Zeichnung einer so jungen Künstlerin zu sehen. Der Zweig wirkte, auch wegen der Farben, frisch und detailgetreu. Die hochgiftige Pflanze strahlte auf dem Blatt eine gewisse Lebendigkeit aus. Dass der Stamm abgeschnitten, und die Pflanze allein auf dem Blatt war und nicht einmal einen Schatten warf, verwunderte Maria Sibylla etwas. Es tat dem offensichtlichen Talent von Alita Withoos aber keinen Abbruch.

»Meine Hochachtung, Frau Withoos«, lobte Maria Sibylla, »Sie haben offensichtlich Talent.«

»Ich habe Frau Withoos beauftragt, einige Blumen und Pflanzen aus dem Garten meines Sommerhauses außerhalb der Stadt für mich zu malen. So kann ich auch wenn ich hier bin, die Blumenpracht genießen«, erklärte Agnes Block.

Die drei vertieften sich in ihr Gespräch über die Zeichnungen und die Zucht besonderer Blumenarten, und vor allem Alida und Maria Sibylla fanden immer mehr Gemeinsamkeiten. Beide waren von ihrem Vater ausgebildet worden, beide kamen aus ursprünglich gut situierten Familien, aber hatten Geld verloren, und wie sehr sich auch ihr Stil und Ansatz unterscheiden mochte, so malten beide vor allem Blumen, Schmetterlinge und andere kleine Tiere.

Obwohl die drei Frauen alle aus einer anderen Generation stammten, kam zwischen ihnen eine angeregte Diskussion zustande. Darüber, wie man am besten Pflanzen auf der einen Seite so detailliert wie nötig und auf der anderen Seite für die Betrachterin auch noch so ansprechend wie möglich auf Pergament oder Papier bringen konnte. Oder wie man es schaffte, glaubhaft und ästhetisch anspruchsvoll mehrere Wuchs- und Blütenstadien einer Pflanze in nur einem Zweig auf einer Zeichnung unterzubringen. Auch Agnes Block, die – wie sich im Laufe des Gesprächs herausstellte – früher selbst auch gezeichnet und gemalt hatte, wusste, wovon sie sprach. Das Gespräch der drei Frauen wurde lebhafter und lautstarker, sie lachten mitunter so frei und lauthals, wie Maria Sibylla es lang nicht mehr getan hatte.

»Ich sehe, die Damen amüsieren sich köstlich.«

Es klang eher spottend als freundlich. Maria Sibylla, Agnes und Alida verstummten sofort und fühlten sich ertappt. Sie hatten die Türglocke nicht gehört. Ein verspäteter Gast kam den Gang entlang und begrüßte sie, eine Augenbraue etwas nach oben gezogen, um seinen Mund ein kühles, herablassendes Lächeln. Levinus Vincents Kleidung war vor allem eines: sichtbar teuer.

Nicht ohne Geschmack, fand Maria Sibylla, als sie ihn unauffällig musterte, aber zu wenig Selbstvertrauen hatte er sicherlich nicht. Auch seine aufwendig verarbeitete und lange Perücke ließ darauf schließen, dass er sich um Geld keine Sorgen machen musste.

Er begrüßte Agnes Block außerordentlich galant, ließ Alida und Maria Sibylla aber spüren, dass er mit Damen ihres Standes eigentlich keinen Umgang pflegte. Agnes tat einfach so, als bemerke sie seine distanzierte Haltung nicht, und stellte Alida und Maria Sibylla als Künstlerinnen vor. Das sorgte aber nur dafür, dass Levinus Vincent sie mit einer Portion Mitleid ansah, immerhin hatte er eine Schwäche für Künstler. Schließlich war auch er ein begeisterter Sammler und musste darum mit Künstlern zusammenarbeiten, um seine Wunderkammern zeichnen oder gar in Kupfer stechen zu lassen.

Agnes bat ihn mit einer ausladenden Geste in den Salon, Maria Sibylla und Alida folgten den beiden.

»Ah, da sind Sie ja«, rief Jan Commelin, als der neu angekommene Gast den Salon betrat. Die übrigen Gäste standen immer noch um ihn herum. Sie unterbrachen ihre lebhafte Konversation, um Levinus Vincent mit einem Kopfnicken zu begrüßen.

»Wie ich sehe, haben Sie mit Frau Merian schon Bekanntschaft gemacht«, riss Jan Commelin das Gespräch an sich. »Wussten Sie, dass sie jetzt auch in Amsterdam wohnt?«

»Nein, ich hatte nicht das Vergnügen, um …«, aber Levinus Vincent wurde gleich wieder unterbrochen.

»Sie ist eine der größten Künstlerinnen unserer Tage, wenn ich es Ihnen sage. Sie hat die Gabe, Kunst und Wissenschaft auf einmalige Weise miteinander zu verbinden. Extraordinaire! Dafür züchtet sie Raupen und Puppen, wie Sie unschwer an ihren beiden faszinierenden Bänden, äh, wie war der Titel doch gleich …?« Jan Commelin schaute fragend zu Maria Sibylla. Sie kam nicht umhin, seine Frage zu beantworten, zumal schon wieder alle Augenpaare auf sie gerichtet waren.

Mit niedergeschlagenen Augen und leicht errötend nannte sie den Titel: *Der Raupen wunderbare Verwandlung und sonderbare Blumen-nahrung.* Der erste Teil war vor zwölf Jahren in Nürnberg erschienen, der zweite vor acht Jahren in Frankfurt. Beide hatte sie auf Deutsch geschrieben, und es wunderte sie, dass Jan Commelin die Bücher offenbar kannte.

»Raupen und Puppen«, erwiderte Levinus Vincent angeekelt, »das ist doch nichts als Teufelswerk! Von so etwas sollte man sich tunlichst fernhalten.« Und es kam noch schlimmer. »Vor allem ein Frauenzimmer. Sie sollten also achtgeben, Frau Merian, sonst könnte es Ihnen womöglich noch heißer unter Ihren Füßen werden, als Ihnen lieb ist.«

Alle im Raum hielten den Atem an. Maria Sibylla war wie erstarrt. Dies klang schon fast wie eine Drohung. Sie kannte diese Vorwürfe schon seit ihrer Kindheit. Damals konnte man ihre Vorliebe für das Züchten der Seidenraupe, mit der ihre Faszination begann, noch als Kinderspiel abtun. Aber sie wusste, dass ihre Mutter immer in der Angst lebte, dass jemand ihre Tochter als Hexe denunzieren würde, wenn sie erst mal älter war. Aber in der Zwischenzeit waren in Deutschland die Hexenverfolgungen viel weniger geworden, und in Holland waren sie sowieso viel seltener. Maria Sibylla fühlte sich sicher, zumal es immer mehr wissenschaftliche Abhandlungen darüber gab, dass die von ihr so geliebten Raupen und Puppen eben durchaus kein Teufelszeug waren.

»Was reden Sie denn da für einen Quatsch!« Jan Commelin machte Levinus Vincent unmissverständlich deutlich, dass er den Bogen überspannt hatte. »Diese Behauptungen sind doch schon seit Längerem widerlegt«, machte er mit einer wegwerfenden Armbewegung und seiner ganzen Autorität als Direktor des Hortus Medicus deutlich.

»Meine Herren, ich muss doch sehr bitten. In meinem Haus erwarte ich, dass der Respekt und die Contenance allen meinen Gästen gegenüber gewahrt wird«, versuchte Agnes, die beiden Streithähne wieder zu beruhigen.

»Wenn die Herren mir vielleicht gestatten würden, hierzu etwas zu sagen?«, hörte sich Maria Sibylla plötzlich selbst sprechen. Es war, als stünde sie neben sich und würde sich selbst dabei beobachten, wie sie den Mut hatte, das Wort zu ergreifen. Simon Schijnvoet versuchte, sie noch mit seinen Blicken zu erreichen, um ihr zu signalisieren, dass sie dies auf gar keinen Fall tun sollte. Nicht noch mehr Öl ins Feuer gießen, baten seine Augen inständig. Aber es war zu spät. Maria Sibylla wollte sich von so einem aufgeblasenen Wichtigtuer nicht mehr unterkriegen lassen. Sie war es leid, dass Männer sich ihr gegenüber mit Scheinargumenten profilieren wollten und damit ihre profunden Arbeiten und Erkenntnisse einfach ins Lächerliche zogen und sie damit auch persönlich diskreditierten.

Sie sprach mit ausgenommen ruhiger Stimme, langsam und bedacht, und klang genau deshalb auch so überzeugend. Sie beabsichtigte keineswegs, den Streit weiter anzustacheln. Ihr lag daran, den Sachverhalt zu klären. Hier war mehr ihre wissenschaftliche als ihre künstlerische Ader gefragt.

»Sehen Sie, ich verstehe Herrn Vincent, wenn er meint, die Larven und Puppen kämen aus dem Dreck hervor und wären Teufelswerk. Das könnte man ja auch denken, fressen diese Raupen uns doch die Blätter vom Salat und schaden anderen Pflanzen. Dazu kommt, dass man sich die Hände schmutzig machen muss, möchte man die Pflanzen von diesen gefräßigen Wesen befreien. Und wie Sie ja zweifellos alle wissen, hat man lange Zeit auch so gedacht. Und denkt in gewissen Kreisen vielleicht auch noch immer so.« Maria Sibylla wagte es für den Bruchteil einer Sekunde, in die Richtung Levinus Vincents zu schauen. »Mit aller Bescheidenheit darf ich aber darauf hinweisen, dass anerkannte Wissenschaftler in der Zwischenzeit zu dem Schluss gelangt sind, dass sich auch diese Tiere nach einem eigenen Plan bewegen und verhalten. Während man die Verwandlung vom Ei über die Raupenformen bis hin zu den ausgewachsenen Schmetterlingen beobachtet, wie ich es seit Jahrzehnten tue, wird man unweigerlich an des Allmächtigen

Schöpfung erinnert. Zudem studiere und zeichne ich all meine Befindungen gewissenhaft auf. Es kann meiner Meinung gar nicht anders sein, als dass diese Tierchen, wie klein und unbedeutend sie auch scheinen mögen, Teil von Gottes Schöpfung sind.«

Hier und da leise gemurmelte Zustimmung gab Maria Sibylla den Mut, ihr Argument weiter fortzuführen. Sie wandte sich jetzt direkt an ihren Widersacher, wie er es zuvor bei ihr getan hatte: »Betrachten Sie doch nur, verehrter Herr Vincent, die Seidenraupe. Wie kann ein solches Tier nicht zu Gottes Schöpfung gezählt werden, wenn aus ihrer harten Arbeit solch wunderbar feiner Stoff gewoben wird, den Sie – wie wir alle hier bewundern dürfen – mit Stolz tragen.«

Maria Sibylla suchte während ihres letzten Satzes Levinus Vincents Blick und deutete ein freundliches Lächeln an. Innerlich raste ihr Herz. Sie hielt ihren Atem an.

Hatte sie sich tatsächlich getraut, so lange zu sprechen, als Frau vor all diesen honorablen Herren? Und dann auch noch über solch wissenschaftlich und theologisch durchaus heikle Fragen … Sie hatte es noch nie zuvor gewagt, ihre Meinung so offen und ungeschützt in solcher Runde kundzutun. Auf einmal nahm Maria Sibylla die ohrenbetäubende Stille um sich herum wahr und fühlte sich, als stände sie in Erwartung eines Urteils vor einem Standgericht.

Sie nahm ihren Blick langsam von Levinus Vincent und schaute in die Runde. Sie sah, wie die anderen sie mit großem Erstaunen anstarrten.

Sie wussten nicht, was sie mehr verblüffte: dass Maria Sibylla sich einfach die Freiheit genommen hatte, so lange das Wort zu nehmen, oder das Selbstbewusstsein ihrer klaren und stichhaltigen Aussage. Es war mucksmäuschenstill im Salon der Agnes Block. Selbst die Gardinen vor den halb geöffneten

Fenstern zum Garten hin schienen dem lauen Sommerlüftchen zu trotzen und hingen bewegungslos von ihren Stangen.

Gerade als die Stille in Peinlichkeit zu kippen drohte, donnerte die Stimme Jan Commelins durch den Raum.

»Recht hat sie!«, rief er, so gut seine Lungen es zuließen.

»Ja, aber«, versuchte sich Levinus Vincent noch zu rechtfertigen, »ob diese Annahme – nur weil sie auf die Seidenraupe zutrifft – auch für all das andere unblutige Getier zutrifft, das wäre ja wohl noch zu beweisen.«

»Ach Quatsch«, sagte Jan Commelin und wischte seinen Einwand weg. »Schließlich haben der Italiener Malpighi und nicht zuletzt auch die beiden Seeländer Goedaert und De Mey schon hinreichend aufgezeigt, dass auch die Würmer und Larven Organe besitzen und dadurch eine gewisse Ordnung haben.«

»Wenn ich dem noch etwas hinzufügen darf …« Der zurückhaltende Mann, der jetzt das Wort ergriff, hatte weiche Gesichtszüge, eine zarte Haut und leicht rötliche Wangen. Er war gut gekleidet und sprach mit leiser, aber deutlicher und klarer Stimme. Er klang, als wöge er seine Worte wohlüberlegt ab, was ihm Respekt bei den anderen zu verschaffen schien. Allein schon durch seine ruhige Stimme und sein bescheidenes Auftreten wusste er der Situation die aufgetretene Schärfe zu nehmen. Er stand in der zweiten Reihe hinter den anderen, die sich jetzt nach ihm umdrehten.

»Der leider viel zu früh von uns gegangene Arzt und Wissenschaftler Jan Swammerdam glaubte auch schon nicht mehr an ein spontanes Entstehen, eine generatio spontanea dieser, wie ich gerne zugeben möchte, im ersten Augenblick doch widerwärtig anzusehenden Tierchen. Und ich darf Ihnen, sozusagen als Kollege des Herrn Swammerdam, sagen, dass ich mithilfe des noch nicht weit verbreiteten, gleichwohl aber sehr hilfreichen

Apparats des Mikroskops feststellen konnte, dass auch die kleinsten Tierchen im Innern vielleicht einfacher, aber den größeren Tieren durchaus ähnlich aufgebaut sind. So besitzen tatsächlich, wie ja gerade schon angedeutet, auch noch die Kleinsten einen Verdauungskanal und verschiedene Organe, die ihnen das Leben ermöglichen. Vielleicht, mein guter Freund«, er wandte sich jetzt direkt an Levinus Vincent, »dürfte ich bald die Ehre Ihres Besuchs erfahren und Ihnen dieses wunderliche Instrument zur eigenen Anschauung vorstellen?«

Levinus Vincents Miene hellte sich auf. Diese Einladung kam wie gerufen, so konnte er als Erster der Anwesenden durch ein solches Instrument – von dem sie alle schon gehört, das aber noch keiner von ihnen gesehen, geschweige denn in den Händen gehalten hatte – ausprobieren. Außerdem konnte er so ohne Gesichtsverlust den für ihn doch recht unvorteilhaften Disput mit Jan Commelin und diesem Frauenzimmer überspielen.

»Mit dem größten Vergnügen, mein bester Herr Ruysch«, sagte er.

»Das Vergnügen ist ganz meinerseits, Herr Vincent«, antwortete Frederik Ruysch. »Dann freue ich mich, Sie bald in der chirurgischen Zunft in der Waag begrüßen zu dürfen.«

»Warum genießen wir nicht alle eine kräftige Limonade und gehen danach noch in den Garten? Ich darf Ihnen versichern, dass die paar Schritte der Mühe lohnen. Im Moment blühen die Rosen-Eibische in den wunderschönsten Farben«, sagte Agnes Block und setzte somit einen Schlussstrich unter den kurzen, aber heftigen Schlagabtausch.

Wenig später, als alle ausgiebig die blühende Pracht in Agnes Blocks Garten bewunderten, stand auf einmal Frederik Ruysch neben Maria Sibylla. Er war ihr sympathisch, sie mochte seine feine, geduldige Art, mit der er sich offensichtlich durchzusetzen wusste. Maria Sibylla erfuhr, dass er nicht nur Doktor der Medizin war und in dieser Funktion auch als höchster Anatom der Stadt für Chirurgen und Studenten Leichenschauen durchführte, sondern dass er auf der anderen Seite auch der Stadtgeburtshelfer war und deshalb auch dieses Fach unterrichtete. Zudem arbeitete er als Zoologe und Botaniker und als Direktor des Hortus Medicus. Ihm schien eine Frage auf dem Herzen zu liegen, und nach einigem Lob über ihr Werk, das er offensichtlich kannte und bewunderte, fragte Frederik Ruysch sie schließlich, ob sie sich denn vorstellen könne, seine Tochter Rachel in der Kunst des Malens zu unterrichten. Sie sei durchaus talentiert, spezialisiere sich vor allem in Blumenbouquets. Er habe gehört, dass Maria Sibylla auch Malunterricht gäbe, und deshalb überhaupt traue er sich erst, diese Frage an sie zu stellen.

»Aber selbstverständlich«, antwortete Maria Sibylla. »Es wäre mir eine große Freude, Ihre Tochter zu unterrichten. Sie kann gleich nächsten Montag zu mir kommen und soll ein paar ihrer Werke mitbringen.«

Frederik Ruysch war sichtlich erleichtert. Maria Sibylla hingegen war froh, eine erste Schülerin begrüßen zu dürfen, und dann auch noch aus so hohem Hause. Würde sie mit Rachel ihre Sache gut machen, dürfte ihr das sicherlich mehr Schülerinnen aus begüterten Häusern einbringen, und damit auch die dringend benötigten Einnahmen, um selbst malen und an ihrem dritten Raupen-Buch arbeiten zu können, das eigentlich längst überfällig war, und selbstverständlich auch, um ihre lang ersehnte Reise in Angriff zu nehmen. Außerdem schien ihr dieser Frederik Ruysch ein angenehmer und intelligenter Mann zu sein, der aufgrund seiner vielfältigen Fähigkeiten und Positionen durchaus hilfreich für sie sein könnte.

Auf dem Nachhauseweg schwirrte Maria Sibylla der Kopf. Sie ging in Gedanken noch einmal durch, was sie gerade alles erlebt, wen sie alles kennengelernt hatte. Simon Schijnvoet und Agnes Block hatten ihr ihr Vertrauen geschenkt und sie so kurz nach ihrer Ankunft mit den für sie wichtigsten Kreisen bekannt gemacht, dafür war sie den beiden außerordentlich dankbar.

Simon Schijnvoet war froh, dass sie ihren Wunsch, nach Suriname zu reisen, nicht erwähnt hatte. Das hätte ihn in eine kompromittierende Lage bringen können, meinte er.

Der Moment wird schon kommen, dachte Maria Sibylla bei sich und hatte so eine Vermutung, dass dieser nicht mehr allzu lange auf sich warten ließe.

KAPITEL 10

»Hast du deinen Kescher und die Gläser?«

Dorothea bestätigte die Frage ihrer Mutter voller Ungeduld. Sie wollte endlich hinaus. Die Sonne stand am strahlend blauen Himmel. Die Temperatur im Atelier war gestiegen, es ließ sich drinnen fast nicht mehr aushalten.

Ideales Wetter also, um Schmetterlinge zu fangen, dachte Maria Sibylla. Außerdem wurde es Zeit, mit den Nachforschungen für das dritte Raupen-Buch zu beginnen. Ab und an bekam sie von Freundinnen Puppen aus Deutschland zugeschickt, die sie pflegte, um jedes Stadium ihrer Entwicklung genau beschreiben zu können. Auch in Wieuwert hatte sie schon einige Schmetterlinge gefangen und beschrieben. Aber in Amsterdam wollte sie erforschen, welche Arten sie hier finden konnte.

»Na, dann wollen wir mal sehen, wie du dich so als Fängerin machst«, sagte Maria Sibylla und lächelte.

Es ging wenig Wind, die Hitze stand regelrecht zwischen den Häusern, und damit blieb in der Kerkstraat nicht nur der Gestank der Pferdeäpfel hängen.

Als sie links in die Nieuwe Spiegelgracht einbogen, stöhnte Dorothea auf. Von hier aus roch man schon den Kloakengeruch, der aus Prinsengracht strömte. Als sie diese auf einer Brücke überquerten, hielten sie sich ihre Ärmel vor Mund und Nase. Sie waren nicht die Einzigen, die sich auf diese Weise vor dem beißenden Gestank zu schützen versuchten, der durch die Hitze und das windstille Wetter noch verstärkt wurde. Als sie die Brücke überqueren, schaute Maria Sibylla in die Gracht und sah im trüben, braun gefärbten Wasser halb verschimmelte Küchenabfälle treiben. Kein Wunder, die Grachten dienten den Einwohnern zur Beseitigung ihrer Abfälle jeglicher Art.

Sie liefen schnell weiter auf der Nieuwe Spiegelstraat, bis sie kurz vor der Stadtmauer waren. Dann gingen sie entlang einer schmalen Gracht nach links in die Lijnbaansgracht. Ein paar Schritte vor ihnen entleerte gerade eine Dienstmagd einen Nachttopf.

Nach nur einem Block öffnete sich auf einmal die Häuserreihe, und sie standen auf einem kleinen Platz. Rechts von ihnen befand sich eine Öffnung in der Kurtine mit einer kleinen Holzbrücke und einem Zolltor. Der Weteringpoort war nur ein kleiner Ein- und Ausgang in die Stadt, deshalb ging es hier auch recht gemütlich zu. Nur ein paar Bauern wollten mit ihrem Gemüse in die Stadt. Die Zöllner nahmen sich Zeit, die Ware zu inspizieren, während sie unterdessen einen Plausch mit dem Bauern hielten.

Maria Sibylla musste schnell lernen, dass Gemütlichkeit Zotigkeit nicht ausschloss.

»Guten Tag, meine Damen, wohin des Weges?«, sprach sie ein dickleibiger Zöllner an, als sie kurz vor der Brücke waren.

»Wir wollen Schmetterlinge fangen«, antwortete ihm Maria Sibylla in ruhigem Ton.

»So ganz alleine?«, fragte der Zöllner und entblößte mit einem schiefen Lächeln seine schlechten Zähne.

»Nein«, sagte Maria Sibylla, »ich habe meine beiden Töchter bei mir.« Sie ahnte, dass dies etwas ungemütlich werden könnte, und schaute sich um, ob es jemanden gäbe, den sie zu Hilfe rufen könnte, würde dieser Bursche allzu anzüglich.

»Ja, ja, das sehe ich.« Das Grinsen des Zöllners wurde breiter. »Hübsche Dinger habt Ihr da in Eurer Begleitung. Aber sagt mal, so ganz ohne Mann, ist das nicht gefährlich? Was haltet Ihr davon, wenn ich Euch begleite? Vor allem auf die Junge da würde ich ganz besonders achten.« Er hob vielsagend seine linke Augenbraue und betrachtete Dorothea ungeniert von oben bis unten. Diese fühlte sich merklich unwohl und senkte ihre Augen.

»Unterstehen Sie sich, Sie ungehobelter Tölpel!«, erhob Maria Sibylla ihre Stimme. Sie erschrak beinahe vor sich selbst. Schließlich konnte ihnen der Zöllner wirklich gefährlich werden und ihnen im schlimmsten Fall den Weg aus der Stadt verwehren oder sie gar mit auf die Wache nehmen lassen. Und wenn er sich auch unflätig benahm, so war er doch immer noch ein Zöllner und sie nur drei gewöhnliche Frauen. Aber die Angst vor der Aufmüpfigkeit gegenüber einer Amtsperson unterlag der Streitlust Maria Sibyllas. Sie war es einfach leid, von Männern behandelt zu werden, als wäre sie deren Leibeigene.

Mit ihrem Ausruf erhoffte sie sich, dass sie die Aufmerksamkeit der Leute auf sich zog und dieser Mann von ihnen ablassen würde.

»Was erlauben Sie sich eigentlich, so von meiner Tochter zu reden? Wenn man selbst vor einem Zöllner nicht mehr sicher ist, wo soll das dann hinführen?«

Ihre Taktik funktionierte. Tatsächlich wendeten sich alle Köpfe beim Zollhaus in ihre Richtung. Dem Zöllner war das sichtlich unangenehm. Aber Maria Sibylla hatte sich in Rage geredet. Sie wollte ihm eine Lektion erteilen und gleichzeitig ihren Töchtern zeigen, dass man sich auch als Frau nicht alles gefallen lassen musste. »Wenn Sie sich nicht auf der Stelle entschuldigen, werde ich mich persönlich bei Bürgermeister Witsen beschweren.«

Beim Namen des Bürgermeisters zuckte der Zöllner zusammen. Er merkte, dass er offensichtlich zu weit gegangen und an die Falsche geraten war.

»Ich wollte ja nur …«, stammelte er zerknirscht.

»Was wollten Sie nur?«, hakte Maria Sibylla sofort nach, als der Zöllner rumzudrucksen begann und seinen Blick auf seine Füße heftete.

»Entschuldigung«, kam es schließlich kleinlaut aus seinem Mund. »Ich wollte nur einen Spaß machen.«

»Einen Spaß! Damit Sie das richtig verstehen, das sind beileibe keine Manieren, um eine Frau anzusprechen. Haben Sie das verstanden?«

Die umringenden Leute hatten in der Zwischenzeit einen Halbkreis um die kleine Gruppe gebildet. Eine solch couragierte Frau hatten sie noch nicht erlebt.

»Ja«, stammelte der Zöllner wieder, »ja doch.« Ihm wurde die Situation mit jeder Sekunde peinlicher.

Ein Kollege, der seine Durchsuchung eines Bauernkarren, auf dem Kartoffeln und Rüben gestapelt waren, abgebrochen hatte und den Bauern durchwinkte, kam hinzu, beschwichtigte die Situation und wünschte den drei Frauen viel Erfolg bei ihrem Unterfangen außerhalb der Stadtmauern. Für seinen Kollegen hatte er nur einen verächtlichen Blick übrig und zeigte ihm mit einem Wink an, dass er seine Arbeit fortsetzen sollte.

»Also wirklich«, sagte Maria Sibylla, als sie über die lange Holzbrücke gingen, auf der sich gleich zwei Zugbrücken zum Schutz der Stadt befanden. Sie zog den Stecker ihres Mieders mit einem strengen Ruck nach unten und richtete ihren Rücken gerade.

Johanna musste lachen. »Dem hast du es aber gezeigt«, sagte sie, und an ihre jüngere Schwester gewandt: »Siehst du, so machst du das, wenn dir jemand zu nahe tritt. Lass dich nur nicht kleinkriegen.«

In Wiewert waren ihre Töchter behütet aufgewachsen, das wurde Maria Sibylla mit einem Mal klar. Amsterdam war eine andere Sache.

»Ich glaube, dort drüben wachsen andere Gräser, und wir haben bessere Chancen, Schmetterlinge zu finden.«

Bei dem Gedanken, endlich wieder auf Schmetterlingsjagd zu gehen, wurde Maria Sibylla leichter ums Herz.

Sie gingen auf einem Pfad unter den Bäumen am Ufer entlang und schauten über die breite Gracht auf die Stadtmauer. Als sie die De Wetering, die achteckige, aus Holz gebaute Kornmühle, passiert hatten, befanden sie sich wieder in einer Linie mit der Nieuwe Spiegelstraat. Die voll mit Segeltuch besetzten Flügel pflügten sich langsam durch das laue Sommerlüftchen. Links von sich sahen sie in einiger Entfernung Leute um eine Kolfbahn stehen, die nach jedem Schlag laute Begeisterungsrufe ausstießen. Manchmal mussten sie sich wegducken, wenn wieder mal jemand einen der Holzbälle zu hoch geschlagen hatte und dieser über die Rabatte in Richtung Zuschauer flog.

»Kommt«, sagte Maria Sibylla zu ihren Töchtern. Sie verließen den Pfad und gingen querfeldein über den Polder. Der Boden hier war trotz der Hitze noch immer recht weich von der Nässe, die sich unter der Oberfläche hielt. Auf diesem Feld wuchs das Gras unbändig, Brandnesseln gediehen neben Pferdeäpfeln.

Dorothea pflückte einen Löwenzahn und pustete die Samen in die Luft. Sie fand ihre Unbeschwertheit wieder, drehte sich ausgelassen im Kreis und rannte durch das saftige Grün. Maria Sibylla lächelte, setzte sich ins Gras und dachte daran zurück, wie sie es als Kind und später als junge Frau genossen hatte, auf die Felder zu gehen, den fetten Geruch feuchten Grases einzuatmen oder das Kitzeln umherschwirrender Pollen in der Nase zu spüren. Sie liebte den Sommer mit seinem Gesurre und

Gebrumme umherfliegender Insekten, dem Flug und Gesang der Vögel, dem emsigen Krabbeln der Würmer und Ameisen, die sich kunterbunt ihren Weg über den Boden bahnten, wobei sie zuweilen schier unüberwindbare Hindernisse meisterten, auch wenn sie es mehrmals versuchen mussten. Irgendwann schafften sie es oder fanden einen anderen Weg, an ihr Ziel zu gelangen.

Denen geht es wie mir mit meiner Reise nach Suriname, dachte Maria Sibylla. Letztendlich werde auch ich an mein Ziel kommen. Wenn nicht auf die eine Art, dann eben auf eine andere, genau wie es diese unermüdlichen kleinen Gestalten tun.

Ihre jüngste Tochter kam auf sie zugerannt.

»Wie herrlich!«

Schon ganz außer Atem griff sie nach Johannas Händen, drehte sich mit ihr immer schneller im Kreis, bis sie einander schließlich nicht mehr festhalten konnten und lachend ins Gras fielen.

Maria Sibylla beobachtete ihre Töchter und lachte. Dann griff sie nach ihrem Kescher und stand auf.

»Nun aber los! Wir sind doch hergekommen, um Schmetterlinge zu fangen.« Sie zwinkerte, wollte eigentlich nicht streng sein. »Und wenn meine Augen mich nicht täuschen, fliegen da weiter vorne immer wieder Schmetterlinge um die Blüten.«

Vielleicht hundert Schritte entfernt hatte Maria Sibylla einige in voller Blüte stehende Sträucher ausgemacht. »Was meint ihr, sollen wir auf Schmetterlingsjagd gehen?«

Johanna und Dorothea packten ihre Kescher und Gläser und folgten ihrer Mutter.

»Das Einfachste ist«, erklärte diese Dorothea, »wenn du versuchst, die Schmetterlinge dann zu erwischen, wenn sie gerade auf einer Blüte sitzen und Nektar trinken oder sich ausruhen.«

»Soll ich ihnen nicht im Flug hinterherrennen?« Dorothea wollte lieber noch weiter herumtoben.

»Dazu bist du zu langsam, sie werden dir vor der Nase davonfliegen«, sagte Maria Sibylla lachend. »Erst musst du dich ihnen langsam nähern, so dass sie dich nicht gleich entdecken.«

Als ihre ersten Versuche aber gründlich danebengingen, wurde Dorothea ungeduldig und rannte ihrer entflohenen Beute lieber hinterher.

»Dreh den Kescher herum, schnell!«, rief Maria Sibylla, als Dorothea endlich einen Schmetterling im Netz hatte.

»Was sagst du?« Dorothea blieb kurz stehen und schaute zu ihr herüber. In dem Moment fand der Schmetterling seinen Weg aus dem Netz und war wieder frei.

»Oh nein!«, rief Dorothea. »Du Miststück hast dich schon wieder davongemacht …«

»Sobald du einen Schmetterling gefangen hast, musst du den Kescher mit deiner Hand so drehen, dass das Netz über den Reifen fällt und das Tier nicht mehr hinausfliegen kann«, rief ihr ihre Mutter zu.

Nach einer Weile setzte Maria Sibylla sich mit ihren Töchtern ins Gras. Tatsächlich hatte auch Dorothea mit ihrer wilden Art die Schmetterlinge im Flug zu fangen, einige schöne Exemplare erwischt.

Ihre Glasbehälter, die sie mit Gras und Blättern ausgelegt hatten, waren gut gefüllt. Sie schwitzten alle drei und legten sich müde, aber zufrieden ins Gras.

»Was meint ihr«, fragte Johanna, »wird die Stadt so weit wachsen, dass hier auf dieser Wiese auch bald Häuser stehen?«

»Dann laufen wir einfach ein Stückchen weiter und halten auf der nächsten Wiese nach Schmetterlingen Ausschau«, meinte Dorothea schulterzuckend.

»Und welche Häuser würden sie hier dann hinstellen?«, überlegte Johanna weiter.

»Vielleicht ja einem großen Hortus für Raupen und Schmetterlingskunst. Und dann schreiben sie dazu, dass die Frauen Merian diesen und jenen Schmetterling genau hier an dieser Stelle eingefangen haben«, sagte Dorothea lachend und steckte ihre Schwester damit an.

»Wohnt ihr eigentlich gern in Amsterdam?«

Diese Frage brannte Maria Sibylla schon auf der Seele, seit sie hierhergezogen waren, und nachdem was vorher bei der Brücke vorgefallen war, wurde sie umso dringlicher. Manchmal hatte sie um ihre beiden Töchter Angst, vor allem um Dorothea. Johanna war schon etwas älter und hatte ihren Jacob. Aber Dorothea war doch noch recht jung und unerfahren. Der Unterschied zwischen einer geschützt lebenden Glaubensgemeinschaft und einer großen Stadt wie Amsterdam war enorm. Trotzdem hatte sie das Gefühl, dass ihre Jüngste ganz gut zurechtkam. Und ihr war auch klar, dass sie sie mehr und mehr loslassen musste, ihr die Freiheit geben musste, das Leben selbst zu erfahren. Loslassen war jedoch nicht ihre Stärke, sie hielt die Zügel nun mal gern selbst in der Hand. Die Jungfern-Compagnie war also auch in dieser Hinsicht praktisch. Sie war nicht nur ein ergiebiger Arbeitsverbund mit ihren Töchtern, auf diese Weise hatte sie sie auch dicht bei sich und konnte ihnen wenn nötig helfen.

Die Sorgen Maria Sibyllas schienen unbegründet.

»Aber ja«, sagte Johanna. »Hier gibt es so viel mehr zu sehen und zu erleben als im Schloss Waltha. Ich habe das Gefühl, dass das Leben jetzt erst anfängt.«

Dorothea konnte ihr nur zustimmen. Sie richtete sich auf. »Es ist einfach wunderbar hier.« Sie streckte ihre Arme weit von sich und spreizte ihre Finger. »Diese Pracht hier ist so überwältigend. Ich könnte stundenlang einfach nur durch die Stadt laufen und den Leuten zuschauen.« Sie ließ sich wieder ins Gras fallen und hielt sich die Nase zu. »Aber nicht in der Nähe der Grachten.«

»Ich glaube auch, dass es die richtige Entscheidung war«, sagte Maria Sibylla ernst. »Wisst ihr, ich freue mich sehr, dass wir unsere Jungfern-Compagnie so gut auf die Beine gestellt haben.«

»Wir verkaufen immer mehr Farben und Malutensilien«, sagte Johanna.

»Das kommt bestimmt, weil die Malstunden immer mehr Frauen anziehen«, meinte Dorothea, »die brauchen ja schließlich Farben und Pinsel und alles andere.«

»Ich möchte, dass du öfter bei den Malstunden dabei bist, Johanna, als meine Assistentin. Ich würde dir den Unterricht schon bald ganz überlassen wollen.«

Johanna richtete sich auf. Ihr war klar, dass sich ihre Mutter offenbar bereits einen Plan zurechtgelegt hatte. Und so war es auch. Maria Sibylla erzählte ihnen davon, dass sie ein drittes Buch über die Raupen, ihre Nahrung und die Schmetterlinge schreiben wollte. Wieder wollte sie fünfzig Kupferplatten stechen, aber dieses Mal sollten es vor allem die Tierlein sein, die sie hier vor Ort finden, hegen und pflegen würden, bis sie zu Schmetterlingen geschlüpft sind. Ein paar Exemplare aus ihrer Zeit in Wieuwert, die sie dort beobachtet hatte, und die Erkenntnisse, die sie in ihrem Skizzenbuch eingetragen hatte, würde sie mit aufnehmen.

»Ich habe mir das so vorgestellt, dass ich die Komposition festlege und ins Kupfer steche und dass wir danach gemeinsam an den Illustrationen arbeiten.«

Maria Sibylla war klar, dass sie etwas Neues schaffen musste, wenn sie in dieser schnelllebigen Stadt bestehen wollte. Sie wollte nach vorne schauen. Nachdem sie in Wieuwert ihrer künstlerischen Tätigkeit kaum hatte nachgehen dürfen, sehnte sie sich regelrecht danach, endlich wieder Kunstwerke zu schaffen, den Menschen zu zeigen, was um sie herum in der Natur geschah, wie wunderbar alles mit allem zusammenhing.

»Johanna«, wandte sich Maria Sibylla an ihre Älteste, »du wirst vor allem die Blumen malen. Und du, Dorothea, malst die Tiere, die scheinen dir besser zu liegen und haben wohl auch eher dein Interesse, stimmt's?«

Dorothea starrte sie ungläubig an. Als könnte Maria Sibylla ihre Gedanken lesen, sagte sie: »Du wunderst dich wahrscheinlich, warum ich glaube, dass du schon so weit bist, mit mir zu illustrieren und zu malen. Nun, du hast genauso wie deine Schwester eine gehörige Portion Talent. Aber du bist noch jung, es fehlt dir etwas an Erfahrung. Und du bist noch etwas ungestüm, wenn du den Pinsel führst. Bis die Kupferstiche auf Papier gepresst sind, werde ich dir auch die Feinheiten beigebracht haben und, wie ich hoffe, auch die Geduld.«

Dorothea verzog den Mund, dann schien die Freude über die Verantwortung, die ihre Mutter ihr zugestand, zu überwiegen. Sie sprang auf und rief laut aus: »Ich werde Malerin!«

Maria Sibylla lachte laut und stand auf.

»So«, sagte sie, »und jetzt geht's ans Raupensammeln. Auf den Brennnesseln dort drüben dürften wir findig werden.«

KAPITEL 11

»Vielen Dank für Ihre liebenswerte Einladung«, begrüßte Maria Sibylla Simon Schijnvoet, als dieser die Tür öffnete. Maria Sibylla bemerkte, wie elegant er sich gekleidet hatte und erschrak beinahe. Handelte es sich etwa um eine formelle Einladung mit mehreren Gästen? Hatte sie etwas falsch verstanden? Sie fühlte sich auf einmal zu schäbig gekleidet für einen Empfang mit Aristokraten. Sie versuchte, ihre Befangenheit zu überspielen.

»Darf ich Ihnen zu Ihrer Garderobe gratulieren, Herr Schijnvoet?«, sagte sie geradeheraus. »Sie wirken außerordentlich elegant.«

»Zu gütig, meine Verehrteste«, sagte Simon Schijnvoet und winkte bescheiden ab, auch wenn er mit seiner Kleidung wohl beabsichtigt hatte, Eindruck zu schinden.

Er bat Maria Sibylla herein, ging ihr voraus in die gute Stube und lud sie ein, sich zu setzen. Er rückte ihr den Stuhl zurecht.

»Ich habe etwas ganz Besonderes für Sie«, sagte er und berührte im Vorübergehen kurz ihre Schulter, ehe er sich ihr gegenüber setzte. Maria Sibylla nahm seine Geste wahr und musste sich doch eingestehen, dass sie die Berührung als angenehm empfand. Schon lange hatte sie kein Mann mehr berührt, und sie fühlte auf einmal, wie sehr ihr doch eine gewisse Wärme und Zuneigung fehlte.

»Über einen befreundeten Kapitän bin ich an eine Flasche roten Weines aus dem Süden Frankreichs gekommen«, sagte er stolz. »Und den würde ich gern mit Ihnen kosten.«

»Sie bringen mich in Verlegenheit«, antwortete Maria Sibylla. »Sie müssen wissen, ich habe noch nie so etwas wie Wein getrunken.«

»Dann freut es mich umso mehr, wenn ich heute ein Glas mit Ihnen teilen darf.«

Seine Großzügigkeit ließ sie ihr Genieren vergessen. Er zog an einer langen Kordel, die an der Wand hing, und sogleich trat eine Bedienstete mit einem Silbertablett zu ihnen, auf dem zwei mit schön geschwungenen Gravierungen versehenen Berkemeyer Gläser und eine Karaffe aus Ton mit dem Wein standen. Nachdem sie alles auf den Tisch gestellt hatte, verließ sie das Zimmer wieder. Simon Schijnvoet füllte beide Gläser.

»Aber warten Sie noch etwas mit dem Trinken«, schlug er vor. »Man sagte mir, dass der Wein sich erst noch mit der Luft verbinden müsse, dann munde er besser.«

Also warteten sie und verkürzten sich die Zeit mit dem Austausch von Belanglosigkeiten. Maria Sibylla war noch immer nicht ganz klar, warum er sie eingeladen hatte. Hatte er ein bestimmtes Anliegen? Sie dachte wieder an seine Hand auf ihrer Schulter, die von seiner Zuneigung ihr gegenüber zeugte. Aber wie weit ging diese?

»Probieren wir doch den Wein. Ich hoffe, er schmeckt Ihnen«, sagte Simon Schijnvoet nach einer Weile und prostete ihr zu. Maria Sibylla nippte vorsichtig an ihrem Glas, fühlte, wie das rote Nass über ihre Lippen langsam in ihren Mund floss. Herb war der Geschmack, aber durchaus fruchtig. Als sie den Wein hinterschluckte, musste sie leicht husten und holte tief Luft.

»Schmeckt er Ihnen?« Simon Schijnvoet schaute sie erwartungsfroh an.

»Ja, ich glaube schon«, sagte Maria Sibylla noch etwas zögerlich. »Er schmeckt doch recht intensiv.«

»Intensiv und frisch wie die Farben, mit denen Sie malen«, sagte Simon und lächelte.

Er machte ihr im Laufe ihrer Unterhaltung immer wieder Komplimente, die Maria Sibylla gern annahm. Es schmeichelte ihr, dass ein Mann von Welt so große Stücke auf sie hielt.

Als er ihnen ein zweites Glas einschenkte, brachte sie eine Bitte vor, die sie schon eine Weile mit sich herumtrug.

»Ich weiß nicht genau, wie ich es sagen soll«, begann sie vorsichtig.

»Nur zu, liebe Frau Merian, Sie sprechen mit einem Freund«, ermunterte er sie.

Sie nahm noch einen kleinen Schluck, ermahnte sich aber gleich, nicht mehr das ganze Glas zu trinken, sonst würde sie nicht mehr klar denken können.

»Für meine Arbeit ist es eigentlich unabkömmlich, dass ich über eine Druckpresse für meine Kupferstiche verfüge«, sagte Maria Sibylla nach einem kurzen Zögern mit fester Stimme. »Verstehen Sie mich nicht falsch, ich bitte Sie nicht um Geld. Der Betrag für die Anschaffung einer Druckpresse soll nicht das Problem sein. Wie ich aber vernommen habe, dürfen nur Mitglieder der Zunft eine solche Presse besitzen. Als Frau bleibt mir, wie Sie wissen, die Mitgliedschaft in der Zunft verwehrt.«

Simon nickte bedächtig und blickte auf seine gefalteten Hände auf der Tischplatte.

»Ich wollte Sie also fragen – als Freund«, sie lächelte, »ob Sie eine Möglichkeit sehen, Ihren Einfluss so spielen zu lassen, dass ich doch eine Druckerpresse bekommen könnte.«

Maria Sibylla hatte sich bei Gerard Valck hierüber kundig gemacht. Er hatte ihr von dieser Regelung erzählt, konnte sich aber vorstellen, dass die Zunft sich in ihrem Fall als international angesehene Künstlerin durchaus bereitfände, eine Ausnahmegenehmigung zu erteilen.

»Nun …«, hob Simon nach einer kurzen Pause an, »ich verstehe Ihr Anliegen, aber es wird nicht leicht sein, die entsprechenden Leute dazu zu bewegen.«

»Die Zunft würde einem Antrag wahrscheinlich wohlwollend gegenüberstehen, wie mir der ehrenhafte Herr Valck angedeutet hat«, sagte Maria Sibylla.

»Ich sehe, Sie haben schon ganze Arbeit geleistet, Verehrteste«, sagte Simon Schijnvoet und schmunzelte. »Also gut, ich werde sehen, wie ich mich bei den städtischen Stellen für Sie verwenden kann. Versprechen kann ich Ihnen aber nichts.«

KAPITEL 12

»Aber wie willst du denn die ganze Blume auf das Blatt bekommen?«

Maria Sibylla hatte eine große, gerade gewachsene Blume mitgebracht, deren zeigefingerlangen, rot leuchtenden Blütenblätter um die Wette zu leuchten schienen. Während die untersten Blüten schon verwelkt waren, standen die mittleren in voller Pracht. In der Krone trauten sich schon die ersten, noch kleinen Blütenblätter aus ihrem sicheren Schutz der grünen Hüllen zu treten. Dorothea reichte die Blume bis zur Hüfte. Ihre Frage war also durchaus berechtigt.

»Ich hatte gehofft, dass du das fragst«, antwortete Maria Sibylla. Sie stellte die Blume in einer Vase auf den Tisch. »Dann denkst du nämlich schon wie eine Malerin.«

Maria Sibylla hatte Spaß daran, auch ihrer jüngsten Tochter das Zeichnen und Malen beizubringen. Und da die sich beileibe nicht ungeschickt anstellte, empfand sie auch einen gewissen Stolz dabei. Einen Stolz als Mutter und als Künstlerin, den sie zuvor auch bei Johannas Ausbildung gefühlt hatte.

»Schau, wir haben zwei hauptsächliche Komponenten, die Blume und die wunderbare Verwandlung von der Raupe bis hin zum Schmetterling«, sagte Maria Sibylla. »Das ist, was wir zeigen möchten.«

»Genau wie bei den ersten beiden Büchern«, stellte Dorothea fest.

»Richtig.« Maria Sibylla schenkte ihrer Tochter ein bestärkendes Lächeln. »Das dritte Raupen-Buch werden wir wieder so aufbauen wie die anderen beiden. Also werden wir auch die Eier, Raupen, Puppen und Schmetterlinge in ihrer wahren Größe zeigen.«

»Aber dann bekommen wir doch fast nichts mehr von der Blume auf das Blatt«, wandte Dorothea ein.

»Darum machen wir die Blume zum einen etwas kleiner, und zum anderen zeigen wir nur einen Ausschnitt von ihr. Gerade so viel, dass wir unsere Tierchen darauf platzieren und die Leser bestimmen können, um welche Blume es sich handelt.«

Dorothea war noch nie wirklich aufgefallen, dass die Blumen tatsächlich fast immer kleiner gezeichnet waren, als sie in Wirklichkeit waren, die Tiere aber nie. Scheinbar schien sich niemand daran zu stören.

Maria Sibylla betrachtete die Kardinals-Lobelie genauer.

»Wir werden also vor allem ein paar Blüten zeigen und ein paar, die erst noch auswachsen müssen.« Sie suchte einen passenden Bereich auf dem Blatt aus. »Ungefähr von hier bis hier«, zeigte sie mit ihren Händen an.

Dorothea hatte das Blatt davor bereits mit dünnen Bleistiftlinien, die die Fläche in neun Areale unterteilte, vorbereitet.

»Und ein klein wenig künstlerische Freiheit kann hier auch nicht schaden. Die Blume wächst so gerade, aber auch so schlank, dass sie auf einer Zeichnung nicht viel hergeben würde. Mal sehen …« Maria Sibylla überlegte, wie sie die Komposition am besten anlegen konnte.

»Wir lassen sie einfach von links kommend ins Blatt hineinwachsen und bauen dann mit einem sanften Schwung eine Biegung ein. Dann weist der Stiel bei den Blütenblättern fast genau nach oben. Und unten am Stängel malen wir noch ein paar grüne Blätter, auf denen Raupe und Puppe sitzen können. Was meinst du?«

Dorothea war beeindruckt, wie schnell ihre Mutter erfasst hatte, was für dieses Blatt alles nötig war und wie sie es auf Papier bekommen würde.

Maria Sibylla begann damit, in groben Zügen die erdachte Komposition mit einem schwarzen Kohlestift auf das Papier zu zeichnen.

»Siehst du, so ungefähr. Das sind jetzt erst mal die Umrisse«, sagte sie.

»Aber dann hast du ja links oben überhaupt nichts. Das wirkt so leer«, meinte Dorothea, die der zeichnenden Hand ihrer Mutter folgte.

»Dahin kommt der Schmetterling, wie er gerade von der Blume auffliegt«, sagte Maria Sibylla.

Ohne von ihrer Arbeit abzulassen oder aufzuschauen, bat sie Dorothea, ihr Skizzenbuch aus dem Regal zu holen.

Als sie nach einiger Zeit die Umrisse ihrer Kardinals-Lobelie soweit fertig gezeichnet hatte, schaute sie wieder auf und sah, wie ihre Tochter fasziniert auf die Zeichnung schaute.

»Ich glaube …«, sprach Maria Sibylla eher zu sich selbst, als sie in ihrem dicken Skizzenbuch blätterte. »Ah, hier. Schau, Dorothea, Puppe, Raupe und die braune Motte habe ich nach dem Leben gezeichnet, als ich sie beobachtet und gefüttert habe. Die können wir jetzt sorgfältig nach dieser Vorlage einfach in die Zeichnung mit einarbeiten.«

Nachdem sie auch dies getan hatte, war Dorothea an der Reihe.

»Was hältst du davon, wenn du der Zeichnung Farbe verleihst?«, fragte Maria Sibylla.

Endlich durfte Dorothea an einer Zeichnung ihrer Mutter arbeiten. Sie wusste, dass dies nur bedeuten konnte, dass ihre Mutter mit ihren Fortschritten zufrieden war, dass sie sie jetzt für gut genug erachtete, wenigstens ihre Kompositionen und

Vorlagen zu kolorieren. Sie griff nach einem Pinsel, tauchte ihn ins Wasser und wollte loslegen.

»Halt, halt, mein Kind«, sagte Maria Sibylla. »Als Erstes musst du dir die Farben der Blume genau anschauen. Du solltest die Farben, wenn nur irgend möglich, genau so auf das Blatt bringen, wie sie dir in Wirklichkeit scheinen. Also schau dir erst einmal gut den Stängel an, seine Hauptfarbe, die Schattierungen und auch die Glanzlichter. Schau, wie sich die Farbe des Stängels im Wachstum von unten nach oben verändert. Siehst du, wie viele verschiedene Grüntöne allein schon in dem Stängel sitzen? Schau ihn dir ganz genau an, und dann mische sorgfältig deine Farben. Und überstürze nichts!«

Maria Sibylla wusste um die Ungeduld ihrer Tochter, um den Wildfang, der sie war und dessen Temperament zumindest bei der Arbeit immer wieder eingedämmt werden musste.

KAPITEL 13

Agnes Block nahm Maria Sibylla mit in den Garten.

»Lassen Sie uns in die Laube gehen, liebe Maria Sibylla. Dort können wir ungestört reden, und Sie können weiter an Ihrem Papaver zeichnen.«

Sie hakte sich kurzerhand bei Maria Sibylla ein, und Arm in Arm gingen sie in die mit so viel Liebe gestaltete Grünanlage, die Maria Sibylla mit ihrer unüberschaubaren Größe schon eher einen riesigen Privatpark zu nennen gedachte.

Sie war überrascht, dass Agnes sich bei ihr einhakte, aber sie empfand es andererseits auch als natürlich. Die beiden Frauen waren sich im Lauf der Zeit immer nähergekommen, teilten ihre Gedanken und ihre Sorgen immer offener miteinander. Schließlich mussten sie sich als Frauen, die nicht nur an Heim und Herd sitzen wollten, ständig in dieser von Männern so dominierten Gesellschaft behaupten, sich immer wieder rechtfertigen, und diese Erfahrung verband sie miteinander. Als Agnes Block sie in ihr Sommerhaus an der Utrechtsche Vecht eingeladen hatte, empfand Maria Sibylla das als eine besondere Geste der Freundschaft und Vertrautheit.

Die Sonne war schon etwas über dem Horizont, schien aber noch immer kräftig. Es war einer dieser strahlend blauen Sommertage, wie man sie sich nicht besser wünschen konnte. Überall atmete Maria Sibylla den süßlichen Duft der Blüten ein, ein wahres Farbenmeer ergoss sich über die gesamte Anlage. Das Einzige, was sie hörten, war das arbeitsame Summen der Bienen, die sich am Blütenstaub der Pflanzenpracht gütig taten.

Agnes Block ging mit Maria Sibylla an einem großen Rhododendron-Strauch entlang und steuerte auf ein kleines gläsernes Haus zu, in dem sich dicht an dicht gedrängt jede Menge Blumen und Pflanzen befanden.

»Warum bauen Sie ein Haus um die Pflanzen?«, fragte Maria Sibylla.

»Lustig, nicht wahr?«, sagte Agnes Block und schien sich darüber zu freuen, dass ihre neueste Errungenschaft die Aufmerksamkeit ihrer Besucherin geweckt hatte. »Aber eigentlich auch logisch. Sie wissen ja, dass ich mir gern Blumen und Pflanzen aus den überseeischen Gebieten bringen lasse und dann versuche, sie hier zu züchten. Nur leider ist unser Klima dafür nicht geschaffen. Also habe ich ein gläsernes Haus bauen lassen, so dass wir die Wärme einfangen können und die Blumen gleichzeitig von der Sonne verwöhnt werden, als ständen sie draußen.«

Das leuchtete Maria Sibylla ein. Und dennoch … »Aber wie machen Sie das im Winter, wenn die Tage kürzer werden und die Blumen Temperaturen aushalten müssen, die sie aus ihren heimatlichen Gefilden doch überhaupt nicht kennen? Warum so viel Aufwand für nur einen Sommer?«

»Genau diese Frage hatte ich von Ihnen erwartet, meine liebe Freundin.« Jetzt konnte Agnes ihr das Geheimnis ihres kleinen Bauwerks offenbaren. »Sehen Sie mal genauer hinein. Sehen Sie die Rohre, die wir nah am Boden verlegt haben?« Maria Sibylla nickte. Die dicken Rohre liefen parallel zueinander nicht nur an den Wänden, sondern in einigem Abstand praktisch über die gesamte Länge immer wieder zwischen den Blütenstengeln hindurch.

»Und sehen Sie diese kleine Feuerstelle mit dem kugeligen Gefäß darüber, aus dem das dickste Rohr entspringt?«

Maria Sibylla schaute argwöhnisch auf das komische Gebilde, neben dem ein Haufen Holzscheite lag.

»Damit erwärmen wir das Wasser in der Kugel, und über das Röhrensystem verteilen wir es. So heizen wir das Häuschen im Winter auf, und die Pflanzen meinen, dass sie zu Hause sind.« Agnes Blocks Begeisterung über die Erfindung war ihr im Gesicht abzulesen, als sie sich zu Maria Sibylla hinwendete. »Und stellen Sie sich vor, außer diesem hier hat nur noch der Hortus Medicus in Amsterdam ein solches Haus aus Glas.«

»Das ist ja phantastisch!« Maria Sibylla war fasziniert von dem Häuschen und musterte die Konstruktion genauer. »So einfach, und doch so genial.«

»Das Beste sind immer die einfachen Lösungen«, meinte Agnes Block. »Nur haben die Männer das noch nicht immer begriffen. Die wollen es am liebsten kompliziert und meinen dann, sie hätten eine große Aufgabe bewältigt, wenn es nur so umständlich und kompliziert wie möglich aussieht und kräftig Lärm macht.«

Jetzt mussten sie beide lachen. Als sich ihre Blicke trafen, fühlte Maria Sibylla wieder diese starke Verbundenheit mit dieser Frau. In Agnes Block hatte sie eine wahre Seelenverwandte gefunden. Sie konnten Freud und Leid miteinander teilen, vertrauten einander.

In das Lachen hinein wurde Maria Sibylla plötzlich traurig. Mehr zu sich selbst als zu Agnes Block sagte sie: »Da haben es die Blumen und Pflanzen hier besser als wir damals in Wieuwert.«

»Ach, liebe Maria Sibylla, was bedrückt Sie denn?«, fragte Agnes Block, der Maria Sibyllas plötzliche Traurigkeit nicht entgangen war. »Sie haben schon öfter über Ihre Zeit in Friesland gesprochen. Wollen Sie nicht mal erzählen, was Sie dort gemacht haben, wie es Ihnen dort erging? Vielleicht wäre Ihnen dann leichter ums Herz.«

Agnes Block war schon länger neugierig auf diesen Abschnitt im Leben Maria Sibyllas, von dem sie bisher nur in Andeutungen erzählt hatte, obwohl die Erinnerung daran offensichtlich an ihr nagte.

»Kommen Sie, wir gehen in die Laube«, schlug Agnes vor. »Da können wir ungestört reden und zeichnen.«

Eigentlich sehnte sich Maria Sibylla danach, endlich ihr Herz ausschütten zu können. Zu lange schon bedrückten sie die Erlebnisse von damals, zu lange schon behielt sie alles für sich. Es war an der Zeit, dass sie sich jemandem anvertraute, und Agnes Block war offen genug, in ihren Ansichten recht frei und in der Zwischenzeit Freundin genug, dass Maria Sibylla das bei ihr auch konnte. So ließ sie sich, noch immer untergehakt, von Agnes zu der Laube führen, in der sie auch gestern schon gesessen hatten und wo noch immer ihre Malutensilien lagen.

Als sie sich gesetzt hatten, holte Maria Sibylla tief Luft. Sie wusste, dass es ihr Schmerz bereiten würde, wenn sie mit dem Erzählen all die Erinnerungen und auch die ganzen Emotionen von damals wieder durchleben müsste. Sie wusste aber auch, dass sich ihr jetzt die Chance bot, durch diese Tür zu gehen, diesen Schmerz noch ein letztes Mal fühlen zu müssen, dass es danach aber auch gut sein würde. Das jedenfalls erhoffte sie sich.

Maria Sibylla begann zu erzählen, einen Stift in ihrer rechten Hand und die Augen auf das Blatt vor ihr gerichtet, auf dem sie gestern begonnen hatte, eine Papaver aus dem Garten ihrer Freundin zu zeichnen.

Es schien fast so, als wäre sie nicht ganz bei sich selbst. Sie hörte sich auf einmal sprechen, ohne dass sie sich dessen wirklich bewusst war, sie redete und hörte sich Dinge sagen, die sie in all den Jahren noch nie ausgesprochen hatte.

»Wissen Sie, Agnes«, ihre Stimme klang leise, als ob sie von weit her käme, »als Sie mir gerade diese Erwärmungsrohre zeigten, musste ich daran denken, dass wir in Wieuwert nie heizen durften, ja nicht einmal eine Feuerstelle in unseren Wohnungen hatten.«

»Wenn Sie Wieuwert sagen, meinen Sie dann eigentlich die Sekte der Labadisten?«, hakte Agnes Block nach.

»Ja«, gestand Maria Sibylla. »Ich habe sechs Jahre im Schloss Waltha gewohnt, dem Landsitz, in dem ich in der Sekte mehr oder weniger abgeriegelt von der Welt lebte.«

Sie hatte seit ihrer Ankunft in Amsterdam noch mit niemandem darüber geredet. Die Labadisten waren nicht gerade überall gut angeschrieben.

»Aber was um Himmels willen hat Sie denn bewogen, sich dieser pietistischen Sekte anzuschließen?«, fragte Agnes.

»Ach, das ist eine lange Geschichte«, entgegnete Maria Sibylla.

»Nun, wir haben Zeit«, ermunterte Agnes sie, und Maria Sibylla fuhr fort: »Meine Ehe … nun ja, mein Mann Andreas … das war keine glückliche Konstellation. Zunächst lebten wir in Frankfurt am Main, wo ich aufgewachsen bin und wo mein späterer Mann bei meinem Stiefvater in die Lehre ging. Mein Vater starb, als ich drei Jahre alt war. Wir haben im Mai 1665 geheiratet, und knapp zwei Jahre später kam Johanna zur Welt. Wir waren glücklich, Andreas war ein guter Kupferstecher und hatte sich auf Stadtansichten spezialisiert. Zwei Jahre nach Johannas Geburt zogen wir in seine Heimatstadt Nürnberg. Zunächst schien auch alles gut zu gehen. Aber mit der Zeit wurde unsere Beziehung immer schwieriger. In Nürnberg durfte ich als Frau kein Mitglied der Zunft werden. Also blieb mir nur, selbst Farben zusammenzustellen und diese zu verkaufen und anderen Frauen – mit mehr oder weniger Talent – Unterricht zu geben. Eine kleine Lücke habe ich dann aber doch gefunden und mit der Zeit selbst drei Büchlein herausgegeben, die meinen Schülerinnen als Vorlage für Blumenmotive gelten sollten.

Immerhin hatte ich dort also mehr Möglichkeiten als in den meisten anderen deutschen Landen und Städten. Wie auch immer, Andreas fühlte sich immer unzufriedener, obwohl er gute Aufträge hatte und sich ständig um seinen Status und Ansehen kümmerte. Ich glaube, er konnte es einfach nicht ausstehen, dass ich das Gleiche tat und nicht nur zu Hause am Herd saß. Vielleicht war er einfach eifersüchtig. Auf jeden Fall tat das unserer Beziehung nicht gut. Zu der Zeit – rund 1678, acht Jahre nach unserem Umzug –, als ich mit Dorothea niederkam, wurde ich in unserer Ehe immer unglücklicher. Ich fühlte mich immer eingeengter. Andreas wollte Karriere machen, ich aber auch. Er beanspruchte den ganzen Raum für sich und wurde jähzornig, wenn meine Kunst seiner Meinung nach zu viel Platz einnahm, zu viel Aufmerksamkeit auf sich zog. So haben wir uns immer weiter auseinandergelebt. Ich habe mich damals sehr zurückgezogen. Und als mein Stiefvater im November 1681 starb und meine Mutter mich bat, zu ihr zu kommen, um ihr zu helfen, die Erbangelegenheiten zu regeln, bin ich mit meinen beiden Töchtern unverzüglich nach Frankfurt abgereist. Mein Mann sollte erst später nachkommen.«

Maria Sibylla machte eine kurze Pause. Sie fürchtete, Agnes fände ihre Geschichte langweilig.

»Nein, nein, auf gar keinen Fall«, beeilte die sich jedoch zu sagen. »Erzählen Sie doch bitte weiter, ich bin ganz Ohr.«

Ihr war sicherlich klar, dass Maria Sibylla viel Mut aufbringen musste, um all dies laut auszusprechen, und sie wollte ihr die Gelegenheit geben, dies auch zu tun.

»Vielleicht war ich es auch schlicht nicht gewohnt, dass ich nicht einfach tun und lassen konnte, was ich wollte. Dass ich mich eingezwängt fühlte in diese Mauern der Ehe. All diese Vorschriften, was ich zu tun und zu lassen habe ...«

Sie atmete tief durch und räusperte sich dann.

»Na ja, letztendlich blieben wir sogar einige Jahre in Frankfurt. Die Erbangelegenheiten erwiesen sich als schwierig, und am Ende kam es zum offenen Streit zwischen meinen Halbbrüdern auf der einen und meiner Mutter und mir auf der anderen Seite. Kurz und gut, die Erbschaft ging fast gänzlich an meine Halbbrüder, meine Ehe mit Andreas wurde immer unerträglicher, und meine Mutter, eine gottesfürchtige Frau, zog es zu meinem Bruder Caspar, der uns noch gut gesinnt war und der mich auch als Einziger in Nürnberg besucht hatte. Caspar hatte sich schon einige Jahre vorher den Labadisten angeschlossen. Und so entschied ich mich dazu – auch, weil ich meine Mutter nicht alleine lassen wollte und weil mir die Ideen der Labadisten damals durchaus richtig erschienen –, mit meinen beiden Töchtern nach Friesland zu ziehen.«

»Und Ihr Ehemann?«, wollte Agnes Block wissen.

»Nun …«, sagte Maria Sibylla und zögerte. Sie setzte noch mal an: »Nun, um ehrlich zu sein, war der Umzug ins Schloss Waltha, in dem die Labadisten wohnten, auch eine willkommene Gelegenheit, mich von meinem Mann zu trennen. Ich habe die Scheidung eingereicht, und Sie wissen ja, wie das ist: Als Frau wird man danach geächtet, ist schlecht angesehen und hat sein gesellschaftliches Leben mehr oder weniger verwirkt. Bei den Labadisten aber galt man auch nach einer Scheidung als Witwe.«

Sie hielt einen Moment inne. Was sie als Nächstes sagen musste, kostete sie viel Kraft, denn die Scheidung von ihrem Mann hatte auch bedeutet, dass sie ihren Töchtern den Vater entriss und dem Vater seine Töchter. Nur zu gut erinnerte Maria Sibylla sich an die dramatischen Szenen vor dem Schlosstor.

»Zunächst ging Andreas noch mit uns nach Wieuwert. Er wurde von den Vorstehern der Labadisten aber nicht eingelassen. Vielleicht habe ich damals meinen Status als erfolgreiche Künstlerin auch zu sehr ausgenutzt, um ihn loszuwerden, darüber denke ich viel nach. Wieuwert hätte unser letzter Schlichtungsversuch werden sollen. Aber meine Glaubensbrüder haben das von vornherein verhindert. Während ich mit unseren Töchtern in eine Wohnung im Schloss zog, musste Andreas in einer anderen Unterkunft verbleiben und schwere Arbeit verrichten. Schließlich gab er auf. Er ging, glaube ich, wieder nach Nürnberg zurück, kam aber noch zweimal zurück, um mich und die Kinder doch wieder zu sich nach Hause zu holen. Er stand plötzlich vor den Toren des Schloss Waltha, wollte Einlass, mit mir reden, mich überzeugen, dass wir als Familie doch wieder zusammen leben müssten. Aber ich wollte einfach nicht mehr zurück in diesen Käfig aus Eifersucht, Unzufriedenheit und Aggression. Ich wollte nicht mehr in der Angst leben, sondern mich weiter frei entfalten. Mit den tonangebenden Brüdern hatte ich deshalb abgesprochen, dass ich nur bleibe, wenn sie ihn nicht hereinlassen. Schließlich begann er am Schlosstor zu rufen und zu flehen. Es war herzzerreißend. Ich wusste aber auch, dass ich nicht nachgeben durfte, wollte ich nicht wieder in alte Muster zurückfallen und keinen Schritt weiterkommen wie vorher. Wir würden doch nur wieder in alte Gewohnheiten zurückfallen, fürchtete ich. Ich sah einfach keine Zukunft mehr für uns. Schlimm war es vor allem für Johanna und Dorothea. Ich habe ihnen ihren Vater genommen. Mit dieser Schuld muss ich wohl leben ...«

Maria Sibylla schluchzte plötzlich auf. Sie war so abgrundtief traurig, wenn sie an diese Zeit dachte. Mit ihrer Entscheidung zur Trennung hatte sie sich einen Pfad zu ihrem eigenen, selbstbestimmten Leben eröffnet. Aber es ging eben auch auf die Kosten ihrer Töchter.

»Ich habe mir damals selbst gelobt, dass ich immer für meine Töchter da sein und sie immer unterstützen werde, was auch kommen mag.«

»Das verstehe ich nur allzu gut«, sagte Agnes Block mit leiser Stimme. »Als mein erster Mann starb, erging es mir ähnlich. Man wünscht sich dann nichts mehr, als dass die Kinder es irgendwie schaffen, dass sie nicht allzu viel Schmerz erleiden müssen, und tut alles dafür, ihnen ein gutes Leben zu ermöglichen.«

Sie reichte Maria Sibylla ein geklöppeltes Taschentuch, damit sie ihre Tränen trocknen konnte.

»Das Leben bei den Labadisten war streng geregelt, so bekamen meine Töchter dort doch Unterricht in den biblischen Sprachen«, sagte Maria Sibylla, als wollte sie sich rechtfertigen. »Dorothea hat sogar Hebräisch gelernt. Aber alle anderen Fächer, die nicht direkt mit dem Glauben zu tun hatten, wurden sträflich vernachlässigt.«

»Fühlten Sie sich dort nicht manchmal auch einsam? Als Künstlerin möchte man doch der Welt mitteilen, was man geschaffen hat, möchte seine Vision von etwas teilen mit anderen?«

Maria Sibylla schaute Agnes Block nachdenklich an.

»Nun ja, für mich war es erst mal wichtig, dass ich meinen inneren Frieden wiederfinden konnte. Und außerdem …« Ihre Stimme versagte, sie schluckte trocken und neigte ihren Kopf nach unten. Agnes Block sah sie von unten herauf an, ermunterte sie still mit ihren Augen weiterzuerzählen.

»Ich … ich durfte dort nicht mehr malen«, sagte sie leise, den Blick auf den Boden gerichtet. Jetzt war es heraus.

»Sie durften was?« Agnes Block war sichtlich erschüttert. »Das, was Sie am besten können, was Sie im Innersten ausmacht, haben Ihnen diese Labadisten versagt?«

Agnes Block wirkte auf einmal richtig wütend.

»Da sind Sie ja regelrecht vom Regen in die Traufe gekommen! Und es haben wieder nur Männer über Ihr Leben bestimmt!«

»Ach, zu Anfang war es halb so schlimm. Die Kinder hatten einen guten Kontakt zu Gleichaltrigen, ich hatte Zeit durchzuatmen und war froh, diesem ständigen Druck entflohen zu sein, ohne als Aussätzige zu gelten. Außerdem hatte ich das Privileg, meine Malutensilien, die Kupferplatten meiner Bücher und meine Sammlung an Schmetterlingen zu behalten. Ich hatte das Glück, dass mein Status als angesehene Künstlerin mir einige Freiheiten einbrachte, zumindest mehr als den anderen. Zwar mussten wir all unsere Kleidung abgeben und wurden mit recht einfachen, groben Stoffen ausgestattet. Auch mussten wir all unsere Besitztümer, einschließlich unseres Geldes abgeben. Aber immerhin durfte ich meine Kunst behalten. Bis …«

Wieder stockte Maria Sibylla mit dem Erzählen. Wieder schaute sie auf den Boden. Sie konnte kaum noch verstehen, wieso sie das alles einfach hatte geschehen lassen, warum sie dem Ganzen nicht schon früher Einhalt geboten und sich von den Fesseln der Sekte gelöst hatte. Aber da waren eben die Heilsversprechen gewesen, die Hoffnung, endlich etwas Frieden zu finden nach all den aufreibenden Jahren, die hinter ihr lagen, der Wunsch, wieder zu ihrer Familie zurückzufinden und den Töchtern ein sicheres Zuhause zu bieten.

»Bis ich … nun ja … darum gebeten wurde, doch einige Zeichnungen an den Hof von Dänemark zu verkaufen und den Erlös der Gemeinschaft zur Verfügung zu stellen.«

»Ungeheuerlich!«, stieß Agnes Block aus. »Da wurden Sie ja richtiggehend ausgenutzt! Zudem Sie ja selbst nichts Neues mehr malen durften!«

»Tja, Kunst galt als eitel. Die Wissenschaft aber nicht. Also habe ich meine Untersuchungen der Natur weitergeführt. Und was ich dort vorgefunden habe, musste ich natürlich auch zeichnend und malend festhalten.«

Sie zwinkerte Agnes zu. Maria Sibylla hatte damals gelernt, wie sie manche Gesetze dort umschiffen konnte.

»Trotz allem war es beileibe kein Zuckerschlecken dort. Wir konnten unsere Wohnungen nicht abschießen, so dass jederzeit eine Kontrolle stattfinden konnte, ob wir uns auch an die Regeln hielten. Das Leben dort war nicht nur streng, sondern auch asketisch. Das war schon hart, vor allem für die Kinder. Aber immerhin hat Johanna dort auch ihren Jacob kennen- und lieben gelernt. Und ich konnte in dieser Zeit widerlegen, dass sich ein ausgewachsener Frosch mit der Zeit in einen Fisch verwandelt, wie es in so manchen Büchern behauptet wurde. Schließlich erfreuen sich Frösche schon seit einiger Zeit recht großer Beliebtheit in Kunstwerken.«

Plötzlich war Maria Sibylla in ihrem Element als Naturkundlerin. Ihre Augen begannen wieder zu glänzen, als sie fortfuhr: »Stellen Sie sich vor, ich habe diese Spezies dort sehr genau studiert. Im April legen sie eine große Menge Eier, die man Froschlaich nennt. Ich schnitt das Weibchen auf und fand in ihr eine Matrix, wie sie alle anderen weiblichen Tiere haben, also, dass sie nicht durch den Mund gebären, wie etliche Schreiberlinge behauptet haben. Anfang Mai sammelte ich dann bei demselben Wasser noch mal Froschlaich, stach von dem jungen Gras mit Erde ab und gab dies alles in eine Schüssel, goss Wasser darauf und warf Brot hinzu. Das wiederholte ich täglich. Nach einigen Tagen fingen die schwarzen Körnlein an, ihr Leben zu zeigen, und nährten sich von dem weißen Schleim, der um sie herum war. Danach bekamen sie Schwänzlein, damit sie im Wasser schwimmen konnten wie die Fische. Mitte Mai bekamen sie Augen, acht Tage danach brachen hinten zwei Füßlein aus der Haut heraus, und nach wieder acht Tagen bildeten sich vorne zwei Füßlein. So sahen sie aus wie kleine Krokodile.«

Jetzt musste auch Agnes Block schmunzeln. So erkannte sie ihre Freundin wieder.

»Danach verfaulte der Schwanz. Jetzt waren es ausgewachsene Frösche, und sie sprangen an Land.«

Maria Sibylla deutete mit ihren Händen den Sprung an.

»Und natürlich wollten diese Erkundungen gut dokumentiert sein. Da blieb mir ja nichts anderes übrig, als die verschiedenen Stadien des Frosches in allen Details in Zeichnungen festzuhalten. Und da ich nicht alle Arbeit selbst tun konnte, durfte ich wenigstens meine älteste Tochter im Zeichnen unterrichten.«

»Ach, liebe Maria Sibylla, so könnte ich Ihnen stundenlang zuhören«, sagte Agnes Block. »Aber sagen Sie mir eins, warum um alles in der Welt hat sich diese Glaubensgemeinschaft ausgerechnet in dieser doch recht verlassenen Gegend niedergelassen?«

»Es ist ein sehr schönes Gebiet, wissen Sie«, antwortete Maria Sibylla. »Die Horizonte in Friesland sind wunderschön, die tief hängenden Wolken, das flache Land, die sich in der Sonne spiegelnde See …« Maria Sibylla richtete sich bei diesen Worten auf, ihre Augen schauten in die Ferne. Vor ihrem geistigen Auge zeigte sich die friedliche Landschaft Frieslands, konnte sie für einen Moment eintauchen in den süßlichen Duft der satten Wiesen und den salzigen Geruch der Meeresluft. Sie schüttelte das Bild ab, wandte sich Agnes zu und fuhr fort: »Wenn ich es richtig verstanden habe, wurden die Labadisten aus mehreren Orten in Frankreich und Deutschland vertrieben, bevor man in Wieuwert endlich eine Heimat fand. Das Schloss dort gehörte dem Spross einer alten und wohl recht reichen Adelsfamilie, Cornelis van Aerssen van Sommelsdijck.«

»Sie meinen *den* van Aerssen van Sommelsdijck?«, fragte Agnes Block überrascht nach. »Den ehemaligen Gouverneur von Surinam?«

»Ja, genau der«, bestätigte Maria Sibylla. »Aber ich habe ihn nie persönlich kennengelernt, es gab ja wohl einige Geschichten um ihn ...«

»Das kann man wohl sagen«, meinte Agnes Block, wollte den Redefluss ihrer Freundin aber nicht weiter stören.

»Er stand dem Gedankengut der Labadisten jedenfalls nahe. Vor allem aber waren seine drei Schwestern Mitglied in der Labadisten-Gemeinde. Er hat das Schloss schließlich der Lebensgemeinschaft unentgeltlich zur Verfügung gestellt. Und stellen Sie sich vor«, Maria Sibylla beugte sich verschwörerisch nach vorne, näher zu Agnes Bock hin, »einige der Labadisten haben die Reise nach Surinam unternommen, um dort eine eigene Siedlung zu gründen. Aus Surinam wurden dann ab und an prächtige Pflanzen und Tiere zu uns geschickt. Dort habe ich zum ersten Mal Schmetterlinge in einer solchen Größe und Farbenpracht zu Gesicht bekommen, wie ich sie bei uns noch nie gesehen hatte. Da waren Exemplare von solcher Schönheit dabei, es war unglaublich. Einmal hat jemand einen Himmelsfalter mitgebracht, der schillerte in den wunderschönsten Blautönen. Bis dahin hielt ich es für schier unmöglich, dass es so etwas in der Natur überhaupt gibt. Als ich dieses prächtige Exemplar sah, wusste ich es sofort: Ich wollte nach Suriname, um auch dort die Schmetterlinge zu beschreiben und zu malen. Ich wollte wissen, von welchen Pflanzen sie sich ernährten, wie ihre Eier, die Raupen aussahen, wie sich die Puppen entwickeln. Ich wollte diese unbeschreibliche Schönheit für die Kunst und die Naturkunde ein für alle Mal festlegen, so dass wir auch hier davon wissen und uns daran erfreuen können. Und das werde ich auch tun!«

»Sie wollen nach Suriname reisen? Verstehe ich Sie richtig?«, fragte Agnes Block ungläubig.

»Ja, das will ich und das werde ich auch«, sagte Maria Sibylla im Brustton der Überzeugung, als gäbe es daran keinen Zweifel.

»Aber Sie sind doch gar nicht verheiratet, liebe Maria Sibylla. Wie stellen Sie sich das vor, allein auf einem solchen Schiff, und dann dort auch noch in diesem uns so gänzlich fremden Land, mit all den Eingeborenen? Ganz abgesehen davon: Wer wird wohl eine alleinreisende Frau mit an Bord nehmen? Sie würden im besten Fall verspottet werden, und im schlimmsten Fall …«, Agnes Block traute sich nicht, den Gedanken zu Ende zu denken.

»… als Hure angesehen werden, ich weiß«, vervollständigte Maria Sibylla ihren Satz. »Dessen bin ich mir wohl bewusst. Darum suche ich nach einer Möglichkeit, die mir diese Blicke, Gerüchte oder gar Anschuldigungen erspart. Ich weiß nur noch nicht genau wie.«

Agnes Block sah Maria Sibyllas fest entschlossenen Blick, sah, wie sich ihre Muskeln spannten, wie sich schon ihr ganzes Wesen auf diese Reise freute. Ihre Freundin hatte dieses Ziel fest vor Augen, ihren Entschluss schon lange gefasst. Agnes Block war intelligent genug, sie nicht weiter mit all den Hindernissen zu ermüden, denen sie bei der Vorbereitung und während einer solchen Reise begegnen würde. Nach dem ersten Schrecken fand sie sogar Gefallen an der Idee und fasste einen Entschluss.

»Liebe Maria Sibylla, was Sie da sagen, klingt einfach so unglaublich, dass es schon wieder wahr werden könnte. Und warum sollten Sie der Welt nicht zeigen, dass eine Frau auch alleine und nicht nur als Ehefrau nach Übersee reisen kann? Und dort naturkundliche und künstlerische Arbeiten verrichten könnte? Und dazu noch, davon bin ich überzeugt, von der allerhöchsten Qualität! Ihre Reise wäre ein Beweis dafür, was wir Frauen können. Dass wir den Männern in nichts nachstehen. Und wer weiß, so manches vielleicht sogar noch viel besser können als sie.«

Jetzt mussten sie beide lachen.

»Wissen Sie was? Ich werde Sie, soweit es mir möglich ist, mit all meinen Kontakten und meinem Einfluss unterstützen«, ermunterte sie Maria Sibylla. »Machen Sie Ihren Traum wahr, und zeigen Sie der Welt, wozu wir Frauen im Stande sind!«

Agnes Block hatte Feuer gefangen. Damit hatte Maria Sibylla nicht gerechnet. Sie hatte sich fast nicht getraut, von ihrem Vorhaben zu berichten. Sie wusste, dass die meisten Menschen sie für verrückt erklärten oder sie einfach nicht ernst nahmen. Die Reaktion Agnes Blocks überraschte sie und zeigte ihr gleichzeitig auch, dass sie in ihr eine wahre Freundin gefunden hatte. Ihre Unterstützung würde sehr viel wert sein, davon war Maria Sibylla überzeugt.

Ihre Traurigkeit war wie verflogen, und sie machte sich mit ihrem Kohlenstift wieder beschwingt am traubigen Blütenstand der Papaver zu schaffen, während Agnes Block sich ihrem Blumengebinde widmete.

Die beiden Freundinnen unterhielten sich noch den ganzen Nachmittag angeregt über dies und das, bis es Zeit wurde, wieder ins Haus zurückzugehen. Immer wieder kamen sie aber auf die Reise zurück, die Maria Sibylla so brennend gern unternehmen wollte. Auch wenn das nichts für sie selbst wäre, schon allein der Kinder und ihres Mannes wegen, so bewunderte Agnes Block doch den Unternehmungsgeist und die Neugier Maria Sibyllas und dachte, von deren Idee angesteckt, schon darüber nach, wen sie aus ihrem Bekanntenkreis ansprechen und überzeugen konnte, der dabei helfen würde, diese Reise möglich machen zu können. Die meisten, die dafür infrage kämen, hatte Maria Sibylla ja schon im Salon bei Agnes zu Hause kennengelernt.

»Ich glaube, ich habe schon eine Idee«, sagte sie plötzlich.

KAPITEL 14

»Ich gehe gleich noch zu Agnes Block in die Herengracht und treffe dort die Salonrunde«, sagte Maria Sibylla fast wie nebenbei. Sie war mit ihren Töchtern im Atelier gerade damit beschäftigt, eine Vorauswahl zu treffen, welche Raupen und Schmetterlinge sie in ihr drittes Raupen-Buch aufnehmen wollte.

Ihr war schon etwas mulmig zumute, wenn sie an diesen Nachmittag dachte. Agnes Block hatte ihr vorgeschlagen, ihren Reisewunsch vor versammelter Mannschaft in ihrem Salon kundzutun mit dem Ziel, dass sich die Sammler und Eigentümer der Raritätenkabinette für ihren Plan begeistern konnten.

Den größeren Knoten im Bauch hatte Maria Sibylla aber vielleicht vor dem, was sie davor noch tun musste. Zwar kannten ihre Töchter ihren Wunsch. Aber aus dem Wunsch, der Träumerei, ins ferne Suriname zu reisen, war eine konkrete Absicht geworden. Und das war etwas ganz anderes.

Maria Sibylla fiel es nicht leicht, doch ihr war klar, dass sie ihre jetzt konkret gewordenen Reisepläne zuerst ihren Töchtern mitteilen musste, bevor sie diese mit anderen besprach. Das war sie ihnen schuldig. Schließlich hatten die Pläne auch auf Johannas und Dorotheas Leben enormen Einfluss. Johanna hatte ihren Jacob, doch Dorothea war noch nicht einmal zwanzig Jahre und hatte sich bisher wenig um Männer oder gar ums Heiraten gekümmert. Immerhin hatte sie sich im Laufe der Jahre tatsächlich als talentierte Malerin gemausert. Sie war in der Zwischenzeit ein vollwertiges Mitglied in der Jungfern-Compagnie der drei

Merians geworden. Während Johanna ihre Aufmerksamkeit vor allem der Flora schenkte, liebte es Dorothea, sich mit den Details der Tierwelt zu beschäftigen und diese zu malen.

So ergänzen sich die beiden, dachte Maria Sibylla, wenn sie wieder einmal gemeinsam an einem Blatt arbeiteten. Die Komposition war weiterhin ihr Steckenpferd, und sie konnte ihren beiden Töchtern auch noch immer etwas über das Kupferstechen, Zeichnen und Malen beibringen. Vor allem fiel ihr auf, dass die beiden viel weniger Geduld hatten als sie.

Aber trotz allem war sie stolz darauf, was sie ihren Töchtern beigebracht hatte und wie gut diese ihr Fach verstanden und durchaus Illustrationen und Malereien auf Pergament brachten, die ihr und damit der Jungfern-Compagnie würdig waren, für die Kontinuität ihrer kleinen Unternehmung ein nicht unwichtiger Faktor.

Vielleicht ist die junge Generation überhaupt etwas schneller zufrieden und oberflächlicher, überlegte Maria Sibylla.

»Darf ich mit?«, fragte Johanna.

»Dieses Mal nicht«, antwortete Maria Sibylla.

»Wen triffst du da denn alles?«

»Unter anderem Jan Commelin. Ich habe etwas Wichtiges mit ihm zu besprechen.«

Ihre Töchter sahen sie misstrauisch an, kam es doch kaum einmal vor, dass ihre Mutter so geheimnisvoll tat. Maria Sibylla fasste sich ein Herz.

»Ich werde ihn fragen, ob er meine Reise nach Suriname finanziell unterstützen würde.«

»Du willst wirklich nach Suriname reisen?« Dorothea wurde bleich im Gesicht. Sie konnte sich nicht vorstellen, wie sie ohne ihre Mutter alleine in Amsterdam leben sollte.

Johanna schaute sie mit großen Augen an, sagte aber zunächst nichts.

»Ich habe mir das folgendermaßen vorgestellt«, sagte Maria Sibylla. Sie hatte bereits gründlich darüber nachgedacht, wie sie dafür sorgen würde, dass es ihren Töchtern während der Reise an nichts fehlte.

»Johanna, du hältst unsere Jungfern-Compagnie weiter am Laufen, und du, Dorothea, kommst mit mir nach Suriname. Leider können wir nicht alle drei gehen, da wir hier vor Ort weiterhin präsent sein müssen. Unser Malerladen muss weitergehen, neue Farben wollen gemischt und verkauft werden, die Malkurse sollen weiterhin stattfinden. Das alles wirst du dann gänzlich übernehmen, Johanna.«

Johanna nickte. Natürlich würde auch sie liebend gern die Reise nach Suriname unternehmen, aber sie hatte ja auch noch ihren Jacob. Und ohne ihn zu verreisen, konnte sie sich nicht vorstellen.

»Ich verstehe deine Abwägungen«, sagte Johanna. Ein bisschen enttäuscht war sie dennoch. Außerdem war auch sie noch nie für längere Zeit von ihrer Mutter getrennt gewesen. Zwar lebte sie jetzt schon einige Jahre glücklich mit Jacob in einer eigenen Wohnung, aber diese war gleich um die Ecke, und sie arbeitete jeden Tag mit ihrer Mutter und ihrer Schwester zusammen.

»Du trägst dann eine große Verantwortung, Johanna«, sagte Maria Sibylla, »bist du dir dessen bewusst?«

»Ja, ich glaube schon«, antwortete Johanna. Sie richtete sich auf. Ihr war schon längst klar, dass ihre Mutter nicht anders konnte, als diese Reise zu unternehmen.

»Es wird sich wohl zunächst recht ungewohnt anfühlen. Aber erstens haben wir noch etwas Zeit und zweitens ist das auch ein wichtiger Schritt für dich und für deine Zukunft als Künstlerin. Schließlich kannst du ja nicht ewig in meinem Schatten stehen.«

Maria Sibylla war wohl bewusst, dass sich Johanna mit den Aufträgen, die sie in der Zwischenzeit auch selbstständig und allein durchführte, durchaus zu behaupten und ihre Auftraggeber zufriedenzustellen wusste.

»Dir ist aber auch klar, dass du nicht mehr die Jüngste bist und ein solches Unterfangen auch große Risiken mit sich bringt?«, wandte Johanna jetzt doch ein.

»Da muss ich dir wohl recht geben«, antwortete Maria Sibylla. »Darum reise ich auch nicht alleine und nehme Dorothea mit.« Und an Letztere gewandt, sagte sie: »Du wirst mir assistieren, wo immer nötig. Ich fühle mich zwar noch kerngesund, merke aber auch, dass ich den Schmetterling mit dem Kescher in der Hand lange nicht mehr so schnell hinterherkomme wie früher.«

Ihre Töchter lächelten verschmitzt. Das war ihnen bei ihren gemeinsamen Exkursionen auch schon aufgefallen.

»Ich sehe, ihr teilt meine Feststellung«, sagte Maria Sibylla und lachte. Als Naturkundlerin konnte sie der Wahrheit durchaus ins Auge schauen, auch wenn es um sie selbst ging.

»Und für wie lange verreisen wir?«, wollte Dorothea wissen.

Diese Frage hatte Maria Sibylla befürchtet. »Ich weiß es noch nicht genau. Nach allem, was ich bisher über die Flora und Fauna Surinames in Erfahrung bringen konnte – und bis ich die verschiedenen Arten von Schmetterlingen gefunden und gezüchtet habe, die Blumen, die Eier, Raupen, Puppen und Imagos gezeichnet habe –, dauert es wohl sicher drei Jahre.«

Sie sah, wie Johanna schluckte und den Blick abwandte. Das wäre eine lange Zeit, die sie hier in Amsterdam alleine überbrücken müsste.

»Keine Sorge, Johanna, du bekommst das schon hin.« Maria Sibylla legte ihr den Arm um die Schulter und drückte sie an sich. »Ich weiß, dass du das schaffst, und ich habe auch schon darüber nachgedacht, wie wir das am besten anpacken können. Das wird schon«, versuchte sie, ihrer Ältesten Vertrauen einzuflößen.

Sie setzte sich ihre Haube auf und zog den Umhang über.

»Jetzt muss ich aber wirklich los. Ich möchte Agnes und die Anwesenden nicht warten lassen«, sagte sie und verabschiedete sich schnell von ihren beiden Töchtern, die ihr nachdenklich hinterhersahen.

»Und was geschieht, wenn Karl der II. von Spanien stirbt? Der hat schließlich keine Kinder. Das gibt bei der Thronfolge gleich wieder Ärger, wenn nicht gar Krieg, oder etwa nicht?«

Casper Commelin wähnte sich in großer Sorge. Agnes Block hatte ihre aristokratischen und Künstlerinnenfreunde, wie sie es in regelmäßigen Abständen zu tun pflegte, wieder zum Tee geladen.

Schon bald nach Maria Sibyllas Ankunft in Amsterdam war leider Caspers Onkel Jan, der ehemalige Leiter des Hortus Medicus, verstorben. Maria Sibylla konnte sich noch gut an ihn erinnern, wie er doch schon recht gebrechlich auf dem Sofa gesessen hatte, als sie zum ersten Mal diesen Raum betrat.

Die Gemüter im blauen Salon waren erhitzt, und es schien hier drinnen noch heißer zu sein als draußen, wo die Sonne ihr Bestes gab und alle Wolken vom Himmel Amsterdams vertrieben hatte. Während mit Maria Sibylla, Alida Withoos und Agnes Block alle anwesenden Frauen noch am Tisch vor ihren Chinatassen saßen, hatten es die Männer nicht mehr ausgehalten und standen im Raum oder liefen herum.

»Ach was, da bin ich ganz anderer Ansicht«, echauffierte sich Levinus Vincent. »Schließlich haben wir ja noch unseren Statthalter Wilhelm III. Der wird diesem alternden Franzosenkönig schon zeigen, wo es langgeht! Und wenn die Spanier noch auf dumme Gedanken kommen, dann brät er denen auch noch eins über den Kopf.« Wie üblich drückte er sich so aus, als ob eine andere Meinung undenkbar sei. Dazu kam noch sein ihm eigener arroganter Tonfall, mit der er seine Schwarz-Weiß-Ansichten regelmäßig unterstrich.

»Männer …«, sagte Alida Withoos leise und verdrehte ihre Augen, während sie hörbar ein- und wieder ausatmete. Die aufgebrachten Männer in der Runde schienen die abfällige Bemerkung der Jüngsten im Raum in ihrer politischen Ereiferung nicht wahrzunehmen. Maria Sibylla, die neben ihr saß, konnte ein kurzes Auflachen jedoch nicht unterdrücken.

»Nun, ganz so einfach wird es nicht werden«, sagte Frederik Ruysch. Er ließ sich nicht so leicht einschüchtern. Da mochte sich Levinus Vincent noch so sehr vor ihm aufbauen und das Kinn nach oben recken. In solchen Situationen konnte es der Pathologe nicht lassen, sich sein Gegenüber schon mal da vorzustellen, wo er letztendlich landen würde: nackt und kalt auf seinem Seziertisch. Das verhalf ihm zu einer gewissen inneren Ruhe und emotionalen Distanz.

»Schließlich haben uns die Franzosen nach dem Frieden von Rijswijk auch alles Mögliche versprochen, was sie nicht gehalten haben, und hat Wilhelm stillgehalten?«

»Sie vergessen, dass unser Statthalter der Republik der Sieben vereinigten Provinzen auch der König von England ist. Da stehen wir stark. Schließlich können wir England damit als unseren Verbündeten ansehen.« Levinus Vincent ließ sich nicht aus dem Konzept bringen.

»Wissen Sie, meine Freunde«, mischte sich jetzt auch Bürgermeister Nicolaes Witsen in die Diskussion ein, »auch in diesem Fall muss ich Wilhelm III. unterstützen. Ich glaube, dass wir ohne ihn in eine Zeit großer Ungewissheit stürzen könnten. Es sind in der Tat unsichere Zeiten, in denen wir leben. Obwohl wir im Moment Frieden haben, wie Sie, Herr Commelin, ja schon erwähnten, so könnte die Nachfolgefrage in Frankreich noch zu großen Spannungen führen, die durchaus auch unsere Republik berühren würden.«

Die anderen nickten. Der gewiefte Politiker hatte es mit seinen Abwägungen einmal mehr geschafft, die Gemüter wieder etwas zu beruhigen.

»Meine Herren, wenn ich bitten darf.« Agnes Block machte mit einer Handbewegung ihre Rolle als Gastgeberin deutlich, und einer nach dem anderen setzte und beruhigte sich wieder.

»Trinken Sie doch noch eine Tasse dieses herrlich feinherben Tees, den wir dank unserer Kolonien im Osten hier kosten dürfen«, sagte sie und ging mit gutem Beispiel voran, indem sie selbst einen winzigen Schluck nahm. Immerhin war Tee die neue Mode unter der steinreichen Aristokratie, den auch sie sich ansonsten kaum leistete.

»Was mich auf eine andere Sache bringt«, sagte sie, als sie ihre Tasse wieder abstellte. Es war an der Zeit, das Gespräch in die von ihr gewünschte Richtung zu leiten.

Maria Sibylla fühlte, wie Agnes' Hand unter dem Tischblatt die ihre suchte. Als sie sie gefunden hatte, drückte sie sie fest. Ihr abgesprochenes Zeichen. Maria Sibylla war schummrig zumute, auch wenn sie wusste, dass ihre Freundin nur das Beste vorhatte.

»Sie alle«, dabei wandte Agnes Block sich an die Männer in der Runde, »haben einen gewissen Hang zum Sammeln von allerlei Dingen. Vor allem Pflanzen und Tieren aus den überseeischen Gebieten, und man kann Ihnen dabei eine gewisse Leidenschaft nicht absprechen.«

Zustimmendes Gemurmel wurde hörbar.

»Und Sie alle zeigen Ihre Großzügigkeit, indem Sie Ihre reichen Sammlungen der Allgemeinheit zugänglich machen.« Jetzt schmeichelte ihnen Agnes Block sogar, was die Herren sich mit wohlwollenden und bescheiden daherkommenden Kommentaren gefallen ließen.

»Ihre Wunderkammern stehen voll mit den unglaublichsten Farben und Formen der Natur, deren Existenz man sich vor einiger Zeit noch gar nicht hätte träumen lassen«, fuhr Agnes Block fort, um ihren Worten schließlich die entscheidende Kehrtwende zu geben. »Was würden Sie sagen, wenn wir jemanden in unserer Mitte hätten, der sich auf den Weg zu unseren Kolonien nach Suriname aufmachen möchte, um neue Pflanzen- und Tierarten zu entdecken? Neue Pflanzen- und Tierarten, die dann nur Sie in Ihren Sammlungen haben würden?«

Spätestens jetzt hatte Agnes Block die vollständige Aufmerksamkeit ihrer Gäste. Das klang einfach zu verlockend. Ihre Neugier war jedenfalls geweckt. Außer die von Simon Schijnvoet, der schon ahnte, was jetzt kommen würde und der erschrocken die Luft anhielt. Die anderen bemerkten ihn jedoch nicht, alle Augen waren auf Agnes Block gerichtet.

»Ich jedenfalls finde es phantastisch und unterstütze von Herzen, dass unsere Maria Sibylla Merian hier diese Reise als Künstlerin und Naturkundige unternehmen möchte, und bitte Sie, ihr Vorhaben ebenso zu unterstützen.«

Maria Sibylla traute sich kaum, in die Runde zu schauen. Am liebsten wollte sie sich in Luft auflösen, kam sich vor, als wäre sie den Löwen zum Fraß vorgeworfen worden.

Nach einem Moment der Stille schienen plötzlich alle durcheinander zu reden, nur einzelne Rufe wurden laut, aus denen die Empörung der Herren herauszuhören war. Nur Simon Schijnvoet und Frederik Ruysch hielten sich zurück und sagten nichts. Als Erster hatte sich der Lauteste in der Runde, Levinus Vincent, wieder im Griff und stand ruckartig auf.

»Liebe Frau Merian«, sagte er süffisant, »wie stellen Sie sich das nur vor? Sie als verwitwetes Frauenzimmer allein im Urwald, und dann wollen Sie auch noch behaupten, dass Sie uns mit neuen Pflanzen- und Tierarten beglücken könnten? Ein Frauenzimmer? Also ich muss schon sagen, bei allem Respekt, das ist doch geradezu dreist!«

Von Levinus Vincent war Maria Sibylla so einiges gewohnt, aber dieser Angriff kam mit einer Wucht, den sie selbst von ihm so bisher nicht gekannt hatte.

»Abgesehen von meinen Zweifeln, ob Sie als Frau zu so etwas überhaupt im Stande wären«, schaltete sich Casper Commelin ein, »meinen Sie nicht auch, dass Sie für eine solche Unternehmung – und ich hoffe, Sie nehmen es mir nicht übel – doch vielleicht in einem so fortgeschrittenen Alter sind, dass von einer Reise, die so viele Unwägbarkeiten und Gefahren birgt, abzuraten sei?«

Immerhin formulierte er wesentlich zurückhaltender als dieser furchtbare Frauenhasser Levinus Vincent, registrierte Maria Sibylla. Letzterer ereiferte sich aber nochmals lautstark.

»Was glauben Sie denn, wie es ist, dort in Suriname zu leben? Ein Zuckerschlecken etwa? Da braucht es schon einen gestandenen Mann, um unter einem solchen Klima von Hitze und Feuchtigkeit arbeiten zu können. Frauen leiten dort höchstens den Haushalt.«

»Ich glaube …«, wollte ihm Maria Sibylla antworten, doch ihre Stimme klang schwach und wurde nicht gehört. Sie brachte es nicht fertig, Levinus Vincent in seinem Zorn in die Augen zu schauen. Dieser erkannte ihre Schwäche. Ihm gefiel es offenbar, seine Macht zu zelebrieren, und er setzte schon zum nächsten Stoß an: »Und überhaupt, wie stellen Sie sich das denn vor, den Umgang mit den Einheimischen und den Sklaven? Glauben Sie denn tatsächlich, dass Sie denen als alleinstehendes Frauenzimmer so einfach Befehle erteilen können?«

»Ich denke …« Wieder kam Maria Sibylla nicht weiter.

»Ah, Sie glauben, Sie denken. Und wie gedenken Sie wochenlang auf einem Schiff voller Matrosen unbehelligt in Suriname von Bord gehen zu können?«

»Ich muss doch sehr bitten, Herr Vincent!« Das konnte Nicolaes Witsen nicht auf der Ehre der West-Indische Compagnie sitzen lassen. »Sie überspannen hier deutlich den Bogen!«, mahnte er seinen Vorsprecher, dem mit der Abkanzelung durch den Bürgermeister wohl zu dämmern schien, dass er vor allem mit seiner letzten Anmerkung einen Schritt zu weit gegangen sein könnte.

»Vielleicht sollten wir doch erst einmal Frau Merian selbst zu Wort kommen lassen«, schlug Simon Schijnvoet vor, der ebenfalls aufgestanden war und sich nun mit einem Blick auf Maria Sibylla Gehör verschaffte. »Auch wenn ihr Wunsch im ersten Augenblick etwas, nun ja, ungewöhnlich erscheint, so ist sie inzwischen ein geschätztes Mitglied unserer Runde hier, und wir sollten ihr die Möglichkeit geben, ihren Wunsch zu erläutern.«

Maria Sibylla deutete ein kurzes Nicken in seine Richtung an. Sie war froh, einen Freund in Simon Schijnvoet gefunden zu haben, der ihr auch in dieser unangenehmen Situation zur Seite stand, obwohl dies für ihn auch ein gewisses Risiko beinhaltete, schließlich hatte er Maria Sibylla in ihre Kreise eingeführt und die anderen sahen in ihm ihren Fürsprecher.

»Bevor wir dies tun«, sagte Agnes Block mit nur mühsam zurückgehaltener Wut, wie Maria Sibylla aus ihrer Stimme heraushörte, »möchte ich eines klarstellen. Ich dulde eine solche Umgangsweise nicht in meinem Haus! Das sollte auch Ihnen klar sein, Herr Vincent. Ich fordere Sie auf, sich bei Frau Merian zu entschuldigen.« Alle hielten den Atem an.

»Ich denke nicht da…«

»Und zwar unverzüglich!« Die Stimme Agnes Blocks war scharf wie ein Messer, wie sie noch keiner der Anwesenden bislang gehört hatte.

Der Salon wirkte wie eingefroren. Niemand traute sich mehr, sich zu bewegen.

Agnes Blocks wütender Blick sprach Bände. Wenn Levinus Vincent jetzt nicht klein beigeben würde, wäre er nicht mehr Teil dieser Runde und würde das Haus Agnes Blocks nie mehr betreten dürfen. Es blieb ihm nichts anderes übrig, als dem Wunsch der Gastgeberin, wenn auch mit dem größten Widerwillen, zu entsprechen.

»Ich bitte die Heftigkeit meines Vortrags zu entschuldigen. Es tut mir leid, Frau Merian«, flüsterte er mit zusammengepressten Zähnen und hochrotem Kopf widerwillig, ganz ohne die Lautstärke und Verve, mit der er sich kurz davor ereifert hatte. Ausgerechnet eine Frau hatte ihn zu einer Entschuldigung vor versammelter Runde gezwungen. Eine Demütigung, wie er sie sich schlimmer fast nicht vorstellen konnte.

Maria Sibylla schaute ihn an, nickte nur als Zeichen dafür, dass sie seine Entschuldigung annahm, und hob gleichzeitig ihre rechte Augenbraue um zu signalisieren, dass sie ihm auch weiterhin wachsam begegnen würde. Sie sagte kein Wort zu ihm.

Auch Agnes schien damit vorerst zufrieden zu sein, für sie war die Sache damit erledigt.

»Frau Merian, Ihr Wunsch klingt auch in meinen Ohren recht seltsam, müssen Sie wissen«, sagte Frederik Ruysch. Er wägte seine Worte wie immer mit viel Bedacht. »Warum nur möchten Sie die Strapazen einer solchen Reise überhaupt auf sich nehmen?«

»Meine wohlgeschätzten Herren.« Maria Sibylla schob ihren Stuhl zurück, stand zögerlich auf und begann mit brüchiger Stimme, die noch nach Halt suchte, zu sprechen: »Vielleicht sollte ich zunächst ein Missverständnis aufklären. Sie meinen vielleicht, meine Arbeit bestände vor allem darin, schöne Blumen und Schmetterlinge zu malen. Das ist aber nur ein Teil meiner Arbeit, sozusagen nur das Resultat. Es scheint mir fast so, dass Sie sich den Tätigkeiten, die dem vorausgehen, nicht gewahr sind.« Sie war wieder in ihrem Element, fühlte etwas von ihrem Selbstbewusstsein zurückkehren. Mit festerer Stimme fuhr sie fort: »Dazu gehören nicht nur das Einfangen und Sammeln der Tiere, das Pflegen, Füttern und Beobachten, sondern auch das Aufschneiden und die genaue innere Untersuchung nicht nur der Pflanzen, sondern zum Beispiel auch der Frösche und natürlich der Raupen, Puppen und der geschlüpften Schmetterlinge.«

Während Frederik Ruysch keine Miene verzog, machten die anderen Herren Gesichter, als wollten sie lieber keine Details hierüber hören.

»Und ist es nicht das«, schaltete sich Agnes Block ein, »was uns an der Arbeit unserer Freundin hier so fasziniert? Dass sie unser Leben dank ihrer künstlerischen Begabung und Fähigkeiten nicht nur mit Illustrationen und Drucken höchster Schönheit bereichert, sondern dass sie diese gleichzeitig auch in einem naturwissenschaftlich korrekten Zusammenhang darstellt, wie es bisher noch niemand auf dieser Welt geschafft hat? Sind Sie nicht mit mir einer Meinung, dass dies einmalig ist, und wir froh sein können, dass es in unserer Stadt geschieht?«

Letzteres konnte niemand abstreiten. Eine vorsichtig gemurmelte Zustimmung ließ sich vereinzelt von den Anwesenden hören. Bis auf Levinus Vincent, der mit geschränkten Armen vor der Brust noch immer schmollte.

»Sie haben zwar – ich darf dies in aller Bescheidenheit sagen, denn ich habe alle Ihre Wunderkammern besucht – die wunderbarsten Exemplare an Schmetterlingen, die ich bisher zu Gesicht bekam. Aber wissen Sie auch, woher diese kommen, aus welcher Puppe sie geschlüpft sind, wie die Raupe und die Eier aussehen, von welcher Pflanze sie sich ernähren?«

Eine rhetorische Frage, das wusste Maria Sibylla, und sie spann ihren Faden weiter, ohne eine Antwort abzuwarten.

»Das ist, was ich herausfinden möchte, mit eigenen Augen sehen und nach dem Leben zeichnen möchte. Stellen Sie sich doch vor, dass Sie neben Ihren Schmetterlingen auch die Eier, Raupen und Puppen ausstellen könnten. Den gesamten Kreislauf dieser Geschöpfe. Das macht das Wunder der Natur doch erst begreiflich und die Prachtstücke in Ihren Wunderkammern wirklich vollständig. Nur wenn ich dies alles mit meinen Augen sehen kann, kann ich es verstehen und zeichnen. Nur dann weiß ich, welche Raupe von welcher Pflanze isst. Von welcher Blume ein Schmetterling seinen Nektar trinkt. Nur dann kann ich alles so genau wie möglich auf Papier bringen und Sie alle zu Teilhabern dieses Wissens machen, von diesem göttlichen Wunder der Natur. Deshalb möchte ich nach Suriname. Deshalb werde ich nach Suriname gehen. Aber dafür brauche ich Ihre Unterstützung.«

Es verging eine schier endlos lange Zeit, so schien es Maria Sibylla, bis jemand die Stille nach ihrer flammenden Rede durchbrach.

»Nun ja«, Caspar Commelin meldete sich als Erster zu Wort, »damit haben Sie womöglich recht. Eine lückenlose Darstellung aller Stadien dieser faszinierenden Lebewesen wäre wohl eine Bereicherung für jede Sammlung. Aber, verzeihen Sie mir, das kann doch ein Mann wahrlich besser besorgen als Sie als Frau.«

»Wie kommen Sie nur darauf, dass wir Frauen so etwas nicht könnten?«

Verblüfft drehten sich alle zu Alida Withoos um, die sich ansonsten ganz ihrem Alter und Status als Nesthäkchen entsprechend zurückhaltend verhielt. Levinus Vincent stieß einen Seufzer aus und drehte die Augen gen Himmel, als ob das Ende der Welt, wie er sie kannte, nahte.

»Ich möchte Ihnen sagen, warum ich glaube, dass dieses Unterfangen nur von mir allein zu bewerkstelligen ist. Schon seit meinem elften Geburtstag, als ich einen Seidenspinner geschenkt bekam, bin ich von diesen Tieren fasziniert und arbeite mit ihnen. Meine Erfahrung und mein Wissen – in aller Bescheidenheit hoffe ich dies sagen zu können – sind einzigartig. Es gibt niemanden sonst, der so viel über die Schmetterlinge weiß wie ich.«

»Haben Sie sich das wirklich gut überlegt«, fragte Nicolaes Witsen. »Wollen Sie sich die Strapazen einer solchen Reise und das ungesunde Klima dort tatsächlich antun?«

»Mir geht es nicht um die vielleicht widrigen Umstände einer solchen Expedition, sondern um das wahre Erkunden der Natur, um das Resultat. Und Sie alle können davon profitieren«, sagte Maria Sibylla. Sie merkte, dass ihre Worte Eindruck gemacht hatten und ihre Zuhörer ins Grübeln kamen.

»Die Sache ist die«, Agnes Block sah den Zeitpunkt gekommen, um den vielleicht noch schwierigeren Teil einzuleiten, »eine solche Unternehmung wäre, werte Freunde dieser Runde, kaum möglich ohne eine gewisse organisatorische und finanzielle Unterstützung. Darf ich da auf Sie zählen?«

Levinus Vincent stöhnte noch etwas lauter, und wenn er seine Augenbrauen noch höher, wenn er sie in den Himmel hätte strecken können, er hätte es sicherlich getan.

»Lassen Sie mich die Sache in Ruhe überdenken, werte Frau Block«, ergriff der Bürgermeister wieder das Wort. Er wusste wie kein anderer, wie er verschiedene Parteien und Ansichten, wenn nicht zueinander führen, so doch zumindest so weit kriegen konnte, dass alle das Gefühl hatten, dass sie einen Vorteil aus einer Entscheidung ziehen konnten. Die anderen stimmten zu.

»Darf ich den Herren noch zu bedenken geben«, fügte Maria Sibylla hinzu, »dass mir aus sicherer Quelle zu Ohren gekommen ist, dass unser Statthalter Wilhelm II., der ja zugleich auch als Wilhelm III. und König von England durchs Leben schreitet, vorhat, den Maler Karel Borchart Voet aus Zwolle demnächst nach Suriname zu schicken, um dort Schmetterlinge zu studieren und zu zeichnen?« Sie schaute nacheinander jeden Einzelnen im Raum an, als sie langsam und mit Nachdruck sagte: »Sie mögen ja Ihre Bedenken haben, weil ich eine Frau bin, oder nicht mehr ganz die Jüngste. Aber ich wohne und lebe hier in Amsterdam. Ich bin hier zwar nicht geboren, aber das sind in dieser schnell wachsenden Stadt viele nicht. Und ich lebe gern hier. Ich habe mein Bürgerrecht in Frankfurt am Main aufgegeben und gehöre jetzt hierher. Wollen Sie wirklich, dass ein Maler aus Zwolle das stolze Amsterdam übertrifft? Verlöre Amsterdam dann nicht einen Teil seiner Vormachtstellung in der Naturwissenschaft und Kunst? Wollen Sie demnächst sagen müssen, dass Sie dieses oder jenes Exponat von einem Künstler außerhalb der Stadt erhalten haben? Oder gar Gefahr laufen, dass die Exponate gar nicht erst den Amsterdamer Sammlern angeboten werden?«

Maria Sibylla wusste, dass sie damit einen Nerv traf, und sie sah es an den Gesichtern ihrer Zuhörer. Sogar Levinus Vincent spitzte jetzt die Ohren. Es konnte schließlich nicht angehen, dass jemand von außerhalb ihnen den Rang abzulaufen drohte.

»Wie gesagt«, sagte Nicolaes Witsen, »lassen Sie mich die Sache in Ruhe überdenken, wohlwollend, wie ich hinzufügen möchte.«

KAPITEL 16

Auf ihren Besuch bei Dr. Frederik Ruysch freute sich Maria Sibylla schon. Den besonnenen Mann stufte sie als hochintelligent und umtriebig ein. Nicht für nichts war der promovierte Arzt sowohl Stadtgeburtshelfer als auch Anatom, Chirurg und Gerichtsmediziner Amsterdams. Doch das war noch nicht alles. Er galt auch als ein hervorragender Botaniker und war in dieser Eigenschaft der erste Direktor des Hortus Medicus, des Botanischen Gartens der Stadt, und Professor am Atheneaum Illustre Amsterdams. Diese Vielseitigkeit gefiel Maria Sibylla, schließlich erging es ihr ähnlich. Wenn sie sich auch nie sicher war, ob dies nun Fluch oder Segen war. Es ermöglichte ihr zwar, mehr Zusammenhänge wahrzunehmen, dafür musste sie sich mitunter geradezu dafür rechtfertigen, dass sie mehr als eine Disziplin beherrschte. Es gab Leute, die ihr unterstellten, weder in der einen noch in der anderen wirklich firm zu sein. Letzten Endes zählte jedoch nur, dass sie selbst nie daran zweifelte. Und diese Zweifel hatte sie auch nicht bei Frederik Ruysch.

So ging Maria Sibylla gedankenversunken durch die Stadt, vorbei an Dienstmägden, die die Besorgungen für ihre Herrschaften erledigten, und Marktschreiern, die ihre Ware anpriesen. Warum trugen die Reichen mit ihren schicken Kleidern doch fast immer nur Schwarz, fragte sich Maria Sibylla, als ihr zwei offensichtlich gut betuchte Börsenhändler entgegenkamen. Sie dachte nicht weiter darüber nach und versank, als gleich danach ein Bauer mit seinem beladenen Karren ihren

Weg kreuzte, wieder in Gedanken an Frederik Ruysch und an die Wunderkammer, die ganz besonders sein sollte, wie ihr von mehreren Personen berichtet worden war. Sie wich gerade noch einigen wild herumrennenden Kindern aus und nahm aus dem Augenwinkel wahr, wie drei Damen, die es sich leisten konnten, durch die Stadt zu flanieren, angewidert die Nase rümpften und demonstrativ ihre Röcke gerade so weit hochhoben, dass sie den Boden nicht mehr berührten, als eine Bauersfrau vor ihnen, an einem Baum hockend, ihren Rock hochhielt und urinierte.

Maria Sibylla blieb vor einem offenen Platz stehen, der von einem großen Gebäude in der Mitte beherrscht wurde. Das musste De Waag sein, die neue, größere Waage der Stadt, in deren oberen Stockwerk sie gleich Frederik Ruysch treffen und dessen Raritätenkabinett bewundern würde.

Zuvor besuchte sie jedoch erst noch die Drogerie, in der sie dringend benötigte Ingredienzen zur Herstellung neuer Farben besorgen wollte. Auch darum war es so gut, hier zu wohnen, dachte sie. In dieser Stadt gab es, dank der Handelsflotte, die die Weltenmeere bereiste, einfach alles.

Sie mochte diesen Laden und war froh, dass er normalerweise alle Grundstoffe auf Vorrat hatte, die sie benötigte. Sie stieß die schwere Eingangstür aus Holz auf und atmete wie jedes Mal zuallererst tief ein und genoss den Duft, den all die Kräuter und Tinkturen verströmten. Hier endlich stank die Stadt nicht mehr, hier in dieser Drogerie duftete sie.

Nachdem sie sich ein wenig umgeschaut hatte, ließ sich Maria Sibylla Basisches Kupfercarbonat für das Grün aus einem der hölzernen Fässchen abwiegen, die in Reihen übereinander an der Wand hinter der Theke aufgestapelt waren. Aus einem Glasbehältnis entnahm die Drogistin das aus dem Färberwaid gewonnene Pulver mit seiner intensiven Indigo-Farbe. Außerdem entschied Maria Sibylla sich noch für einen kleinen Beutel mit gemahlenem Lapislazuli. Die Drogistin drehte sich wieder um und füllte das gewünschte Gut mit einer Schaufel in den Beutel. Maria Sibylla betrachtete in der Zwischenzeit die zwei in sich verschlungenen, aus Holz geschnitzten Schlangen, die über der Theke schwebten und aus deren Mäulern Pfeile kamen, als wollten sie den Laden vor allem Unbill schützen. Für das Rot benötigte Maria Sibylla das aus der weiblichen Cochenilleschildlaus gewonnene Pulver, das aus den westindischen Kolonien kam. Es war zwar teurer als der aus den heimischen Schildläusen oder dem Färberkrapp gewonnene Farbstoff, aber es konnte, wenigstens wenn man mit dem Pulver richtig umzugehen wusste, eine viel schönere Leuchtkraft entwickeln, und das war Maria Sibylla wichtig.

Sie bezahlte ein kleines Vermögen, bevor sie einen letzten tiefen Atemzug nahm, um noch einmal alle Gerüche in sich aufzunehmen, ehe sie wieder auf die Straße trat.

Sie ging über den Platz auf die städtische Waage zu und suchte den richtigen Eingang. Frederik Ruysch hatte ihr gesagt, der Aufgang zur Chirurgen-Zunft sei an der Nordseite des Gebäudes. Sie sah die Zunftwappen der Schmiede, Maler und Maurer. Als sie schließlich die Worte »Teatrum Anatonicum« über dem Eingangsportal las, wusste Maria Sibylla, dass sie den richtigen Eingang gefunden hatte.

Als sie oben ankam, sah sie, dass Frederik Ruysch noch mit jemandem ins Gespräch vertieft war. Sobald der Arzt sie bemerkte, kam er auf sie zu und begrüßte sie aufs Freundlichste.

»Darf ich Ihnen meinen Gast vorstellen, werte Frau Merian? Albertus Seba. Herr Seba, Frau Merian.«

Die beiden verbeugten sich höflich zueinander. Albertus Seba war mit Abstand der Jüngste im Raum. Er hatte eine freundliche, einnehmende Art, ohne aufdringlich zu sein. Seine markanten Gesichtszüge strahlten eine gewisse Fröhlichkeit gepaart mit Intelligenz aus.

Maria Sibylla überkam dieses Gefühl nicht oft, aber bei diesem Mann wäre sie gern etliche Jahre jünger.

»Es ehrt mich sehr, Ihre Bekanntschaft zu machen«, sagte Albertus Seba.

Maria Sibylla erwiderte den Blick aus seinen braunen Augen, in denen sie versinken könnte, und errötete leicht. Sie hoffte, dass niemand es bemerkte.

»Herr Seba kommt ursprünglich aus Ostfriesland, ist viel gereist und seit Kurzem wieder sesshaft in Amsterdam. Er hat erst vor einem Jahr sein Examen als Apotheker bestanden und sich als solcher hier niedergelassen.«

»Und wie ich Herrn Dr. Ruysch gerade erzählte, werde ich demnächst in den Stand der heiligen Ehe eintreten«, ergänzte Albertus Seba.

Maria Sibylla verscheuchte das flüchtige Gefühl von Enttäuschung, zwang sich zu einem Lächeln und wünschte dem jungen Paar alles erdenklich Gute. Obwohl Frederik Ruysch Anstalten machte, Albertus Seba so langsam zu verabschieden, schien dieser neugierig auf Maria Sibylla, die berühmte Künstlerin, zu sein.

»Der werte Herr Doktor und meine Wenigkeit haben uns gerade über den Sinn und Zweck des Sammelns unterhalten. Da ich beschlossen habe, mich in Amsterdam niederzulassen, habe ich in der Zwischenzeit erste Schritte unternommen, ein eigenes Raritätenkabinett aufzubauen. Die ersten Stücke darf ich bereits mein Eigen nennen«, sagte Albertus Seba.

»Das scheint mir eine durchaus interessante Frage zu sein, warum all das eifrige Sammeln. Es scheint in gewissen Kreisen geradezu ein Sport geworden zu sein.« Maria Sibylla versüßte ihre Ironie mit einem freundlichen Lächeln.

»Ich glaube«, gab Frederik Ruysch zu bedenken, »wir Sammler haben einen wichtigen Auftrag.« Maria Sibylla war ganz Ohr. »Sehen Sie, über die Jahrhunderte hinweg wurde uns von gemeingefährlichen Drachen, verlockenden Meerjungfrauen, freundlichen Einhörnern und vor allem vom Teufel erzählt. Nur gesehen hat bisher noch niemand auch nur eine dieser Kreaturen. Die Frage bleibt also: Gibt es sie wirklich?

Heute können wir zum ersten Mal in der Menschheitsgeschichte die Weltmeere befahren, jede Ecke aller Kontinente erforschen und mit eigenen Augen sehen, was diese Welt zu bieten hat – und was nicht. Welche Wesen es in Wirklichkeit gibt, oder ob uns über Generationen ein Bär aufgebunden wurde. Das wollen wir herausfinden. Wenn wir also Lebewesen, die sich auf dem Erdball finden lassen, auf unseren Schiffen hierherbringen, dann aus dem Grund, dass wir wissen wollen, was für Kreaturen zu Land, zur See und in der Luft leben und welche wir getrost ein für alle Mal in das Land der Fabeln verweisen können, die nur dazu dienen, den Menschen Angst und Schrecken einzujagen. Und lassen Sie mich Ihnen diesen Rat geben, Herr Seba: Lassen Sie sich niemals von der Eitelkeit leiten, die schönste oder die größte Sammlung besitzen zu wollen. Eine solche Motivation ist letztendlich hohl. Das dient der Sache nicht.«

Frederik Ruysch merkte offenbar, dass er mit seinen Besuchern zu reden begonnen hatte wie mit seinen Studierenden während einer seiner Vorlesungen. Er räusperte sich kurz, aber da Maria Sibylla und Albertus Seba ihm interessiert zuhörten, führte er seinen Vortrag fort.

»Nun gibt es hier und da Leute, die sagen, es sei auch mal genug mit der Sammlerei, die Sammler wollten immer mehr, sie seien nie satt … Das kann schon alles sein. Aber der Versuch, die Welt zu trennen in wirkliche Wesen und Fabelwesen, kann uns eben nur gelingen, wenn wir so vollständig wie möglich sammeln. Nur dann können wir sicher sein, dass wir bestimmte Vorstellungen ausschließen können.

Außerdem können wir durch genaue Betrachtung der Pflanzen und Tiere die Welt ordnen. Und indem wir die Welt ordnen, verstehen wir sie besser und können sie uns zunutze machen.«

Frederik Ruysch holte tief Luft.

»Wenn es je noch ein Körnchen Motivation bedurft hätte, dass ich mich dem Sammeln verschreibe, dann haben sie das mit Ihrem kleinen Vortrag geschafft. Ich danke Ihnen, Herr Doktor.«

»Meinen Sie, dass die Erkundung der Natur dazu führen wird, dass wir uns von Gottes Wort entfernen?«, fragte Maria Sibylla.

Sie war mit den Worten Frederik Ruyschs einverstanden, hatte aber in letzter Zeit immer häufiger das Gefühl, dass sie die Bibel und die Predigten der Pastoren nicht mehr so einfach unter einen Hut bringen konnte mit dem, was sie bei ihrer Arbeit sah.

»Nein, das glaube ich nicht«, antwortete Frederik Ruysch. »Was aber sehr wohl infrage gestellt werden könnte, ist, ob wir die Bibel immer wortwörtlich nehmen müssen oder ob wir sie in unserer menschlichen Unwissenheit vielleicht falsch verstehen oder interpretieren.«

Maria Sibylla atmete auf. »Dann verstehe ich Sie und kann Ihnen auch hierin zustimmen. Mit dem Erkunden der Welt kommen wir in ein neues Zeitalter, weil wir so viel mehr verstehen werden.«

»Und uns zunutze machen können«, ergänzte Albertus Seba.

Daraufhin verabschiedete sich der junge Apotheker, und Frederik Ruysch kam dazu, Maria Sibylla seine Sammlung zu zeigen.

Was sie zu sehen bekam, war so gänzlich anders als die anderen Raritätenkabinette und auch für sie neu. Auch wenn Rachel, seine Tochter, die bei Maria Sibylla Malunterricht nahm und sich zu einer außerordentlich guten Stilllebenmalerin entwickelte, schon viel von der Sammlung erzählt hatte, so war es doch etwas anderes, tatsächlich davorzustehen.

In runden Gläsern waren ganze Schlangen aufgerollt, Kröten, Frösche, Mäuse, Ratten, was auch immer in die zylinderförmigen Behältnisse passte. Sie standen in langen Reihen übereinander gestapelt entlang der Wand bis unter die Decke. Maria Sibylla betrachtete die Präparate genau.

Rachel Ruysch hatte auf jedes Glas am oberen Rand eine kleine Illustration aus Blumen oder Insekten gemalt.

Frederik Ruysch beobachtete Maria Sibyllas Reaktionen genau, dann trat er an einen schweren schwarzen Vorhang, der von der Decke bis fast auf den Boden reichte.

»Wie Sie wissen, habe ich als Pathologe und Gerichtsmediziner das Vorrecht, auch in das Innere eines Menschen zu schauen und gebe dazu auch Vorlesungen«, sagte er.

»Das scheint mir eine ungemein spannende Arbeit zu sein. Ich habe mich vor einiger Zeit intensiver mit Fröschen befasst«, sagte Maria Sibylla, »und dabei auch ihr Inneres nach außen gekehrt. Man lernt so viel, versteht so viele Zusammenhänge, wenn man die Organe, die Sehnen, die Muskeln eines Körpers mit eigenen Augen und den eigenen Händen studieren kann.«

»Dann möchte ich Ihnen jetzt gern meine Prunkstücke zeigen«, sagte Frederik Ruysch nicht ohne Stolz und zog langsam den Vorhang zur Seite. Auch hier war die Wand von oben bis unten mit Präparaten gefüllt, die in Gläsern in einer zähen Flüssigkeit zu schwimmen schienen. Es waren menschliche Körperteile, Hände, Füße, Nieren, ja sogar Augen.

Noch immer folgte Frederik Ruysch aufmerksam Maria Sibylla Blicken und Bewegungen. Es wäre nicht das erste Mal, dass jemand, der seine Sammlung besuchte, plötzlich in Ohnmacht fiel. Zu diesem Zweck trug er immer einen kleinen Beutel mit Riechsalz in seinen Taschen. Maria Sibylla schien es aber gut zu gehen. Vielmehr stand sie fasziniert vor den Präparaten. Sie unterhielt sich mit ihrem Gastgeber angeregt über die Gewebestrukturen der Muskeln und die Verbindungen von Sehnen an Knochen. Maria Sibylla genoss es, sich mit einem Fachmann wie Frederik Ruysch austauschen zu können. Einem, der so viel Wissen in sich vereinte, sowohl als Botaniker als auch als Arzt, und der sie trotzdem ernst nahm. Mit ihm konnte sie sich ganz anders über die unterschiedlichen Phänomene unterhalten als mit den anderen, die zwar fleißig sammelten, aber letztendlich wenig mehr über ihre Exponate wussten, als das, was Seeleute, die ihnen die Pflanzen und Tiere verkauften, darüber erzählten.

»Wirklich unglaublich, faszinierend«, sagte Maria Sibylla mehr zu sich selbst, als sie noch einmal näher an die Exponate herantrat. »Wie schaffen Sie es nur, die Körper so lebendig aussehen zu lassen, sie so zu bewahren, als wären sie beinahe noch am Leben?«

»Ich verwende eine Mischung aus Alkohol und anderen Ingredienzien«, antwortete Frederik Ruysch vage.

Maria Sibylla ließ sich von seiner zögerlichen Antwort nicht irritieren und bohrte weiter. »Nur eingelegt in eine Alkoholtinktur würden die Körper nicht so lebendig wirken, oder? Mhm …« Sie stützte ihr Kinn in ihrer Hand und dachte kurz nach. Maria Sibylla hatte eine Vermutung, traute sich dies jedoch fast nicht vorzustellen und zögerte etwas, bevor sie ihren Verdacht äußerte: »Trichtern Sie etwa direkt ein Pulver oder eine Flüssigkeit in die Blutgefäße ein?«

»Liebe Frau Merian«, sagte Frederik Ruysch, und Maria Sibylla bemerkte, wie er unruhig wurde und einige Schritte auf und ab ging. »Seien Sie mir nicht böse, aber sehen Sie, diese Erfindung wird mein Geheimnis bleiben. Nun ja, die Exklusivität hat auch gewisse ökonomische Vorteile, wenn Sie wissen, was ich meine.«

»Ich verstehe Sie sehr wohl, Herr Ruysch. Trotzdem ist es schade. Dieses Wissen wäre mir auf meiner Reise nach Suriname sicherlich außerordentlich hilfreich«, meinte Maria Sibylla etwas enttäuscht.

»Ach, kommen Sie einfach nach Ihrer Rückkehr zu mir, und ich werde Ihnen Ihre Exponate präparieren, für einen Preis unter Kollegen sozusagen.« Er schaute kurz nach draußen und sagte dann: »Ich erwarte gleich noch einen Besucher, wenn Sie mir also folgen möchten …«

Frederik Ruysch geleitete sie Richtung Tür, als sie bereits schwere Schritte hörten, die die Treppe zum Anatomischen Theater heraufkamen. Frederik Ruysch wirkte zu Maria Sibyllas Überraschung nun noch unruhiger. Sie bekam das Gefühl, dass er wohl lieber vermieden hätte, dass sie seinen nächsten Besucher zu Gesicht bekäme.

»Sie scheinen ja ein sehr beliebter Mann zu sein«, versuchte sie, die Situation etwas zu entspannen, »wenn Sie hier einen Besuch nach dem anderen empfangen.«

Zu einer Antwort kam Frederik Ruysch nicht mehr. Die Tür wurde mit einem kräftigen Ruck von außen geöffnet, und herein trat ein Mann von solch großer Statur, dass er sich bücken musste, um durch den Türrahmen zu gehen.

»Guten Tag, mein werter Herr Doktor!«, rief er aus. Seine Präsenz schien sofort den ganzen Raum zu füllen.

Frederik Ruysch verneigte sich, noch immer war ihm sein Unwohlsein anzusehen.

»Und wen haben wir denn da?«

Der Mann wandte sich Maria Sibylla zu. Ihr fiel sein besonderer Tonfall auf. Wie so viele in der Stadt kam er wohl aus einem anderssprachigen Ausland.

»Möchten Sie mich nicht vorstellen?«, forderte er Ruysch auf.

»Aber sicher doch, sicher doch. Darf ich vorstellen? Unteroffizier Pjotr Michaijow aus Russland, Maria Sibylla Merian, Künstlerin und Naturkundlerin.«

Pjotr Michaijow schien die Situation seltsamerweise zu genießen. Als Frederik Ruysch dies bemerkte, entspannte auch er sich ein wenig.

»So, so, eine Künstlerin«, sagte Pjotr Michaijow interessiert, schwang mit der linken Hand seinen Überrock auf und legte sie auf seine Hüfte. »Und was künstlern Sie so?«

Für einen Unteroffizier aus einem fernen Land in einem Theatrum Anatomicum legte er ein recht forsches Auftreten an den Tag, wunderte Maria Sibylla, erzählte ihm aber höflich von ihren Kupferstichen, Illustrationen und den Raupen-Büchern.

»Darf ich Sie als Kunstliebhaber fragen, ob Sie etwas bei der Hand haben, das Sie mir zeigen könnten?«

»Es tut mir leid«, sagte Maria Sibylla, »ich habe nichts bei mir außer ein paar Kräutern und Pülverchen, die ich zum Mischen meiner Farben verwende.«

»Vielleicht dürfte ich da aushelfen«, mischte sich Frederik Ruysch ein. »Ich habe zwei wunderbare Illustrationen von Frau Merian hier in meiner Lade. Sie müssen wissen, meine Tochter nimmt Zeichenunterricht bei Frau Merian, die gemeinhin als die beste Pflanzen- und Schmetterlingsmalerin gilt.«

Er ging nach hinten und zog aus einer Lade seines Sekretärs zwei Blätter.

»Soso, Pflanzen und Schmetterlinge.« Der Unteroffizier betrachtete Maria Sibylla jetzt genauer, schien gar etwas belustigt. Jetzt war es an Maria Sibylla, sich etwas unwohl zu fühlen. Der Unteroffizier war offensichtlich gewohnt, die Oberhand zu behalten.

Frederik Ruysch kam mit zwei Pergamenten in den Händen wieder zu ihnen und reichte sie dem Besucher.

»Bitte sehr, Exzell… Herr Michaijow.«

Frederik Ruysch stockte der Atem. Auch Maria Sibylla hielt die Luft an und musterte erst Frederik Ruysch, dann Michaijow mit zusammengekniffenen Augen. Hatte sie das richtig verstanden? Sie hatte vor einiger Zeit schon Gerüchte gehört, er sei inkognito in der Stadt, lerne Schiffsbau und tummle sich abends lautstark und trinkfest in den Kneipen, aber auf Gerüchte gab Maria Sibylla nie wirklich viel.

Die Augen des Gastes fixierten Frederik Ruysch, dass dieser offenbar am liebsten im Boden versinken wollte. Was für ein Fauxpas, unverzeihlich, fürchtete der Arzt.

Doch plötzlich brach der Riese in ein polterndes Lachen aus. Sein gezwirbelter Schnurbart wogte lustig hin und her.

»Also«, setzte er an und hielt sich den vom Lachen schmerzenden Bauch, »also ich muss schon sagen, Herr Doktor Ruysch …«

Er wischte sich die Lachtränen aus den Augen und schwenkte seinen rechten Zeigfinger bedrohlich nahe vor Frederik Ruyschs Gesicht, dann winkte er ab.

»Ah, lassen Sie es gut sein.« Er klopfte ihm auf die Schulter, wobei er sich seiner Kraft scheinbar nicht bewusst war. Frederik Ruysch musste sich anstrengen, nicht nach vorne zu kippen.

»Lassen wir das Versteckspiel.« Der Fremde richtete seine Kleider zurecht. »Wir sind hier ja unter uns. Auch muss ich Sie, werte Frau Merian, dazu verpflichten, dass ich Ihnen das Folgende nur im strengsten Vertrauen mitteile.«

Jetzt fixierten seine Augen Maria Sibylla, sein Blick erlaubte keinerlei Widerspruch. Maria Sibylla nickte nur kurz mit dem Kopf, sie brachte keinen Ton heraus.

»Ich bin Peter Alexejewitsch Romanow, in Ihren Breiten wohl besser bekannt als Peter I., Zar und Großfürst von Russland.«

»Exzellenz …«

Maria Sibylla trat zwei Schritte zurück und machte einen Knicks. Auch wenn sie es schon geahnt hatte, war es noch mal etwas anderes, die Vermutung bestätigt zu sehen. Da stand sie auf einmal Seite an Seite mit dem russischen Zaren!

»Bitte fühlen Sie sich ungezwungen. Ich bin schließlich«, wieder begann er zu lachen, »inkognito hier. Bitte machen Sie keine Umstände.«

Maria Sibyllas Betretenheit verflüchtigte sich. Der Zar zeigte sich an Maria Sibyllas Werk aufrichtig interessiert.

»Ich hoffe, ich werde noch die Zeit finden, Sie vor meiner Abreise zu besuchen und mehr Ihrer Kunstwerke in Händen halten zu können. Inkognito natürlich. Und dass Sie sich dann nur nicht verplappern«, sagte der Zar mit einem nicht unernst gemeinten Augenzwinkern in Richtung Frederik Ruyschs.

»Lassen Sie es langsam angehen«, hatte Agnes ihr empfohlen. »Bewundern Sie zuerst sein Raritätenkabinett. Es ist im Übrigen tatsächlich empfehlenswert und hebt sich von den anderen durchaus ab. Wahrscheinlich wegen seiner hervorgehobenen Stellung als Bürgermeister. Aus diesem Grund hat er schließlich auch seine Finger tief in der Verenigde Oostindische Compagnie und in der West-Indische Compagnie. Ich würde erst, wenn Sie ihn zur Genüge gelobt und gewürdigt haben, auf Suriname zu sprechen kommen.«

Maria Sibylla nahm sich vor, den Rat ihrer Freundin zu beherzigen, als sie sich aufmachte, Nicolaes Witsen zu besuchen. Er hatte sie nicht ins Rathaus, sondern in sein Privathaus an der Herengracht 440 eingeladen. Eigentlich nur ein Katzensprung, musste sie doch einfach entlang der Spiegelstraat über die Keizersgracht und dann schon links in die Herengracht einbiegen. Wie sehr sich die Kerkstraat doch von Nicolaes Witsens Adresse unterschied, dachte sich Maria Sibylla. Ihr wurde klar, warum die Leute diesen neu gebauten Abschnitt der Gracht Gouden bocht, den »Goldenen Bogen« nannte. Alle Häuser hier waren deutlich breiter als üblich. Hier wohnten nur die Reichsten der Reichen.

Nicolaes Witsen empfing sie überaus freundlich, bat sie herein und beeilte sich, Maria Sibylla vorzuschlagen, ihr seine Wunderkammern vorzustellen.

Maria Sibylla antwortete, dass sie sich schon sehr darauf freue, endlich seine berühmte Sammlung in Augenschein nehmen zu dürfen. Insgeheim fragte sie sich, was das nur sei mit diesen Männern, dass sie so stolz auf ihre Raritätenkabinette waren und damit protzen und sie unbedingt zeigen wollten. Da sie aber nur Gutes über die Wunderkammern von Nicolaes Witsen gehört hatte, in denen wohl auch viel aus Suriname ausgestellt war, war sie wirklich gespannt, was sie alles zu sehen bekäme.

Irgendetwas an Nicolaes Witsen kam ihr verändert vor, dachte Maria Sibylla, als sie ihm ins Innere seines Hauses folgte. Es mussten seine Haare sein, er trug diesmal keine Perücke. Maria Sibylla begriff, dass er ihr Treffen vielleicht gar als freundschaftlich ansah, und sie freute sich darüber. Immerhin war Nicolaes Witsen der mächtigste Mann dieser Stadt und damit vielleicht des ganzen Landes. Von Agnes wusste sie, dass er nicht nur langjähriger Bürgermeister Amsterdams war, sondern auch Bevollmächtigter sowohl der Vereenigde Oostindische als auch er West-Indische Compagnie und dass er als Abgeordneter in den Generalstaaten saß. Einen besser vernetzten Mann würde Maria Sibylla so schnell nicht finden.

»Nach Ihnen, werte Frau Merian.« Nicolaes Witsen trat zur Seite, so dass sie an ihm vorbei in sein Wohnzimmer treten konnte. Kaum hatte sie einen Schritt in den Raum gemacht, verschlug es ihr die Sprache. Dies schien eher ein Ballsaal zu sein als ein Wohnzimmer, es musste alleine schon größer sein als ihre gesamte Wohnung inklusive Atelier. Die Wände waren vollgestellt mit Kabinetten, im Raum selbst stand ein Tisch neben dem anderen, auf jedem dicht an dicht Schaukästen. Nicolaes Witsen schien nicht so sehr ein Sammler, als vielmehr ein Besessener zu sein, so schien es Maria Sibylla.

»Na, wie gefällt es Ihnen?«, fragte der Hausherr und strich

sich mit dem Zeigefinger über sein kurzes, gepflegtes Schnauz-
bärtchen.

»Ich bin sprachlos!«

Dass der lange Arm Nicolaes Witsens bis weit in die Kolonien
und Handelsposten reichte, wurde Maria Sibylla immer klarer,
je mehr sie von seiner Sammlung zu Gesicht bekam. Und es
blieb nicht bei diesem einen Zimmer.

Sie sah ganze Sammlungen an Muscheln in den scheinbar
unzähligen Laden, Korallen, aufgestellt in den Kabinetten über
den Schubladen, Tierpräparate, Edelsteine, Münzen aus allen
Herren Ländern, archäologische Funde, Gemälde, Bilder, Waffen, Illustrationen und wertvolle Bücher.

»Das ist ja unglaublich!«, sagte Maria Sibylla andächtig,
als sie in einem Zimmer ankamen, in dem Nicolaes Witsen
seine Porzellansammlung und Lackkunst aus Asien zur Schau
stellte.

»Es ist mir eine Ehre, dass ich Ihnen hiermit eine so große
Freude machen kann«, sagte der Sammler und fügte hinzu: »Ich
darf wohl, in aller Bescheidenheit, sagen, dass ich der Erste hier
in der Stadt und vielleicht sogar in ganz Europa bin, der diese
Kunstgegenstände aus Asien sein Eigen nennen darf.«

»Ich habe so etwas noch nie gesehen«, sagte Maria Sibylla, als
sie vor einem kunstfertig geschnitzten und mit einem glänzen-
den Lack versehenen Kunstobjekt stand.

Es schien ihr, als stände das ganze Haus voll mit Exponaten aus allen Himmelsrichtungen, als sei das ganze Haus eine
einzige große Wunderkammer, an der man sich nie satt sehen
konnte, so wunderlich und vielfältig waren die von Nicolaes
Witsen zusammengetragenen Ausstellungsstücke.

»Selbstverständlich habe ich auch einige Kabinettladen mit
Schmetterlingen gefüllt. Die werden Sie sicherlich besonders

interessieren«, sagte Nicolaes Witsen und ging ihr voraus in den nächsten Raum.

Auch in diesem Zimmer hingen die Wände voller großformatiger Ölbilder, meist zwei übereinander, bis unter die Decke. Darunter standen Kabinette mit prall gefüllten Laden. Nicolaes Witsen öffnete eine davon. Maria Sibylla erkannte einige heimische Arten wie den grünen Brombeer-Zipfelfalter und den orangefarbenen Kaisermantel mit seinen braunen Flecken. Alle waren sie fein säuberlich aufgespießt und stilvoll angeordnet.

Nicolaes Witsen freute sich sichtlich, dass er einer solch fachkundigen Frau seine Sammlung zeigen durfte. Er zeigte sich immer wieder überrascht von ihrem Wissen über bestimmte Blumen und Tiere, sie machte ihn auf Details aufmerksam, die ihm bisher nicht aufgefallen waren.

»Wissen Sie, als Künstlerin muss ich auf die Feinheiten achten. Habe ich erst einmal eine Blume oder ein Tier gemalt, kenne ich es in- und auswendig. Bevor ich überhaupt den ersten Pinselstrich getan, den ersten Stich ins Kupfer gesetzt habe, habe ich mein Objekt schon wochen-, wenn nicht monatelang studiert«, erklärte sie. »Jedem Bild gehen etliche Zeichenstudien voraus, aus mehreren Perspektiven, oftmals auch in mehreren Stadien.«

»Bewundernswert, sehr bewundernswert«, sagte Nicolaes Witsen, »dass Sie es schaffen, einer einzigen Blume oder einem einzigen Tier über einen solch langen Zeitraum ihre ganze Aufmerksamkeit zu schenken. Ich könnte das nicht.«

»Es ist wohl eine ganz andere Art, den Tag zu verbringen, da gebe ich Ihnen recht. Schauen Sie, wenn ich die Eier eines Schmetterlings finde und sie mit nach Hause nehme, muss ich diese auch betten und beobachten. Sobald daraus die Raupen aus den Eiern schlüpfen, muss ich die richtige Futterpflanze zur Hand haben, damit die Tierchen sich entwickeln können.

Manchmal ist es mir so, als kröche ich beinahe in die Haut der Tierlein, versuchte, die Dinge von ihrer Warte aus zu sehen, bewegte mich mit ihnen, wenn sie das erste Mal versuchen, sich mit ihren Beinchen fortzubewegen. Besonders ist aber immer der Moment, wenn der eigentliche Schmetterling aus seiner Puppe schlüpft, wenn ihm gewahr wird, dass er Flügel hat und er diese zu spreizen beginnt und irgendwie eine Ahnung davon hat, dass er damit fliegen kann. Das ist ein unbeschreibliches Gefühl.«

Nicolaes Witsen lauschte ihr fasziniert, sie war so aufgegangen in ihren eigenen Worten, wie er sie noch nie erlebt hatte. Es war, als wäre sie im Augenblick den Schmetterlingen tatsächlich sehr nah, fast vereint mit ihnen. Kein Geräusch drang von draußen herein. Nicolaes Witsen schien es fast, als wäre das Sonnenlicht, das in den Raum leuchtete, heller geworden, als stände die Zeit für einen Moment still. Ihm wurde klar, dass er gerade einen Hauch von Maria Sibyllas Antrieb erhascht hatte, einen fast intimen Eindruck davon bekommen hatte, wie sie in ihrer Arbeit aufging, wie sie ihren Auftrag, die Natur so getreu wie nur möglich abzubilden, ernst nahm und dass dies weit mehr beinhaltete als nur oberflächliche Zeichnungen oder Kupferstiche. Dass sie, um dieses Resultat zu erreichen, so viel mehr wissen und auch fühlen musste, als er sich je hatte vorstellen können.

Mitgerissen von ihren Worten, glaubte er, erfasst zu haben, was der Kern von Maria Sibyllas Arbeit war, wie sie versuchte, ihre naturkundliche und ihre künstlerische Arbeit miteinander zu verbinden. Dass sie viel weiter ging, als nur ein weiteres Stillleben oder Blumengebinde zu zeichnen. Das überließ sie ihren Schülerinnen. Dass sie einen inneren Drang spürte, ja sich geradezu verpflichtet fühlte, das menschliche Verständnis der göttlichen Schöpfung zu erweitern, und dass sie die Fähigkeiten dazu besaß. Wie anders war sie doch als die Menschen, mit denen er sonst tagaus, tagein zu tun hatte, mit dem politischen Geschachere der Politiker und Interessenvertreter, mit den Geschäftsleuten und der Bürgerschaft. Alle waren sie nur auf ihren eigenen Vorteil aus. Dabei konnte er sich selbst auch nicht ganz davon ausschließen, das war ihm schon klar. Aber hier stand er mit einer Frau, die etwas aus einem inneren Antrieb heraus machte, der sich einmal nicht um Geld oder Macht drehte. Sie wollte der Menschheit helfen, die Schöpfung besser zu verstehen. Dass sie auf diese Weise letztendlich auch der Wissenschaft und damit auch wieder dem Handel half, schien plötzlich nebensächlich.

Nicolaes Witsen lächelte stolz, als er sah, wie Maria Sibylla nacheinander die Laden des Kabinetts mit knarzendem Geräusch aufzog.

Während sie die Ausstellungsstücke bewunderte, fragte sie wie nebenbei: »Sagen Sie, Herr Witsen, Sie als Sammler solch exquisiter und reichhaltiger Exemplare haben doch bestimmt auch Schmetterlinge aus Suriname ausgestellt?« Maria Sibylla schaute ihn mit einem überraschend herausfordernden Lächeln an.

»Aber selbstverständlich«, sagte er und ging zum nächsten Kabinett, warf seinen goldfarbenen Überrock nach hinten, machte einen Ausfallschritt und bückte sich, um eine der Laden herauszuziehen.

»Sehen Sie hier, alles Schmetterlinge aus Suriname. Aber nicht nur in dieser Lade. Alle Laden in diesem Kabinett enthalten Schmetterlinge aus Suriname.«

Maria Sibylla war sichtlich beeindruckt von der schieren Anzahl an Schmetterlingen. Es war schlicht überwältigend. Aber wie immer in diesen ansonsten so reich ausgestatteten Raritätenkabinetten lagen die Schmetterlinge nebeneinander aufgespießt. Natürlich wussten die Sammler, aus welchem Land sie stammten. Manchmal wussten sie immerhin auch noch deren Namen. Aber wie die Schmetterlinge lebten, von welchen Blumen und Pflanzen sie tranken, ob sie in der Nähe von Wasser, im Wald oder auf offenen Feldern lebten, das wussten sie nicht. Wie lange sie lebten? Wem waren sie Beute? Von welchen Raupen stammen sie ab? Die Sammler hatten keine Ahnung. Aber das waren genau die Fragen, die Maria Sibylla interessieren. Das war das Wissen, das die Menschen naturkundlich weiterbringen und dafür sorgen würde, die Welt besser zu verstehen. Sie würde die Antworten nur vor Ort finden, und sie wollte sie mittels ihrer Kunst allen mitteilen, die sich dafür interessieren.

»Ich möchte Ihnen gern anbieten, dass Sie jederzeit die Exponate in meinen Wunderkammern studieren dürfen, wenn Ihnen dies für Ihre Arbeit zuträglich erscheint.«

Maria Sibylla bedankte sich herzlich für dieses großzügige Angebot.

»Besonders stolz bin ich auf dieses sehr besondere Exemplar hier.«

Nicolaes Witsen zeigte auf ein großes rundes Glas, das auf dem Kabinett in der Mitte des Regalbodens stand, der auf Augenhöhe angebracht war. Nicolaes Witsen bemaß dem Glas und seinem Inhalt damit besondere Aufmerksamkeit zu, wurde Maria Sibylla klar.

Sie trat neben Nicolaes Witsen an das Kabinett heran, so dass sie den Inhalt des Glases besser studieren konnte. Darin befand sich etwas, was Ähnlichkeiten mit einem Frosch hatte. Das Tier war aufrecht in das Glas gestellt, als setze es gerade zum Sprung an. Es war flach, würde von der Größe her wohl in ihre Hand passen, und es war von einer etwas unbestimmten braun-grauen Farbe und einer ziemlich runzligen Haut, die recht rau aussah. Der Rumpf des Tieres war fast wie ein Viereck geformt, auf dem ohne einen Halsansatz ein dreieckiger Kopf aufgesetzt war. Die Augen hatten keine Lider, waren sehr klein und rund wie eine Murmel. Sowohl die Vorder- als auch die Hinterbeine sahen kräftig aus.

Maria Sibylla stutzte und beugte sich nach vorne, um die Vorderpfoten besser betrachten zu können.

»Wie sonderbar, ein solches Tier habe ich noch nie gesehen«, sagte sie.

»Eine Pipa pipa, auch Große Wabenkröte genannt.«

Nichts konnte Nicolaes Witsen mehr erfreuen, als seine Betrachter in Erstaunen zu versetzen. In diesem Fall war er besonders stolz darauf, schließlich war Maria Sibylla eine ausgewiesene Kennerin der Natur.

»Stellen Sie sich vor, es ist ein Frosch ohne Zunge, und es wird behauptet, dass die Weibchen die Eier auf dem Rücken austragen«, fuhr er fort. »Ein solches Exemplar habe ich selbst aber noch nicht gesehen.«

Maria Sibylla erkannte in seinen Worten die Gelegenheit, das Gespräch in die Richtung zu lenken, weshalb sie heute überhaupt bei ihm auf Besuch war.

»Ein solches Phänomen würde ich liebend gern einmal beschreiben und malen«, sagte Maria Sibylla.

»Tja, das wird schwierig werden, in unseren Breiten kommen die Pipa pipa ja nicht vor. Dieses Prachtexemplar habe ich von einem Kapitän der West-Indische Compagnie, der sie von einer Handelsreise aus Suriname für mich mitbrachte«, sagte Nicolaes Witsen.

»Das ist es ja gerade.« Maria Sibylla hob den Blick von dem merkwürdigen Tier und sah Nicolaes Witsen eindringlich an. »Ich habe schon solch schöne Schmetterlinge aus Suriname gesehen, von einer Pracht, die wir nicht kennen, und wir wissen noch so wenig von diesen Arten. Und dann dieser eigenartige

Frosch. Wer weiß, was es da noch so an Überraschungen gibt? Herr Witsen, rundheraus, was halten Sie davon, wenn ich nach Suriname reise, um dort zu forschen und zu zeichnen?«

Jetzt galt es. Sie hielt unwillkürlich den Atem an und suchte nach einer Regung in seinem Gesicht.

»Aber ich bitte Sie, das scheint mir doch ausgeschlossen, dass Sie als Frau – als alleinstehende Frau zudem – … Ich habe mir das nach unserem Treffen bei Frau Block noch mal durch den Kopf gehen lassen, aber … Also nein, ich kann mir das doch beim besten Willen nicht vorstellen«, sagte Nicolaes Witsen.

Aber Maria Sibylla ließ sich so schnell nicht aus dem Feld schlagen. Zu oft hatte sie diese Argumente nun schon gehört, und zu albern und unzutreffend fand sie sie, als dass sie jetzt klein beigeben würde. Das hier war ihre letzte Chance, und sie war gewillt, sie um jeden Preis zu nutzen.

»Aber Sie als so eifriger Sammler, der den anderen, wie ich an Ihrer Kollektion sehe, durchaus einen Schritt voraus ist, wäre doch sicherlich interessiert an neuen Exemplaren. Sie möchten doch bestimmt auch mehr wissen über die Eigenartigkeiten einer bestimmten Spezies. Und Sie wollen doch auch sicher den Vorteil gegenüber Ihren werten Kollegen nicht verlieren, oder etwa doch?«

Maria Sibylla wusste, wie forsch sie klingen mochte, und hoffte, dass sie nicht zu weit gegangen war.

»Das natürlich schon. Schließlich habe ich ja auch in dieser Beziehung durchaus einen Namen hochzuhalten«, bestätigte er.

Maria Sibylla wusste, dass sie es geschafft hatte. Ihn an seiner Ehre und an seinem Ehrgeiz als Sammler zu packen, hatte seine Wirkung nicht verfehlt. Als Bürgermeister musste er einfach das größte und beste Raritätenkabinett vorweisen können, wenn er seine Macht in der Stadt demonstrieren wollte. Und das wollte Nicolaes Witsen.

»Wäre ich dann nicht genau die richtige Person, um Ihnen Exponate aus erster Hand zu liefern und zu beschrieben? So ein Kapitän nimmt doch einfach nur mit, was in seinen Augen komisch genug aussieht, um es hier verkaufen zu können. Aber hat er eine Ahnung von dem, was er da so mitbringt?« Und ohne eine Antwort abzuwarten, fuhr Maria Sibylla fort: »Ich dagegen beobachte die Natur, schaue, wie die Dinge zusammenhängen, kann sie beschreiben und auf Pergament und Papier zum Ruhme des Besitzers verewigen.«

»Ja sicher, aber …«, versuchte Nicolaes Witsen einzulenken. Doch Maria Sibylla ließ ihn gar nicht erst dazu kommen.

»Und zwar beobachte ich dort dann die lebenden Tiere, die lebenden Pflanzen und nicht bereits tote oder gepflückte Exemplare. Wissen Sie, dass nach einiger Zeit so manche Farbe verblasst oder sich gar verändert? Vom Verwelken bei Pflanzen und Blumen gar nicht zu sprechen. Ich dagegen zeichne nach dem Leben, schon immer. Und das möchte ich auch dort tun. Und das Resultat werden einmalige, bisher ungesehene Kupferstiche und Illustrationen sein. Meinen Sie nicht auch, dass diese Einzigartigkeit auch auf diese großartige Stadt zurückfallen würde – und auf ihren Bürgermeister?«

»Damit dürften Sie unter Umständen tatsächlich recht haben«, meinte Nicolaes Witsen zögernd. Er strich mit seiner Hand an der Unterseite des Kinns hin und her, schürzte seine Lippen und schien ihre Worte abzuwägen.

»Nun ja, etwas ungewöhnlich wäre es schon«, er neigte seinen Kopf etwas zur Seite, »aber vielleicht ist es tatsächlich einen Versuch wert.«

Ihren ersten Punkt hatte Maria Sibylla gemacht. Aber ihr wichtigstes Anliegen stand noch bevor.

»Sehen Sie, geschätzter Herr Witsen, aus dem Gewohntem wird nie etwas Außerordentliches entstehen. Deshalb sind dafür auch Hürden zu überwinden, die uns in erster Instanz vielleicht sogar als unüberwindbar erscheinen. Aber mit dem neu gewonnenen Wissen zeigt sich uns die Welt anders, verstehen wir mehr von ihr, werden wir anders auf diese Welt schauen und sie begreifen können.«

Nicolaes Witsen konnte Maria Sibylla letztendlich nur recht geben.

»Und meinen Sie nicht, dass es einem Bürgermeister dieser großartigen Stadt zukäme, eine derartige Reise nicht nur ideell, sondern auch finanziell zu unterstützen?«

Nicolaes Witsen räusperte sich. Wenn es um Geld ging, wurde er vorsichtig. Schlagartig war er wieder ganz der gewiefte und mit allen Wassern gewaschene Politiker.

»Frau Merian, sosehr ich Ihre Arbeiten schätze, so stellen Sie mir hier und heute doch sehr ungewöhnliche Fragen. Fragen, die ich, wie ich gestehen muss, erst einordnen und deren Tragweite ich verstehen möchte.«

Maria Sibylla konnte regelrecht sehen, wie der Politiker mit dem Sammler in ihm rang, der nichts lieber wollte, als mit neuen Exponaten zu glänzen. Sie schaute ihm in die Augen, ließ ihn nicht los. Sie wusste, wenn sie ihm jetzt die Möglichkeit gab, noch einmal darüber nachzudenken, würde sie das Spiel verlieren. Hier und jetzt war ihre einzige Chance, etwas zu erreichen.

Nicolaes Witsen drehte sich zum Fenster, schaute, ohne wirklich auf etwas zu sehen, hinaus. Er versuchte, seine Gedanken zu sammeln, ahnte, dass er eine Entscheidung treffen würde, deren Tragweite ihm noch nicht ganz ersichtlich war, dass er ein Wagnis eingehen würde. Warum war er doch auch nur immer so mitfühlend? Er drehte sich wieder zu Maria Sibylla um.

»Also gut«, sagte er schließlich und wirkte beinahe erschöpft, »gehen Sie mit Gott, aber gehen Sie.«

Maria Sibylla sah ihn reglos an, wagte nicht, sich zu bewegen. Was sie gerade aus dem Mund des Bürgermeisters gehört hatte, würde ihr die bisher verschlossenen Türen öffnen.

»Meinen allerherzlichsten Dank, verehrter Herr Witsen!«, sagte Maria Sibylla. »Ich werde Sie nicht enttäuschen.«

»Das sei Ihnen auch geraten«, sagte Witsen nur halb im Scherz. »Von Ihnen erwarte ich nur das Beste. Nicht weniger haben Sie mir ja gerade schmackhaft gemacht.«

»Bliebe noch die Frage der Finanzierung …«, sagte Maria Sibylla etwas leiser und vorsichtiger.

Er räusperte sich, und seine Stimme klang jetzt etwas ruhiger. »Ich kann Ihnen im Moment einfach keine finanziellen Mittel bereitstellen, Frau Merian. Verstehen Sie das doch bitte.«

Maria Sibylla sank in sich zusammen, versuchte aber, ihren Mut nicht gänzlich zu verlieren. Nicolaes Witsen machte eine kurze Pause, die er offensichtlich genoss.

»Das bedeutet aber noch nicht, dass ich nicht hier und da meine Beziehungen spielen lassen kann, diskret natürlich.«

Er schaute sie von unten herauf streng an. Maria Sibylla schöpfte wieder etwas Hoffnung. Gänzlich allein war sie also nicht in ihrem Unterfangen.

»Ich schlage vor, Sie sollten erst mal ein Schiff finden, das Sie überhaupt nach Suriname mitnehmen würde.« Nicolaes Witsen hatte den nächsten Schritt also bereits vorbereitet. »Und wie ich vernehme, macht sich Ihr Schwiegersohn recht gut in seiner Anstellung bei der WIC. Also«, er machte eine kurze Pause, »lassen Sie mich bei den Heren X …«

»Wie bitte?«, fragte Maria Sibylla nach.

»Den Heren X, den zehn Mitgliedern des Verwaltungsrats, wenn Sie wollen, der WIC«, erklärte er und fuhr fort: »Lassen Sie mich dort also die Sache am Rande der nächsten Sitzung zur Sprache bringen. Aber ich bitte Sie, bleiben Sie diskret, je weniger Aufhebens um die Sache gemacht wird, desto besser sind die Chancen, etwas erreichen zu können.«

»Das ist überaus freundlich, Herr Witsen, ich danke Ihnen vielmals, dass Sie dort für mich vorstellig werden wollen.«

»Jaja«, sagte Nicolaes Witsen und winkte ab, »ich schaue, was ich da tun kann. Aber versprechen Sie sich nicht zu viel davon, Frau Merian.« Er fügte mit einem Augenzwinkern hinzu: »Haben Sie sich eigentlich nie überlegt, in die Politik zu gehen? So hartnäckig, wie Sie sind, und dabei so charmant ...«

Sie zeigte ihm ihr freundlichstes Lächeln und sagte: »Ach, Sie wissen doch, als Frau in der Politik ...«

KAPITEL 18

Maria Sibylla hatte sie einer nach dem anderen aufgesucht, die honorablen Herren, die sie kannte. Frederik Ruysch hatte ihr wissenschaftliche Unterstützung angeboten, aber ansonsten stieß sie überall auf aalglatt formulierte Ablehnungen. Bei Levinus Vincent brauchte sie es überhaupt nicht erst zu versuchen, das war ihr klar. Sie war enttäuscht darüber, dass auch Caspar Commelin sie nicht unterstützen wollte. Auch andere, die sie fragte, wimmelten sie mehr oder weniger freundlich ab. Immerhin hatte Nicolaes Witsen die sprichwörtliche Tür, nachdem er sie zunächst zugeschlagen hatte, doch wieder einen Spalt weit geöffnet.

»»Eine Frau? Ja, sind Sie denn von allen guten Geistern verlassen?, Das wäre ja noch schöner! Wo kämen wir denn da hin!«, äffte sie die Herren nach. »Ich könnte platzen!« Maria Sibylla wütete durch ihr Atelier. Johanna und Dorothea hielten sich so weit wie möglich im Hintergrund. So wütend hatten sie ihre Mutter noch nie erlebt.

»Was denken die eigentlich? Dass eine Frau etwa nur in Begleitung ihres Mannes eine Schifffahrt überleben würde? Und warum sollten Frauen nur als Ehefrauen in Suriname leben dürfen? Glauben die denn, dass wir Frauen zu nichts imstande sind, außer das zu tun, was uns diese Herren der Schöpfung zugestehen? Diese selbstherrlichen Lackaffen, selbstgerechten Schufte!«

Maria Sibylla begann gerade erst, sich in Rage zu reden.

»Und diese dummen, vorgeschobenen Argumente, die sie dann so süffisant hervorbringen … Es sei ihnen zu riskant, man wisse ja nicht, ob eine solche Exkursion von Erfolg gekrönt sei … Ich weiß, was ich tue! Außerdem kann niemand außer mir diese Arbeit vollbringen. Niemand außer mir hat das Wissen und die künstlerische Fähigkeit, die Schmetterlinge dort zu züchten und zu zeichnen. Schaut sie euch doch nur an, diese ganzen Wunderkammern, diese Raritätenkabinette. Wenn man nicht weiß, was man da eigentlich so alles zusammenträgt, und vor allem, wie die Dinge zusammenhängen, dann bleiben diese Kammern auch wunderlich und die Kabinette Raritäten. Warum sind diese Männer nur so borniert? Wie glauben die eigentlich, sind meine ersten beiden Raupen-Bücher entstanden, die sie so bewundern? Nur mit einem Pinsel in der Hand hinter einem Katapult? Die vergessen wohl alle, dass ich für die Kupferstiche und Zeichnungen in diesen Büchern erst mal in der Erde wühlen, meine Hände dreckig machen musste, auch die schleimigsten Raupen zu Hause füttern und wenn nötig aufschneiden musste, um sie genauer untersuchen zu können. Dass ich die Schmetterlinge erst einmal einfangen und präparieren musste, bevor ich sie mit einer Nadel auf einem Spannbrett fixieren konnte, damit sie sie alle bewundern können. Das finden sie dann alle ach so exquisit. Aber was man dafür tun muss, das wollen sie lieber nicht wissen, die feinen Herrschaften mit ihrer noblen und vor allem unpraktischen Garderobe. Oh, diese Hornochsen, wenn die nur wüssten, wie viel Arbeit auch nur in einer einzigen Illustration von mir steckt! Ich will nach Suriname, und ich werde nach Suriname gehen! Da können sie mir Steine in den Weg legen, so viel sie wollen, ich werde einen Weg finden. Wenn nicht mit ihnen, dann eben ohne sie! Verdammt nochmal!«

Stille breitete sich nach diesem Wutausbruch im Atelier aus.

Dorothea warf ihrer Schwester einen Blick zu, dann räusperte sie sich.

»Aber Mama, du sollst doch nicht fluchen …«, sagte sie leise.

»Du hast ja recht«, sagte Maria Sibylla. Sie machte einen großen Seufzer und ließ sich auf einen Hocker fallen, die Hände mutlos in ihren Schoß gelegt. »Ich weiß mir keinen Rat mehr. Die ganzen Honorablen, die meine Kunst doch so achten und wertschätzen, scheinen sich plötzlich alle gegen mich zu stellen. Ich weiß einfach nicht, was los ist. Das macht mich ganz verrückt.«

Johanna setzte sich neben ihre Mutter und nahm ihre Hand. »Du solltest jetzt erst mal tief durchatmen, und dann überlegen wir gemeinsam und in aller Ruhe, was wir machen können.«

Maria Sibylla beherzigte den Rat ihrer Tochter und machte einen tiefen Seufzer.

»Schon gut«, sagte sie, wieder etwas ruhiger. »Ich weiß aber einfach nicht mehr, was ich noch tun kann.«

»Nun«, sagte Johanna, »ich könnte doch wirklich einmal Jacob fragen, ob er uns nicht helfen könnte. Vielleicht würden sich deine Chancen auf finanzielle Zusagen ja erhöhen, wenn du die praktische Frage der Überfahrt schon mal geregelt hast.«

»Du meinst, wenn wir einen Kapitän mit einem Schiff finden, der bereit wäre, Dorothea und mich mitzunehmen?«, fragte Maria Sibylla.

»Ja, genau«, antwortete Johanna.

Jetzt schaltete sich auch Dorothea ein. »Und wir können doch bei den Schwestern van Aerssen van Sommelsdijck fragen, wen sie von den Labadisten in Suriname kennen. Wenn diese uns in einem Brief zusichern, dass wir bei ihnen unterkommen könnten, so wäre auch diese Hürde genommen.«

»Ich muss sagen, das sind wirklich keine schlechten Ideen von euch beiden«, sagte Maria Sibylla und schöpfte wieder etwas Mut. »Das mit dem Kapitän hat Bürgermeister Witsen auch schon gesagt. Vielleicht ist da ja tatsächlich was dran.«

Sie freute sich, dass ihre Töchter scheinbar auch ein recht großes Talent dafür hatten, solche Probleme anzugehen und keine Angst zeigten, groß zu denken. Auch sie würden sich von den Männern nicht einschüchtern oder kleinhalten lassen, und das bedeutete ihr viel.

»Wie lange wir dann letztendlich in der Siedlung der Labadisten bleiben und inwiefern wir ihre Dienste in Anspruch nehmen, das werden wir dann sehen. Lieber wäre mir, wenn wir nicht von ihnen abhängig sind. Aber solange uns jetzt eine solche Zusage hilft, ist sie mir sehr willkommen.«

Maria Sibylla stand wieder auf.

»Und wenn ich tatsächlich die Zusage eines Kapitäns bekäme, dann können diese aufgeblasenen Pfaue mir nicht mehr damit kommen, dass einer Frau eine solche Reise nicht gelingen wird«, sagte Maria Sibylla trotzig. Sie hatte wieder Mut gefasst und ihre Angriffslust wiedergewonnen.

Und an Johanna gewandt, fragte sie: »Meinst du wirklich, Jacob könnte uns helfen?«

»Und …?«, fragte Jacob, als Maria Sibylla endlich wieder aus der Pforte heraustrat. Er hatte sie freundlicherweise begleitet und lief schon die ganze Zeit nervös vor dem Gebäude des West-Indisch Binnenhuis am Singel hin und her. Ihm war dieses Gebäude nie so richtig geheuer gewesen, vielleicht weil es bis vor Kurzem noch als Übungsbahnen für die Bruderschaft der Armbrustschützen gedient hatte.

Jacob hatte es tatsächlich geschafft, Maria Sibylla ein Gespräch mit den Verantwortlichen der West-Indische Compagnie zu verschaffen. Als Überseekaufmann bei der WIC hatte er sich dort im Laufe der Zeit aufgrund seiner Arbeit einen guten Namen erarbeitet. Nun hatte er zum ersten Mal um eine Gunst gebeten, obwohl ihm dabei etwas mulmig zumute gewesen war. Natürlich hatte er sich sofort bereit erklärt, für Maria Sibylla vorzufühlen, aber was, wenn das Gespräch zwischen seinem Kontakt und seiner Schwiegermutter nicht gut verliefe? Er wusste schließlich, wie bestimmend und konsequent sie auftreten konnte. Müsste er dann um seine Verbindungen oder gar um seinen Arbeitsplatz fürchten? Jacob hielt die Anspannung kaum noch aus.

»Nun sag doch schon!«, bat er Maria Sibylla, als er auf sie zuging.

»Es hat geklappt!«, rief sie und fiel ihm vor Erleichterung um den Hals. »Sie haben mir einen Platz auf einem Schiff im Juni nächsten Jahres zugesagt!«

»Das ist ja großartig!« Jacob fiel ein Stein vom Herzen.

Die Passanten schauten sich schon nach ihnen um, wie sie da auf offener Straße ihrer Freude so überschwänglich freien Lauf ließen. Aber das konnte sie nicht stören. Maria Sibylla war froh, dass sie endlich einen Schritt weitergekommen war, um ihre Reise nach Suriname doch noch realisieren zu können.

»Stell dir vor«, erzählte sie ihrem Schwiegersohn, »sie haben einen Kapitän gefunden, der mich mitnehmen würde. Sie haben sogar vorgeschlagen, dass ich dann unter besonderem Schutz des Kapitäns mitfahren werde. Er kennt die Schwestern van Aerssen van Sommelsdijck wohl persönlich. Sie lassen sich das Ganze zwar ordentlich bezahlen, aber das soll mir jetzt gerade egal sein. Ich werde das Geld schon irgendwie auftreiben.« Maria Sibylla hatte wieder zu ihrem gewohnt forschen und mutigen Wesen zurückgefunden.

»Lass uns nach Hause gehen, ich möchte gleich einen Brief an die Labadisten-Gemeinde in Suriname schreiben«, sagte sie. »Die können mir eine Unterkunft ja eigentlich nicht abschlagen.«

KAPITEL 19

»Du musst den Stichel etwas flacher über das Kupfer führen, Johanna«, korrigierte Maria Sibylla ihre Tochter. Draußen fiel ein milder Sommerregen, was die Lichtverhältnisse zum Arbeiten nicht gerade optimal machte. Maria Sibylla hatte darum zwei Kerzen links und rechts auf den Tisch gestellt, auf dem sie arbeiteten.

Johanna hatte ohne Zweifel Talent und eine ruhige Hand. Maria Sibylla wollte sie mit etwas Unterricht noch weiter fördern. Ihr war bewusst, dass sie selbst nicht auf ewig diese kräftezehrende Arbeit würde ausführen können.

Johanna beugte ihr Handgelenk, um den Stichel flacher durch das Kupfer zu führen.

»Ja, sehr gut. Siehst du, dann brauchst du auch etwas weniger Kraft und hast eine bessere Kontrolle«, bestärkte Maria Sibylla sie.

Johannas ganze Konzentration galt der Spitze des Grabstichels, vor dem sich das ausgestochene Kupfer wie dünne Locken kräuselten und immer länger wurden, je weiter Johanna ihre Linie führte.

Maria Sibylla sah, dass sie ihr Werkzeug gut in der Hand hielt. Das pilzförmige Stichelheft aus Holz lag gut und fest in ihrem Handballen. Mit dem Zeigefinger auf der metallenen Schneide kontrollierte sie die Bewegung und die Stärke des Stiches. Dafür brauchte sie eine ruhige Hand und eine gehörige Portion Kraft. Johanna führte ihre Stiche langsam und bedacht aus.

»Sehr gut. Und nicht vergessen, immer weg vom Körper zu stechen, niemals zu dir hin«, sagte Maria Sibylla.

»Ja, ich weiß. Ich mache das ja auch nie«, erwiderte Johanna, ohne die Augen von ihrer Arbeit zu lassen. Ihr Zeigefinger lag zuvorderst auf der Bahn des Stichels. Maria Sibylla sah, wie ihre Tochter Druck und Winkel gut kontrollierte und die Richtung souverän feinjustierte.

Sie bemerkte mit Genugtuung, dass Johanna eine starke Hand hatte. Sie zögerte nicht, wenn sie eine Linie angesetzt hatte, sondern führte sie mit Überzeugung aus.

»Johanna Helena«, sagte Maria Sibylla, als diese gerade eine Linie fertig gestochen hatte.

»Ja?«, antwortete diese halb abwesend und konzentrierte sich bereits auf das Ansetzen einer neuen Linie. Der Tonfall ihrer Mutter und die Tatsache, dass sie sie mit beiden Vornamen ansprach, ließ sie innehalten. Sie legte den Stichel auf die Seite und schaute ihre Mutter fragend an.

»Wirst du es hier alleine schaffen, solange ich mit Dorothea in Suriname bin?«

So gerne Maria Sibylla die Reise antreten wollte, hatte sie doch auch Gewissensbisse. Es nagte an ihr, dass sie nur eine ihrer Töchter würde mitnehmen können. Aber der Kapitän war sehr deutlich gewesen: Für mehr als zwei Frauenzimmer konnte er während der Überfahrt nicht garantieren. Und Johanna war schließlich mit Jacob verheiratet.

Trotzdem war Maria Sibylla nicht wohl ums Herz. Vielleicht fiel es auch ihr selbst schwer, Johanna nicht um sich zu haben. Sie waren noch nie so lange getrennt gewesen, wie sie sein würden, sobald Maria Sibylla an Bord des Schiffes nach Südamerika ging. Ihre ältere Tochter war für sie doch auch schon lange eine zuverlässige Partnerin in ihrer gemeinsamen Arbeit. Sie konnte sich ganz auf sie verlassen und übernahm immer mehr ihrer Arbeiten.

»Ja, ich denke schon«, sagte Johanna, und fügte selbstbewusst hinzu: »Meine Stiche und Illustrationen kaufen die Leute ja auch.«

Maria Sibylla war stolz darauf, dass Johanna sich nicht nur demselben Fach gewidmet hatte, sondern dass sie darin auch noch wirklich gut geworden war. Wenn Maria Sibylla auch mit der Komposition auf einem Blatt nicht immer einverstanden war, so sah sie doch ein, dass sie ihrer Ältesten die Freiheit geben musste, ihre eigene Ästhetik zu entwickeln.

»Und ich bleibe ja nicht allein zurück. Ich fühle mich sehr wohl mit Jacob.«

»Du weißt, ich muss diese Reise einfach machen. Vielleicht ist das ja auch der Grund, warum mich das Schicksal nach Amsterdam gebracht hat. Von keinem anderen Ort aus könnte ich diese Reise beginnen.«

Sie schwiegen für einen Moment.

»Für den Fall, dass ich, also ich meine …«, begann Maria Sibylla. »Für den Fall, dass Dorothea und mir etwas zustößt und wir nicht mehr zurückkommen …«

Für Johanna war das Risiko dieser Reise von Anfang klar gewesen. Zu viele Schauergeschichten hatte sie sich von Jacob, in den schillerndsten Farben erzählt, schon anhören müssen, von Schiffen, die im Sturm auf den Meeresboden gesunken waren, von Meutereien mit ungewissem Ausgang und Schiffen, die von Piraten gekapert wurden oder in Kriegshandlungen zwischen den Kolonialmächten verwickelt waren. Bisher hatten sie dieses Thema gemieden. Aber jetzt war Johanna doch froh, dass ihre Mutter es ansprach. Trotzdem wurde es ihr ganz anders ums Herz.

»Ich habe ein Testament geschrieben und war beim Notar«, sagte Maria Sibylla. »Du brauchst dir also wegen der Finanzen keine Gedanken zu machen.«

»Ach Mama«, sagte Johanna und legte traurig ihren Kopf auf die Schulter ihrer Mutter.

»Und wenn du Geld benötigst, solange wir weg sind, hast du ja immer noch die Kupferplatten, so dass du weiterhin Drucke verkaufen kannst. Nur die Kupferplatten selbst, das musst du mir versprechen, darfst du nicht verkaufen. Die musst du auf jeden Fall behalten, wenigstens solange ich lebe.«

Johanna fühlte einen Kloß in ihrem Hals, sie konnte kaum atmen.

»Ja, natürlich«, flüsterte sie unter Tränen, die jetzt aus ihren Augen kullerten.

»Wenn ich tatsächlich nicht mehr zurückkomme, möchte ich, dass du mein Werk in Ehren hältst und dich darum bemühst, es weiterhin anzubieten und bekannt zu machen. Ich will, dass die Welt weiß, wer Maria Sibylla Merian war.«

»Ich weiß, dass dir dein Werk über alles geht«, sagte Johanna.

»Schau«, Maria Sibylla zog ein Blatt unter den Kupfertafeln hervor, »hier ist mein Testament.«

Johanna brachte es fast nicht fertig, auf das Stück Papier zu schauen, das im Todesfall ihrer Mutter ihre eigene Zukunft sichern würde.

»Ach, meine Liebe, dir braucht es doch nicht so schwer ums Herz zu werden. Ich komme bestimmt wieder«, tröstete Maria Sibylla ihre Tochter. »Aber für den Fall der Fälle ist es eben doch sinnvoll, dass ich das geregelt habe. Wer weiß, wer ansonsten ankommt und meint, irgendwelche Ansprüche auf meine Werke zu haben.«

Maria Sibylla reichte Johanna das Testament. Diese nahm es mit zitternden Händen an und zwang sich, das Schriftstück zu lesen. Der Text verschwamm vor Johannas Augen. Sie wischte ihre Tränen mit dem Ärmel ab und las weiter.

Frl. Maria Sibilla Merian, Witwe von Johan Andries Graef, seiend hier in der Stadt wohnend vor ihrer Abreise zu der Kolonie Suriname, im Vollbesitz ihrer geistigen und körperlichen Kräfte ...

Johanna starrte ihre Mutter an.

»Was? Ist Vater tot? Warum hast du uns nichts davon gesagt?«

Sie legte das Testament zur Seite und brach nun richtig in Tränen aus.

»Nein, nein, er lebt noch«, sagte Maria Sibylla. Sie hätte ihre Tochter vor diesem Passus vorwarnen müssen. »Es war nur einfacher ...«

»Einfacher?«, unterbrach Johanna sie. »Was meinst du damit? Wie kannst du Vater einfach für tot erklären, wenn er noch lebt?«

Johannas Bestürzung verwandelte sich in Wut. Sie wusste sehr wohl, dass ihre Mutter zielstrebig ihre Pläne verfolgte und dabei vor allem an sich dachte. Und auch wenn ihre Eltern schon lange geschieden waren und sie ihren Vater schon lange nicht mehr gesehen hatte, handelte es sich aber immer noch um ihren Vater. Sie schob die Hand ihrer Mutter weg und stand auf.

»Bist du denn noch bei Trost? So was kannst du doch nicht einfach so mir nichts, dir nichts machen?«

Jetzt schrie sie ihre Mutter an. Zum ersten Mal in ihrem Leben schrie sie ihre Mutter an.

»Hier steht«, sie griff wieder nach dem Testament, mit dem Zeigefinger klopfte sie darauf, »»im Vollbesitz ihrer geistigen und körperlichen Kräfte«. Dass ich nicht lache! Bist du das wirklich? Wie kannst du nur! Wie kannst du Dorothea und mir nur so etwas antun? Du hast auch schon mal von Vaters Tod gesprochen, als wir bei Simon Schijnvoet waren. Da dachte ich noch an eine Notlüge. Aber jetzt?«

»Wie redest du denn mit mir?«

Maria Sibyllas Einwand klang schwach. Ihr wurde klar, dass das, was für sie einfach eine Notwendigkeit gewesen war, sich für ihre Töchter ganz anders anfühlen musste.

»Ich hatte einfach keine andere Wahl«, versuchte Maria Sibylla sich zu erklären.

»Ach, komm mir bloß nicht damit. Für dich war Vater doch ohnehin schon lange tot. Und jetzt benutzt du ihn auch noch hierfür.« Sie warf ihrer Mutter das Stück Papier auf den Tisch.

»Hätte ich angegeben, dass ich geschieden sei, hätte ich als Frau nicht einfach so ein Testament aufsetzen lassen können. Das ist der Grund, warum ich das gesagt habe.«

Maria Sibylla fühlte das Unwohlsein in ihrer Magengegend.

»Jemanden im eigenen Testament für tot erklären, darauf muss man erst mal kommen. Das ist schon zynisch, findest du nicht auch?«

Maria Sibylla sah, wie Johanna sie mit einem eiskalten Blick musterte. Sie musste schlucken und war jetzt selbst den Tränen nahe. So eine heftige Reaktion ihrer Tochter hatte sie nicht erwartet.

»Schau, es geht doch vor allem darum, dass ich Dorothea und dich zu Universalerbinnen meines Nachlasses mache und dass ihr damit tun und lassen könnt, was ihr wollt.«

Aber Johanna wollte das jetzt nicht hören.

»Sind wir deshalb nach Wieuwert zu den Labadisten gezogen, weil du dich scheiden lassen wolltest? War das der Grund?«

»Nein! Ja, nein … Es war eine schwierige Zeit damals. Der Tod meines Stiefvaters, der Erbstreit, meine Mutter, der es nicht gut ging und die dort gern hinwollte … Und ich wollte mich einfach weiterentwickeln in meiner Kunst, und das ging anders einfach nicht mehr.«

Es fiel Maria Sibylla schwer, Erklärungen für ihr Verhalten von damals zu finden.

»Aber in Wieuwert durftest du doch auch nicht kupferstechen und malen?«

Johanna weinte immer noch, hob ihre Arme, nur um sie resigniert wieder fallen zu lassen. Maria Sibylla fühlte, wie ihre Tochter schon wieder einen wunden Punkt getroffen hatte.

»Vielleicht habe ich dort etwas gesucht und dabei nicht bemerkt, was ich euch dadurch verwehrt habe«, sagte Maria Sibylla leise und unsicher. Sie hatte ihre Hände in den Schoß gelegt und schloss ihre Augen, aus denen langsam ein paar Tränen flossen, und atmete so tief sie konnte ein und aus. Als sie die Augen wieder öffnete, sagte sie mit brüchiger Stimme: »Ich wollte vielleicht auch einfach zu einer Gemeinschaft dazugehören, diese Wärme verspüren, einen spirituellen Leitfaden haben.« Sie rang nach den richtigen Worten, wusste nicht so recht, wie sie ihren Wunsch, Teil von etwas zu sein, ausdrücken sollte. Gleichzeitig musste sie sich eingestehen, dass sie auch immer schon etwas Besonderes hatte sein wollen, und ganz bestimmt nicht so wie die anderen. Eine Unmöglichkeit, die sich mitunter sehr einsam anfühlte.

»Na ja, ich habe immerhin meinen Jacob in Wieuwert kennengelernt«, sagte Johanna und wischte sich ein paar Tränen aus den Augen. Sie klang halb trotzig, halb versöhnlich.

～ KAPITEL 20 ～

»Aber das müssen Sie doch verstehen, Frau Merian.« Nicolaes Witsen saß zerknautscht hinter seinem Schreibtisch. »Mir sind da schlicht die Hände gebunden. Ich kann einfach nicht anders.«

Maria Sibylla schaute ihn ungläubig an. »Aber Sie sagten doch, dass Sie meine Bitte wohlwollend ...«

»Jaja, natürlich, ich verstehe ja auch, dass Sie diese Entscheidung bedauerlich finden, aber wie gesagt ...«

»Bedauerlich ist gar kein Ausdruck«, murmelte Maria Sibylla mehr in sich hinein.

Sie war wie vor den Kopf gestoßen. Sie, die es gewohnt war, die Zügel in der Hand zu halten, ihren Weg gehen zu können, wenn sie nur hart genug dafür arbeitete, saß nun dem Bürgermeister gegenüber, der ihr klarzumachen versuchte, dass sie keine finanziellen Zuwendungen erwarten konnte, weder von ihm noch von den anderen Honorationen. Mit großem Bedauern zwar, aber die Entscheidung stand. Selbst die Zusage des Kapitäns, sie auf seinem Schiff mit nach Surinam zu nehmen, half nicht weiter, auch nicht bei den Heren X.

»Aber wieso nur?«, fragte Maria Sibylla. »Die Resultate einer solchen Reise ermöglichen doch auch Ihnen allen große Reputation und Gewinne.«

Aber ihre Widerworte klangen nur noch schwach. Maria Sibylla war mit großen Erwartungen zu diesem Gespräch gekommen, und zu sehr hatte ihr die Antwort Nicolaes Witsens nun zugesetzt.

Der Bürgermeister druckste etwas herum, bis er endlich mit der Sprache herausrückte.

»Ich hatte Besuch von Herrn Vincent …«

Daher wehte also der Wind, dachte Maria Sibylla.

»… und der hat mir zu meinem Leidwesen, wie Sie wissen müssen, deutlich gemacht, dass ich nicht mehr auf seine Unterstützung rechnen kann, wenn ich Ihnen Gelder für Ihre geplante Unternehmung zukommen lasse. Der Herr Vincent ist nun mal ein sehr einflussreicher Mann, und ich würde gern noch eine Zeitlang in meinem Amt bleiben. Verstehen Sie jetzt?«

»Ja«, sagte Maria Sibylla, zusammengekauert auf ihrem Stuhl. »Ja, ich verstehe, dass Ihre Männerbünde scheinbar so stark sind, dass Sie irgendwelchen dahergelaufenen Möchtegern-Botanikern und -Wissenschaftlern ohne große Bedenken Geld für deren Exkursionen hinterherwerfen. Sobald es sich aber um eine Frau handelt, bekommen Sie kalte Füße. Fühlen Sie sich etwa in Ihrer Männlichkeit bedroht und legen mir deshalb Steine in den Weg?« Maria Sibylla sah ihn aus zusammengekniffenen Augen an. Sie atmete tief ein und merkte, wie sich langsam wieder Wut in ihr Bahn brach.

»Ich verstehe, dass diese alt daherkommenden, verschrobenen Ansichten darüber, was eine Frau kann oder nicht kann, scheinbar immer noch die Oberhand behalten, und ja, ich verstehe … ach, lassen wir das.« Sie war kurz davor, Nicolaes Witsen persönlich anzugreifen, sah aber gerade noch rechtzeitig ein, dass sie sich damit wohl ins eigene Fleisch schneiden würde. Bisher war er ihr ja immer wohlgesinnt gewesen, und wer wusste schon, ob sie seine Unterstützung doch noch einmal nötig hatte, immerhin war er nun einmal der Bürgermeister.

Nicolaes Witsen hatte in seinem Amt schon heftigere Ausfälle erlebt. Er nahm Maria Sibyllas Frustration mit gelassener Erfahrung hin.

»Bitte verstehen Sie, Frau Merian, dass ich die Dinge anders entschieden hätte, wenn es an mir gelegen hätte.«

Maria Sibylla seufzte auf und machte mit ihren Händen eine Geste der Ohnmacht.

»Und wenn ich Sie in einem Punkt korrigieren darf: Von Steinen in den Weg legen ist keine Rede. Ich habe Ihnen immerhin Levinus Vincent vom Hals gehalten und mich für Sie bei den Heren X verwendet.«

Er räusperte sich. Maria Sibylla schaute betreten drein. Sie wusste, dass er sein Bestes getan hatte.

»Was Suriname selbst betrifft, verfügen Sie ja anscheinend selbst über gar nicht so schlechte Kontakte.« Der letzte Satz des Bürgermeisters war nicht nur eine Feststellung, sondern gleichzeitig als Frage gemeint.

»Ja, danke«, sagte Maria Sibylla nur kurz und war auf der Hut. Was hatte er vor?

»Nun?«, fragte Nicolaes Witsen. Er wollte zu gern wissen, ob die Informationen, die ihm zugetragen wurden, auch zutrafen.

Maria Sibylla vermied, wo sie nur konnte, ihre Zeit bei den Labadisten auch nur zu erwähnen. Sie hatte schnell begriffen, dass diese Sekte in Amsterdam nicht gerade hohes Ansehen genoss. Den fragenden Augen des Bürgermeisters war abzulesen, dass sie nun nicht mehr umhinkam, zuzugeben, dass sie dieser Sekte angehört hatte.

»Ich kenne die Schwestern van Aerssen van Sommelsdijck recht gut«, sagte sie ausweichend. »Ich habe ein paar Jahre gemeinsam mit ihnen auf Schloss Waltha gewohnt, bevor ich hierher nach Amsterdam gezogen bin. Und deren Bruder war ja der erste Gouverneur Surinams bis zu seinem unfortünlichen Ableben. Ein Teil unserer Mitbewohner von Schloss Waltha emigrierte nach Suriname und hat dort eine Gemeinschaft errichtet. Ich denke, dass ich dort mit einiger Unterstützung rechnen kann, auch wenn ich nicht mehr Teil der Labadisten-Gemeinschaft in Wieuwert bin.« Sie hoffte inständig darauf, dass Witsen ihr daraus keinen Strick drehen würde. Doch der schien eher belustigt darüber, wie sich Maria Sibylla winden musste, um ihm etwas zu beichten, was er schon lange wusste.

»Lassen Sie es gut sein«, beruhigte er sie. »Sie hängen es ja nicht an die große Glocke. Ich hoffe, Ihre Freunde dort können Ihnen nach der Überfahrt vor Ort weiterhelfen.«

Als Maria Sibylla aufstand und sich der Tür zuwandte, öffnete Nicolaes Witsen plötzlich eine Schreibtischschublade und nahm einen Beutel heraus.

»Frau Merian.« Sie drehte sich zu ihm um. »Ich glaube, der gehört Ihnen.«

Sie sah ihn ungläubig an, als er ihr den Beutel in die Hand legte. »Und vergessen Sie mich nicht, wenn Sie besonders schöne und seltene Kreaturen finden.«

Überrascht murmelte sie ein Dankeschön und verließ das Haus des Bürgermeisters.

»Eine himmelhochjauchzende Schande ist das!«

Zu Hause angekommen, musste sich Maria Sibylla erst mal Luft verschaffen. »Aber es wäre doch gelacht, wenn ich das nicht schaffen würde.«

Johanna und Dorothea sahen sich besorgt an.

»Wenn nicht mit ihnen, dann eben ohne sie.«

Maria Sibylla war auf dem Nachhauseweg von Nicolaes Witsen klargeworden, dass sie ihre Wut nicht weiterbringen würde. Sie überlegte, welche Mittel ihr bisher zur Verfügung standen. Immerhin hatte ihr Nicolaes Witsen im letzten Moment noch ein wenig privates Geld mitgegeben, sozusagen als Vorschuss für zu erbringende Leistungen. Es würde den Preis für die Überfahrt beileibe nicht decken können, war aber wenigstens ein kleiner Beitrag, der sie ihrem Ziel ein Stück weiterbrachte.

Eine Überfahrt war teuer. Also musste sie irgendwie an Geld kommen, an viel mehr Geld. Wenn sie erst mal in Suriname angekommen war, musste sie auch von irgendetwas leben. Sie brauchte genügend Geld, um die ersten Wochen und vielleicht Monate dort leben zu können. Dann würde sie mit den Schiffen, die zurück nach Holland fuhren, Pflanzen und Tiere mitschicken und sie von Johanna verkaufen lassen. Ab diesem Zeitpunkt, so hoffte sie, wäre ihre Unternehmung auf jeden Fall finanziell gesichert. Was also vor allem fehlte, steckte sie das Problem ab, waren die Mittel für die Überfahrt und die erste Zeit in Suriname.

Maria Sibylla grübelte und grübelte und wurde immer verzweifelter. Woher nur sollte sie so viel Geld nehmen? Sie ging in Gedanken durch, was sie alles für die Reise brauchte: Kescher, Umschläge, um die Schmetterlinge darin aufzubewahren, Nadeln, Gläser für die Tiere und Pflanzen, Stifte, Pinsel, Wasserfarben, Papier und Pergament, Transportkisten für all die Pflanzen und Tiere, die sie mit zurückbringen wollte. Das alles würde Geld kosten, bei der Anschaffung und beim Transport. Maria Sibylla erzählte ihren Töchtern von den Sorgen, die sie sich hierüber machte.

»Aber dann wurde mir plötzlich klar, dass genau hier der Schlüssel zur Lösung des Problems liegt.«

Ihre Miene hellte sich auf, und Johanna und Dorothea lauschten ihr jetzt gespannt.

»Solch eine große Reise ist wie ein Umzug. Also werden wir die Wohnung hier auflösen, schließlich geht Dorothea ja mit mir, und dann haben wir hier keine Kosten mehr. All die Kupferplatten mitzunehmen, wäre viel zu beschwerlich.

Außerdem werden wir während unserer Reise sowieso nur mit Kohlestiften und wenn wir Glück haben, auch mit Wasserfarben malen. Die Zeichnungen ins Kupfer zu stechen, das ist erst hier wieder nötig, wenn wir ein Buch drucken möchten.«

Jetzt, da Maria Sibylla das Heft selbst in die Hand nahm und nicht mehr abhängig war von anderen, war sie wieder in ihrem Element.

»Unsere ganze Sammlung an Pflanzen und Blutleeren, die wir auf Papier gepresst haben, brauchen wir so schnell nicht mehr. Letzten Endes haben wir alles, was wir davon benötigen, schon ins Kupfer und aufs Papier gebracht. Viel mehr erfordert es sowieso nicht mehr, bis ich mein drittes Raupen-Buch abschließen kann. Und wenn nötig, verkaufe ich auch noch einige der schönsten Bücher, die ich besitze.«

Jetzt wurden die beiden etwas unruhig. Wollte ihre Mutter tatsächlich all ihre so lange gehegten Schätze verkaufen? Aber für Einwände war keine Zeit.

»Johanna, hol Papier und Stift, ich möchte eine Anzeige aufgeben.«

Johanna setzte sich an ihren Arbeitstisch und schrieb, wie von Maria Sibylla diktiert:

Angeboten: Kunstvolles und kurioses Werk der Maria Sibylla Merian, bestehend aus seltenen Kräutern, Blumen und Früchten etc., mit dabei der Beobachtung der blutlosen Kreaturen, jedes sitzend auf seinem Futter, alle mit Wasserfarben (nach dem Leben mit Coleuren extraordinair kunstvoll auf Pergament in Folio) gemalt. Außerdem ost- und westindische Pflanzen und Kreaturen mitsamt Beschreibungen oben genannter mit großem Aufwand und viel Mühe in über dreißig Jahren zusammengetragen, sowohl in Deutschland, als auch in Holland und Friesland, bestehen in 253 Blättern, neben 2 anderen Werken kleineren Formats, und Hortus Eystattensis komplett, beschrieben

und illiminiert, und 100 geätzte Kupferplatten, auch zu erfragen bei
Jan Pietersz Zomer, Makler im Zout-steeg. Maria Sibylla Merian
wohnend und arbeitend im Roose-tak, in der Kerk-straat, bei der
Spiegel-straet.

Sie las die Anzeige noch einmal durch.

»Gut. Dorothea, du bringst den Text schnurstracks zur Zeitung. Sie sollen die Anzeige in ihrer nächsten Ausgabe drucken.«

TEIL 2

Surinam
1699–1701

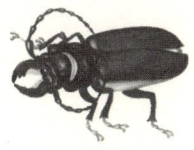

KAPITEL 1

Auf einmal musste alles sehr schnell gehen. Nach Tagen des Wartens hatte sich der Wind bei Texel endlich gedreht, und sie konnten in See stechen. Auf einmal herrschte emsige Betriebsamkeit rund um das Handelsschiff, das Maria Sibylla und Dorothea nach Surinam bringen sollte. Die letzten frischen Lebensmittel wurden an Bord gebracht, dazu Fässer, bis an den Rand gefüllt mit frischem Wasser, und das letzte Gepäck der wenigen Passagiere.

Wie schnell dann doch alles gegangen war, dachte Maria Sibylla, als sie endlich das Fallreep nach oben lief. Gerade mal etwas mehr als vier Monate waren vergangen, seit ihre Anzeige am 2. Februar 1699 im »Amsterdamsche Courant« erschienen war. Es hatte sich bald abgezeichnet, dass sie tatsächlich genügend Geld für die Reise zusammenbekommen würden. Auch die meisten aus dem Kreis ihrer wohlhabenden Freunde kamen. So unterstützte Simon Schijnvoet sie auf seine Weise, indem er ihr die Prachtausgabe des »Hortus Eystattensis« abkaufte, ohne über den Preis zu verhandeln. Die Kupferplatten fanden unter ihren Künstlerkollegen reißenden Absatz und brachten eine Menge Geld ein. Innerhalb weniger Wochen hatte Maria Sibylla so viel verkauft, dass sie sich an die Vorbereitungen für ihre Reise machen konnte. Nicolaes Witsen hatte ihr geraten, alles mitzunehmen, was sie in Suriname nötig haben würde. »Es gibt dort praktisch nichts zu kaufen«, hatte er ihr eingebläut. Also hatten sie von allen Grundstoffen für das Mischen der Farben einen gehörigen Vorrat angelegt und in Holzkisten verpackt, hatten Präpariernadeln, Insektennadeln und Stecknadeln zuhauf eingepackt, Pergament und Papier, Spannbretter, Gläser und kleine Holzkisten zur Aufbewahrung der Schmetterlinge und anderer Kleintiere, ein Skalpell, Messer und Scheren. Pinsel, Schreibfedern, Tinte, offene Gefäße, in denen sie Raupen und Puppen halten konnte, Alkohol zum Konservieren von Tieren in abschließbaren Gläsern und noch so einiges mehr. So kam eine ganze Menge Gepäck zusammen. Vor allem aber durfte Maria Sibylla nichts vergessen. Was sie nicht selbst mitnahm, würde sie in Suriname wahrscheinlich auch nicht bekommen oder im besten Fall erst nach Monaten mit dem übernächsten Schiff erhalten.

Jetzt, zwischen Wall und Schiff war es zu spät, noch darüber nachzudenken, was sie vielleicht doch noch hätte einpacken sollen.

Maria Sibylla sorgte sich ein wenig um Dorothea. Sie war seit ihrer Abfahrt weniger mitteilsam als sonst. Zum ersten Mal in ihrem Leben würde sie von ihrer größeren Schwester für längere Zeit getrennt sein. Der Abschied der beiden an der Texelse-Kade in Amsterdam war dann auch tränenreich ausgefallen. Dort hatten sie die Fähre bestiegen, die sie von Amsterdam aus in einem halben Tag nach Texel brachte. Von der Kaufmanns-Rede im Südosten der Insel würden sie dann mit dem Dreimaster so schnell wie möglich in See stechen. Das hieß, sobald die Wetterverhältnisse es zuließen. Und das konnte durchaus dauern, wie sie in den letzten Tagen selbst hatten erfahren müssen.

Zwar war Maria Sibylla an der Kade in Amsterdam wehe zumute gewesen. Auch für sie war es das erste Mal, dass sie Johanna für einige Zeit nicht mehr sehen würde. Doch überwog bei ihr die Vorfreude, endlich das zu tun, was sie schon so lange tun wollte. Sie war sehr gerührt, als sie sah, dass Agnes

Block und Simon Schijnvoet gekommen waren, um ihnen Lebewohl zu wünschen. In ihrer Zeit in Amsterdam waren sie zu echten Freunden geworden, und Maria Sibylla hoffte, dass sie sie nach ihrer Rückkehr wohlbehalten wiedersehen würde.

Darauf vertraue ich einfach, dachte sich Maria Sibylla. Und auch, dass ich alles bei mir habe. Jetzt möchte ich nach vorn schauen, mich auf Suriname freuen. Darauf, dass ich endlich dorthin gehe, wovon ich schon so lange geträumt habe.

»Nicht stehen bleiben, Potzblitz, gehen Sie schon weiter!«, rief der Kapitän ungeduldig. »Wir wollen hier nicht ewig warten.«

Maria Sibylla war nicht bewusst gewesen, dass sie, in ihren Überlegungen vertieft, offenbar mitten auf dem Fallreep stehen geblieben war.

»Na los, Mama, geh weiter«, sagte Dorothea, »die schauen schon alle auf uns.«

Schon bei ihrer Ankunft hatte ihnen der Kapitän mitgeteilt, dass sie zwar an Bord unter seinem persönlichen Schutz standen, dass er aber auch erwarte, dass sie kein Aufhebens machen und sich gut in den Tagesablauf einfügen und niemandem im Weg stehen würden – und vor allem seinen Matrosen nicht den Kopf verdrehen würden.

»Na, das fängt ja gut an«, brummte der Kapitän.

Maria Sibylla, die sich gut darauf verstand, Dinge, die sie nicht hören wollte, einfach zu überhören, begrüßte den Kapitän freundlich. Das machte ihn jedoch nur noch brummiger. Trotzdem ließ er es sich nicht nehmen, die beiden Frauen persönlich in ihre Kajüte zu bringen.

Sie gingen über das Deck und unter dem Heckaufbau ins Innere. Vor der Tür am Ende des schmalen Ganges öffnete der Kapitän rechts eine Tür.

»Bitte sehr, meine Damen, Ihre Kajüte. Machen Sie es sich bequem, es wird eine lange Reise«, sagte er.

Sie schauten in einen Raum, der so breit war wie das Stapelbett lang, und so lang, dass man sich vor dem Bettgestell gerade noch drehen konnte. Matrosen hatten ihre zwei Kisten mit Kleidung und den wichtigsten Arbeitsutensilien bereits in die Kajüte gebracht. Sie hatten sie übereinandergestellt, so dass die beiden Frauen wenigstens noch gemeinsam Platz hatten.

»Genau gegenüber schläft der Schiffsarzt und im Bug ist meine Kajüte. Da sie gleichzeitig als Offiziersmesse gilt, sind die beiden Damen als Gäste eingeladen, gemeinsam mit uns Offizieren die Mahlzeiten hier einzunehmen.«

Maria Sibylla und Dorothea betraten die kleine Kajüte. Stickige Luft kam ihnen entgegen.

»Wenn die Damen mich entschuldigen würden, ich habe noch eine Menge zu regeln, bevor wir in See stechen können.«

»Aber selbstverständlich, Herr Kapitän. Danke sehr. Wir kommen für den Moment alleine zurecht«, sagte Maria Sibylla.

»Viel Platz ist hier ja nicht gerade«, sagte Dorothea. Ihr wurde ein bisschen mulmig zumute, wenn sie daran dachte, dass dies in den nächsten sechs bis zehn Wochen ihr Rückzugsort auf einem Schiff voller Männer sein würde. Der Wind und das Geschick des Kapitäns würden über die Dauer auf See entscheiden.

»Ich schlafe unten«, entschied Maria Sibylla. Sie bemerkte zwar Dorotheas Sorge, aber ihre eigene Vorfreude wuchs mit jedem Moment, wie groß die Strapazen der Reise auch sein würden.

Sie waren gerade dabei, das Nötigste aus ihren Kisten zu holen, als sie über sich den lautstarken Befehl des Kapitäns hörten: »Leinen los!«

Dorothea ging nach draußen an Deck, Maria Sibylla folgte ihr. Sie wollten den Beginn der längsten und abenteuerlichsten Reise, die sie jemals unternommen hatten, erleben. Mit dem

Lichten des Ankers waren sie unumstößlich vom Festland getrennt, und ihre Reise begann. Maria Sibylla atmete tief die salzige Meeresluft ein. Bald würde Texel nicht mehr zu sehen sein, und sie befänden sich auf hoher See. Mit jedem Welleschlag würde sie ihrem Ziel näherkommen. Sie schloss die Augen, fühlte den warmen Sommerwind auf ihrer Haut und atmete wieder aus.

»Setzt die Segel!«, befahl der Kapitän, und fast die ganze Bemannung trat auf sein Kommando in Aktion.

»Aus dem Weg!«, brüllte ein Matrose die beiden Frauen an. Maria Sibylla erschrak, öffnete ihre Augen wieder und wich dem Matrosen gerade noch rechtzeitig aus. Für ihn galt es, keine Zeit zu verlieren, wollte er nicht gleich in den ersten Minuten der Fahrt den Ärger des Kapitäns auf sich ziehen.

»Sie kommen sofort zu mir nach oben, dann werden Sie nicht noch umgerannt«, rief ihnen der Kapitän erbost zu.

»Komm«, sagte Dorothea und zupfte ihre Mutter an deren Kleid. Maria Sibylla folgte ihr.

»Wagen Sie es nicht noch einmal, meiner Mannschaft im Weg zu stehen, wenn ich ihr Befehle erteile«, polterte der Kapitän. »Ist das klar?«

»Entschuldigung, wir wussten ja nicht …«

»Ruder hart Backbord«, rief der Kapitän seinen nächsten Befehl. Dann wandte er sich Maria Sibylla zu und brummte: »Jaja, schon gut.« Er rief den Schiffsarzt zu sich. »Doktor, Sie bleiben hier bei den beiden stehen und passen darauf auf, dass sie sich nicht vom Fleck rühren.«

»Aye, Sir«, antwortete dieser und stellte sich zu ihnen, auch wenn es ihm offensichtlich peinlich war.

Mochte der Wind vor Texel noch eher ein laues Lüftchen sein, hier an Bord herrschte ein rauer Wind, das hatte der Kapitän den beiden Frauen gerade eben deutlich gemacht.

Immerhin gab es Maria Sibylla die Möglichkeit, das Schiff einmal genauer zu betrachten. Sie wunderte sich, wie behände die Matrosen auf den drei Masten nach oben kraxelten, um die Segel zu setzen. An Deck liefen gleichzeitig andere Matrosen kreuz und quer hin und her.

Eigentlich nicht so viel anders als die kleinen Tierchen am Boden, dachte sie. Zunächst meint man, dass sie einfach nur beliebig unterwegs seien, bis man merkt, dass jedes seine Aufgabe hat und in Wahrheit ein Hügelchen entsteht, eine Höhle gebaut oder Futter besorgt wird.

»Ein schönes Schiff, finden Sie nicht?«, fragte der Arzt, um die peinliche Situation etwas aufzulockern. »Von außen wirkt es vielleicht etwas behäbig mit seiner runden Bauweise«, fuhr er fort, »aber wenn man erst mal auf ihm steht, wirkt es doch recht schnittig.«

»Es ist auf jeden Fall wirklich groß«, erwiderte Dorothea, um wenigstens etwas zu sagen. Maria Sibylla beobachtete einfach nur das Treiben.

»Ich fahre schon länger mit dem Kapitän zur See, müssen Sie wissen«, sagte der Schiffsarzt. »Eigentlich ist er ein recht gutmütiger Kerl, wenigstens solange man ihn nicht bei seiner Arbeit stört und auf sein Kommando hört.«

Als die beiden Frauen nichts sagten, begann er die Vorteile der Fleute anzupreisen. Aber Worte wie Besansegel, Fock und Oberblinde, sagten Maria Sibylla und ihrer Tochter nichts.

»Nichts für ungut, Herr Doktor«, sagte Maria Sibylla schließlich, »aber Sie müssen wissen, wir stammen aus Frankfurt, Tagesreisen weit weg vom Meer. Bitte verzeihen Sie also, wenn uns diese ganzen Begriffe unbekannt sind und wir sie uns nicht alle merken können. Wir sind einfach nicht damit aufgewachsen.«

»Oh, selbstverständlich, entschuldigen Sie bitte, meine Damen.« Der Schiffsarzt begriff und unterbrach seinen Wortschwall, woraufhin sich Schweigen zwischen ihnen ausbreitete.

Maria Sibylla schaute den Vögeln nach, die das Schiff zu begleiten schienen. Silbermöwen schwebten über und um das Schiff herum. Aber da war auch noch eine andere Vogelart am Himmel auszumachen, viel größer als die krächzenden Möwen. Maria Sibylla legte sich eine Hand schützend über die Augen und schaute hinauf. Sie staunte nicht schlecht, als sie diese riesigen Vögel sah, die so anmutig in der Luft zu schweben schienen.

»Wissen Sie, wie diese Vögel heißen?«, fragte Maria Sibylla. »Die weißen mit dem gelblichen Kopf und den dunklen Flügelenden?«

Der Schiffsarzt schien froh zu sein, dass sich doch noch ein gemeinsames Interesse fand, und folgte ihrem Blick.

»Wunderschön, nicht?«, begeisterte auch er sich für die Vögel. »Das sind Basstölpel. Die können bis zu sieben Amsterdamer Fuß groß werden.«

Sie sahen den Vögeln nach. Plötzlich stürzte sich einer der Basstölpel im Sturzflug und mit angelegten Flügeln senkrecht ins Wasser.

»Aber was macht der denn?« Dorothea beugte sich über die Reling und sah aufs Wasser hinunter. Es brauchte einige Sekunden, bis der Basstölpel wieder auftauchte. Sie konnte gerade noch sehen, wie er den Rest eines Wittlings verspeiste, bevor er Anlauf nahm, um sich wieder in die Luft schwingen zu können. Nach und nach stürzten sich auch die anderen Basstölpel ins Wasser. Der Schwarm der Wittlinge schien ein wahres Festmahl für die Vögel zu sein.

Plötzlich ertönten aufgeregte Rufe vom Bug des Schiffes. »Ein Arzt! Wo ist der Schiffsarzt?«

»Ich komme«, rief dieser sofort. Und zu Maria Sibylla und Dorothea gewandt: »Wenn mich die Damen bitte entschuldigen würden, es scheint, als ob man meiner Dienste an anderer Stelle bedarf.«

Maria Sibylla nickte ihm zu und konnte die frische Seeluft nun in Ruhe genießen. Sie vermisste Johanna, ihren Jacob und ihre Freundinnen und Freunde in Amsterdam.

»Was uns wohl in Suriname erwarten wird?«, fragte sie eher sich selbst als ihre Tochter.

»Viele neue Pflanzen und Tiere«, sagte Dorothea. »Außerdem, sich jetzt erst darüber Gedanken zu machen, ist ja wohl reichlich spät. Lass uns das Beste daraus machen.«

»Du hast ja recht, Dorothea. Lass uns das Beste daraus machen – und verlieren wir nie unser Ziel aus den Augen, warum wir diese Reise unternehmen.« Maria Sibylla atmete die Seeluft tief ein und drehte sich zu ihrer Tochter.

»Eigentlich ist es doch grandios, dass wir das geschafft haben, dass wir diesen alten, verstockten Herrschaften gezeigt haben, zu was wir in der Lage sind, wenn wir nur wollen.«

Maria Sibylla schaute hinaus aufs Wasser und lächelte zufrieden. Ihr Brustkorb öffnete sich mit jedem Atemzug mehr, sie streckte ihren Rücken durch.

»Jetzt geht es darum, gute Arbeit zu verrichten und sie alle mit den Resultaten unserer Reise zu verblüffen. Und ich bin fest davon überzeugt, dass wir das schaffen.«

Sie schloss für einen Moment ihre Augen, hielt ihr Gesicht in die Sonne. Ja, sie spürte es im ganzen Körper, sie hatte die richtige Entscheidung getroffen. Irgendetwas in ihr sagte ihr, dass sich in der neuen Welt ihr Traum erfüllen würde, dass dort ihre Lebensaufgabe verborgen lag und dass sie geradezu die Pflicht hatte, diesen Schatz an Schönheit und Wissen zu bergen und mit der Menschheit zu teilen.

»Meinst du nicht auch, Dorothea?«

Als ihre Tochter nicht antwortete, drehte sich Maria Sibylla wieder nach ihr um. Dorotheas kreideweißes Gesicht verriet, dass es ihr speiübel geworden war. Die Wellen schienen nicht einmal groß, und doch schaukelte das Schiff immer mehr, je mehr sie auf die offene See hinausfuhren.

KAPITEL 2

»Land in Sicht!«

Der Ruf des Matrosen aus dem Ausguck klang für Maria Sibylla wie eine Erlösung. Als sie in die breite Mündung des Flusses Surinam einfuhren, schaukelte das Schiff zum ersten Mal seit acht Wochen nicht mehr so fürchterlich. Wenigstens hatte es sich für sie so angefühlt, und das war auch der Grund, weshalb sie die meiste Zeit liegend in ihrer Kajüte verbracht hatte. Sie war einfach zu seekrank gewesen, um die Reise genießen zu können. Dorothea hatte sich schnell an das Auf und Ab und das Rollen des Schiffes gewöhnt und die Zeit auf dem Meer sichtlich genossen.

Jetzt standen sie mit gestreckten Hälsen an der Reling und wollten endlich die Hauptstadt des Landes sehen, in dem sie die kommenden Jahre zu verbringen gedachten.

Es war eine der fünf Bastionen des eindrucksvollen Fort Zeelandia, die sie als Erstes zu Gesicht bekamen. Es lag an der rechten Seite des Ufers, an der Stelle, an der sich der Fluss verjüngte. Das Fort wirkte dadurch fast wie in den Fluss hineingebaut. Als sie am Fort Zeelandia vorbeifuhren, tat sich endlich die Stadt vor ihnen auf.

»Das sieht ja fast genauso aus wie in Holland«, wunderte sich Dorothea.

Maria Sibylla musste lachen. Da waren sie um die halbe Welt gereist, und die Häuser, die sich hier am Ufer entlang des Flusses aufreihten wie an einer Perlenkette, sahen tatsächlich aus wie in Amsterdam – mit dem Unterschied, dass sie aus Holz gebaut waren. Da sie vor einer flachen Sandbank standen, auf der in einer Reihe Tamarindenbäume gepflanzt worden waren, konnte man sie schon mit einigem Abstand in der prallen Sonne vom Fluss aus betrachten.

Obwohl sie froh sein sollte, dass die Überfahrt ein Ende gefunden hatte und sie endlich in Surinam angekommen war, wanderten ihre Gedanken doch zunächst an den Ort, den sie verlassen hatte, und zu ihren Nächsten. Wie es wohl Johanna und Jacob in Amsterdam erging?, fragte sich Maria Sibylla gedankenverloren. Aber ihre Jüngste ließ ihr nicht viel Zeit, solch wehmütigen Gedanken nachzuhängen.

»Schau mal, all die Häuser in den unterschiedlichen Farben«, sagte Dorothea voller Neugier auf ihr neues Zuhause. Maria Sibylla schob die schwermütigen Gedanken zur Seite und ließ sich von der Begeisterung Dorotheas mittragen. Sie hatte ja recht, fand Maria Sibylla, schließlich waren sie jetzt hier, und darüber wollte sie sich auch freuen und ihr Zuhause für die nächste Zeit mit Neugier und offenem Herzen kennenlernen. Sie stieß hörbar die Luft aus und wandte ihren Blick nach vorne.

»Und all die Leute am Kai. Die kommen alle, um uns zu begrüßen.« Dorothea beugte sich nach vorne, hielt sich mit einer Hand an der Reling fest und winkte mit der anderen.

Auch Maria Sibylla erfreute der Anblick. Vor allem aber war sie erleichtert, dass sie endlich am Ziel ihres Traums angekommen war. Und ihr war bewusst, dass dieses Ziel eigentlich erst der Anfang war. Vielleicht stand sie deshalb etwas zurückhaltender an Deck des Schiffes. Jetzt erst galt es. Jetzt erst begann ihre Arbeit, von der sie sich so viel erhoffte. Und von der sie wusste, dass sie so noch niemand vor ihr geleistet hatte.

Sie ließ ihren Blick über die Häuser hinaus gleiten, sah den dichten Urwald dahinter, wie sie ihn schon in den letzten Stunden ihrer Fahrt auf dem Surinam bestaunt hatte. Solch einen dichten Wald hatte sie noch nie gesehen. Auch die immerwährende Hitze und die Feuchtigkeit, die sie seit einigen Tagen schon auf dem Schiff befallen hatten, setzten ihr zu.

Aber was soll's, dachte sie sich, wenn es so einfach wäre, wäre jemand anderes schon vorher auf die Idee gekommen, die Tiere und Pflanzen des Landes zu erforschen. Sie atmete tief ein, streckte ihren Rücken und richtete sich auf.

An Bord kam Bewegung auf, die ersten Schallupen wurden ins Wasser gehievt, um die Passagiere und ihr Gepäck von Bord zu bringen und an Land zu rudern.

Maria Sibylla blieb reglos inmitten der Unruhe um sie herum stehen. Jetzt genoss auch sie diesen Augenblick. Eigentlich unglaublich, dass sie es geschafft hatte, hierherzukommen. Wer hätte je gedacht, dass das kleine Mädchen, das von seiner Mutter ständig ausgescholten wurde, jetzt hier vor Paramaribo stand, weil sie bewiesen hatte, eine große Künstlerin und Naturkundlerin zu sein? Aber genau darum hatte sie sich immer mehr in ihre Arbeit vertieft, sich geradezu festgebissen, um es allen zu zeigen. Nicht zuletzt, um sich selbst zu beweisen, dass sie es konnte, dass sie das Talent hierfür hatte, obwohl sie eine Frau war. Sie war hier, um etwas Besonderes zu schaffen, neue Erkenntnisse zu sammeln und Zusammenhänge aufzudecken, die vorher noch niemand aufgedeckt hatte. Weil sie es konnte und darin schlicht und ergreifend die Beste war.

Maria Sibylla atmete noch einmal tief durch, drehte sich zu Dorothea um und sagte: »Komm, sehen wir zu, dass wir diesen furchtbaren Kahn so schnell wie möglich verlassen.«

»Lasst das Abenteuer beginnen«, rief Dorothea aus.

Sie lachten und gingen Arm in Arm in Richtung der Schaluppe, die sie an Land bringen würde.

KAPITEL 3

»Gefällt Ihnen die Wohnung? Ich habe sie extra für sie herrichten lassen, mevrouw Merian.«

Maria Sibylla war der höflichen Einladung des Gouverneurs Paulus van der Veen nachgekommen und hatte sich schon ein paar Stunden, nachdem sie von Bord gegangen waren, auf den kurzen Weg zu dessen Amtssitz gemacht. Bei ihrer Ankunft waren sie zu ihrer Überraschung schon erwartet worden, und ein Assistent des Gouverneurs hatte sie direkt in ihre neue Wohnung gebracht.

»Ich habe dafür gesorgt, dass Sie ganz in meiner Nähe und damit auch beschützt Ihren Aufenthalt bei uns verbringen können.«

»Wir sind Ihnen sehr zu Dank verpflichtet, meneer de Gouverneur«, sagte Maria Sibylla. »Was verschafft uns die Ehre eines solchen Empfangs?«

»Aber ich bitte Sie, eine solch große Künstlerin wie Sie wurde mir natürlich von Bürgermeister Witsen avisiert. Und da ist es mir selbstverständlich eine Freude, zu helfen, wo es mir möglich ist.«

Paulus van der Veen machte auf Maria Sibylla vor allem für einen Gouverneur einen sanftmütigen Eindruck. Er war von großer Gestalt, dabei schlank, ja fast schon schlaksig. Er faltete seine langen, schmalen Finger vor sich auf dem Schreibtisch und betrachtete Maria Sibylla mit klaren meeresblauen Augen. Sie fühlte sich wohl in seiner Nähe. Vielleicht lag es daran, dass er ihr das Gefühl vermittelte, sich an diesem Ort wohlfühlen zu können, weil es für ihn die normalste Sache war, weit weg von zu Hause als höchster Verwalter einer Kolonie Tausende Meilen von Amsterdam entfernt sein Amt zu verrichten.

»Die Wohnung sagt uns wirklich sehr zu, und sie hat sogar Zugang zu einem Garten.«

Maria Sibylla wedelte sich mit einem Fächer kühlere Luft zu. Oder wenigstens versuchte sie es.

»Sie haben Glück, dass Sie während der Trockenzeit angekommen sind«, sagte Paulus van der Veen, der ihre Bemühungen mit dem Fächer bemerkte. »Die Luftfeuchtigkeit wird leider so hoch bleiben. Ich fürchte, Sie werden sich niemals ganz daran gewöhnen. Wenn es Ihnen Trost spendet: Es geht uns allen hier so. Da fällt mir ein, Sie sollten unbedingt eine Sklavin im Haus haben, die Ihnen bei den alltäglichen Arbeiten zur Hand geht, so dass Sie Ihren Untersuchungen und Ihrer Kunst ungestört nachgehen können.«

»Ich weiß nicht … Wir sind das nicht gewohnt. Wir hatten in Amsterdam nicht mal eine Bedienstete.«

Maria Sibylla war nicht ganz geheuer bei dem Gedanken, eine Sklavin ihre Hausarbeit verrichten zu lassen. Außerdem hatte sie bisher zusammen mit ihren Töchtern alles alleine bewerkstelligt, schon aus Kostengründen.

»Nun, ich glaube, Sie würden gut daran tun«, insistierte Paulus van der Veen. »Sie müssen wissen, dass die holländische Gemeinschaft hier Sie argwöhnisch betrachten würde, wenn Sie nicht mindestens eine Sklavin im Haus hätten, das gehört hier einfach zum guten Ton.«

Maria Sibylla sah den Gouverneur noch immer skeptisch an. Sie rang mit sich. Der Gedanke widerstrebte ihr zutiefst, auf der anderen Seite würde sie während ihres Aufenthalts sicherlich immer wieder auf die Hilfe der Beamten und Plantagenbesitzer angewiesen sein. Dafür müsste sie sich auch in gewisser Weise anpassen. Paulus van der Veen sah ihre Zweifel.

»Wissen Sie was, Frau Merian, wenn Sie noch ein paar Minuten haben, lasse ich sogleich nach meiner Frau rufen, sie soll Kapelka mitbringen, das ist eine unserer zuverlässigsten roten Sklavinnen.«

Der Gouverneur machte seinem Assistenten ein Zeichen, und dieser verließ den Raum.

»Rote Sklavin?«, fragte Maria Sibylla.

»Ja, wir nennen die Einheimischen rote Sklaven und die aus den afrikanischen Gebieten verschifften Menschen schwarze Sklaven. Dabei handelt es sich meist um Kriegsgefangene, die von verfeindeten Stämmen an uns verkauft wurden. Sie müssen vor allem die schwere Arbeit auf den Feldern verrichten.«

In so einer Kolonie war doch so einiges anders, musste Maria Sibylla feststellen. Zwar hatte sie in Amsterdam auch hier und da in den Straßen schon Schwarze gesehen, aber das waren eben meist Diener oder Hausmädchen oder durchaus auch Zugereiste aus der Schicht der Stammesfürsten. Sklaven aber, das kannte sie von Holland nicht.

Maria Sibylla blieb wenig anderes übrig, als abzuwarten, bis Anna van Gelre zusammen mit einer Sklavin, sie heiße Kapelka, sagte sie, die Amtsstube betrat.

»Über den Preis machen Sie sich mal keine Sorgen, da werden wir uns schon einig«, sagte Paulus van der Veen. Für ihn handelte es sich offensichtlich um ein normales Geschäft.

Maria Sibylla wusste nicht so recht, was sie nun tun sollte. Etwas unbeholfen stand sie vor der jungen Frau, während Kapelka mit ausdruckslosen Augen in die Ferne schaute. Maria Sibylla traute sich fast nicht, sie anzusehen. Wie sollte sie sich das vorstellen, einen Menschen zu besitzen?

»Sie spricht ein bisschen Niederländisch«, sagte Anna van

Gelre, »dann können Sie sich gleich miteinander verständigen, ohne erst Sranantongo lernen zu müssen. Aber passen Sie auf, wenn Sie Kapelka in der Öffentlichkeit ansprechen. Es ist Sklaven eigentlich verboten, Niederländisch zu sprechen.«

KAPITEL 4

Dorothea staunte nicht schlecht, als ihre Mutter mit Kapelka, die vielleicht gerade mal so alt wie sie selbst, nach Hause kam. Das Niederländisch der jungen Frau erwies sich als recht gut, was die Kommunikation zwischen ihnen erheblich erleichterte. Sie hatte ebenmäßige Gesichtszüge und war ziemlich dünn, trug ein einfaches weißes Kleid, hatte ein farbiges Band um die Taille geschnürt, was schon mehr war als nur der einfache Rock, den die Feldsklavinnen trugen. Um ihren Kopf hatte sie ein buntes Tuch geschlungen.

Maria Sibylla fragte sich, wo ihre Familie war, ob sie Freundinnen hatte und wie sie zur Sklavin geworden war. Aber das fragte sie Kapelka besser nicht. Jedenfalls noch nicht. Und auch wenn sie wusste, dass ihre ehemaligen Glaubensbrüder und -schwestern aus Wieuwert in ihrer Siedlung in Suriname ebenfalls Sklaven hielten, so hatte sie doch ein schlechtes Gewissen. Sie beschloss darum, Kapelka mit dem nötigen Respekt zu behandeln. Das gab der Sklavin zwar nicht ihre Freiheit zurück, aber immerhin konnte Maria Sibylla auf diese Weise dafür sorgen, dass sie unter den gegebenen Umständen ein so angenehmes Leben wie möglich leben konnte.

Kapelka stand mit widerwillig verschränkten Armen in der Wohnung von Maria Sibylla und Dorothea. Sie strahlte eine gewisse Angst aus. Maria Sibylla versuchte, sie zu beruhigen, und stellte ihr Dorothea vor.

»Ich verstehe, dass du dich nicht wohl fühlst, dass du nicht weißt, was auf dich zukommt. Ehrlich gesagt geht es uns genauso. Für uns kommt dies genauso plötzlich wie für dich.« Sie suchte Kapelkas Blick, aber diese hielt ihn trotzig auf den Boden gerichtet. Maria Sibylla erklärte ihr geduldig und mit ruhiger Stimme, wer sie waren und mit welchem Ziel sie nach Suriname gekommen waren.

Langsam entspannten sich Kapelkas Gesichtszüge. Sie wirkte verwundert, als sie begriff, dass es keinen Mann im Haushalt gab, dass sie zu dritt bleiben würden. Aber sie sagte noch immer keinen Ton.

Maria Sibylla versuchte, das Eis weiter zu brechen, und zeigte ihr einige ihrer Illustrationen. Kapelka nahm sie in die Hand und betrachte sie sorgfältig.

»Dorothea, würdest du uns etwas zu trinken bringen?«, fragte Maria Sibylla ihre Tochter.

»Das ist meine Aufgabe, mevrouw.«

Das waren Kapelkas erste Worte, die Maria Sibylla zu hören bekam. Kapelka hob ihren Kopf und schaute ihr zum ersten Mal direkt in die Augen. Die junge Frau hat ihre Würde, dachte Maria Sibylla, und das gefiel ihr ausgesprochen gut.

KAPITEL 5

Paramaribo war bedeutend kleiner als Amsterdam. Mit seinen rund fünfhundert Häusern war es übersichtlich. Man wohnte auf einem kleinen Streifen zwischen Strom und Urwald. Wollte man ein neues Haus bauen, die Stadt erweitern, musste man diesen Raum mit viel Mühe und Arbeit dem äußerst dichten Mangrovenwald abtrotzen.

Was es hieß, am Rande des Urwalds zu wohnen, wurde Maria Sibylla und Dorothea schnell klar. Schon um halb sechs Uhr morgens begann das Singen und Pfeifen der Vögel, das Quaken der Frösche, das Kikeriki der Hähne und vor allem das ohrenbetäubende, kehlige Schreien der Brüllaffen, das aus dem Urwald herüber in der ganzen Stadt nicht zu überhören war. An Schlaf war da beim besten Willen nicht mehr zu denken.

Dorothea erschauderte vor dem unheimlich klingenden, nicht enden wollenden Brüllen, das sich wie ein breiter Teppich über das Land zu legen schien. Es klang in ihren Ohren fast wie die Ankündigung eines alles vernichtenden, fremden Geistes, der über die Stadt ziehen wolle. Sie schaute ihre Mutter mit großen Augen an.

»Immerhin ist die Temperatur so früh am Morgen noch erträglich«, meinte Maria Sibylla trocken. Als sie die Angst in den Augen ihrer Tochter sah, sagte sie beruhigend: »Das sind nur Affen, die bleiben im Wald. Hier in der Stadt gibt es ja keine Bäume, auf denen sie sich wohlfühlen würden.« Sie rieb sich den Schlaf aus den Augen und setzte sich an den Tisch. »Da wir jetzt ohnehin wach sind, können wir genauso gut eine Liste erstellen, was wir alles brauchen, wenn wir ins Hinterland reisen.«

Bei dem Gedanken daran war Dorothea angesichts des Gebrülls eher mulmig zumute.

Als sie aus dem Haus gingen, stand die Sonne schon wieder so hoch am Himmel, dass sie ohne die geringste Bewegung schon ins Schwitzen kamen. Mit der Hitze kam in diesen Breiten auch die unbeschreiblich hohe Luftfeuchtigkeit. Die machte Maria Sibylla fast noch mehr zu schaffen.

»Wir sollten uns um neue Kleidung kümmern«, sagte Dorothea, »ich bin schon wieder ganz durchgeschwitzt.«

»Du hast recht«, sagte Maria Sibylla. Außerdem war ihnen in der Zwischenzeit klar geworden, dass sie ihre Holzkisten so präparieren mussten, dass keine Feuchtigkeit in sie dringen konnte. Andernfalls würden ihre Farben, Mal-, Zeichen- und andere Arbeitsgeräte sowie die Präparate, die sie während der Reise fangen und mit nach Hause nehmen wollten, die Umstände nicht überstehen.

Sie gingen entlang der Gouverneurswohnung zum Ufer, Kapelka immer einen Schritt hinter ihnen. Die Häuser, die dem Ufer am nächsten waren, standen weit vom Wasser entfernt, so dass die Uferstraße, die sie hier nur Waterkant nannten, eher einem langgestreckten Platz glich. Dieser Eindruck wurde durch eine Reihe von Tamarindenbäumen noch verstärkt. Kurz vor Ende der Baumreihe bogen sie rechts ein in die Savanestraat, um die Läden zu finden, in denen sie ihre Einkäufe erledigen konnten.

Linkerhand passierten sie das Rathaus und die Lutherische Kirche, ein paar Häuser weiter rechterhand die Synagoge. Viel tiefer ging die Stadt auch schon nicht mehr ins Land hinein.

Als sie ihre Besorgungen getätigt und sie Kapelka überlassen hatten, gingen sie zurück Richtung Ufer und schlenderten an der Waterkant noch ein Stückchen weiter. Sie genossen die sanfte Brise, freuten sich, unter Leuten zu sein, sahen außer holländischen auch ein paar englische Schiffe vor Anker liegen. Um sie herum hörten sie nicht nur Holländisch, sondern auch viel Deutsch und sahen freigelassene Sklaven, die mit ihren Familien über den Boulevard liefen, während Kapelka immer ein paar Schritte hinter ihnen herzugehen hatte. Hin und wieder paradierten auch Soldaten mit ihren langen Gewehren auf den Schultern am Ufer. Bei den Orangenbäumen vor der Lutherischen Kirche, kurz vor der Werft, drehten sie wieder um.

Fast schon wieder zu Hause, kurz vor dem Fort Zeelandia, meinte Dorothea: »Lass uns doch noch in diese Straße gehen, ich will wissen, was es da noch so alles gibt.«

»Warum nicht?«, sagte Maria Sibylla.

Mit jedem Schritt in die Gravenstraat hinein spürten sie, wie Kapelka immer unruhiger wurde. Als sie in die Nähe eines Parks kamen, hielt sie es nicht mehr länger aus.

»Entschuldigen Sie, gnädige Frau, würde es Ihnen etwas ausmachen, wenn ich schon mal Ihre Einkäufe nach Hause bringe und das Mittagessen zubereite?«, fragte die junge Frau.

»Aber nein, geh nur, Kapelka, wir brauchen dich hier nicht mehr«, sagte Maria Sibylla und schaute ihr nachdenklich hinterher.

»Was ist nur mit ihr los?«, fragte Dorothea verwundert, als Kapelka außer Hörweite war.

»Ich weiß auch nicht.«

»Schau mal, da bei dem Park stehen ein paar Leute beieinander. Lass uns mal zu ihnen gehen«, sagte Dorothea und begann schneller zu gehen. Maria Sibylla schaute noch einen Moment in die Richtung, in die Kapelka verschwunden war, dann folgte sie Dorothea.

Dorothea ging in ihrer Neugier schnurstracks auf den Platz zu, an dem sich Leute gut gelaunt zu versammeln schienen. Maria Sibylla nahm sich etwas mehr Zeit, um sich umzuschauen. Nähergekommen, sah sie die vergitterten Fenster der Gefängniszellen und ein Schild mit der Aufschrift »Polizei«.

»Dorothea!«, rief sie ihrer Tochter zu, die schon ein paar Schritte vorausgelaufen war. »Wir sollten vielleicht nicht …«

Aber es half nichts, Dorothea tauchte schon in der Menge der Schaulustigen unter.

Auf dem Platz angekommen, fand Maria Sibylla sie schließlich wieder und stellte sich neben sie. Vor sich sahen sie zwei hohe, rote Pfähle senkrecht aus der Erde ragen. Daneben hockten ein paar Sklaven, an den Händen gefesselt, auf der Erde.

»Dorothea, wir sollten wirklich nicht hierbleiben«, versuchte es Maria Sibylla noch einmal. Auch Dorothea war es mulmig geworden, sobald sie begriffen hatte, wo sie gelandet waren. In der Zwischenzeit war die Menschenmenge aber zu dicht geworden, als dass sie einfach hätten umdrehen und gehen können.

Sie sahen, wie ein weißer Mann, allem Anschein nach ein Sklavenhalter, einen gefesselten Sklaven an einer Kette hinter sich herzog, wie er sich kurz mit einem Polizisten besprach und Letzterer die Hand öffnete, worauf ihm sein Gesprächspartner ein Geldstück hineinlegte. Das Geschäft war gemacht. Daraufhin nahm der Polizist den Sklaven mit und zwang ihn, sich zu den anderen in den Staub zu setzen.

Die Stimmung unter den weißen Zuschauern war aufgekratzt. Als zwei Polizisten den ersten Sklaven, der nur mit einem Lendenschurz bekleidet war, zwischen die Pfähle zogen, wurde die Anspannung in der Menge noch größer.

»Schaut her, dieser unverschämte Sklave wollte eine Banane seines rechtmäßigen Herrn stehlen«, rief einer der Polizisten mit lauter Stimme. »Aber dafür wird er büßen, damit er sich für immer daran erinnern wird.«

»Holt die Peitsche«, rief jemand aus der Menge.

»Heute soll's richtig lustig werden«, rief der Polizist in die Menge wie ein Gaukler, der ein gefährliches Kunststück ankündigt und sich vom Beifall des Publikums gleichzeitig Mut einflößen möchte.

Die Menge jubelte. Jetzt kamen noch zwei Polizisten hinzu und zwangen den Sklaven mit rauer Hand auf die Knie.

»Oh nein!« Dorothea schlug sich die Hand vor den Mund.

Als sie ihm auch die Füße verbinden wollten, wehrte sich dieser nach Kräften, schrie und flehte sie an. Aber es hatte keinen Zweck. Sie stürzten sich zu viert auf ihn, fesselten ihm die Füße und setzten ihn auf die Erde. Der durch einen Geldhandel Verurteilte hatte keine Möglichkeit mehr, sich zu wehren, und war seinem Peiniger vollkommen hilflos ausgeliefert.

Der Sklave winselte um Gnade, aber einer der Polizist stieß ihn nur verachtend mit seinem Stiefel um, so dass der Gepeinigte auf der Seite lag.

Das Publikum lachte. Lachte ihn aus, wollte sich dieses Spektakel auf keinen Fall entgehen lassen. Die Leute wollten, dass diesem Übeltäter, der sich nicht an ihre Regeln hielt, Gerechtigkeit widerfährt. Ihre Gerechtigkeit. Sie wollten ihn leiden sehen. Das es hierfür nicht einmal eines Richters bedarf, störte sie nicht im Geringsten. Das Wort des Sklavenhalters war genug. Schließlich bezahlte er ja auch die Polizisten dafür, dass die Bestrafung korrekt ausgeführt wurde. Und lumpen lassen, das wollten sie sich schließlich nicht, die Herren Polizisten.

»Gott Allmächtiger«, flüsterte Dorothea mit der Hand vor dem Mund, als einer der Polzisten eine Peitsche in die Hand nahm. Sie konnte ebenso wenig glauben, was sie da sah, wie ihre Mutter. Auch die schaute ungläubig und angewidert auf dieses grausame Schauspiel, dass noch nicht einmal wirklich begonnen hatte.

»Die Tamarindenpeitsche wird dich schon lehren«, und noch bevor er ausgesprochen hatte, zischte die Peitsche aus Hartholz durch die Luft.

Der Sklave schrie seine Schmerzen hinaus, die Menge jubelte. Sie wollte Blut sehen und bekam, wofür sie gekommen war.

Maria Sibylla und Dorothea schlugen die Hände vors Gesicht und drehten sich weg, waren bis ins Mark erschüttert. Wie konnte ein Christenmensch einem anderen Menschen so etwas nur antun?

Die Pein, die er litt, war ihnen kaum vorstellbar. Maria Sibylla und Dorothea wurde übel.

Das Volk johlte wieder, die Tortur schien kein Ende zu nehmen.

Sie mussten hier so schnell wie möglich weg. Aber es war einfacher, in der Masse aufzugehen, als sich wieder aus ihr zu lösen. Maria Sibylla zog Dorothea am Arm mit sich, sie bahnten sich einen Weg durch die Menschen.

Dorothea musste sich übergeben, sobald sie aus dem Gedränge am Rand des Platzes standen. Maria Sibylla holte tief Luft, versuchte die Anspannung in ihrem Körper los zu lassen. Sie sprachen beide kein Wort. Nach einer Weile liefen sie weiter, bis sie die Schreie des Sklaven nicht mehr hören konnten. Dann lehnten sie sich an eine Häuserwand und versuchten, sich wieder zu sammeln, den Schock abzuschütteln.

»Jetzt verstehe ich, warum Kapelka umdrehen wollte«, sagte Dorothea leise.

An diesem Morgen war ihnen das unendliche Leid der Sklavenhaltung fast körperlich spürbar geworden, auch wenn sie als Weiße nur ahnen konnten, was ein Leben in Unfreiheit und totaler Abhängigkeit und völligem Ausgeliefertsein bedeutete.

»Glaubst du«, fragte Dorothea, »dass Kapelka auch schon mal …«

»Ich glaube nicht. Jedenfalls habe ich, außer auf einer ihrer Schultern, noch keine Narben bei ihr gesehen. Aber wer weiß, vielleicht ihr Vater oder ihre Mutter …«

Sie gingen langsam zurück nach Hause.

»Weißt du«, sagte Dorothea nach einer Weile, »jetzt, da wir hier sind und Johanna in Amsterdam, vielleicht kann ich Kapelka ja einfach als meine Stiefschwester ansehen.«

KAPITEL 6

»Ich könnte mich kugeln vor Lachen, der war doch wirklich gut, oder?«, brachte André Boxel heraus, als Maria Sibylla in den Raum geführt wurde.

»Jetzt krieg dich doch wieder ein«, ermahnte ihn seine Frau, sobald sie den Besuch erblickte.

»Guten Tag, Herr Gouverneur«, sagte Maria Sibylla.

»Bitte entschuldigen Sie«, sagte dieser, stand auf und richtete seinen Überrock zurecht. »Mein Schwippschwager lacht über seine eigenen Witze meist am lautesten. Aber seien Sie uns willkommen, werte Frau Merian. Darf ich vorstellen? André Boxel, sein Lachen haben Sie ja schon vernommen, seine Frau Maria Magdalena Boxel-van Gelre, und meine Frau haben Sie ja bereits kennengelernt.«

»Sehr erfreut, mein Herr, meine Damen.« Maria Sibylla machte einen Knicks.

Paulus van der Veen bat sie, sich doch zu ihnen zu setzen, danach gebot er einer Sklavin, Tee für Maria Sibylla einzuschenken.

»Der kommt aus den ostindischen Gebieten über Amsterdam zu uns«, erklärte der Gouverneur stolz. »Aber sagen Sie, Frau Merian, Sie wollen uns tatsächlich verlassen und ins Landesinnere reisen?«

»Ja, ich werde so bald wie möglich aufbrechen«, antwortete Maria Sibylla.

»Sind Sie sich denn der Unbill bewusst?«, fragte André Boxel, der sich in der Zwischenzeit beruhigt hatte, »und vor allem all der Gefahren, deren Sie sich im Urwald aussetzen?« Er blähte seine Backen auf und atmete hörbar aus. »Was um alles in der Welt möchten Sie denn in dieser gottverlassenen grünen Hölle?«

»Bitte entschuldigen Sie meinen Mann, Frau Merian«, sagte Maria Magdalena Boxel-van Gelre, »er trägt sein Herz auf der Zunge, aber er meint es nur gut mit Ihnen.«

»Nun, davon bin ich überzeugt«, sagte Maria Sibylla höflich. »Aber wenn ich die Natur in Suriname untersuchen möchte, dann bleibt mir wohl nichts anderes übrig, als mich mitten in diese hineinzubegeben. Wissen Sie, die Kunst wie auch die Wissenschaft würde steckenbleiben in alten Denkmustern, wenn sie sich nicht nach neuen Gefilden umschaute, neugierig bliebe nach dem Unbekannten und diese Erfahrungen und dieses Wissen nicht mit der Welt teilen wollte.«

Diese kleine Spitze leistete Maria Sibylla sich. Sie hatte so langsam genug von den Männern, die selten einmal der Versuchung widerstehen konnten, sie als Frau über Gefahren aufklären zu müssen. War dies den Herren der Schöpfung etwa ein angeborener Instinkt, fragte sie sich, dass wenigstens ein Teil von ihnen ständig diese Beschützerrolle dachte einnehmen zu müssen? Oder war es eher eine Heldenrolle, nach der sie sich sehnten? Jedenfalls war sie dessen überdrüssig. Zum einen hatte sie ihr Leben auch ohne Männer sehr gut hinbekommen, und zum anderen hatte sie gelernt, dass dieser Beschützerinstinkt auch immer damit einherging, dass diese Männer Macht über sie ausüben wollten. Und wenn sie gegen etwas rebellierte, dann dagegen, dass jemand versuchte, ihr zu sagen, was sie zu tun oder zu lassen hatte. Dafür lebte sie schon zu lange alleine und frei von solchen Zwängen.

»Was haben Sie denn genau vor?«, fragte Anna van Gelre, die ihre Gedanken zu erraten schien.

»Ich möchte die Schmetterlinge studieren, in all ihren Stadien. Und ich möchte sehen, von welchen Pflanzen sie sich ernähren.«

»Da haben Sie sich ja einiges vorgenommen«, staunte Anna van Gelre.

»Ich hoffe es«, sagte Maria Sibylla, »denn dann werde ich auch viele neue Arten beschreiben und zeichnen können. Während meiner Zeit in Wieuwert habe ich bereits einige Schmetterlinge aus Suriname gesehen und war sofort fasziniert von ihrer Pracht.«

»Aber wenn Sie die Schmetterlinge«, er betonte es beinahe spöttisch, »dort schon zu Gesicht bekommen haben, warum sollten Sie dann die Strapazen einer solch langen Reise auf sich nehmen?«

André Boxel wollte offenbar einfach nicht begreifen, warum man so viel Aufwand trieb und ein solches Risiko einging, wenn man nicht einmal davon ausgehen konnte, damit ein Vermögen zu verdienen.

»Sehen Sie, werter Herr Boxel«, antwortete Maria Sibylla, »was ist ein schöner Schmetterling wert, wenn ich nicht weiß, aus welcher Puppe, Raupe und Ei er entsteht, von welcher Pflanze er sich ernährt? Wenn ich seine Umgebung nicht kenne, wo er herkommt, wo er lebt? Das wäre gerade so, als ob ich Zucker essen würde, ohne zu wissen, woher er kommt, wie er wächst, welche Mühen nötig sind, um ihn zu ernten und zu bearbeiten, bevor wir ihn uns, dank sei ihrer Plantagen dann zu Hause in Amsterdam zu Gemüte führen dürfen.«

»Trotzdem«, hakte Paulus van der Veen schnell nach, bevor sein Schwippschwager etwas sagen konnte, »ist so eine Reise tatsächlich nicht ohne Gefahren. Die Schlangen und andere Tiere im Urwald, weggelaufene Sklaven, die sich irgendwo in den Mangroven aufhalten. Sie sollten auf keinen Fall alleine unterwegs sein. Haben Sie denn schon Pläne, wohin Sie gerne möchten?«

»Ja«, sagte Maria Sibylla rundheraus, »zur Plantage La Providence.«

»Na, dann gute Nacht«, meinte André Boxel, »das ist doch ein riesiges Stück den Surinamstrom hinauf.«

»Mhm«, der Gouverneur stützte seinen Ellenbogen auf die Stuhllehnen und neigte seinen Kopf etwas. »Das ist tatsächlich viel zu weit, um eine solche Reise an einem Tag zu unternehmen.« Er dachte weiter nach. »Ich verstehe, dass Sie dort hinwollen. Schließlich haben Sie ja, wenn ich Sie richtig verstanden habe, in Wieuwert bei den Labadisten gewohnt.«

Maria Sibylla zuckte kurz zusammen, ließ sich aber nichts anmerken. Ihrer Erfahrung nach war es nicht gerade von Vorteil, mit dieser Sekte in Verbindung gebracht zu werden.

»Mir wurde von unseren gemeinsamen Freunden bereits mitgeteilt, dass Sie wahrscheinlich dorthin reisen wollen«, sagte er und gab ihr mit einem kurzen Augenzwinkern zu verstehen, dass sie hier nichts zu befürchten hatte.

»Was halten Sie davon, wenn Sie zunächst zur Plantage Vreedenburg reisen? Die liegt nicht so weit von hier an einem Nebenfluss des Surinam. Der Besitzer ist in Ordnung, wir sind mit ihm befreundet. Er wird Sie sicher gerne willkommen heißen und Sie für einige Zeit aufnehmen.«

»Vielleicht wäre das keine schlechte Idee«, meinte Maria Sibylla.

Der Gouverneur bevormundete sie wenigstens nicht, sondern dachte mit. Und ohne guten Rat würde sie in diesem fremden Land auch nicht weit kommen, das war ihr schon klar.

»Ich glaube auch, das ist ein guter Ratschlag, wenn Sie unbedingt ins Hinterland reisen möchten«, stimmte Anna van Gelre ihrem Mann zu.

»Nun, wenn Sie mir alle so dringend dazu raten, dann möchte ich Ihren Rat gerne folgen und zunächst einen Aufenthalt bei der Plantage Vreedenburg in Erwägung ziehen.«

»Dann wäre das abgemacht«, sagte Paulus van der Veen. »Ich werde unserem Freund dort eine Nachricht zukommen lassen, dass Sie in den nächsten Tagen bei ihm eintreffen werden.«

Er zündete sich eine Pfeife an und paffte daran, bis der Tabak zu seiner Zufriedenheit glühte.

»Aber sagen Sie, Frau Merian, wie gefällt Ihnen denn unser kleines Städtchen?«

»Recht gut, danke«, sagte Maria Sibylla. »Es herrscht trotz des bescheidenen Ausmaßes ein buntes Treiben, am Hafen ist immer etwas los, besonders wenn Schiffe ankommen, dabei geht es nicht so hektisch zu wie in Amsterdam. Nur an die Sklavenhaltung muss ich mich noch gewöhnen.«

»Wenn Sie erst einmal die Annehmlichkeiten eines guten Sklaven genossen haben, möchten Sie sie auch nicht mehr missen, glauben Sie mir«, sagte André Boxel großspurig. Maria Sibylla spürte, wie sie wütend wurde, aber sie wusste nicht so recht, ob sie das Thema ansprechen konnte. Sie versuchte es vorsichtig.

»Vor ein paar Tagen bin ich mit meiner Tochter die Gravenstraat hochgegangen, und wir wurden Zeugen einer, wie soll ich sagen, Auspeitschung, die auf das Menschenunwürdigste …«

»Lassen Sie sich bloß nicht täuschen, gute Frau«, ereiferte sich André Boxel, »diese Sklaven sind oftmals regelrechte Unholde. Entweder wollen sie nicht arbeiten oder sie klauen oder sabotieren gar die Plantage. Und das alles, obwohl wir doch eigentlich gut für sie sorgen, ihnen jeden Tag zu essen und ein Dach über dem Kopf bieten, oder etwa nicht?«

Maria Sibylla war abgeschreckt von dem, was André Boxel von sich gab, durfte aber ihre Abscheu nicht zeigen, wollte sie es sich mit ihrem Gastgeber nicht verscherzen. Was sie gesehen hatte, war in ihren Augen einfach zu grausam, als dass es als Strafe für welche Übeltat auch immer vertretbar war.

»Ich musste vor Kurzem sogar die Belohnung für diejenigen erhöhen, die einen entlaufenen Sklaven zurückbringen«, sagte der Gouverneur. Er nuckelte wieder an seiner Pfeife und stieß den Rauch aus. »Manchmal ist die Realität eben anders, als man sich wünscht. Aber ich glaube nicht, dass die Herren in Amsterdam sich viel darum scheren, wie wir hier die Dinge regeln, solange Sie Ihr Geld verdienen.«

André Boxel nickte. »Genau so ist es.«

Maria Sibylla wurde bewusst, dass sie hier mit dem Feuer spielte, und bevor sie das Wohlwollen ihres Gastgebers verlor, wechselte sie besser das Thema.

»Hast du auch wirklich die Kiste mit den Kohlestiften und dem Pergament mitgenommen?«

»Jetzt sei doch nicht so nervös«, antwortete Dorothea.

Maria Sibylla hatte die Seekrankheit während der Überfahrt noch zu gut in Erinnerung, als dass sie mit ruhigem Auge auf das Zeltboot schauen könnte, das gerade angekommen war und vertäut wurde. Das Boot sollte sie auf die Plantage des Herrn van Vreedenburg bringen, und sie würden doch einige Stunden darauf unterwegs sein.

Vom Bug bis ungefähr zur Mitte hin war das Schiff offen. Hier standen hintereinander sechs Ruderbänke, auf denen jeweils ein Sklave mit einem Ruder in der Hand saß. Über den größten Bereich des hinteren Bootteils war ein Holzaufsatz gebaut, so dass die Passagiere im Innern vor Wind und Wetter geschützt Platz nehmen konnten. Am Heck wehte träge eine für Maria Sibyllas Geschmack etwas zu groß geratene holländische Fahne. Sie achtete darauf, dass auch ihr Reisegepäck ordentlich verstaut wurde.

Als sie losfuhren, erwies sich Maria Sibyllas Angst schnell als unbegründet. Auch wenn der Surinam recht breit war, so trug er keine Wellen mit sich wie das offene Meer. Das Boot durchpflügte den Strom in ruhiger Fahrt flussaufwärts.

Sie und Dorothea waren überrascht, dass gleich nach dem Stadtrand Paramaribos die ersten Plantagen angesiedelt waren. Sie hatten den von so vielen gefürchteten unwirtlichen Urwald erwartet. Stattdessen schienen die Ufer zu beiden Seiten des Surinam während ihrer ganzen Reise zur Plantage Vreedenburg hin durchgängig kultiviert. Der Steuermann bemerkte ihre Irritation und sagte nach einer Weile: »Das hat sehr viel Zeit und Arbeit gekostet, den Urwald hier abzuholzen, bevor wir überhaupt Plantagen bauen und die ersten Zuckerrohre pflanzen konnten, das können Sie mir glauben.«

»Wurde denn im ganzen Land der Urwald abgeholzt?«, fragte Maria Sibylla.

»Aber nein, wo denken Sie hin! Das wäre doch viel zu viel Aufwand. Nein, nein, nur die Plantagenflächen sind gerodet. Das ist vielleicht ein Zehntel des gesamten Landes. Der Rest ist immer noch Urwald und wird es wohl auch bleiben. Sie werden schon sehen, wenn Sie erst mal auf der Plantage Vreedenburg sind – gleich dahinter beginnt der Urwald. Keiner rodet hier auch nur eine Elle mehr, als er müsste, eine echte Drecksarbeit ist das.«

»Und Straßen?«, fragte Maria Sibylla.

»Die brauchen wir hier nicht. Unsere Straßen sind die Flüsse, oder wollen Sie auf dem Landweg von Schlangen gebissen oder von einem Jaguar angefallen werden?«

»Ich finde die Mücken hier auch schon ziemlich lästig«, sagte Dorothea und klatschte sich mit der Hand in den Nacken, um einer weiteren Stechmücke den Garaus zu machen.

»Das mag schon sein«, sagte der Steuermann und lachte, »aber um euer Leben müsst ihr euch bei denen keine Sorgen machen. Obwohl …«, er röchelte und spuckte Speichel in den Fluss, »es gibt Leute, die behaupten, dass man von bestimmten Stechmücken ziemlich krank werden kann oder im schlimmsten Fall sogar sterben.« Wieder traf seine Spucke auf das Wasser. »Aber ich weiß nicht. Ich lebe jedenfalls noch und das nicht zu schlecht.« Er lachte wie er sprach, mit der rauen Stimme eines

Rauchers. Maria Sibylla hingegen verging das Lachen bei diesen Aussichten.

Nach einiger Zeit bogen sie rechts in einen wesentlich schmaleren Fluss ein.

»Jetzt sind wir auf dem Parakreek«, rief der Steuermann, »dann dauert es nicht mehr lange, bis wir da sind.«

Das Ufer der Plantage Vreedenburg ähnelte dem der anderen Plantagen, an denen sie auf ihrer Fahrt vorbeigekommen waren. Es gab eine Holztreppe, bei der sie anlandeten und ausstiegen.

»Na, gehen Sie schon«, sagte der Steuermann. »Der Herr van Vreedenburg steht schon vor seinem Haus und erwartet Sie.«

»Aber unser Gepäck ...«, sagte Maria Sibylla und zögerte.

»Das lasse ich Ihnen schon bringen, keine Sorge. Damit rennt hier keiner weg.« Der Steuermann lachte wieder röchelnd.

Also gingen Maria Sibylla und Dorothea mit Kapelka zwischen einer kurzen Baumreihe hindurch und durch einen kleinen Gemüsegarten zum Wohnhaus des Plantagenbesitzers, der sie Pfeife rauchend auf seiner Veranda höflich empfing.

»Treten Sie ein, meine Damen, treten Sie ein. Ich hoffe, Sie hatten eine gute Reise«, sagte Abraham van Vreedenburg.

Er trug einen Hut mit breiter Krempe, ein weißes Hemd, bei dem die Knöpfe erst kurz vor seinem stattlich zu nennenden Bauchansatz zugeknöpft waren. Seine braune Hose war wohl schon längere Zeit nicht mehr gewaschen worden, seine schwarzen Schuhe waren staubig.

In der Stadt könnte er so jedenfalls nicht aus dem Haus, dachte Maria Sibylla.

»Danke der Nachfrage, Herr van Vreedenburg«, sagte sie, als sie in das Haus traten. Es wirkte im Vergleich zu den Häusern, die sich die Weißen in Paramaribo gebaut hatten, geradezu bescheiden.

Dorothea wirkte beeindruckt, als sie an das rückseitige Fenster in der guten Stube trat. Maria Sibylla schaute ebenfalls hinaus. Sie sahen, was sie vom Wasser aus nicht hatten erkennen können, nämlich wie unwahrscheinlich groß die Plantage war. Zwischen den fast unendlich weit wirkenden Zuckerrohrpflanzen waren kerzengerade Wege bis ans hintere Ende der Plantage gezogen. In der Ferne sahen sie, dass tatsächlich, wie der Steuermann gesagt hatte, direkt hinter der Plantage der Urwald begann.

»Aber bitte, setzen Sie sich doch«, lud sie ihr Gastgeber an einen kleinen Tisch. Kapelka würdigte er keines Blickes und überging sie völlig. Sie stellte sich wortlos an die Wand.

»Ist das die erste Plantage, die Sie zu Gesicht bekommen?«, fragte Abraham van Vreedenburg. »Dann wundert mich Ihr Erstaunen nicht. Stellen Sie sich nur vor, dass dies alles bis vor ein paar Jahren noch Urwald war. Das hat eine Menge Blut, Schweiß und Tränen gekostet, bis wir so weit waren, dass wir überhaupt endlich mal mit dem Anbau des Zuckerrohrs beginnen konnten.«

»Ich sehe auch nur Zuckerrohr«, sagte Maria Sibylla, »bauen Sie denn überhaupt nichts anderes an?«

Abraham van Vreedenburg paffte weiter genüsslich an seiner Pfeife.

»Zucker ist das Gold hierzulande. Mit nichts kann man mehr Geld verdienen als damit. Die Leute scheinen geradezu versessen danach. Und wer bin ich, dass ich mich diesem Wunsch verwehren würde, wenn ich ihn erfüllen kann?« Er zog genüsslich an seiner Pfeife. »Und dabei auch noch gut verdienen.« Er lachte ein zufriedenes Lachen, wie ein erfolgreicher Geschäftsmann eben lacht, der meint, dass ihm aufgrund seines Erfolges die Welt nichts anhaben konnte.

Maria Sibylla sah zwei Männer auf dem Hauptweg gehen. Sie hatten Peitschen in der Hand. Ab und zu riefen sie etwas links und rechts zu den Sklaven, die in den Zuckerrohrfeldern arbeiteten.

»Ich preise mich glücklich, hier gute Aufseher zu haben. Das sind hervorragende Blankoffiziere, streng«, erzählte Abraham van Vreedenburg, als er sah, dass seine Gäste die Aufseher bemerkt hatten. »Aber das müssen sie auch sein.«

Wieder paffte er den süßlichen Pfeifenrauch in die Luft, und da seine Gäste nichts sagten, plauderte er einfach weiter. Maria Sibylla war dieses Großmannsgehabe sichtlich unangenehm, zumal Kapelka ja alles verstand. Sie schaute kurz zu ihr hinüber. Es schien, als hätte Kapelka ihren Blick ins Unendliche gerichtet, als wäre sie mit ihren Gedanken so weit wie möglich aus diesem Raum geflüchtet.

»Darf ich fragen, Frau Merian, was ist der Grund Ihrer Reise?«

Maria Sibylla erläuterte ihm geduldig, was sie vorhatten. »Und darum möchten wir morgen schon in den Wald, um uns nach Puppen, Raupen und Schmetterlingen umzusehen, und wer weiß, vielleicht bekommen wir ja auch noch andere interessante Tiere und Pflanzen zu Gesicht.«

Als er Maria Sibyllas letzten Satz hörte, musste Abraham van Vreedenburg plötzlich husten.

»Habe ich Sie richtig verstanden«, fragte er zwischen seiner Hustenattacke, »Sie wollen in den Wald? Um sich irgendwelche Tiere anzuschauen?«

»Ja, aber sicher doch«, erwiderte Maria Sibylla ruhig. Sie war es in der Zwischenzeit gewöhnt, dass sie, vor allem bei Geschäftsleuten wie ihm, nicht mit Verständnis rechnen konnte. »Nur machen wir das nicht zum Spaß, sondern – wie ich ja gerade schon erläutert habe – dies ist unsere Arbeit, die Vorgänge in der Natur zu beobachten, sie zu dokumentieren, um sie so besser verstehen zu können.«

»Na ja, machen Sie, was Sie nicht lassen können«, sagte Abraham van Vreedenburg nur. »Mir geht gerade ein Licht auf, warum mich der alte Gauner van der Veen um meine Unterstützung gebeten hat«, lachte er kurz, zog wieder an seiner Pfeife und sagte dann in einem deutlich ernsteren Tonfall: »Hören Sie, Frau Merian, Sie können nicht einfach so in den Urwald. Wie stellen Sie sich das vor? Die Mangrovenwälder hier sind unheimlich dicht, das ist keine Wiese, auf der Sie einfach spazieren gehen können. Im Wald müssen Sie sich jeden Schritt erarbeiten. Verstehen Sie das? Erarbeiten!« Er schaffte es in seiner Aufgeregtheit, sich trotz seines beachtlichen Bauchumfangs nach vorne zu lehnen, und hatte dabei jede Silbe seines letzten Wortes einzeln betont. »Da wimmelt es nur so von Disteln und Dornen, von giftigen Schlangen und anderen gefährlich hungrigen Tieren. Ich werde Ihnen ein paar meiner Sklaven mitgeben, die können Ihnen den Weg mit Beilen frei schlagen.« Er ließ sich wieder nach hinten fallen und erwartete wohl einen überschwänglichen Dank für seine so großzügig angebotene Hilfe. Maria Sibylla tat ihm den Gefallen. Ihr war inzwischen klar geworden, dass sie es nicht schaffen würden, ohne Hilfe auch nur ein paar Meter in den dichten Regenwald vorzudringen.

KAPITEL 8

Abraham van Vreedenburg war vielleicht ein Angeber, aber er war auch großzügig, stellte Maria Sibylla am nächsten Morgen fest. Als sie mit Dorothea und Kapelka aufbrechen wollte, standen vier Sklaven zu ihrer Verfügung bereit. Zwei mit Beilen in der Hand und zwei zum Tragen von Kisten für alles, was sie im Urwald finden und mitnehmen würde. Außerdem hatte Maria Sibylla etwas Papier und einen Kohlestift bei sich, für den Fall, dass sie direkt vor Ort etwas zeichnen oder aufschreiben wollte. Mit Farben zu zeichnen, hatte keinen Wert, das hatte sie in Paramaribo schon festgestellt. Über Tage waren Luftfeuchtigkeit und Hitze dermaßen hoch, dass die Wasserfarben einfach ineinanderflossen und ein präzises Malen schlicht unmöglich machten.

»Na, dann mal los«, sagte Maria Sibylla voller Tatendrang. Jetzt wurde wahr, wovon sie schon so lange geträumt und wofür sie so lange gekämpft hatte.

Sobald sie die Grenze der Plantage erreicht hatten, begann der Regenwald. Und schon nach wenigen Metern musste Maria Sibylla einsehen, dass Abraham van Vreedenburg keineswegs übertrieben hatte. Die Bäume wuchsen dicht an dicht. Sie musste die beiden Sklaven mit den Beilen vorneweg schicken. Diese versuchten, Elle für Elle einen Weg freizuhacken. Sie konnten kaum einen Schritt gehen, ohne dass ein überhängender Ast, Wurzeln oder einfach nur Sträucher mit Disteln und jeder Menge dornenbehangener Zweige weggeschlagen werden mussten. In ihrer Euphorie störte es Maria Sibylla zunächst nicht im Geringsten, wie beschwerlich das Fortkommen war. Zu viele Eindrücke prasselten auf sie herein. Sie war zum ersten Mal in einem Urwald. Er erschien ihr geradezu wie eine Explosion aus Farben und Formen. Sobald sie ein paar Meter gegangen waren, sahen und hörten sie auch nichts mehr von der Plantage. Jetzt war da außer dem Herabsausen und Hacken der Beile und dem Rascheln der Blätter und Äste nur noch die Geräusche des Waldes und ihre eigenen Stimmen und Schritte. Kaum ein Windhauch war zu spüren im Dickicht des Waldes. Dafür kamen von überallher Geräusche, die sie noch nie gehört hatten: das Singen und Rufen der Vögel, das Rascheln im Laub, das Brüllen der Affen. Mit jedem Schritt schienen sie tiefer in eine neue Welt einzudringen. Maria Sibylla ging mit wachsendem Erstaunen weiter, versuchte, so viele Eindrücke wie möglich in sich aufzunehmen, und doch war dies bei aller Fülle fast nicht möglich.

Papageien in den schillerndsten Farben kreischten auf und flogen weg, als sie näherkamen. Sie saßen zu hoch in den Bäumen, als dass sie sie hätten fangen können.

»Welch ein Überfluss an Schönheit«, flüsterte Dorothea nach einer Weile ehrfürchtig.

»Ja, unglaublich«, sagte auch Maria Sibylla staunend. »Ich bin so froh, hier zu sein, dieses Wunder der Natur mit eigenen Augen sehen zu dürfen.«

Doch nur zum Staunen waren sie nicht hergekommen. Maria Sibylla hatte einen Auftrag, sie klatschte in die Hände. »Also, machen wir uns an die Arbeit.«

Sie gingen langsam, im Rhythmus der fallenden Beile, weiter.

»Schaut mal«, sagte Dorothea und zeigte auf einen Baum vor ihnen, »dieser Baum mit den gelben Früchten. Meint ihr, die kann man essen?«

Maria Sibylla ging darauf zu und sah, dass manche Blätter angefressen waren. Sie dienten also höchstwahrscheinlich irgendwelchen Raupen zur Nahrung.

»Tatsächlich.« Maria Sibylla beugte sich dichter an den Baum. »Hier laufen ein paar Raupen. Schnell, Kapelka, bring mir ein Döschen, die nehmen wir mit. Ich bin gespannt, was aus denen wird.«

»Das ist eine Guave«, sagte Kapelka.

»Oh danke.« Maria Sibylla hatte von der sonst so schweigsamen Kapelka keine Antwort erwartet und sah sie nun neugierig an.

»Und ja, die kann man essen.«

Maria pflückte eine der vielen Früchte, die der Baum trug.

»Nicht die grünen, nehmt eine gelbe, die sind reif.«

»Es freut mich, Kapelka, wenn du dein Wissen mit uns teilen möchtest. Ich bitte sogar darum«, sagte Maria Sibylla.

Sie sah die Überraschung in Kapelkas Blick und begriff, dass scheinbar noch nie ein Weißer wissen wollte, was sie dachte oder wusste, oder sie gar um ihre Meinung gefragt hatte. Es war das erste Mal, dass Kapelka etwas zu ihnen sagte, ohne vorher dazu aufgefordert worden zu sein.

Sie kam näher und reichte Maria Sibylla das Döschen für die Raupen.

»Danke.« Die beiden Frauen schauten einander in die Augen. Für einen Moment war es, als gäbe es hier tief im Urwald keinen Unterschied zwischen ihnen, nur den Austausch der wissbegierigen Europäerin und der wissenden Einheimischen. Vielmehr war Maria Sibylla als Besucherin in dieser für sie so fremden Welt auf Kapelkas Wissen angewiesen, sie wollte von ihr lernen. Ihr gefiel Kapelkas Mut, Grenzen zu durchbrechen, indem sie einfach das Wort ergriff und ihr nun so stolz und aufrecht in die Augen schaute. So unterschiedlich ihre Welten auch waren, so verbunden fühlte sie sich in diesem Moment mit ihr. Und obwohl Maria Sibylla wusste, dass ihre Situationen nicht miteinander vergleichbar waren, so war ihr durchaus bewusst, wie viel Mut nötig war, um sich dem als gegeben Geltenden zur Wehr zu setzen und seinen eigenen Weg zu gehen. Der Unterschied war jedoch, dass es für Kapelka keine Aussicht auf Freiheit gab, auf ein Leben, das sie selbst bestimmen konnte.

»Bitte«, sagte Kapelka und ließ das Döschen los.

Maria Sibylla reichte Dorothea die Frucht, nahm das Döschen, zupfte vorsichtig ein paar der behaarten, weißen Raupen mit schwarzen Querstreifen von den Zweigen, legte gleich ein paar Blätter als Nahrung dazu und setzte einen Deckel drauf.

»Schäle ich sie oder schneide ich sie auf?«, fragte Dorothea, die ein Messer bei sich trug, Kapelka. Sie war froh, die sozialen Zwänge außer Acht lassen zu können und wollte Kapelka zeigen, dass auch sie sie ernst nahm.

»Schneidet sie in der Mitte auf, dann könnt ihr das Fruchtfleisch essen«, antwortete Kapelka ruhig, als sie sich zu ihr drehte.

Dorothea teilte die Guave in der Mitte und gab eine Hälfte an ihre Mutter und die andere an Kapelka. Dann pflückte sie mehr, halbierte sie und gab sie den Sklaven, bevor sie selbst auch davon kostete.

»Wie herrlich das schon riecht«, sagte Maria Sibylla und nahm einen ersten Bissen. »Süß und gleichzeitig ein bisschen sauer. Frisch, würde ich sagen.«

»Vielleicht wie eine Mischung aus Birne und Erdbeere, was meint ihr?«, fragte Dorothea.

»Was sind eine Birne oder eine Erdbeere?«, fragte Kapelka.

»Früchte, die bei uns in Europa wachsen«, erklärte Dorothea.

»Das Fruchtfleisch hat eine schöne Farbe«, sagte Maria Sibylla und musterte die Frucht in ihren Händen mit dem Blick der Künstlerin.

»Also, lasst uns einen Zweig mit ein paar Blüten daran abbrechen und mitnehmen und einige von den Früchten, reife und unreife.«

»Die Früchte werden nur ein paar Tage gut bleiben«, sagte Kapelka.

»Dann werde ich heute Abend noch mit dem Zeichnen der Frucht beginnen«, sagte Maria Sibylla. Ein Anfang war gemacht. »Kommt, lasst uns weitergehen.«

Nicht nur der Überfluss an Eindrücken war überwältigend, je weiter sie in den Urwald hineingingen. Auch ihr Geruchssinn wurden andauernd stimuliert von den satten, feuchten, hölzernen Aromen der Bäume und Sträucher.

»Riecht ihr das auch?«, fragte Dorothea. »Da ist so ein süßlicher Duft, der uns jetzt schon ein paar Schritte begleitet.« Sie schaute sich um und zeigte auf einen Strauch mit weißen Blütenblättern. »Ich glaube, der Duft kommt von hier.«

Sie ging darauf zu, aber als sie sich gerade nach vorne beugte, um ihre Nase in die Blütenblätter zu stecken, raschelte es bei ihren Füßen im Laub, und blitzartig stoben eine große Eidechse in die eine und ein Leguan in die andere Richtung davon. Dorothea schrie vor Schreck auf und machte einen Satz nach hinten.

»Nicht bewegen!«, rief ihr Kapelka zu.

»Was? Aber …« Dorothea wollte nichts lieber, als sich von diesem Strauch zu entfernen.

»Nicht bewegen!«, wiederholte Kapelka. Ihre Stimme duldete keinen Widerspruch. »Da liegt noch eine Schlange unter dem Jasmin.«

Dorothea erstarrte. Langsam senkte sie ihre Augen und sah eine rötliche Schlange, die aufgeregt züngelte und mit ihren vertikalen Pupillen ziemlich furchterregend aussah. Auch Maria Sibylla hielt die Luft an. Als die Schlange zu zischen begann, rief Kapelka den Sklaven etwas zu, und schließlich ging einer von ihnen mit dem Beil zögernd und langsam auf die Schlange zu, ohne sie auch nur einen Moment aus den Augen zu lassen. Er hackte sie mit einem schnellen und kräftigen Schlag mit dem Beil entzwei.

Sie atmeten alle vor Erleichterung auf. Maria Sibylla ging einen Schritt auf Dorothea zu und legte ihr beruhigend die Hand auf den Arm.

»Kapelka, gib mir doch bitte ein Pergament und den Kohlestift, ich möchte von dieser Schlange eine Skizze anfertigen, solange ich sie noch in Erinnerung habe. Sie hatte so eine eigenartige Manier, sich zusammenzurollen und ihren Kopf mit ihrem Körper zu umringen.«

Und zu Dorothea, die sich von dem Schreck langsam erholte, sagte sie: »Ich sehe Raupen auf den Blättern, könnest du ein paar in ein Döschen tun?«

»Du kannst dich doch hier jetzt nicht in aller Seelenruhe hinsetzen und eine Skizze anfertigen?!«, protestierte Dorothea, die noch immer am ganzen Leib zitterte.

»Wieso denn nicht? Der Leguan und die Eidechse sind verscheucht, die Schlange ist tot. Es ist also alles gut. Keine Sorge, ich brauche nicht lange, dann können wir weiter. Und packt mir die Schlange auch noch ein.«

Nachdem die Sonne untergegangen und es wenigstens ein klein bisschen abgekühlt hatte, konnten Maria Sibylla und Dorothea, zurück auf der Plantage, es wagen, die Farben und das Pergament herauszuholen, und damit beginnen, die tagsüber gesammelten Tiere und Pflanzen zu zeichnen.

Maria Sibylla zeichnete gerade die Früchte der Guave, die sie vor sich auf den Tisch gelegt hatte.

»Alles an diesem Wald ist so mächtig, die Farben, die Gerüche, die Geräusche ... alles wirkt so groß, so lebendig. Und dann all diese Pflanzen, Blumen und Tiere, die es bei uns nicht gibt. Man weiß ja gar nicht, wo man anfangen soll.« Dorothea war dabei, die Döschen zu beschriften. »Meinst du, wir muten uns hier zu viel zu?«

Auch Maria Sibylla war von den Eindrücken des Tages noch überwältigt.

»Wir werden sehen. Auf jeden Fall sollten wir eine gewisse Ordnung in das Ganze hineinbringen. Bei all dieser Vielfalt werden wir wohl sorgfältig auswählen müssen, was wir letztendlich mit nach Hause nehmen können.«

Dorothea nickte. Sie waren erst am Anfang und hatten noch keine Ahnung, was sie noch alles zu Gesicht bekämen.

»Jetzt fasziniert dich die Schlange auf einmal, wenn sie so friedlich daliegt?«, fragte Maria Sibylla, die sah, wie ihre Tochter die Überreste des Tieres sehr genau studierte.

»Ja, schau nur, wie ungewöhnlich dieses Muster ist. Es scheint sich keiner Regelmäßigkeit zu unterwerfen und tarnt sich mit seinen schwarzen Flecken doch wirklich effizient«, antwortete Dorothea, ohne ihre Augen von der Schlange zu lassen.

»Dich faszinieren Tiere mehr als Pflanzen, oder?«

»Irgendwie schon. Wenn ich nur nicht zu schreckhaft wäre ...«

Sie mussten beide erleichtert lachen, als sie darüber sprachen, wie beherrscht Kapelka geblieben war und das Heft in die Hand genommen hatte.

Schon in Paramaribo war ihnen der Unterschied zwischen roten und schwarzen Sklaven erklärt worden, die Hierarchien, die unter den Unfreien bestanden, dass die Ureinwohner, die roten Sklaven, über den schwarzen standen. Letztere waren Kriegsgefangene oder einfach nur Unglückliche, die zur falschen Zeit am falschen Ort gewesen waren und von Kriegsherren oder geldgierigen Weißen gefangen genommen und anschließend zusammengepfercht in Schiffen aus Afrika auf den amerikanischen Kontinent gebracht worden waren, nur um dort an den Meistbietenden verkauft zu werden. Die Aufkäufer scherten sich nicht um diese Menschen. Das Einzige, was galt, war, wie kräftig sie waren, wie gut und hart sie arbeiten konnten, ob sie gewisse Fähigkeiten besaßen, die für die Arbeit von Nutzen war. Und wenn dem neuen Besitzer eine Sklavin gefiel, dann zwang er sie auch zu anderen Diensten. Maria Sibylla hatte schnell verstanden, dass Haussklaven am angesehensten waren, dass danach die Sklaven kamen, die einen Beruf ausüben konnten, und schließlich folgte die große Mehrheit der Feldsklaven, die bei brütender Hitze auf den Zuckerrohrfeldern unter der ständigen Bedrohung Peitschen schwingender Aufpasser schuften mussten.

»Reich mir mal die Schlange, Dorothea, dann werde ich eine Skizze von ihr anfertigen. Schaust du so lange bitte nach den Raupen und machst die Döschen sauber?«

Widerwillig gab Dorothea ihr die Schlange. »Muss ich heute Abend wirklich noch nach den Raupen schauen?« Sie wollte lieber noch in der Faszination des Gefährlichen schwelgen, als sich mit den Raupen zu beschäftigen.

»Du weißt doch, wie viel Unrat Raupen hinterlassen und dass sie uns vor der Nase wegsterben, wenn wir die Döschen nicht sauber halten.«

»Ich gehe ja schon.«

Während Dorothea aufstand und die ihr aufgetragene Arbeit verrichtete, nahm Maria Sibylla den Kohlestift wieder in die Hand und begann, die Umrisse der Schlange nachzuzeichnen. Nach dem anstrengenden Tag im Regenwald war es ihr recht, dass sie am Abend einfach nur dasitzen und zeichnen konnte, wenn auch der trübe Schein der Kerzen nicht gerade ideal war. Aber für erste Skizzen reichte das Licht gerade noch. Maria

Sibylla schätzte sich glücklich, dass sie trotz ihres fortgeschrittenen Alters noch immer mit solch scharfen Augen gesegnet war. Sie nahm sich vor, morgen früh, gleich nach Sonnenaufgang, weiter an den Details zu arbeiten, bevor sie sich wieder in den Urwald aufmachen würden. Beim Zeichnen des markanten Schlangenkopfes mit seinen Pupillen und der zweigeteilten Zunge begann sie die Faszination ihrer Tochter zu verstehen. Vielleicht, so kam es ihr in den Sinn, wäre es ja eine gute Idee, in dem neuen Raupen-Buch über Suriname auch größere Tiere mit aufzunehmen, als Schmuckwerk sozusagen. Dorothea war von der Idee sofort begeistert, als Maria Sibylla ihr diesen Gedanken verriet.

»Das würde das Buch bestimmt noch viel spannender machen.« Nach einer kurzen Pause sagte sie: »Und es würde auch den Einsatz, den wir geleistet haben, greifbarer machen, die Entbehrungen, die wir auf uns genommen haben, und Gefahren, denen wir ausgesetzt waren.«

»Ja, du hast recht«, sagte Maria Sibylla nachdenklich. »Wir sollten es aber nicht an die große Glocke hängen, sonst werfen uns die Herren der Schöpfung wieder vor, dass es sich für eine Frau nicht ziemt, sich solchen Gefahren auszusetzen …«

»Oder dass wir Frauen nicht dazu fähig wären, im Urwald herumzulaufen«, ergänzte Dorothea, und sie lachten.

Hatten sie das nicht heute wieder einmal bewiesen, wozu Frauen im Stande waren? Maria Sibylla war stolz darauf, dass ihre Jüngste sehr wohl begriff, was die Männer mit ihrer scheinbaren Fürsorglichkeit bezweckten und dass sie sich dem nicht unterzuordnen gedachte.

»Ich glaube, das wäre eine gute Idee«, kam Maria Sibylla auf ihren Plan zurück. »Sowieso sollten wir darauf achten, mehr Tiere mitzunehmen. Schließlich können wir die für gutes Geld in Holland verkaufen.«

»Die ganzen Sammler, aber auch der Hortus werden sie uns aus den Händen reißen«, begeisterte Dorothea sich für diese Idee.

»Und vor allem werden sie uns einen guten Preis dafür bezahlen. Und das Geld werden wir dringend nötig haben, wenn wir wieder in Amsterdam sind.«

KAPITEL 9

»Was ist denn hier passiert?«

Maria Sibylla erschrak, als sie am hinteren Ende der Plantage angekommen waren und gerade in den Urwald eintauchen wollten. Die Pflanzen im Feld zu ihrer Rechten schienen fast gänzlich kahl gefressen. Die Stängel standen traurig und nackt, von ihren Blättern war fast nichts mehr übrig. Maria Sibylla lief auf das Feld zu.

»Das können ja nur Raupen gewesen sein«, sagte sie mehr zu sich selbst.

»Die sehen ja komisch aus«, wunderte sich Dorothea, die ihr gefolgt war. »Und groß sind sie.«

Maria Sibylla nahm eine der Raupen von einem Blatt, um sie besser studieren zu können. Sie führte die Handfläche, auf der die Raupe nun saß, näher an ihr Gesicht. »Wie ulkig sie aussieht mit ihrem knallroten Kopf und Hinterteil, derweil der Rest des Körpers einfach schwarz mit weißen Streifen ist.« Sie drehte ihre Hand ein wenig. »Die Füßchen sind genauso rot wie der Kopf, und kurz vor dem Hinterteil steckt noch ein rotes Ding, das aussieht wie ein Stachel.«

»Und diese Biester haben praktisch das ganze Feld leer gefressen?«, fragte Dorothea erstaunt und schaute zu Kapelka.

»Sie sind eine wahre Plage«, antwortete diese. Sie ging zu einer Pflanze und grub aus dem Boden ein paar Wurzeln aus. »Das ist ein eigentlich ein Cassave-Feld. Von den Früchten machen wir Brot, und den Saft trinken wir.«

»Mal schauen, wie der schmeckt«, sagte Maria Sibylla, legte die Raupe zurück, pflückte eine Frucht und begann sie mit der einen Hand zu pressen. Ihre andere Hand heilt sie unter die Frucht, um die Tropfen aufzufangen. Als sich genug Saft in ihrer Handfläche gesammelt hatte, brachte sie diese an ihren Mund.

»Um Gottes willen, halt!«, rief Kapelka, die sich ihr gerade wieder zuwandte. »Nicht trinken!«

Maria Sibylla hielt erschrocken inne.

»Der Saft muss erst gekocht werden. Wann man ihn roh trinkt, bekommt man unheimliche Schmerzen und stirbt dann.«

Maria Sibylla schüttelte die Tropfen sofort ab und wischte sich ihre Hand an ihrem Kleid ab.

»Danke, Kapelka«, sagte sie betreten. »Von den Raupen nehmen wir natürlich welche mit. Mal schauen, was aus ihnen wird.«

Bei jeder ihrer Erkundungen im Wald fanden sie neue Raupen und Pflanzen, Tiere und Blumen, die sie nicht kannten. Nur wenig davon kannte Maria Sibylla aus dem Hortus Medicus in Amsterdam, aber eben nicht im Zusammenhang mit den Raupen, die auf ihnen saßen.

»Warum bauen sie diese Kirschbäume nicht einfach hier an und kultivieren sie?«, sagte Maria Sibylla mehr zu sich selbst, als sie irgendwo mitten im Urwald vor einen Kirschbaum stand, der an den oberen Zweigen mit zierlichen weißen und roten Blüten seine ganze Pracht zur Schau stellte und gleichzeitig an den unteren Zweigen seine reifen Früchte regelrecht feil bot. Maria Sibylla zupfte eine ab und biss hinein.

»Nicht so geschmackvoll wie zu Hause in Europa, aber wenn man sich die Mühe machen würde, diese Bäume zu kultivieren und zu pflanzen, könnte man sicherlich einen sehr guten Geschmack und Ertrag erzielen«, sagte sie jetzt etwas lauter.

»Ich glaube, man könnte hier sogar mehrmals im Jahr ernten«, sagte Dorothea. »Schau mal, da befinden sich an einem Baum gleichzeitig verwelkte und blühende Blüten und reife Kirschen.«

»Gut beobachtet«, sagte Maria Sibylla. »Das ist mir auch schon aufgefallen. Scheinbar lassen die klimatischen Bedingungen es zu, dass auf einer Pflanze gleichzeitig alle Reifephasen möglich sind.«

Maria Sibylla musste lächeln. Sie sah, wie sich ihre Tochter während ihrer Zeit in Suriname endgültig zu einer selbstständigen jungen Frau entwickelt hatte. Einer Frau, die die Dinge gerne selbst in die Hand nahm. Sie assistierte ihrer Mutter nicht nur, sie zeichnete und malte, sammelte und sortierte. Sie folgte nicht mehr nur Maria Sibyllas Anweisungen, sondern wurde immer unabhängiger in ihrem Denken und ihren Handlungen.

Bald hat sie bei mir ausgelernt und ist eine echte Künstlerin, eine echte Merianin, dachte Maria Sibylla stolz.

Als sie nach ein paar Wochen wieder zurück in Paramaribo waren und vom Gouverneur zu einem Abendessen eingeladen waren, um von ihren Erlebnissen auf der Plantage Vreedenburg zu erzählen, nutzte Maria Sibylla die Gelegenheit, um das Thema anzusprechen, das ihr nicht mehr aus dem Kopf ging, seit sie vor dem Kirschbaum gestanden hatte.

»Ihr Vorschlag in Ehren«, meinte Paulus van der Veen, als sie fertig war, »aber sehen Sie, ich weiß nicht so recht, wie gern die Plantagenbesitzer hier sind. Für manche ist Suriname sicherlich ihre Bestimmung. Aber andere Besitzer wohnen ja nicht einmal hier, sondern sitzen in Amsterdam und lassen ihre Plantage von einem Dritten verwalten.«

»Letzteren geht es wohl vor allem darum, wie schnell die Plantagenbesitzer reich werden können, schließlich verdienen sie selbst auch daran, sei es auch in minderem Maße. Der Rest scheint ihnen egal zu sein«, stellte Maria Sibylla frustriert fest. »Dabei gäbe es hier noch so viele Möglichkeiten. Ich glaube auch nicht, dass es gesund ist, die Natur auf den Plantagen zu solch einer öden und immer wiederkehrenden Bepflanzung zu verdonnern. Schauen Sie sich doch den Urwald an, welch ein Reichtum an Arten da herrscht. Die Natur käme wohl nie auf den Gedanken, auf einer großen Fläche nur immer wieder ein und dieselbe Sorte anzupflanzen.«

»Tja, der Zucker wird hier nicht grundlos das ›Weiße Gold‹ genannt. Er wird nun mal angebaut, weil damit das meiste zu verdienen ist. Und wer sollte den Plantagebesitzern schon verübeln, dass sie genau das wollen?«

Maria Sibylla wollte sich damit nicht zufriedengeben.

»Aber wie verhält sich das dann beim Wein?«, fragte sie ihren Gastgeber. »Der wächst hier sogar wild in rauen Mengen, das habe ich im Urwald selbst gesehen. Man könnte ihn mehrmals im Jahr ernten, es gäbe Wein im Überfluss, und man bräuchte ihn nicht mehr aus Holland zu importieren, sondern wäre unabhängig. Man hätte dann sogar so viel, dass man ihn umgekehrt nach Holland importieren könnte. Damit würde man doch sicherlich auch Geld verdienen?«

»Sehen Sie, Frau Merian, ich bin hier nur der Gouverneur. Meine Aufgabe ist es, diese Kolonie so gut wie möglich zu verwalten, für ihre holländischen Einwohner zu sorgen und dafür, dass der soziale Friede erhalten bleibt. Und das ist beileibe schon keine einfache Aufgabe, kann ich Ihnen versichern. Außerdem ist es meine Aufgabe, das Land nach außen hin zu beschützen. Die Engländer und Franzosen sind mal ruhiger, mal interessieren sie sich wieder mehr für unsere Gefilde, da gilt es auf der Hut zu sein.«

Er lehnte sich nach vorne, kniff seine Augen zusammen und presste die Lippen aufeinander.

»Besonders den Engländern nehme ich das übel. Wofür denn sonst haben wir denn im Jahr 1674 die Stadt Neu-Amsterdam am Manhattes rieviere hoch oben im Norden an der Ostküste gegen dieses heiße und nasse Tropenwaldland hier getauscht?!«

Er lehnte sich wieder zurück.

»Was die Anbaugewohnheiten der Plantagenbesitzer betrifft ... Es handelt sich um deren Privatbesitz. Schließlich haben sie den Grund und Boden dem Urwald abgetrotzt und urbar gemacht. Nichts für ungut, Frau Merian, aber es ist nun einmal wirklich deren Sache, was sie damit zu tun und lassen gedenken.«

Damit war das Thema beendet. Maria Sibylla musste einsehen, dass sie einen Schritt zu weit gegangen war. Und die Protektion des Gouverneurs zu verlieren, wäre nun wirklich nicht günstig, da sie hier, anders als in Amsterdam, keine Vertrauten hatte, auf die sie zurückfallen könnte. Manchmal wünschte sie sich, dass Agnes Block oder Simon Schijnvoet hier wären und dass sie sich mit ihnen austauschen könnte.

Paulus van der Veen war Diplomat genug, um das Gespräch elegant auf ein anderes Thema zu bringen und keine peinliche Stille auftreten zu lassen.

»Aber erzählen Sie mir mehr über die Schlange, die sich so komisch um sich selbst windet. So eine ist mir hier in der Stadt glücklicherweise noch nie begegnet.«

Maria Sibylla erzählte, während Anna van Gelre ihnen weiteres Gebäck anbot.

Später erhob Paulus van der Veen das Glas und verkündete stolz, dass seine Frau schwanger sei und sie im Juni ihr erstes Kind erwarteten. Maria Sibylla und Dorothea freuten sich mit ihnen und beglückwünschten sie auf das Herzlichste.

Maria Sibylla besuchte von da an sogar öfter vor allem Anna van Gelre, die sich ob ihrer Schwangerschaft mitunter recht kränklich fühlte und froh war, ab und zu in Gesellschaft zu sein. Oft gingen sie auch zusammen am Ufer spazieren. Eine wirkliche Vertrautheit wollte sich zwischen ihnen aber nicht einstellen.

»Wenn Sie möchten, gehen wir bei der Baumgruppe am Fort Zeelandia vorbei und schauen nach, ob dort gerade Raupen sitzen«, fragte Maria Sibylla die Gouverneursfrau, die sofort zustimmte. Sie wollte schon längst einen Blick auf die Arbeit der Naturkundlerin und Künstlerin werfen.

Die Trockenzeit war seit zwei Wochen wieder angebrochen, und somit war die Luftfeuchtigkeit etwas erträglicher als während der Regenzeit. Trotzdem schwitzte man schon, sobald man sich auch nur bewegte. Da es aber allen so erging, beklagte man sich nicht darüber und ertrug es einfach.

»Ich bin gespannt, was an den Sinaas-Bäumen, wie die Einheimischen sie nennen, so interessant sein soll, außer dass ihre Frucht so herrlich frisch und fruchtig schmeckt«, fragte sich Anna van Gelre, als sie das kurze Stück in Richtung Fort Zeelandia gingen.

Die Soldaten im Wachhaus vor dem Fort wunderten sich zunächst darüber, dass die Damen bei den Bäumen standen, aber als sie die Gouverneursfrau erkannten, grüßten sie freundlich.

Die Bäume ähnelten in ihrer Größe ausgewachsenen Apfelbäumen, wie sie sie aus Holland und Deutschland kannte.

»Na, dann wollen wir mal sehen«, sagte Maria Sibylla und stellte sich direkt unter einen der Bäume. »Sehen Sie hier, Frau van Gelre, da haben wir doch schon eine Raupe, und hier und hier. Hier sitzt gerade eine ganze Menge, da sind wir ja zur rechten Zeit gekommen.«

Die Gouverneursfrau stellte sich neben Maria Sibylla, die ihr die Tierchen anwies.

»Ja, tatsächlich«, sagte diese einigermaßen angeekelt und wedelte abwehrend mit der Hand.

»Beschreiben Sie mir einfach, was Sie sehen«, forderte sie Maria Sibylla auf.

»Was? Die Raupen? Aber die fressen doch die ganzen Blätter weg. Außerdem sehen sie scheußlich aus. Warum sollte ich solche furchtbaren Vielfraße denn auch noch genauer betrachten? Und wenn ich nicht aufpasse, fallen sie mir noch aufs Kleid.« Sie schüttelte sich vor Ekel.

»Aber wenn wir sie beschreiben wollen, müssen wir sie uns schon genauer ansehen, oder?«, versuchte Maria Sibylla, der Gouverneursfrau ihre Arbeit als Naturkundlerin und Künstlerin näherzubringen.

Anna van Gelre rang noch ein bisschen mit sich selbst, aber gab ihrem Herzen schließlich einen Stoß und schaute nach oben.

»Grün sind sie und größer, als ich dachte.« Sie schüttelte sich noch einmal. Ihre Atmung wurde mit der Zeit aber wieder etwas ruhiger und gleichmäßiger.

»Und was sehen Sie noch?«, ermunterte Maria Sibylla sie.

»Der Körper scheint in viele Ringe unterteilt zu sein. Er wirkt fast rund.«

»Ja, gut, Und sind sie wirklich nur grün?«

»Nein, unten läuft ein gelbes Band, und auf jedem der Ringe befinden sich in der Mitte um den Körper herum orange-gelb-farbige Punkte.«

»Sehr gut, Frau van Gelre, Sie werden mir noch eine richtige Naturkundlerin«, sagte Maria Sibylla und lächelte. »Ist es denn immer dieselbe Anzahl an Punkten in jedem Ring?«

Tatsächlich schaute die Gouverneursfrau, von Maria Sibylla ermuntert, noch einmal genauer hin und stellte nach einer Weile fest: »Es sind immer vier.«

»Aha, gut beobachtet, Frau van Gelre«, lobte Maria Sibylla. »Finden Sie diese Tierchen jetzt noch immer so ekelhaft und abstoßend?«

»Ich muss zugeben, Frau Merian«, sagte Anna van Gelre leicht errötend, »dass in Gottes Schöpfung mehr Schönheit verborgen liegt, als ich mir bisher erlaubt habe zu sehen.«

»Das freut mich. Sehen Sie, die meisten Leute nehmen nur diese schönen weißen Blüten wahr, erfreuen sich an dem wunderbaren Duft und den Früchten. Ah, schauen Sie mal, da haben sich einige schon eingesponnen und sind zu Puppen geworden.« Sie deutete auf etwas, was aussah wie ein kleiner, an der Außenseite mit feinen Härchen bedeckter Ball.

»Wenn die Raupen genug gefressen haben, spinnen sie eine Hülle um sich. Und nach einiger Zeit schlüpft dann ein Schmetterling.« Sie schaute sich suchend um. »Kapelka, bring uns bitte ein paar Döschen für die Raupen und Puppen. Und Dorothea, pflückst du bitte einige von den Blättern?«

Als sie fertig waren, entschieden sie sich, ihren Spaziergang auszudehnen und über die Waterkant zu schlendern. Sie sahen schon von der Baumgruppe aus, dass dort mehr Bewegung als sonst zu verzeichnen war.

Am Kai hatten sich jede Menge Leute versammelt. Maria Sibylla sah viele unbekannte Gesichter, vor allem Männer in besserer Kleidung. Sie schienen auf die Ankunft eines Schiffes zu warten, das sich gerade näherte.

Kapelka blickte zum Schiff hinaus und wurde unruhig, wie damals, als Maria Sibylla mit Dorothea Zeugin der Auspeitschung geworden war.

»Wenn Sie erlauben, bringe ich die Dosen mit den Raupen zurück nach Hause«, bat die Sklavin.

Maria Sibylla erkannte ihre Angst und musterte sie besorgt.

»Ja, natürlich, das ist in Ordnung. Wir brauchen dich hier nicht mehr«, sagte sie, und ihr schwante, dass sie gleich wieder etwas zu Gesicht bekommen würden, was sie lieber nicht sehen wollte. Ihr wurde bang ums Herz, und gleichzeitig tat ihr Kapelka leid, die sich von der Menge löste und dem Kai so schnell wie möglich zu entkommen versuchte.

Das Schiff lag in der Mitte des Stroms vor Anker, und so konnten sie nur schwerlich erkennen, was sich auf dem Schiff tat. Als dann eine Schaluppe ins Wasser gelassen wurde, kam Bewegung in die Menschenmenge am Kai. Maria Sibylla konnte erkennen, wie Matrosen an Bord der Schaluppe gingen und andere, die eine dunklere Hautfarbe besaßen, unsanft ins Boot schubsten.

»Sind sie etwa nackt?«, fragte Dorothea leise ihre Mutter. Ihre Vermutung schien sich zu bestätigen, und ihr Unwohlsein wurde größer. Maria Sibylla kniff ihre Augen zusammen. Es wurden noch mehr Schaluppen ins Wasser gelassen und mehr Menschen in die Boote getrieben.

»Platz da, macht Platz!«, rief jemand unwirsch, als die Boote näher kamen.

»So macht doch endlich Platz entlang der Kade.« Nur mühsam leistete das Volk den mürrischen Anweisungen Folge. Alle starrten gespannt auf die kleinen Boote und auf die Leute, die sich darin befanden. Nur die grobschlächtigen, wenn auch besser gekleideten Herren, blieben vorne stehen, so dass sie eine gute Sicht auf das Schauspiel hatten, das gleich folgen sollte. Sie hatten sogar Sklaven dabei, die ihnen Stühle reichten, damit sie sich setzen konnten.

Einige von ihnen standen wieder auf und grüßten Anna van Gelre mit einem ehrfürchtigen: »Habe die Ehre, Frau Gouverneur«, und zogen die Hüte vor ihr. Als diese den fragenden Blick Maria Sibyllas bemerkte, erklärte sie ihr kurz, dass dies alles Plantagenbesitzer seien, die wohl hier waren, um die neu angekommenen Sklaven zu begutachten.

Sie hatte noch nicht ausgesprochen, als die erste Schaluppe das Ufer erreichte, und die Matrosen die Gefangenen aufs Land zerrten.

»Das sind vielleicht siebzig oder achtzig Schwarze«, flüsterte Dorothea ihrer Mutter atemlos zu, als die verschleppten Männer und Frauen, Jungen und Mädchen dicht aneinandergedrängt am Ufer standen. Maria Sibylla wusste nicht, was sie tun sollte, fühlte sich hilflos. Dass diese Menschen nun nackt vor ihnen stehen mussten, erschien ihr schon ausgesprochen grausam. Warum starrte die Menge diese armen Menschen nur so an?

»Na los, geht schon los, ihr faules Gesindel!« Eine Peitsche zischte durch die Luft, und die Gefangenen wurden von den Matrosen gezwungen, vor der versammelten Menge an der Kade auf und ab zu gehen, und sich den weißen Plantagenbesitzern zu präsentieren.

»Halt!«, rief der Aufseher mit der Peitsche und brachte den traurigen Zug zum Stillstand, als einer der Weißen seine Hand hob.

»Ihr wollt kaufen?«

»Ja«, sagte dieser, noch mit seiner Pfeife im Mund, »ich hätte wohl Interesse an ein paar guten und kräftigen Sklaven.«

Er stand auf und kam näher, schaute sich die Aufgereihten genau an. Dann deutete er auf einen jungen Mann.

»Du da, komm gefälligst her!«, rief der Aufseher barsch, und ein anderer Aufseher stieß den Mann in die Seite, so dass er sich stolpernd vor dem Sklavenaufkäufer wiederfand.

»Los, mach den Mund auf«, befahl der Aufseher.

Der Plantagenbesitzer nahm sich Zeit und musterte ihn ausführlich. Er schien zufrieden.

»Heb dein Bein und stampfe auf den Boden.«

»Was soll das Ganze?«, fragte Maria Sibylla die Gouverneursfrau.

»Wenn man einen Sklaven kauft, dann möchte man ja auch, dass er gesund ist und kräftig ist«, antwortete diese.

Maria Sibylla war von dieser gefühllosen Antwort der Gouverneursfrau schockiert.

Auch als sich der Plantagenbesitzer ein paar Jungen und Mädchen aussuchte und den Frauen grob an die Brüste fasste, folgte Anna van Gelre der Szenerie noch immer mit unbewegter Miene. Maria Sibylla platzte fast der Kragen. Konnte sich die Gouverneursfrau denn nicht wenigstens in die Lage dieser Frauen versetzen, in das offensichtliche Leid, dass ihnen widerfuhr?

»Zweihundertfünfzig Gulden, dass ich nicht lache!«, rief der Aufseher beleidigt. »Der ist ein erstklassiger Sklave, ihr habt ihn doch gerade in Augenschein genommen.«

Sie einigten sich auf einen Preis für die fünfzehn Sklaven, die der Plantagenbesitzer ausgesucht hatte.

»Wer ist der Nächste?«, rief der Sklavenhändler in die Runde, und der nächste Plantagenbesitzer hob die Hand.

Gleichzeitig wurden die gerade verkauften Sklaven ein kleines Stück weitergeführt, an die Stelle, an der der Wassertrog und die Feuerstelle standen. Ein Blankoffizier des Plantagenbesitzers hatte bereits einen Eisenstab ins Feuer gehalten, als ein paar Matrosen einen der Sklaven packten.

»Oh nein«, stieß Dorothea aus. Sie ergriff den Arm ihrer Mutter und drückte ihn, so fest sie konnte. »Bestialisch. Das ist einfach nur bestialisch«, murmelte sie.

»Das ist zwar durchaus unangenehm, aber letztendlich doch nur ein kurzer Schmerz«, meinte Anna van Gelre, die bemerkte, wie abgestoßen ihre beiden Besucherinnen von dem ganzen Prozedere waren. »Außerdem ist das gesetzlich schließlich so geregelt. Kein Sklave darf ohne Brandmal bleiben.«

Für die Gouverneursfrau war all dies, so schien es Maria Sibylla, scheinbar ganz normal. Nichts davon schien sie in irgendeiner Weise zu berühren. Wie konnte sie hier nur leben und das mit ihrem Glauben in Einklang bringen? Wie konnten all die anderen Menschen, die hier standen, das Spektakel mit großem Gejohle genießen? Maria Sibylla wusste nicht mehr, wohin mit ihren Gefühlen und Gedanken. Wenn sie auf Erkundungen in der Natur ging, bekam sie jede Menge Eindrücke, oft viel zu viele an einem Tag, vor allem hier in Suriname. Aber dort herrschte eine gewisse harmonische Ordnung, wie ihr schien. Auf ihre Fragen gab es dort immer logische Antworten. Dinge waren einfach so, wie sie waren. Sie waren nicht gut oder schlecht, sie waren einfach. Aber bei dem, was hier geschah, begann Maria Sibylla zu zweifeln. Was sie hier sah, konnte sie mit ihrer Lebensweise, mit ihrem Gewissen jedenfalls nicht vereinbaren. Aber wieso konnten es dann all diese Menschen hier? Sie schüttelte sich innerlich und versuchte, ihr Entsetzen für den Moment beiseitezuschieben.

Denjenigen Sklaven, die ihr Brandmal erhalten hatten, blieb noch ein letzter Akt der Erniedrigung.

»Kees«, sagte der neue Eigentümer der Sklaven, wieder auf seinem Stuhl sitzend und an seiner Pfeife nuckelnd, als sie nacheinander an ihm vorbeigeführt wurden und man sein Eigentum in die offiziellen Bücher eintrug.

»Jan.« Ein Schreiber notierte die Namen, die die Sklaven fortan tragen würden. Ihre alten Namen gehörten einer Vergangenheit an, in die sie nie wieder zurückkehren würden. Ein Vorname genügte. Ein Name, um gerufen zu werden und Befehle zu erhalten.

»Grietje.«

Fiel den neuen Eigentümern gerade nichts ein, bekamen die Sklaven einfach Städtenamen oder einfach das erstbeste Wort, das ihnen in den Sinn kam.

Robijn. Trudie.

So ging es weiter, während ein Plantagenbesitzer nach dem anderen neue Sklaven aussuchte, sie überprüfte und mit Brandmalen für den Rest ihres Lebens für alle sichtbar als sein Eigentum versah, bevor er ihnen neue Namen gab.

»Komm, lass uns gehen«, sagte Maria Sibylla leise zu Dorothea. »Das hat schon viel zu lange gedauert.« Und zu Anna van Gelre: »Wenn Sie nichts dagegen haben, empfehlen wir uns für heute. Wir müssen uns wieder um unsere Raupen kümmern.«

»Aber sicher«, antwortete diese, »gehen Sie nur. Ich bleibe noch etwas und werde mich noch mit dem einen oder anderen der Plantagenbesitzer unterhalten. Wenn Sie möchten, kommen wir morgen wieder. Das Schiff hat noch Sklaven für ein paar weitere Verkaufstage an Bord. Die bringen sie nie alle gleichzeitig an Land, das würde den Preis verderben.«

»Wir sollten uns morgen wirklich wieder um unsere Arbeit kümmern«, lehnte Maria Sibylla so höflich ab, wie es ihr angesichts ihrer rasenden Wut möglich war. »Im Wald warten noch viele Tiere und Pflanzen auf uns.«

Sie lösten sich von der Menge, und Maria Sibylla fragte sich, wie sie Kapelka jemals wieder ohne Gewissensbisse unter die Augen treten konnte.

KAPITEL 11

»Kaiman, Kaiman!«, rief einer der rudernden Sklaven und hörte auf zu rudern. Die anderen Gefangenen schauten in die Richtung, in die er zeigte, zur Böschung des Ufers hinüber. Auch sie hörten auf zu rudern.

Maria Sibylla, Dorothea und Kapelka waren mitsamt einem Haufen Gepäck von Paramaribo wieder ins Landesinnere aufgebrochen. Sie waren unterwegs zu zwei Plantagen, die mehrere Tagesreisen weit weg waren und die sie nacheinander besuchen wollten. Ihr Zeltboot war entsprechend größer und etwas breiter mit vier Ruderbänken, auf denen jeweils zwei schwarze Sklaven ruderten. Der Posten des Steuermanns war einem roten Sklaven vorbehalten.

Mit ihnen waren auch der Besitzer der Plantage Palmeneribo und dessen Frau unterwegs. Sie waren in Paramaribo gewesen, um zum einen die Zuckerrohrernte in die Stadt zu bringen, zum anderen hatte er einige Behördengänge zu absolvieren, und sie wollte sich neu einkleiden. Natürlich waren dann auch gesellschaftliche Empfänge und Treffen eine willkommene Abwechslung zu ihrem Leben auf der Plantage weit weg von der europäischen Zivilisation, wonach sie sich ab und an schon sehnten, wie sie offen bekannten. Bei einer solchen Gelegenheit hatten Maria Sibylla und Dorothea das Paar kennengelernt. Philip van der Velde war von Jonas Witsen angestellt, um die Plantage Palmeneribo zu leiten, und als Maria Sibylla erzählte, dass sie über Nicolaes Witsen auch Philips Arbeitgeber kannte, war das Eis schnell gebrochen. Maria Sibylla und Dorothea wurden aufs Freundlichste auf die Plantage eingeladen.

Auch jetzt unterhielten sich Maria Sibylla und Dorothea angeregt mit Philip van der Meer und Cornelia van Velde, als das Boot auf einmal langsamer fuhr.

»Was ist denn jetzt wieder los?«, murmelte der Plantagenbesitzer, stand auf und ging nach draußen, um nach dem Rechten zu sehen.

»Warum rudert ihr nicht?«, rief er, sobald er seinen Kopf aus dem Inneren des Bootes herausstreckte.

»Kaiman, Kaiman«, kam es aufgeregt zurück, und die Sklaven zeigten auf die Uferböschung vor ihnen.

Jetzt kamen auch Maria Sibylla, Dorothea und Cornelia van Velde aus dem Bootsinnenraum, um nachzuschauen, was denn los sei. Etwas flößte den Sklaven Angst ein, bemerkte Maria Sibylla. Alle schauten jetzt in die Richtung, in die die Sklaven deuteten.

»Steuermann!« Mehr Worte des Plantagenverwalters benötigte es nicht, um den Angesprochenen dazu aufzufordern, sie sicher aus der Gefahrenzone zu lotsen.

Etwas verdeckt im Ufergestrüpp erkannte Maria Sibylla dicht über der Wasseroberfläche zwei Augen, die sie fixierten.

»Krokodile!«, rief Dorothea halblaut aus. »Fünf, nein sechs«, zählte sie.

Mit aller Geduld schoben sich die mächtigen Tiere langsam ins Wasser. Erst jetzt sahen die Reisenden vom Boot aus auch den mächtigen Schuppenpanzer.

»Die sind viel größer, als ich dachte«, staunte Maria Sibylla. Sie hatte in den verschiedenen Raritätenkabinetten schon das ein oder andere ausgestopfte Krokodil gesehen, die aber alle kleiner gewirkt hatten. Zum ersten Mal konnte sie jetzt auch sehen, wie sie sich bewegten, und am eigenen Leib spüren, welche

Ehrfurcht sie alle auf dem Boot vor den lebenden Tieren hatten. Trotz ihrer Größe bewegten sie sich unerwartet graziös durch das Wasser.

Der Steuermann hatte das Ruder etwas nach links beigedreht. So fuhren sie nicht mehr in der Mitte des Flusses, sondern bewegten sich langsam von den Krokodilen weg.

»No meki grap«, flüsterte der Steuermann den Ruderern zu.

Maria Sibylla schaute fragend zu Kapelka.

»Sie sollen vorsichtig sein«, übersetzte diese.

»Saf'safri.«

»Langsam, ganz langsam.«

Die Ruder tauchten wieder ins Wasser ein und bewegten sich so vorsichtig wie möglich, gemäß den Befehlen des Steuermanns.

Nachdem sie die Krokodile passiert hatten, nahmen sie etwas Tempo auf. Die Krokodile schienen das Interesse an dem Boot verloren zu haben, je weiter es sich entfernte. Maria Sibyllas Interesse an den Tieren dagegen wuchs. Sie schaute ihnen noch eine ganze Weile hinterher.

»Gut gemacht, Steuermann, sauber gearbeitet, Ruderer«, lobte Philip van der Meer.

»Wie wäre es denn, wenn wir solch ein Krokodil mit nach Amsterdam nähmen? Dafür bekämen wir bestimmt jede Menge Geld«, schlug Dorothea vor, als sie die Tiere aus den Augen verloren hatten.

»Das habe ich mir auch gerade überlegt. Es wäre sicherlich ein Prunkstück. Nur sie zu fangen, sollten wir wohl nicht selbst versuchen.«

In der Mittagshitze legten sie bei einer Plantage an, aßen etwas, und wenig später ging es dann auch schon weiter. Sie würden bis kurz vor Sonnenuntergang den Surinam hinauffahren, erklärte Philip van der Meer die weitere Reise, und dann bei einer befreundeten Witwe, die nach dem Ableben ihres Mannes die Besitzerin der Plantage war, übernachten, bevor sie am nächsten Morgen bei Sonnenaufgang weiterreisen würden. Wenn alles glatt verliefe, wären sie kurz vor Sonnenuntergang tags darauf bei ihrer eigenen Plantage angekommen.

Wenn die Sonne nicht allzu sehr auf sie niederbrannte, hielten sich Maria Sibylla und Dorothea auf dem offenen Teil des Bootes auf. Sie sahen wunderschöne Schmetterlinge zwischen Blumen herumfliegen, alle möglichen Vögel am Himmel schweben und leider auch die immer anwesenden Stechmücken durch die Luft surren. Sie waren eine Plage, und klatschte man sie nicht rechtzeitig platt, stachen viele von ihnen mit äußerst unangenehmem Juckreiz als Folge.

Wegen der Sonne und der Stechmücken hatten Maria Sibylla und Dorothea ihre Haare schon wenige Tage nach ihrer Ankunft in Suriname den Gepflogenheiten der europäischen Bevölkerung angepasst und ihre Hauben abgenommen. Sie boten zu wenig Schutz vor der brütenden Hitze und eine zu große Angriffsfläche für die Stechmücken. Stattdessen trugen sie jetzt Hüte, deren Krempe sie wenigstens ein wenig vor den gnadenlosen Sonnenstrahlen schützte.

Die sanfte Prise des Fahrtwinds blies Maria Sibylla ins Gesicht und machte die Hitze und Schwüle erträglich. Sie genoss das sanfte Streicheln auf ihrer Haut.

Das Ablegen der Haube, die noch ein Relikt aus Wieuwert gewesen war, passte zu der neuen Freiheit, die sie mit ihrem Umzug nach Amsterdam erlangt hatte. Eine Freiheit, die Maria Sibylla sogar bis hierher auf den Surinam gebracht hatte. Sie musste schmunzeln. Sie musste abstreifen, was ihr nicht diente. Sich nicht nach sinnlosen Regeln richten, sondern ihr Leben selbst bestimmen. Eigentlich war das nicht anders als bei den Raupen. Scheinbar hatten sie für jeden Lebensabschnitt eine andere Form, die ihnen in dieser Phase am besten diente, bis sie sich schließlich im wahrsten Sinne des Wortes entfalten konnten und im Fliegen und ihrer Schönheit ihre Freiheit fanden.

Wieder musste sie schmunzeln. Und wo stand sie dann gerade? War sie noch Raupe oder Puppe oder gar schon ein Falter?

Sie atmete tief ein und schaute vom Wasser aus auf den Rand des Regenwalds.

»Die Farben hier sind wirklich überwältigend«, stellte sie zum wiederholten Male fest. »Ich muss, noch während ich hier bin, neue Farben herstellen und mischen. Das hier ist so anders als bei uns zu Hause, auch das Licht ist anders, viel intensiver.«

Die lange Bootsfahrt gab Maria Sibylla auch die Gelegenheit, über eine mögliche Veröffentlichung ihrer Erkundungen hier in Suriname nachzudenken. Natürlich sollte es wieder ein Buch werden. Aber ihr Gefühl sagte ihr, dass sie es dieses Mal anders anpacken sollte als bei den Raupen-Büchern.

»Der Aufwand, den wir hier betreiben, ist so viel größer, die Aufgabe um einiges komplexer als bei meinen vorigen Büchern.« Sie schaute zu ihrer Tochter. »Irgendwie möchte ich, dass sich das in einer neuen Publikation widerspiegelt. Ich weiß nur noch nicht, wie.«

»Soll das Buch mehr Seiten haben als die anderen?«

Maria Sibylla war noch nicht überzeugt. Sie schaute noch immer den Schmetterlingen nach, die es hier in Hülle und Fülle gab. Suriname schien ein wahres Schmetterlingsparadies zu sein.

»Die sind so viel größer hier«, sagte sie.

Dorothea lachte. »Ja, die musst du über zwei Seiten malen, wenn du sie weiterhin in ihrer wirklichen Größe abbilden willst.«

»Oder ich wähle ein größeres Format.«

Das war es! Maria Sibyllas Miene hellte sich auf. Manchmal war eine Lösung so naheliegend, dass man sie nicht gleich erkannte.

»Aber das ist doch viel teurer. Größere Kupferplatten, größeres Papier, mehr Faden bei der Bindung, Umschlag und Rücken nicht zu vergessen. Wie sollen wir das denn bezahlen?«

»Wir werden sehen«, sagte Maria Sibylla und fügte etwas leiser hinzu: »Wir werden sehen.« Sie lächelte in sich hinein.

Dorothea stöhnte auf. Sie kannte diesen Blick und wusste, dass ihre Mutter, wenn sie sich erst einmal etwas in den Kopf gesetzt hatte, das auch genau so machen würde.

KAPITEL 12

Es war schon beinahe sechs Uhr abends, als sie in Palmeneribo ankamen, also holten sie den Erkundungsgang auf der Plantage am nächsten Morgen nach.

»Hier leben um die hundertfünfzig Sklaven, dazu außer meiner Frau und mir noch drei Weiße«, sagte Philip van der Meer, als er Maria Sibylla und Dorothea herumführte.

Vom Bootsanleger aus ging man auf eine Reihe mit Orangen- und die etwas kleineren Limonenbäume zu. Dahinter folgten in einigem Abstand eine Reihe aneinander gebauter Häuser.

»Das größte Haus ist die Küche«, sagte Philip van der Meer stolz. Er trug seinen gelben Gehrock weit offen, hatte auf einen Kragen verzichtet und an seinem Hemd einige Knöpfe geöffnet.

Als Mann kann er sich solche Kapriolen leisten, dachte Maria Sibylla, wir Frauen müssen jederzeit hochgeschlossen gehen, egal, wie heiß es ist.

Maria Sibylla fiel auf, dass an dem Gebäude die Fensterläden geschlossen waren.

»Die Sonne scheint fast den ganzen Tag auf das Haus. Wenn wir die Läden geschlossen halten, bleibt es einigermaßen kühl und die verderbliche Ware länger gut.«

Maria Sibylla schaute an dem Steinhaus nach oben auf das Dach, auf dem links und rechts jeweils ein großer Schornstein angebracht war.

»Die brauchen Sie aber wohl nicht zum Heizen?«

»Nein, nein.« Philip van der Meer musste lachen. »Wie Sie sehen, hat unser Wohnhaus keinen Schornstein.«

Das Wohnhaus war das kleinste in der Reihe. Maria Sibylla, Dorothea und Kapelka waren dort untergebracht. Daneben zeigte der Plantagenverwalter ihnen noch die Schmiede und ein Lagerhaus für die eingebrachte Zuckerrohrernte, die darauf wartete, nach Paramaribo gebracht und dann nach Amsterdam verschifft zu werden.

»Die Schmiede ist unverzichtbar. Auch die Zimmermänner arbeiten dort. Schließlich müssen wir alles selbst bauen und reparieren.«

An die Schmiede war eine Wassermühle angebaut.

»Die liefert uns die nötige Kraft für die Arbeit der Handwerker.«

»Eindrucksvoll«, sagte Maria Sibylla. Bei ihrem Besuch auf der Plantage Vreedenburg hatte sie sich nicht die Zeit genommen, die Plantage näher zu begutachten. Sie war darum froh, von Philip van der Meer rundgeführt zu werden und einen besseren Einblick zu bekommen.

»Und das hier vorne?« Dorothea wies auf ein Holzkonstrukt, das über dem kleinen Kanal nur ein paar Ellen vom Ufer des Surinams entfernt stand.

»Eine kleine Schleuse, mit der wir den Wasserstand der Felder kontrollieren«, sagte Philip van der Meer, als er mit seinen Besucherinnen dorthin ging. »Sehen Sie, wir haben vom Surinam eine kleine Abzweigung gegraben, die sich über die Länge der ganzen Plantage erstreckt. Zuckerrohr benötigt nun einmal viel Wasser und so können wir unsere Pflanzen bewässern«, sagte er stolz und zeigte mit seinem Arm bis ans Ende der kultivierten Erde.

Beeindruckt schauten sie auf die Zuckerstangen, die jetzt, kurz vor der Ernte, fast viermal so groß waren wie sie selbst.

Der Geruch des Gewächses hing über der gesamten Plantage. Süß riecht es nicht, wunderte sich Maria Sibylla, es war kein weicher Geruch, eher wie stickiges Karamell.

Das Feld daneben war wohl vor Kurzem erst gerodet worden.

»Hat es hier gebrannt?«, fragte Maria Sibylla, die sah, dass der Boden des abgeernteten Teils ganz schwarz war.

»Ja, wir fackeln die Felder am Abend vor der Ernte ab. Dann brauchen unsere Arbeiter keine Angst zu haben, dass sich noch Schlangen zwischen den Pflanzen aufhalten, das Unkraut ist vernichtet, die scharfrändigen Blätter, die wir nicht brauchen können, verbrannt, genauso wie irgendwelches Ungeziefer, dass sich bis dahin noch auf der Pflanze befand. Übrig bleiben die Zuckerstangen. Das erleichtert und steigert die Geschwindigkeit unserer Arbeit erheblich.«

Als sie wieder zurück in Richtung des Küchengebäudes liefen, sahen sie etwas weiter weg große Holzhütten. Fenster konnte Maria Sibylla nicht entdecken.

»Sind das weitere Lagerräume?«, fragte sie den Verwalter.

»Oh nein, nein.« Er lächelte. »Das sind die Sklavenhäuser.«

Maria Sibylla runzelte missbilligend die Stirn. Es waren in ihren Augen nicht mehr als notdürftig ineinander gebastelte Unterkünfte. Philip van der Meer bemerkte ihre Reaktion.

»Machen wir uns nichts vor«, sagte er. »Sie werden wahrscheinlich auf allen Plantagen in die gleiche Art Behausung für die Sklaven finden. Es wäre ja auch ein Ding der Unmöglichkeit, für alle ein eigenes Zimmer oder gar eine Wohnung herrichten zu müssen.«

Sie blieben stehen.

»Sehen Sie, wir sind hier eine recht liberale Plantage. Der vorige Eigentümer hat in seinem Testament einige Verfügungen über seinen Tod hinaus angeordnet, die viel weitergehen als die Regeln, die auf den meisten anderen Plantagen, flussauf, flussab gelten. Er hat seinen Sklaven beispielsweise samstags und sonntags freigegeben. Das ist wirklich außergewöhnlich.«

»Aber die anderen Plantagenbesitzer sind seinem Vorbild nicht gefolgt?«

»Nein, wo denken Sie hin!« Philip van der Meer winkte ab. »Zeit ist Geld. Ich bin gespannt, wie lange diese Regel auf unserer Plantage noch bestehen bleibt.«

»Aber sie ist doch im Testament verankert?«, fragte Dorothea.

»Ja, aber wie ich von Herrn Witsen vernommen habe, wird er wohl früher oder später versuchen, daran zu rütteln.«

Sie gingen ein Stück weiter und sahen nun die Äcker hinter den Sklavenhütten.

»Der Vorbesitzer hat ihnen erlaubt, hier selbst Gemüse anzubauen. Sie dürfen es auf dem Markt hier in der Nähe verkaufen.«

»Das ist doch eine gute Sache«, sagte Dorothea.

»Ja, solange sie sich nicht von ihrer Arbeit auf den Zuckerrohrfeldern ablenken lassen, schon. An ihren freien Tagen dürfen sie die Plantage verlassen und Freunde und Familie besuchen.«

Seiner Stimme war ein gewisses Widerstreben anzumerken. All diese Freiheiten schienen ihm eher ein Grauen als ein Segen zu sein, obwohl er, wie Maria Sibylla schon aufgefallen war, für die hiesigen Verhältnisse recht freundlich mit den Sklaven umging.

»Das würden Sie doch sicherlich auch gerne an Ihrem freien Tag machen, Herr van der Meer, oder etwa nicht?«

Dorothea schaute ihn herausfordernd an. Sie wusste, dass sie mit Feuer spielte, aber sie hatte von ihrer Mutter gelernt, dass man dies auch durchaus wagen dürfe, ja, manchmal sogar musste.

Maria Sibylla zog eine Augenbraue hoch und lächelte anerkennend.

Die Kleine ist wirklich erwachsen, dachte sie, und sie traut sich etwas.

»Da stimme ich Ihnen zu, wertes Fräulein Merian. Aber wir müssen dafür sorgen, dass die Arbeit auf der Plantage ordentlich vonstattengeht.«

»Schauen Sie nur, was sie hier alles angebaut haben«, sagte Maria Sibylla und rettete die Situation.

»Das hier sind Bananen. Haben Sie die schon einmal probiert? Köstlich, sage ich Ihnen. Und hier drüben, das sind Pampelmusen. Etwas bitter im Geschmack, aber saftig. Die löschen den Durst.«

Philip van der Meer ging wieder ganz in der Rolle des Erzählers auf, der mit seinem Wissen glänzen wollte. Maria Sibylla wusste nur allzu gut, wie einfach Männer gestrickt waren. Sie bekräftigten und lobten ihn ausgiebig und hatten auch tatsächlich viel gelernt an diesem Vormittag.

»Wenn ich auf diesen Fruchtbäumen Raupen finde, möchte ich sie füttern und beobachten«, sagte Maria Sibylla und ging auf die Bäume zu. »Hier, schauen Sie nur, Herr van der Meer«, rief sie ihm schon nach wenigen Augenblicken zu, »auf den Blättern des Pampelmusenbaums kriechen einige herum.«

Sie nahm eine der Raupen vom Blatt und legte sie sich in die Handfläche.

»Die hat aber lange Haare«, stellte Dorothea fest.

Maria Sibylla strich mit ihrem Zeigefinger über die Haare.

»Die sind so hart wie Eisendraht«, sagte sie. »Wollen Sie auch mal fühlen, Herr van der Meer?«

»Das ähm … das scheint mir nicht nötig. Ich vertraue da ganz auf Ihr Urteilsvermögen. Ich glaube, es wird Zeit, zurück ins Haus zu gehen. Wenn mich nicht alles täuscht, hat meine Frau für uns eine Erfrischung und etwas Kleines zu essen zubereiten lassen.«

KAPITEL 13

Am nächsten Morgen waren Maria Sibylla und Dorothea mit Kapelka und vier Sklaven unterwegs im Urwald.

Maria Sibylla und Dorothea trugen dunkle, in Grün- und Brauntönen gehaltene Kleider. Auch für Kapelka hatten sie noch in Paramaribo ein dunkelgrünes Kleid gekauft sowie ein Tuch, das sie sich kunstvoll um den Kopf band und an der Unterseite mit einem Knoten zusammenschnürte. Es war ein feiner, besonderer Stoff, ein leiser Versuch, ihre Wertschätzung gegenüber Kapelka deutlich zu machen. Helle Kleidung würde im Urwald zu sehr auffallen, die meisten Tiere würden flüchten, noch bevor Maria Sibylla eine Möglichkeit gehabt hätte, sie überhaupt zu Gesicht zu bekommen.

Wie üblich kamen sie nur langsam voran, doch dies kam Maria Sibylla entgegen. So hatte sie mehr Zeit, alles auf sich wirken zu lassen und sich gründlich umzuschauen. Ab und an fragte Maria Sibylla um ein Stück Pergament und einen Kohlestift und setzte sich zum Zeichnen auf einen umgefallenen Baum, oder sie bat um eine Fangschachtel, um Raupen und Blätter zu sammeln.

»Suchen Sie eigentlich etwas Bestimmtes?«, fragte Kapelka, als sie wieder einmal gehalten hatten, weil Maria Sibylla mithilfe eines abgebrochenen Asts Raupen von einem Baum lockte.

»Nicht nach einer bestimmten Sorte«, antwortete Maria Sibylla und streckte sich, um besser an die Tiere heranzukommen.

»Warum sammelt ihr dann all diese Blattfresser?«, fragte Kapelka weiter. »Und warum seid ihr so vernarrt in Raupen?«

»Wir sind interessiert an Veränderungen«, sagte Maria Sibylla und erklärte ihr, warum sie nach Suriname gekommen waren.

»Veränderungen sind nicht immer zum Guten«, sagte Kapelka plötzlich traurig.

»Wie meinst du das?«, fragte Dorothea besorgt.

»Mir wäre lieber, es hätte sich nichts verändert, und ich wäre noch zu Hause, zusammen mit meinen Eltern.«

Maria Sibylla und Dorothea schwiegen betreten.

»Das verstehe ich«, sagte Dorothea nach einer Weile leise, ihren Kopf noch immer zum Boden hin geneigt.

»So, tust du das?« Kapelka klang jetzt bitter. »Das glaube ich nicht wirklich. Schließlich bist du ja hier mit deiner Mutter. Ich dagegen weiß nicht einmal, wohin meine Eltern verschleppt wurden, ob sie noch leben, wie es ihnen geht.«

»Das tut mir leid«, sagte Dorothea niedergeschlagen.

»Das tut dir leid. Ihr Weißen reist hierher, sogar freiwillig, ihr kommt hierher und könnt, wenn es euch beliebt, sogar im Urwald spazieren gehen, könnt gehen, wohin ihr wollt, wann ihr wollt, ohne dass euch deshalb ein Bein abgeschlagen wird, wenn ihr zu weit geht. Ohne dass ihr befürchten müsstet, ausgepeitscht zu werden, ihr tragt kein Brandmal, ihr gehört niemandem.« Ihre Stimme zitterte vor zurückgehaltenem Zorn, sie klang unendlich traurig. »Für mich ist Freisein nur noch eine Erinnerung. Ich kann nur noch tun, was andere von mir erwarten. Warum also glaubst du, du könntest mich verstehen?« Resigniert hob sie kurz die Arme an.

»Könntet ihr mir kurz helfen«, wandte sich Maria Sibylla an Dorothea und Kapelka. Der Boden war so voller Wurzeln, dass sie sich mit der Fangschachtel voller Raupen in der Hand nicht umdrehen konnte, ohne sich irgendwo festzuhalten, um die

Balance nicht zu verlieren. Kapelka nahm die Schachtel, Dorothea die Hand ihrer Mutter.

»Danke«, sagte Maria Sibylla, als sie sich aus der misslichen Lage befreit hatte.

»Ich wünsche mir, dass du es bei uns so gut wie möglich hast, Kapelka«, sagte Maria Sibylla und klopfte sich ihr Kleid ab. Sie legte der jungen Frau mitfühlend eine Hand auf ihre Schulter, schaute sie kurz an, und dann widmete sie sich wieder ihrer Arbeit.

»Weißt du, wie diese Pflanze heißt?«, fragte Maria Sibylla Kapelka und deutete auf den Baum, von dem sie gerade Raupen gesammelt hatte.

»Redi kakanoto.« Plötzlich begannen die vier Sklaven zu lachen.

»Redi kakanoto«, wiederholte Maria Sibylla. »Was ist daran so lustig?«

Auch Kapelka konnte sich ein Lächeln nicht verkneifen.

»Na ja«, druckste sie herum, »›redi‹ bedeutet rotbraun. Und ›noto‹ bedeutet Nuss, weil die Frucht eine Nuss aus rötlichbrauner Farbe ist.« Sie zögerte einen Moment. »Und ›kaka‹ … da geht es eher um die Auswirkungen der Nuss.«

»Kacken!«, stieß Dorothea spontan aus.

»Dorothea!«, ermahnte Maria Sibylla sie sofort. Die anderen aber konnten sich vor Lachen fast nicht mehr halten, und auch Maria Sibylla konnte ein Lächeln nicht unterdrücken.

Nach einer Weile machten sie eine Pause, und Kapelka fragte: »Sind Sie denn auch an den Heilkräften der Pflanzen interessiert, oder geht es Ihnen nur um diese Raupen?«

»Ich finde das sogar sehr interessant, Kapelka«, antwortete Maria Sibylla. »Wenn du mehr darüber weißt, lass es uns bitte wissen.«

»Ich habe eine Frau auf der Plantage kennengelernt, die sehr viel darüber weiß. Soll ich sie fragen, ob sie mit euch reden möchte?«

Maria Sibylla war überrascht über Kapelkas Angebot. »Ich würde mich sehr freuen, mit einer Einheimischen über die Pflanzen und Tiere hier sprechen zu können.«

Sie erkannte, dass sich dadurch eine neue Tür für sie öffnen könnte. So ein Gespräch würde ihr bei der Entschlüsselung der surinamischen Natur viel Zeit und Mühe ersparen.

Wie so oft war Dorotheas Blick entweder auf den Boden gerichtet, oder aber sie schaute den Vögeln nach, die sie immer mehr faszinierten.

»Hier gibt es ganz andere Arten als bei uns, so farbenfrohe«, murmelte sie gedankenverloren vor sich hin, bevor sie wieder einmal strauchelte. Immer wieder deutete sie auf Vögel, rief die anderen, dass sie doch schauen sollten, fragte Kapelka, ob sie den Namen dieses oder jenes Vogels kannten.

»Wakago«, antwortete diese, als Dorothea auf einen ziemlich großen Vogel deutete, der kehlige Laute ausstieß und eine Menge Lärm machte. »Kawfutuboi«, sagte Kapelka, als Dorothea auf ein Vogelpärchen wies, das am Boden alle möglichen Tierchen aufpickte, und dass mit einem langgezogenen, hohen Ton aufflog, als Dorothea einen Schritt näher kam.

Am besten gefiel Dorothea aber der Kolibri. »Korke« nannten die Einheimischen diesen Vogel, das hatte ihr Kapelka schon bei einer ihrer früheren Streifzüge durch den Urwald verraten. Dorothea liebte diese kleinen Vögel mit ihren langen Schnäbeln und dem schnellen Flügelschlag. Vor allem aber faszinierte sie, wie sie scheinbar in der Luft stehend, den Nektar aus den Blüten saugten. Schnell lernte sie, dass es eine Vielzahl von Kolibri-Arten in allen möglichen Farben gab. Am schönsten fand sie den

›kownubri‹, wie Kapelka ihn nannte. Sein Federkleid schimmerte in allen Farben des Regenbogens. Die vielen Farbübergänge auf dem kleinen Körper faszinierten Dorothea jedes Mal, wenn sie das Glück hatte, einen zu sehen.

»Bus'anansi!«, rief Kapelka plötzlich und blieb wie erstarrt stehen. »Bus'anansi!«

Auch ihre Begleiter hielten augenblicklich in ihren Bewegungen inne. Die Stimme Kapelkas verriet Angst. Sie traute sich nicht die Hand auszustrecken, sondern deutete nur durch ein kurzes, kaum merkbares Kopfnicken in Richtung eines langen Asts, der ein paar Schritte vor ihr hing.

»Was ist denn das?«, fragte Maria Sibylla. Sie hatte noch nie eine solch behaarte Spinne gesehen.

»Oh nein«, stöhnte Dorothea, als sie sah, womit die Spinne beschäftigt war. Sie saß auf einem Vogel, der rücklings unter ihr lag. Die Spinne war dabei, einen Kolibri zu verspeisen.

»Was für ein Schauspiel!« Maria Sibylla betrachtete das Ganze nüchterner.

»Wie kannst du nur so etwas sagen!«

Maria Sibylla wusste um die romantische Veranlagung ihrer jüngsten Tochter. Wenn sie aber die Natur weiter erkunden wollte, musste sie lernen, nicht zu emotional auf ihre Beobachtungen zu reagieren. Sie hoffte, dass dies vielleicht eine gute, wenn auch schwere Lehrstunde für sie war.

»Kapelka, gib mir bitte Pergament und Kohlestift. Ich möchte diese Szene gern festhalten.«

»Du wirst doch nicht …«

»Aber sicher, was glaubst du denn? So etwas hat noch niemand jemals beschrieben oder gar gezeichnet. Das gilt es auf jeden Fall festzuhalten.«

KAPITEL 14

»Gesontu ist bereit, Sie zu treffen«, sagte Kapelka eines Abends, an dem Maria Sibylla wie gewöhnlich das beschriftete, abzeichnete und beschrieb, was sie tagsüber aus dem Urwald mitgenommen hatten. Außerdem mussten die Raupen versorgt und die Puppen beobachtet werden. Wie lange würde es wohl dauern, bis daraus Schmetterlinge oder Motten schlüpften? Kapelka half in der Zwischenzeit kräftig mit und erwies sich als geschickte Assistentin. Außerdem kannte sie viele der Pflanzen und Tiere, wenn auch nur in Sranantongo, der Sprache, in der sich alle Sklaven untereinander verständigten. In Maria Sibyllas Ohren klang es wie eine seltsame Mischung aus Holländisch, Englisch und Portugiesisch.

»Und wer ist Gesontu?«, fragte Maria Sibylla und hielt in ihrer Arbeit inne.

»Gesontu ist hier die Medizinfrau. Ihr meintet doch, dass Ihr am Wissen über die Heilkraft von Pflanzen interessiert seid?«

»Oh ja, natürlich!«, sagte Maria Sibylla. »Wie gut von dir, dass du noch daran gedacht hast. Wann können wir sie treffen?«

»Samstagabend, vor den Sklavenhütten.«

Maria Sibylla und Dorothea waren gespannt auf das, was sie erwartete. Der Plantagenbesitzer und seine Frau hatten noch angeboten, einen der Blankoffiziere mitzuschicken, man wisse ja nie, aber Maria Sibylla hatte das abgelehnt. Sie wolle sich nicht als Weiße, sondern vielmehr als Naturforscherin mit der

Medizinfrau treffen und deren Einladung auf gleichem Niveau akzeptieren und ihr entgegentreten. Das brachte ihr zwar Stirnrunzeln und erhobene Augenbrauen bei Philip van der Meer und Cornelia van Velde ein, sie erklärten sich letztendlich aber einverstanden und beließen es bei einer nochmaligen Warnung.

Maria Sibylla und Dorothea fühlten sich auch deshalb sicher, weil sie Kapelka als Dolmetscherin mitnahmen. Sie hatten inzwischen ein fast freundschaftliches Verhältnis zueinander aufgebaut, soweit es die Umstände zuließen, und vertrauten ihr.

Es waren nur wenige Schritte zu den Sklavenhütten, aber es war wie der Gang in eine andere Welt. Als sie der ersten Hütte näher kamen, wurden sie von den Männern und Frauen argwöhnisch begutachtet. Kein Wunder, dachte Maria Sibylla. Dies war der einzige Bereich, den sie hatten, in dem sie in Ruhe gelassen wurden, in dem sie unter sich waren, ganz sie selbst sein konnten. Dies war der einzige Ort, an dem sie Menschen waren und keine Sklaven.

Es schien gar, als würden sich ihnen einige junge Männer in den Weg stellen. Doch als sie Kapelka an ihrer Seite sahen, wichen sie gerade so weit zurück, dass sie weitergehen konnten. Jetzt war es Maria Sibylla und Dorothea doch etwas mulmig zumute. Gingen sie hier etwa einen Schritt zu weit?

»Zu Gesontu«, antwortete Kapelka auf die Frage eines älteren Mannes am Rand der ersten Hütte. »Sie hat uns eingeladen, zu ihr zu kommen und mit ihr zu sprechen.«

»Sind das die Frauen, die in den Urwald gehen?«, fragte der Mann.

»Ja«, antwortete Kapelka kurz.

»Dann ist es in Ordnung. Gesontu hat mich gebeten, euch zu ihr zu bringen. Folgt mir.«

Gesontu saß auf einem Baumstumpf, etwas entfernt von den Hütten, bei einem der kleinen Gärten, umringt von zwanzig Frauen, schätzte Maria Sibylla, die in einem Kreis um sie herum auf dem Boden saßen oder standen. Kapelka deutete Maria Sibylla und Dorothea, dass sie am äußeren Rand des Kreises warten sollten, bis die Medizinfrau sie rufen würde.

Hier waren die Frauen unter sich, stellte Maria Sibylla fest, als sie merkte, dass keine Männer in der Nähe waren.

Gesontu war schon etwas älter, saß aber sehr aufrecht. Sie strahlte Würde und Stolz aus, bewegte sich langsam und mit Bedacht. Sie schien sich jeder ihrer Bewegungen wohl bewusst. Ihr Kinn war nach oben gerichtet, ihre Augen waren nur halb geöffnet. Wenn sie aber jemanden ansah, so tat sie dies mit einer Intensität, der sich der andere nicht entziehen konnte.

Sie hatte, für eine Sklavin unüblich, mehrere Röcke übereinander an. Auch das hob sie von allen anderen ab. Maria Sibylla wurde deutlich, dass sie keine Sklavin, sondern eine Freie sein musste. Ihr Kopftuch hatte sie an der Vorderseite mit einem Knoten hochgebunden.

Hier war sie diejenige, die das Sagen hatte, begriff Maria Sibylla. Unbestritten. Aufgrund ihres Wissens, ihrer Weisheit und der daraus resultierenden inneren Kraft. Beeindruckend, dachte Maria Sibylla und staunte. Das war wahre Größe, wahre Kraft. Sie konnte ihren Blick nicht von der Medizinfrau lassen.

Neben Gesontu brannte ein Feuer, vor sich hatte sie kleine Schälchen stehen, in denen sich verschiedene Heilmittel wie Blätter und Pulver befanden. Mit einer kurzen einladenden Handbewegung forderte die Medizinfrau eine der Frauen auf, nach vorne zu kommen und ihr Anliegen darzulegen. Gesontu hörte zu, und ohne dass Kapelka das kurze Gespräch übersetzte, begriff Maria Sibylla, um was es ging. Die Frau hatte auf dem Rücken eine offene Wunde infolge eines Peitschenhiebs. Die Medizinfrau stand auf, betrachtete die Wunde und bat die Frau, die hinter ihr gestanden hatte und wohl als ihre Assistentin diente, ein paar Blätter zu bringen. Während sie ihre Patientin anwies, sich flach auf dem Bauch auf die Erde legen, nahm sie die Blätter und wärmte sie über dem Feuer, so dass diese sich krümmten. Sie murmelte dabei etwas, und nach einer Weile drehte sie sich um, ging zu der Frau auf dem Boden und legte ihr die Blätter vorsichtig auf die Wunde. Die Frau sog den Atem durch die Zähne ein, spannte ihre Muskeln, blieb aber liegen und entspannte sich gleich wieder. Die Medizinfrau murmelte noch immer in sich hinein, hielt kurz ihre Hände über der Wunde, um sie dann liebevoll auf die Stirn ihrer Patientin zu legen. Sie sprach ihr, so glaubte Maria Sibylla herauszuhören, Mut zu und wohl auch die Versicherung, dass die Wunde verheilen und sie wieder gesund würde. Gesontu bedeutete ihr, noch eine Weile liegen zu bleiben, dann ging sie ruhig zurück zu ihrem Baumstumpf, setzte sich, atmete einmal tief durch und bat dann die nächste Frau nach vorne.

Maria Sibylla und Dorothea sahen gespannt zu, wie Gesontu nacheinander mit großer Ruhe und Autorität den Frauen half. Erst als sie alle versorgt hatte und der Kreis sich allmählich lichtete, winkte sie Kapelka. Diese trat mit Maria Sibylla und Dorothea nach vorne ans Feuer.

»Du bist also die Frau, die sich nicht fürs Zuckerrohr interessiert, sondern im Urwald auf Erkundungen geht«, sagte Gesontu, schaute Maria Sibylla in die Augen und taxierte sie ausführlich. Auch wenn Maria Sibylla dem stechenden Blick standhielt, so hatte die Medizinfrau ohne Zweifel klargemacht, wer hier das Sagen hatte.

»Kapelka hat mir erzählt, dass ihr euch für die Heilwirkung der Pflanzen interessiert. Stimmt das?« Wieder bohrte sich ihr Blick in Maria Sibyllas Augen.

»Ja, das stimmt«, sagte Maria Sibylla und wollte gerade zu einer Erklärung ansetzen. Doch Gesontu hob nur kurz die Hand zum Zeichen, dass sie nichts weiter sagen sollte. Maria Sibylla schluckte ihre Worte hinunter.

»Sie meinte auch, dass du sie mitunter fragst, wie gewisse Pflanzen und Tiere heißen. Stimmt auch das?«

»Ja.« Mehr traute sich Maria Sibylla nicht zu sagen.

»Ihr interessiert euch doch auch sonst nicht dafür, was wir denken, was wir fühlen oder gar für unser Wissen?«

Die wenigen Frauen, die noch geblieben waren und sie beobachteten, raunten zustimmend.

»Warum also sollten wir glauben, dass ausgerechnet du das tust?«

»Weil ich es jeden Tag erfahre, wenn wir in den Wald gehen. Ich kann nur beobachten und sammeln. Aber oft weiß ich die Namen der Pflanzen oder Tiere nicht. Manchmal finde ich sie in meinen Büchern, aber bei uns in Europa ist noch sehr wenig bekannt über die Natur hier. Und auf unseren Erkundungen hatten wir schon mehrere Male das Glück, dass Kapelka nicht nur die Namen wusste, sondern uns auch vor Gefahren gewarnt und beschützt hat.«

Ihre Zuhörerinnen schauten sie aufmerksam an, während Kapelka übersetzte.

»Ich möchte nicht nur die Dinge zeichnen, wie sie sind. Ich möchte vor allem die Zusammenhänge verstehen, begreifen, was es ist, was es damit auf sich hat.«

»Kapelka hat auch gesagt, dass du dich für die Heilwirkung von Pflanzen interessierst?«

»Ja, und für Pflanzen, aus denen ich Farbe herstellen kann. Die brauche ich für meine Zeichnungen.«

»Mhm.« Gesontu atmete mit zusammengekniffenen Lippen über ihre Nase hörbar aus und schien zu überlegen. Sie schaute

Maria Sibylla wieder direkt in die Augen. Ohne den Blickkontakt zu unterbrechen, tauschte sie sich kurz mit ihrer Assistentin und ein paar Frauen aus, die direkt um sie herumstanden.

»Also gut«, sagte sie schließlich, »wenn dich unser Wissen wirklich interessiert, werden wir dir helfen.«

KAPITEL 15

»Am Sonntag sollen wir zu Gesontu kommen«, berichtete Kapelka. »Sie möchte uns einige Pflanzen zeigen. Wenn Sie selbst Pflanzen mitbringen möchten, zu denen Sie Fragen haben, dürfen Sie das tun.«

Dieses Mal trafen sie die Medizinfrau tagsüber. Sie deutete ihnen an, mit ihr in die von den Sklaven angelegten Gärten zu gehen und ging ihnen, einen langen, hellen Holzstab in ihrer rechten Hand haltend, voraus. Maria Sibylla wunderte sich über die Vielfalt der Gewächse, die sie hier angepflanzt hatten, so ganz im Gegensatz zu den riesigen Feldern ihrer Herren, auf denen fast ausschließlich Zuckerrohr in die Höhe schoss. Als sie unter einem Baum mit ausladender Krone und großen gelben Früchten ankamen, die aussahen wie eine Paprika und an deren Unterseite eine kleine, grüne Frucht in der Form eine Niere hing, hielt Gesontu inne.

»Schau«, sagte sie und pflückte die kleine Frucht, schälte sie und sagte: »Hier drinnen ist eine Nuss, die man essen kann.«

Sie gab Maria Sibylla die Nuss und ließ sie probieren.

»Ja, tatsächlich, sie schmeckt gut, etwas süßlich und ölig vielleicht.«

Gesontu nickte. »Aber schau hier, der Saft der Fruchthülle ist so scharf«, sie presste ein paar Tropfen heraus und ließ sie auf ein Blatt träufeln, »dass er Haut und Fleisch wegfrisst. In die offene Wunde kann man dann eine Fontanelle setzen, wie ihr das wohl nennt, damit verdorbene Säfte entweichen können.«

Maria Sibylla war sprachlos. Aus Deutschland oder Holland kannte sie Disteln, Dorne oder Widerhaken, an denen man sich blutig kratzen konnte. Aber Säfte einer Fruchthülle, die einem die Haut und das darunterliegende Fleisch wegbrannten, hatte sie noch nie gesehen. Vielleicht sollte sie hier in Suriname nicht mehr so unbedarft alles anfassen und ausprobieren, wie sie es bisher getan hatte. Kapelka hatte sie ja auch schon vor Schlimmerem bewahrt.

Ihr wurde immer mehr bewusst, wie wichtig die Erfahrung und das Wissen der Einheimischen war, wenn man als Europäerin auf Erkundungsreise in einem Land auf einem anderen Kontinent war, von dem man noch sehr wenig wusste.

»Aber das ist noch nicht alles«, sagte Gesontu. »Dieser Saft, wenn man ihn sammelt und brät, ist sehr gut gegen Durchfall. Außerdem vertreibt er Würmer aus dem Holz.«

Maria Sibylla schaute sich die nierenförmige Hülle genauer an. Doch die Medizinfrau wandte sich jetzt der paprikaförmigen Frucht zu. »Das hier nennen wir den Cashew-Apfel. Die schmecken eher sauer, sind aber gut zum Kochen. Außerdem kann man aus ihnen einen recht starken Wein pressen. Wenn man nicht aufpasst, kann man ganz schön lala werden«, sagte sie und lachte.

Maria Sibylla war völlig fasziniert davon, wie viele Möglichkeiten des Trinkens, Essens und der medizinischen Anwendungen dieser eine Baum bot. Unmöglich hätte sie dies alles alleine herausfinden können.

»Da staunst du, was?« Gesontu genoss die Verwunderung in Maria Sibyllas Gesicht. Sie ging weiter zu einer Ansammlung von Sträuchern.

»Von diesen Cattoen-Sträuchern nehmen wir die weißen Büschel mit ihren langen Fasern und spinnen daraus unsere Hängematten.«

»Die müssen ja dann mindestens so kräftig sein wie die Fasern des Seidenspinners«, überlegte sich Maria Sibylla.

»Die Blätter dienen uns einem anderen Zweck. Wir stampfen sie klein, erwärmen sie und vermengen sie mit Öl oder Wasser. Auf Wunden oder Abszesse gelegt, heilen sie diese.«

»Darf ich etwas fragen?«

»Ja, natürlich.«

»Dorothea, gibst du mir bitte die Pflanze, die wir mitgebracht haben?«

Dorothea reichte sie ihrer Mutter.

»Diese hier stammt aus meinem bescheidenen Garten, ich habe sie mit der Wurzel ausgegraben. Jemand sagte, dass diese Pflanze auch Heilkräfte besäße.« Maria Sibylla schaute Gesontu erwartungsfroh an.

»Das ist, was ihr Weißen eine ›Slaapertje‹ nennt«, bestimmte die Medizinfrau die Pflanze. »Und ja, die Blätter legen wir zur Heilung direkt auf Wunden.«

Gesontu ging weiter und erklärte im Vorbeigehen: »Von diesen Samen kochen wir das Öl ab und verwenden es ebenfalls zur Wundgenesung, einen Teil auch für Öllampen. Olijboom heißt der Baum.«

In der Zwischenzeit hatten sich immer mehr Frauen ihrer kleinen Tour durch die Gärten der Sklaven angeschlossen. Sie wunderten sich darüber, dass die Weißen sich so für ihre Pflanzen interessierten. Immer wieder kicherten sie und plauderten munter miteinander drauflos, während sie Gesontu und ihren Gästen folgten. Die Medizinfrau hielt kurz bei einem Baum an, den Maria Sibylla bereits kannte.

»Redi kakanoto habt ihr schon kennengelernt, hat mir Kapelka erzählt.« Die Medizinfrau zwinkerte ihnen zu. »Die heilende Wirkung brauche ich euch also nicht mehr erklären.« Sie kicherte, und die anderen Frauen mussten lachen. Auch

Maria Sibylla schmunzelte, als sie an den Moment zurückdachte, als Kapelka ihnen versucht hatte, die Wirkung der Nuss zu erklären. Sie gingen weiter.

»Ich habe noch eine Frage«, sagte Maria Sibylla.

»Und die wäre?«

»Einer unserer«, sie zögerte und suchte nach einem passenden Wort, »Begleiter im Urwald schnitt bei einem Baum in die Rinde, worauf ein weißer Saft wie Milch herauslief. Er nahm ihn und rieb sich damit seinen kahlen Schädel ein. Ich frage mich, warum er das tat.«

»Das war dann sicher eine Tabrouba. Es kommt schon mal vor, dass gewisse Tierchen ihre Samen auf die Glatzköpfe fallen lassen und sich die Würmer, die daraus schlüpfen, unter der Kopfhaut einnisten. Und das scheint dann gehörig zu jucken. Der Saft dieser Frucht vertreibt die Würmer oder tötet sie ab.«

»Dann verstehe ich, warum er regelrecht aufgeatmet hat, als er sich damit eingerieben hatte.«

»Essen sollte man diese Frucht übrigens nicht«, erklärte Gesontu weiter, »aber den Saft pressen wir aus und stellen ihn in die pralle Sonne, bis er schwarz wird. Danach verwenden wir ihn, um uns damit die nackte Haut zu verzieren. Der Saft der Tabrouba ergibt ein schönes Blau.«

»Solche Verzierungen habe ich schon gesehen«, sagte Dorothea, »in allen möglichen Formen.«

»Ja, das kann gut sein«, sagte Gesontu. »Die Farbe bleibt für neun Tage fest auf dem Körper haften. Weder Wasser noch Seife können der Farbe etwas anhaben. Danach aber verblasst sie schnell, bis sie schließlich ganz verschwindet. Möchte man sich lieber rot verzieren, verwenden wir den in Wasser eingeweichten Samen des Kosuwe.« Sie bog in eine andere Richtung ab. »Kommt, ich zeige euch noch eine andere Pflanze, die uns Frauen der Verzierung dient, wenn auch auf andere Art.«

Sie hielt vor einem kleinen Feld mit hohen Sträuchern, die voller großer gelber Blüten waren.

»Die Blüten des Yorka-okro riechen nach nichts«, sagte die Medizinfrau, als Maria Sibylla daran roch. »Aber wenn sie abgefallen sind, wächst an deren Stelle ein Saathäuschen. Und die braunen Samen, die sich darin befinden, riechen wunderbar nach Moschus. Die jungen Frauen reihen die Samen an einem seidenen Faden auf und binden sich diesen zur Verzierung um ihre Arme.«

»Ah, das ist es also, was an ihnen so gut riecht. Ich habe mich schon gewundert«, sagte Dorothea.

»Die Blätter riechen zwar nach nichts, sind aber trotzdem nicht nutzlos. Wir mästen damit die jungen Truthähne fett«, sagte Gesontu. Wieder lachten sie alle.

Sie gingen ein kurzes Stück weiter, bis sie an einem Strauch mit prächtig orangeroten Blüten kamen, die an den Enden in ein Gelb übergingen. Der Strauch war bestimmt mehr als doppelt so hoch wie Maria Sibylla. Sie schaute nach oben durch die offene Krone. Gesontu legte ihre Hand auf die graue, glatte Rinde seines Stamms.

»Diese Dyupinda ist für uns Frauen das wohl wichtigste Gewächs«, sagte die Medizinfrau. »Der Samen hilft Frauen, wenn sie Wehen haben, die Geburt in Gang zu bringen. Aber«, und jetzt wurde Gesontu sehr ernst, »noch viel öfter verwenden wir die Samen, um eine Schwangerschaft abzutreiben. Vor allem von Frauen, die von euch Holländern nicht gut behandelt werden, wenn ihr wisst, was ich meine.« Gesontu schaute streng und mit klarem Blick direkt in die Augen Maria Sibyllas.

Sie schämte sich für das Leid, das den Frauen und allen Menschen, die hier zur Arbeit gezwungen und misshandelt wurden, angetan wurde. Und gleichzeitig war ihr bewusst, dass sie von diesem System auch Nutzen hatte, auch wenn sie damit nicht einverstanden war und es am liebstem abschaffen würde. Aber dazu hatte sie keine Macht. Sie senkte ihren Kopf.

»Ja, ich verstehe, was du meinst«, sagte sie leise. So, wie sich die Blankoffiziere den Sklavinnen gegenüber verhielten, ahnte sie, dass diese sie nicht nur zur Arbeit zwangen.

»Aber auch in anderen Beziehungen wollen viele Frauen hier nicht, dass ihre Kinder so wie sie aufwachsen müssen – als Sklaven. Und vergiss nicht, dass uns die Weißen hier normalerweise verbieten, Kinder zu bekommen.«

Die Frauen um sie herum murmelten Zustimmung. Sie redeten jetzt nicht mehr durcheinander, sondern hörten Gesontu ehrfürchtig zu, als ständen diese Sträucher für ihr vereintes Leid als Sklavinnen.

»Wir Sklavinnen sind nicht nur die Unterdrückten der Weißen. Wir sind vor allem die Unterdrückten der weißen Männer. Verstehst du, was ich dir sage?«

»Ja, ich verstehe es, und ich versuche, es zu begreifen«, sagte Maria Sibylla betreten und kaum hörbar.

Die Stimmung in der Gruppe wurde immer betrübter. Die Trauer und Machtlosigkeit, das Unrecht und das Leid der Frauen war für Maria Sibylla fast mit Händen zu greifen.

»Sie möchten in diesem Sklavenstaat keine Kinder in die Welt setzen. Eher berauben sie sich ihres Lebens, bei der harten Behandlung, der sie tagaus, tagein ausgesetzt sind. Sie glauben, dass sie dann im Land ihrer Freunde wiedergeboren werden, in einem freien Staat. Ist es nicht so?«, fragte Gesontu in die Runde.

»Ja, wieder in Freiheit, mit unseren Familien und unseren Freunden«, bestätigten einige der schwarzen Sklavinnen, und die anderen nickten zur Bestätigung.

»Das war das letzte Gewächs, das ich euch heute zeigen wollte«, sagte Gesontu und beendete damit den Rundgang durch die Sklavengärten.

»Danke, dass Sie Ihr Wissen mit mir teilen wollten und mir auch in anderen Hinsichten die Augen geöffnet haben«, sagte Maria Sibylla dankbar.

Die Medizinfrau ergriff Maria Sibyllas rechten Ellenbogen.

»Pass auf dich auf, pass auf deine Gesundheit auf.« Sie schaute ihr eindringlich in die Augen. »Ihr Europäer fühlt euch hier vielleicht mächtig, aber ihr gehört nicht hierher. Schau nur, wie viele von euch krank werden oder sogar sterben. Pass gut auf deine Gesundheit auf, weiße Europäerin.«

Gesontu ließ ihren Ellenbogen wieder los, löste ihren Blick und ging, ohne sich umzuschauen, in eine der Sklavenhütten.

Maria Sibylla schluckte. Glaubte die Medizinfrau eine in ihr bereits schlummernde Krankheit erkannt zu haben? Gesontu war keine Frau von zu vielen Worten, keine, die einfach nur etwas dahinsagte. Maria Sibylla war sehr froh, sie kennengelernt zu haben. Alles was Gesontu sagte, hatte Hand und Fuß und bereicherte Maria Sibyllas Wissen nicht nur über die Heilkräfte der Natur, sondern auch über die Lebensumstände der versklavten Frauen in großem Maße.

Sie kehrten mit Kapelka betrübt wieder in ihre Unterkunft zurück. Maria Sibylla hatte viel gelernt, Gesontu hatte sie mit Wissen geradezu überschüttet. Wissen, dass ihr ansonsten niemals zuteilgeworden wäre. Sie hatte mehr erfahren, als sie jemals erwartet haben könnte.

Und trotzdem schlief sie nicht gut in dieser Nacht.

KAPITEL 16

»Soso, Sie möchten also den Surinam noch weiter hinauf und die Plantage La Providence besuchen?«

Philip van der Meer zog an seiner Pfeife. Er hatte es sich in seinem Sessel gemütlich gemacht. Seine Frau saß neben Maria Sibylla auf der Sitzbank auf der anderen Seite des Beistelltischs. »Und was treibt Sie ausgerechnet dorthin? Die Armseligen bauen dort ja nicht einmal Zuckerrohr an.«

»Ich war mit den Schwestern van Aerssen van Sommelsdijk befreundet und wollte Maria gern besuchen. Lucia ist ja seit einiger Zeit wieder zurück in Friesland.«

»Ach, Sie kennen die Schwestern des vorigen Gouverneurs?«, fragte Cornelia van Velde.

Sie hatte feine Gesichtszüge, und der blaue, geschickt drapierte Manteau mit dazugehörigem Rock brachte ihre Figur sehr vorteilhaft zur Geltung. Sie hatte Geschmack, das musste Maria Sibylla ihr lassen.

»Ja«, sagte sie nun und war wie immer auf der Hut, wenn sich das Thema ihrer Zeit in Wieuwert näherte.

Philip van der Meer nahm ihre Anspannung war. »Lassen Sie es gut sein«, beruhigte er sie, »ich nehme an, Sie haben eine Zeit lang im Schloss Waltha gewohnt? Auch wenn wir keine pietistischen Sektengänger sind, werden wir Ihnen daraus keinen Strick drehen.« Er blies wieder Rauch aus seiner Pfeife. »Jetzt sind Sie ja hier, weit weg von Friesland oder Holland und allen möglichen Glaubenskonflikten. Ich meine, sagen zu dürfen, dass wir das hier alles etwas entspannter handhaben als in Amsterdam.«

»Da haben Sie sicherlich recht«, sagte Maria Sibylla und atmete auf.

»Ich bin mir nicht sicher, ob Maria van Aerssen van Sommelsdijk noch dort ist. Ich dachte, dass sie ebenfalls wieder nach Friesland zurückwollte.«

»Wann möchten Sie denn aufbrechen?«, fragte die Gouverneursfrau. »Wir müssen dann ja ein Zeltboot für Sie bereitstellen.«

Maria Sibylla wollte in einigen Tagen schon die kurze Fahrt zur Plantage der Labadisten unternehmen. Sie wollte dort nicht unnötig lange bleiben. Philip van der Meer und Cornelia van Velde wünschten ihr eine gute Reise.

Maria Sibylla war schlichtweg enttäuscht, als sie in La Providence ankam. Alles hier wirkte irgendwie heruntergekommen. Und doch wunderte sie das nicht sonderlich. Sie erinnerte sich, dass schon von der ersten Gruppe, die aus dem Schloss Waltha emigriert war, um in Suriname ein einfaches Leben zu führen, mit den prächtigen Schmetterlingen auch Briefe angekommen waren, die sich widersprachen. Die einen waren hellauf begeistert von Land und Leuten, die anderen dagegen klangen geradezu frustriert über die Hindernisse und Rückschläge, die sie zu erleiden hatten. Auch waren recht viele Todesfälle zu beklagen.

Die Begrüßung war jedoch herzlich. Caspar Robijn und seine Frau Martha Yvon, sowie Vincenta van der Haar begrüßten Maria Sibylla, Dorothea und Kapelka bereits am Steg. Sie waren froh, endlich wieder jemanden aus ihrer alten Gemeinschaft und fernen Heimat willkommen heißen zu dürfen.

Am Abend aßen sie zusammen, und natürlich kreiste das Gespräch zunächst über ihre gemeinsame Zeit in Wieuwert.

So, wie sie da saßen, wirkten sie alle drei recht müde, musste Maria Sibylla feststellen. Sie waren vielleicht noch nicht ausgemergelt, aber wirklich glücklich und gesund sahen sie nicht gerade aus. Ihre hängenden Schultern bestätigten diesen Eindruck nur noch. Ihre Kleider waren, wie es sich bei den Labadisten durchaus gehörte, nicht nur schlicht, sie wirkten geradezu verschlissen und die Farben verblichen.

Es schien ihr, als wären die Siedler hier einem täglichen Kampf ums Überleben ausgeliefert und besäßen nicht mehr viel Hoffnung, dass es noch jemals einfacher würde. In ihren Augen lag wenig Hoffnung.

Nach einer Weile lenkte Maria Sibylla das Gespräch vorsichtig auf die Plantage.

»Ich habe Maria noch gar nicht gesehen, sie ist doch noch hier, oder?«, fragte Maria Sibylla.

»Oh, das tut mir leid«, sagte Martha Yvon. »Maria ist erst vor Kurzem abgereist, zurück nach Friesland. Da habt ihr euch leider verpasst. Wie schade, sie hätte sich sicher gefreut, dich wiederzusehen. Wir verwalten die Plantage jetzt für sie. Natürlich gehört sie noch immer ihr.«

»Und wie ergeht es euch hier so?«, wollte Maria Sibylla wissen. Sie schaute in betretene Gesichter.

»Tja, was soll ich sagen«, antwortete schließlich Caspar Robijn. »Das Leben hier haben wir uns doch anders vorgestellt. Es stimmt schon, einen Winter wie in Europa gibt es hier nicht. Das bedeutet aber nicht gleich, dass das Leben hier so viel angenehmer wäre. Von diesen vielen Stechmücken und dieser erdrückenden Luftfeuchtigkeit macht man sich ja vorher keine Vorstellung. Na ja, immerhin frieren müssen wir hier nicht mehr. Wisst ihr noch, dass wir in unseren Zimmern in Wieuwert nicht mal bei der härtesten Kälte ein wärmendes Feuer entfachen durften?«

Maria Sibylla erinnerte sich nur allzu gut an die manchmal unsinnigen Bestimmungen ihrer Vorsteher.

»Es lebt sich tatsächlich nicht so einfach hier«, sagte Martha Yvon, »wir hätten den Briefen der ersten Emigranten mehr Glauben schenken sollen. Als wir hier ankamen, waren schon fast alle gestorben. Die meisten an irgendwelchen Krankheiten, die wir von zu Hause nicht kannten und nicht wussten, wie wir sie kurieren könnten.«

Vincenta van der Haar nahm einen Schluck Wasser. »Leider konnten wir bei unserer Ankunft auch nicht weiterhelfen.« Sie hatte eine sehr dünne Stimme. Maria Sibylla hatte Mühe, sie zu verstehen. »Wir hatten in Friesland alles besorgt, was die Überlebenden der ersten Gruppe nötig hatten. Sie hatten uns einen Brief mit einer langen Liste geschrieben. Sie ersuchten um alle möglichen Werkzeuge und Gerätschaften, Kleidung, sogar Lebensmittel.« Vincenta van der Haar machte eine kurze Pause. »Aber während unserer Reise geschah etwas Furchtbares.« Sie konnte ein paar Schluchzer nicht unterdrücken.

Caspar Robijn ergriff das Wort und erzählte, wie sie auf hoher See von Piraten überfallen worden waren, die ihnen alles abgenommen hatten außer der Kleider, die sie am Leib trugen. »Immerhin haben sie uns das Schiff gelassen.«

»Das ist ja furchtbar!« Maria Sibylla war zutiefst bestürzt.

»Ja, das kann man wohl sagen«, bestätigte Vincenta van der Haar, die sich mehrere Male schnauzen musste, als Caspar Robijn die Kaperei schilderte. »Wir kamen sprichwörtlich mit nichts an. Ausgemergelt und unserer Hoffnung beraubt, dass wir unseren Brüdern und Schwestern unter die Arme greifen konnten. Auch von unserer Gruppe sind die meisten verstorben. Missernten, Krankheiten …«

»Oder aber sie sind, so schnell sie konnten, wieder zurück nach Friesland«, sagte Caspar Robijn bitter.

»Wie du siehst, Maria Sibylla, wir sind die letzten Labadisten, die noch hier sind«, sagte Martha Yvon. »Aber lasst uns diesen Abend von etwas Fröhlicherem sprechen. Erzähl, Maria Sibylla, was hat dich dazu gebracht, die weite Reise nach Suriname auf dich zu nehmen, und noch dazu ganz alleine?«

Sie erzählte von ihrer Arbeit, von den ersten tropischen Schmetterlingen, die aus Suriname in Wieuwert ankamen, und dass sie damals schon dachte, dass sie unbedingt in dieses Land reisen wollte, um die Schmetterlinge mit eigenen Augen zu sehen und zu begreifen, wie sie durch ihre Verwandlungen schließlich zu solch wunderschönen Tieren wurden.

»Und was möchtest du hier bei uns?« Vincenta van der Haar musterte sie freundlich.

»Das Gleiche wie an den anderen Orten, an denen ich hier war: in den Urwald gehen und nach Pflanzen und Tieren suchen, sammeln, was mir für meine Studien und meine Kunst sinnvoll erscheint.«

Das Zimmer, das ihnen die Labadisten für ihren Aufenthalt zur Verfügung gestellt hatten, atmete die gleiche karge Atmosphäre wie der Rest der Plantage.

»Ich glaube, ich möchte hier nicht lange bleiben«, sagte Maria Sibylla, als sie sich zur Nacht legten.

Dorothea pflichtete ihr bei. »Es fühlt sich fast so an wie früher, und ehrlich gesagt bin ich im Nachhinein noch so froh, dass wir nach Amsterdam gezogen sind.«

»Ja, du hast recht. Und ich möchte diese Freiheit nie mehr verlieren. Nie mehr. Also lass uns schauen, ob wir hier noch Neues entdecken können, und dann fahren wir so schnell wie möglich wieder zurück nach Palmeneribo.«

»Hattet ihr einen guten Tag?«, begrüßte sie Caspar Robijn freundlich, als sie nachmittags wieder einmal aus dem Urwald zurück auf die Plantage kamen. Er war gerade dabei, die Ausbesserungsarbeiten bei einer Schleuse zu begutachten, und stützte sich auf dem Stiel der Schaufel ab.

Sein Hemd war schweißdurchnässt, seine Kniestrümpfe waren mit Erde verdreckt, ebenso seine Schuhe, die ihm nur bis kurz über die Fußknöchel reichten.

Auch Maria Sibyllas Kleidung war nach einem Tag im Urwald recht verschwitzt und voller Flecken.

»Ja, danke, durchaus. Schaut, wir haben euch ein paar köstliche Papayas mitgebracht.«

»Danke, sehr liebenswürdig. Und habt ihr sonst noch etwas entdeckt?«

»Ja, einen sonderbaren Baum, aus dem Gummi fließt, wenn man die Rinde anschneidet. Davon habe ich auch mitgebracht. Dieses Gummi kommt mir beim Anmachen neuer Farben sehr recht.«

Caspar Robijn sagte etwas Zustimmendes, als er sich schon wieder den Arbeiten an der Schleuse widmete.

»Darf ich dich etwas fragen, Caspar?«

»Ja, natürlich, Maria Sibylla.«

»Auf den Plantagen, auf denen wir bisher waren, wurde praktisch nur Zuckerrohr angebaut. Bei euch sehe ich keinen einzigen Halm davon. Dabei könntet ihr damit doch einiges an Geld verdienen.«

»Das gibt der Boden hier einfach nicht her.« Caspar Robijn schaute bedrückt. »Der erste Schwung unserer Gemeinschaft, der nach Suriname kam, hatte wohl nicht auf den Rat gehört, sich nicht so weit weg von Paramaribo niederzulassen. Der Boden ist einfach nicht ertragreich genug, und dazu haben wir noch viel zu weite Anfahrtswege in die Stadt. Mit dem Zeltboot braucht man geschlagene vierzig Stunden, um den Strom hinunterzufahren. Weißt du, die Plantage wirft nicht wirklich etwas ab. In der Zwischenzeit schaffen wir es, uns selbst zu versorgen, aber viel verdienen, um unsere Gemeinschaft hier auszubreiten und Zeit für die Mission zu haben, das ist einfach nicht drin.« Er schaute traurig. »Die Ersten unserer Glaubensbrüder und -schwestern konnten nicht einmal das wirklich. Sie hatten einfach keine Ahnung vom Landbau hier in den Tropen, erlitten Missernten und mussten Hunger leiden. Und sowieso, die Mission. Um ehrlich zu sein, die ist ein riesiger Reinfall. Zum einen, weil wir zu wenig Zeit dafür haben, zum anderen aber auch, weil sich sowohl die roten Ureinwohner, Sklaven oder Freie, als auch die schwarzen Sklaven ziemlich resistent gegenüber unserem Herrgott zeigen.«

»Na ja«, sagte Maria Sibylla vorsichtig, »vielleicht liegt das daran, dass es für sie kaum vorstellbar ist, einen Gott anzunehmen, der es so schlecht mit ihnen meint.«

»Ach, ich weiß auch nicht.« Caspar klang frustriert, scharrte mit einem Fuß in dem trockenen, staubigen Boden. »Die erste Gruppe hier dachte wohl anfangs, ganz ohne Sklaven auszukommen. Aber das ist gründlich missglückt. Als sie sich dann überwunden hatten, versuchten sie, sanft mit ihnen umzugehen.«

»Das ist doch lobenswert.«

»Ja, nur dass die Sklaven daraufhin fast gar nicht mehr gearbeitet haben.«

»Und wie haben deine Vorgänger dieses Problem gelöst?«

»Gelöst, ha!« Caspar schnaubte verächtlich und scharrte weiter mit seinem Fuß im Boden. »Gelöst«, wiederholte er, »dass ich nicht lache. Jedenfalls nicht mit Nächstenliebe. Sie haben das Pendel ganz schnell in die andere Richtung schwingen lassen. Sie haben die Sklaven noch härter und brutaler angepackt als auf den anderen Plantagen. Wir versuchen hier, wieder mit den Sklaven umzugehen wie auf den anderen Plantagen auch. Aber die Nachwirkungen spüren wir noch immer.«

»Wie meinst du das?«

»Vor ein paar Jahren«, Robijn kratzte sich nachdenklich am Kinn, »ich glaube, es war 1693, sind uns achtzehn Sklaven abgehauen und in den Urwald geflohen. Wir haben sie nie mehr gefunden. Sie haben sich irgendwo tief im Urwald mit anderen entlaufenen Sklaven zusammengerottet. Die Gruppe ist sogar schon so groß, dass sie einen eigenen Namen bekommen hat. Sie werden Marrons genannt.« Die Kuhle unter seinem Fuß wurde tiefer. »Und täusche dich nicht, Maria Sibylla ... Ich meine, ich möchte dich nicht beunruhigen, aber die Ruhe hier ist trügerisch. Eine Gruppe dieser Marrons führt immer wieder Überfälle auf die Plantagen aus. Wir müssen also immer auf der Hut sein.«

»La Providence, die Vorsehung«, seufzte Maria Sibylla. »Der Name ist wohl eher zu einer Bürde geworden, als dass er noch länger eine Verheißung in sich trägt.«

Caspar Robijn seufzte und wirkte müde. »Das kann man wohl sagen.«

Maria Sibylla stöhnte kurz auf. Ihr fuhr plötzlich ein schneidender Schmerz durch den Magen, der sich verkrampfte.

»Geht es dir gut?«, fragte Caspar Robijn besorgt.

»Ja, ja, es ist nichts, das geht schon wieder.« Der Krampf hatte sich nach ein paar Sekunden schnell wieder gelegt.

»Na ja, wenn du meinst.« Er wirkte nicht überzeugt und musterte sie mit zusammengekniffenen Augen. »Du solltest Martha bitten, nach dir zu schauen. Vielleicht hat sie ja einen Tee, der dir guttun würde.«

»Es ist nichts, aber danke, Caspar«, sagte Maria Sibylla und lehnte das Angebot ab. »Seit einigen Tagen habe ich ab und zu diese Magenkrämpfe. Vielleicht habe ich ja irgendetwas im Urwald probiert, was ich besser nicht hätte essen sollen, wer weiß.«

»Wie du meinst.«

»Es geht schon wieder, wirklich, aber danke.«

KAPITEL 17

Maria Sibylla sah am Blick ihrer Tochter, dass sie sich Sorgen um sie machte, da sie immer noch Krämpfe bekam. Mit verdorbenem Essen waren diese jedenfalls nicht mehr zu erklären. Sie war froh, dass sie die kleinen Lähmungserscheinungen, die sie seit einigen Tagen immer wieder in ihren Händen spürte, noch gut verborgen halten konnte. Wenn sich wieder einmal ein solcher Anfall ankündigte, hatte sie fast keine Kraft mehr in ihren Armen und konnte sie nicht mehr über ihre Ellenbogen heben. Meistens kamen diese Schübe nachts und waren bislang nach einiger Zeit wieder weggegangen. Sie machte sich keine Sorgen, schob es auf die Hitze und die Feuchtigkeit und auf die körperlichen Anstrengungen der Urwaldwanderungen. Trotzdem war sie froh, dass sie ein paar Tage nach dem Gespräch mit Caspar Robijn wieder zurück in Palmeneribo waren. Hier fühlte sie sich bedeutend wohler.

Die anderen waren schon zu Bett gegangen, als Maria Sibylla sich nach getaner Arbeit noch auf die Veranda setzte, um die laue Abendluft zu genießen und ihre Gedanken schweifen zu lassen.

Dieser engstirnige Glaube an eine Gottesfügung entspricht einfach nicht mehr meiner Vorstellung, dachte Maria Sibylla an die Tage in La Provience und ihre Jahre in Wieuwert zurück. Die sind einfach nicht in Einklang zu bringen mit dem, was ich auf meinen Erkundungen feststelle. Alles dort hat eine gewisse Ordnung, nichts davon war Zufall, sondern alles hat seine

Bewandtnis, auch bei den kleinsten Lebewesen, die manche vielleicht als hässlich oder gar tierisches Geschmeiß bezeichnen mochten. Man konnte es drehen und wenden, wie man wollte, aber Maria Sibylla war immer mehr davon überzeugt, dass alle Lebewesen das gleiche Recht in dieser Schöpfung hatten.

Maria Sibylla war klar, dass sie als Künstlerin und Naturkundlerin anders auf die Dinge schaute als die Plantagenbesitzer. Vielleicht sah sie deshalb klarer, dass nichts unabhängig voneinander funktionieren konnte, sondern auf wunderbare Weise alles mit allem zusammenhing.

Dieses Wissen habe ich mir als Naturkundlerin doch angeeignet, dachte sie nicht ohne Stolz, dass ich offen sein kann für das, was ich sehe, und meine Meinung revidieren kann, wenn das, was ich sehe, dem widerspricht, was ich zuvor geglaubt habe.

Dieses geistige Zurücklehnen in eine Gottgegebenheit machte sie rasend. Was war sie froh, dass sie das hinter sich gelassen hatte. Dass sie ihr Leben selbst in die Hand genommen hatte und sich nicht mehr einer Glaubensgemeinschaft unterzuordnen hatte. Nein, ihr Platz war die Kunst und die Erkundung der Natur. Je mehr Wissen um die Schöpfung sie erlangte, desto höher konnte sie sie auch preisen.

»Schau mal«, rief Dorothea ihre Mutter beim allabendlichen Füttern der Raupen zu. Während Dorothea fütterte und sauber machte, zeichnete Maria Sibylla. »Ich glaube, da bewegt sich was in einer der Puppen.«

Maria Sibylla stand auf und ging zu ihrer Tochter hinüber.

»Tatsächlich, ich glaube, da schlüpft gleich der Falter heraus.« Sie schaute in ihre Aufzeichnungen. »Nach nur vierzehn Tagen als Puppe, der hat es aber eilig.«

Die Farbe der Puppe entsprach einem unscheinbaren Blattgrün, das es vor Fressfeinden schützen sollte.

»Jetzt wird es spannend«, sagte Maria Sibylla, schließlich durfte ihnen der Schmetterling nicht davonfliegen. Sie stülpten eine große Glasglocke über die Puppe und warteten gespannt. Maria Sibylla hatte es schon oft erlebt, dass aus den schönsten Raupen die hässlichsten Motten kamen und umgekehrt. Sie hatte also keine große Hoffnung. Und trotzdem konnte sie ihre Augen nicht von der Puppe lassen. Gespannt schauten sie zu, wie die Bewegungen in der Puppe selbst immer heftiger wurden und sich auf einmal ihre Unterseite öffnete. Ein erstes Stückchen der Flügel und der Beine konnten sie schon sehen. Stück für Stück zwängte sich das Tier aus seiner Puppenhülle weiter nach draußen, in die Freiheit. Maria Sibylla und Dorothea hielten den Atem an. Gleich hatte es der Schmetterling geschafft. Bisher konnten sie nur die Unterseite der Flügel sehen. Diese war braun mit grünlichen Flächen.

Na ja, dachte Maria Sibylla, eine recht bedeckte Farbstellung, aber auch nicht gerade hässlich.

Noch ein letztes Zucken, dann hatte der Schmetterling sich befreit und flog auf.

Maria Sibylla traute ihren Augen kaum. Einen solch schönen Schmetterling hatte sie noch nie zu Gesicht bekommen. Die Oberflächen seiner Flügel schienen wie aus poliertem Silber gemacht, das mit dem allerschönsten Ultramarin überzogen war. Und als Maria Sibylla genauer hinsah, sah sie auch noch ein Grün und Purpur auf den Flügeln schimmern.

»Wie wunderschön er ist«, sagte auch Dorothea.

Sie schauten diesem Wunder der Schöpfung noch eine ganze Weile zu, wie er unter der Glasglocke flog und sich immer wieder auf den Ast des Mistelbaums setzte. Die Puppe hing wie leblos noch immer am Ast. Sie war nur noch eine leere Hülle.

»Was hältst du davon, wenn du dieses Mal den Schmetterling präparierst?«, sagte Maria Sibylla zu ihrer Tochter. »Es wird höchste Zeit, dass du auch das lernst.«

»Im Ernst?« Dorothea freute sich.

»Komm, fang ihn vorsichtig ein, so dass du seine Flügel nicht verletzt. Und du weißt ja, drücke ihn etwas hinter der Mitte an seinem Körper zusammen. Wenn es sich anfühlt, als ob etwas knackt, sollte er sich nicht mehr bewegen.«

»Eigentlich ist es schade, dass wir ausgerechnet die Tiere, die wir auf Papier verewigen, des Lebens berauben müssen«, sagte Dorothea.

»Anders geht es nun einmal nicht«, schob ihre Mutter die Einwände weg. »Werde jetzt nur nicht sentimental und mach einfach, was du tun musst.«

Nachdem Dorothea den Schmetterling vorsichtig eingefangen hatte, faltete sie die Flügel zusammen, legte ihn in ein Papiertütchen, faltete dieses zu einem Dreieck und steckte es schließlich in eine Holzschachtel. Die Holzschachtel war mit Sand bedeckt, der die Feuchtigkeit des toten Tieres auffangen konnte. Um sicher zu sein, dass ihnen keine Ameisen oder andere Kriechtiere den Falter wegfressen konnten, hatten sie eine kleine Konstruktion gebaut, bei der ein mit Wasser gefüllter Trichter an einem Haken an der Decke hing. Unter dem Trichter war wiederum ein Haken angebracht, und an diesem hing das Behältnis mit dem Schmetterling.

»Komm«, sagte Maria Sibylla, »nimm die zwei hier aus der Holzschachtel. Die sind schon einige Tage alt und dürften zur Genüge getrocknet sein.«

Dorothea nahm die Holzschachtel von der Schnur und holte die Papiertüten mit den Schmetterlingen heraus.

»Also«, begann Maria Sibylla, »du darfst die Flügel auf keinen Fall berühren. Schon mit der kleinsten Berührung würdest du sie beschädigen.«

Maria Sibylla holte zwei Spannbretter aus einem der Überseereisekoffer, legte eines vor Dorothea und eines vor sich. Dann holte sie aus dem gleichen Koffer Nadeln und schmale, zu einer Rolle eingewickelte Papierstreifen. Dorothea legte einen der Schmetterlinge vor ihre Mutter und einen vor sich selbst auf den Tisch.

»So kann ich dir am besten zeigen, was ich meine, wenn ich dir das Aufstecken eines Schmetterlings erkläre.«

Dorothea war nervös, ihre Hände zitterten leicht.

»Sammle dich, Dorothea, schau genau zu, du darfst jetzt keine Fehler machen, sonst war die ganze Mühe bis hierhin umsonst.«

Ihre Tochter atmete tief durch. Ihre ganze Konzentration gehörte jetzt dem Schmetterling vor ihr.

»Erst nimmst du diesen dünnen Stab hier und gehst mit ihm zwischen die Flügel. Dann biegst du die Flügel ein bisschen nach unten. Wenn sie gut nachgeben, ist das Tier reif zum Aufstecken.« Sie machte es ihr vor. Die Flügel federten in ihre alte Position zurück nach oben.

»Die sind so weit«, stellte Maria Sibylla fest. »Jetzt nimmst du den Körper vorsichtig in die eine Hand und stichst mit der anderen mit einer langen Nadel von oben nach unten hindurch. Siehst du, dass du den Schmetterlingskörper in drei Bereiche einteilen kannst?«

Dorothea schaute genau hin. »Den Kopf, die Mitte und den Hinterleib«, sagte sie schließlich.

»Sehr gut. Pikse dich nicht selbst in die Finger! Für diesen Schmetterling würde ich eine mittelgroße Nadel zum Festsetzen verwenden«, schlug Maria Sibylla vor.

»So?«, wollte sich Dorothea vergewissern.

»Tiefer«, sagte Maria Sibylla, »schau, so.« Sie machte es ihrer Tochter vor. »Das hätten wir schon mal.«

Maria Sibylla holte einen Streifen aufgerollten, sehr dünnen Papiers hervor und schnitt ihn mit der Schere in vier kleinere Streifen, ungefähr doppelt so lang wie die Flügel des Schmetterlings waren.

»Also, pass auf. Du nimmst einen der Streifen, hältst ihn ausgestreckt über die Mitte des Schmetterlings, gehst zwischen den Flügeln mit dem Papier nach unten, und wenn du den Körper erreicht hast, biegst du einen der Flügel, indem du ihn vorsichtig mit dem Papier nach unten kippst.«

Sie machte es ihr wieder vor.

»Wenn du den Flügel ganz geöffnet hast und er auf dem Spannbrett aufliegt, nimmst du zwei der Spannnadeln und steckst sie mit etwas Abstand zu den Flügeln durch das Papier ins Holz.« Maria Sibylla beschrieb all diese Handlungen in dem Moment, in dem sie sie ausführte. »So, siehst du? Und jetzt du.«

Dorothea schob vor lauter Konzentration die Zungenspitze zwischen ihre Lippen.

»Ja, gut. Aber pass auf, dass du das Papier nicht hin- und herschiebst. Die Farbflächen auf den Flügeln liegen wie kleine Dachpfannen übereinander. Wenn man auch nur ein wenig dagegen reibt, fallen sie ab und die ganze Schönheit geht verloren.«

»Wie, Dachpfannen?«, wunderte sich Dorothea.

»Unter diesem neuartigen Gerät, das Antonie van Leeuwenhoek wohl Mikroskop nennt, kann man das sehr gut sehen. Ich werde dich bei Gelegenheit mal durchschauen lassen.«

»Und jetzt auf der anderen Seite das Gleiche noch mal.«

Sie trat einen Schritt zurück und betrachtete ihr Werk.

»Aber der liegt ja ganz krumm auf dem Brett!« Sie war enttäuscht. »Was habe ich denn falsch gemacht?«

»Nichts, meine Gute, wir sind nur noch nicht fertig.«

»Oh, ich dachte, wir …«

»Wir sind noch nicht mal bei der Hälfte, Dorothea«, ermahnte ihre Mutter sie zu mehr Geduld. Ihre Tochter atmete hörbar durch.

»Diese Arbeit erfordert Präzision und Geduld, meine Liebe, und Erfahrung. Mit der Zeit wird es dir einfacher von der Hand gehen, du wirst schon sehen.«

»Ich hoffe es«, sagte Dorothea.

Maria Sibylla führte sie durch die weiteren Schritte, zeigte ihr ruhig, auf was es zu achten galt, und trotz ihrer Ungeduld stellte sich Dorothea recht geschickt an.

»So, das war es auch schon«, sagte Maria Sibylla.

»Und die Nadeln und Papierstreifen? Die müssen wir doch noch wegnehmen?«

»Ja, aber jetzt noch nicht. Die Nadeln müssen ein paar Tage stecken bleiben, sonst gleiten die Flügel wieder in ihre ursprüngliche Position zurück, dann hätten wir die ganze Arbeit umsonst gemacht. Aber in drei Tagen schon ziehen wir die Nadeln raus, und dann können wir uns ans Zeichnen und Ausmalen dieser Schönheiten machen.«

Maria Sibylla war froh, das Aufspannen der Schmetterlinge ohne Krampf oder Lähmungsschub geschafft zu haben.

KAPITEL 18

Was ist denn das?, wunderte sich Maria Sibylla, als sie wieder auf der Plantage Palmeneribo angekommen waren.

Am Fenster ihrer Unterkunft hing ein ovaler Klumpen, der aussah wie Lehm. Neugierig betrachtete Maria Sibylla ihn genauer und entschied sich dann, ihn vorsichtig mit einem Messer aufzuschneiden. Im Inneren des Lehmklumpens entdeckte sie vier Innenräume, in denen weiße Würmer lagen, die ihre Haut neben sich abgelegt hatten. Handelte es sich hier etwa um eine Verwandlung, ähnlich wie bei den Schmetterlingen? Sie war gespannt, um was es sich hier handelte, schloss den Klumpen wieder, so gut es ging, und ließ ihn in Ruhe. Jetzt hieß es abwarten.

»Ich würde im Urwald gern zu kleinen Bächen oder stehenden Gewässern gehen«, sagte Maria Sibylla zu Kapelka und bat sie, dies den Sklaven zu übersetzen, so dass sie sie an solche Orte führen konnten. »Ich möchte schauen, ob wir noch interessante Tiere im seichten Wasser zu sehen bekommen.«

Sie hatte eine unruhige Nacht gehabt, die Krämpfe plagten sie und sorgten dafür, dass sie eine ganze Weile wach lag, wollte aber auf jeden Fall wieder auf Erkundung gehen. Als sie etwas gegessen hatte, ging es ihr schon wieder etwas besser. Maria Sibylla ließ sich nichts anmerken, und so machte sie sich mit Dorothea, Kapelka und vier Sklaven auf.

»Was ist denn los mit dir?«, fragte Dorothea nach einer Weile.

»Wieso?«

»Du bist heute so langsam. Wir müssen ständig auf dich warten.«

»Ach, das geht schon, ich schaue mich nur um und genieße den Urwald.« Aber sie wusste, dass ihre Tochter recht hatte. Und sie wusste auch, dass sie ihr eigentlich nichts vormachen konnte. Ab und zu hatte sie diese Krämpfe und Lähmungserscheinungen, aber eine ganze Zeit lang auch wieder nicht, und dann ging es ihr auch richtig gut. Doch heute war es anders. Sie fühlte sich schlapp und fiebrig und musste sich geradezu zwingen, einen Schritt vor den anderen zu setzen. In Wirklichkeit hatte sie kaum noch Energie übrig, um sich umzusehen.

Bei einer kleinen Lichtung angekommen, machten sie Halt. Sie ließen sich alle nebeneinander auf einem abgebrochenen, querliegenden Baumstamm nieder. Dorothea setzte sich neben ihre Mutter.

»Du bist ganz heiß und schwitzt viel mehr als sonst«, sagte sie besorgt. »Ich glaube, du hast Fieber.«

»Das kann sein, aber das wird schon wieder. Schließlich kann ich das Fieber bei so einer Wanderung am besten herausschwitzen.«

»Ich weiß nicht, du siehst ziemlich blass aus. Ich mache mir wirklich Sorgen.«

Aber Dorothea wusste auch um die Zähigkeit ihrer Mutter, die sich nicht einfach so aus dem Feld schlagen ließ.

»Wäre es nicht besser, wir würden zurückgehen, und du würdest dich etwas schonen?«

»Ach was, wenn ich schon mal hier bin, möchte ich die Zeit auch so gut wie möglich nutzen. Außerdem wird es mir gleich wieder besser gehen, du wirst schon sehen.«

Insgeheim hoffte Maria Sibylla, dass es nicht mehr weit war. Immerhin, die Pause hatte ihr gutgetan, und sie war froh, als sie tatsächlich schon nach einer kurzen Strecke vor einem Flussufer standen. Während die anderen für das Gepäck einen geeigneten Platz suchten und sich erst einmal setzten, stürzte sich Maria Sibylla sofort voller Tatendrang in ihre Arbeit. Das Fieber schien wie weggeblasen.

»Sehr nur, hier fliegen tatsächlich jede Menge Schmetterlingsarten durch die Luft.« Maria Sibylla atmete tief durch, musste aber sogleich husten. Dorothea sah besorgt zu ihr auf, sagte aber nichts.

Maria Sibylla schaute hinunter auf das Wasser des langsam fließenden Flusses und machte ein paar vorsichtige Schritte hinein, während sie ihr Kleid mit einer Hand hochhielt.

Es war doch etwas anderes, das Leben im Wasser zu betrachten, stellte Maria Sibylla fest. Bei ihren Raupen, Eiern, Puppen und Schmetterlingen wusste sie, worauf sie achten musste. Aber hier sah sie einfach nur ein unbestimmtes Gewusel im Wasser. Wenn sie sich einfach auf einen Punkt konzentrierte und beobachtete, was da so alles vorbeikam … Sie suchte sich eine Stelle aus, die nicht tief war, und an der ein großer Stein aus dem Wasser ragte, auf den sie sich setzen konnte. Im Wasser war sie von der Sonne weniger geschützt, und sie war froh, dass sie einen Hut mit breiter Krempe trug. Dafür schwirrten in der prallen Sonne auch weniger Mücken und Fliegen, die sie im Schatten des Waldes unablässig belästigten.

Fische interessierten sie im Moment nicht weiter, vielmehr hoffte sie, einheimische Froscharten zu finden. So saß sie eine Weile und beobachtete das Treiben im Wasser um ihre Füße.

»Das ist ja unglaublich!«, brach es auf einmal aus ihr heraus. »Das sieht doch aus wie eine Wanze. Schnell, bringt mir einen Kescher und eine Fangschachtel!«

Kapelka und Dorothea standen rasch auf und brachten ihr das Gewünschte.

»Was siehst du denn?«, fragte Dorothea.

»Da, schau mal. Das sieht doch aus wie eine Wanze, aber sie läuft auf dem Boden des Flusses, unter Wasser.«

»Unglaublich«, sagte Dorothea, als sie das Tier beobachtete.

Langsam brachte sie den Kescher ins Wasser, so dass sie die Tiere nicht erschrak, und zog ihn dann vorsichtig über den Flussboden. Sie konnte ein paar der sonderbaren Tiere erhaschen, drehte den Ring am Kescher, damit sie nicht entweichen konnten, und zog ihn langsam aus dem Wasser.

Dorothea machte erschrocken einen Satz und ließ den Kescher fallen. Zu ihrer Verwunderung sahen sie, wie die Wanze, einmal aus dem Wasser, plötzlich Flügel zu haben schien und zu fliegen begann.

»Watrakakalaka«, sagten die Sklaven und lachten sie aus, als sie sahen, wie erschrocken Dorothea dreinblickte. Kapelka versuchte, ihr Lachen zu unterdrücken, was ihr aber nur halbwegs gelang.

Sie versuchten es erneut. Das zweite Mal gingen sie die Sache anders an und schafften es, ein paar Watrakakalaka vom Kescher direkt unter Wasser in Gläser zu bugsieren und diese schnell zu verschließen.

»Schau mal, diese Frösche.« Maria Sibylla zeigte auf einen grünen Laubfrosch mit braunem Muster. »Die Enden an seinen Pfoten sehen aus wie Kugeln. Das scheint es ihm möglich zu machen, über das Wasser zu laufen.«

Sie schauten den Fröschen eine Weile zu.

»Ich glaube, das hier unten am Ufer ist ihr Laich. Hiervon nehmen wir auch ein paar Gläser mit. Wir schöpfen ihn einfach mit dem Wasser um ihn herum ab.«

Maria Sibylla stand auf, hustete wieder, aber ließ sich davon nicht aufhalten, sondern ging ein paar Schritte weiter ins Wasser hinein. Dann setzte sie sich auf einen anderen Stein und beobachtete erneut die Wasserwelt unter ihr.

Ihre Augen weiteten sich. »Jetzt sehe ich sie tatsächlich lebend und in ihrer eigenen Umgebung.« Bisher hatte sie diese Tiere nur im Raritätenkabinett des Nicolaes Witsen gesehen. Eine Pipa pipa. Aber wie sie sich bewegte und die Eier auf ihrem Rücken durch das Wasser trug, war doch noch einmal etwas ganz anderes, dachte Maria Sibylla und konnte ihren Blick nicht von diesem wundersamen Geschöpf abwenden.

Sie winkte Dorothea herbei, ohne ihren Blick von den Pipa pipas zu lassen. Dorothea brachte den Kescher mit. Als sie die Großen Wabenkröten sah, rief sie Kapelka zu, dass sie einige der größeren Gläser brauchten, und machte sich an ihr Werk.

Als die Sklaven sahen, was sie da herausgefischt hatten, gingen sie auch ins Wasser und holten mit den bloßen Händen ein paar der Kröten heraus.

Maria Sibylla und Dorothea schauten ihnen erstaunt zu.

»Sie finden die Pipa pipa sehr schmackhaft und essen sie gerne gebraten. Deshalb nehmen sie einige mit«, klärte Kapelka die beiden Europäerinnen auf.

»Lasst uns zurückgehen«, sagte Maria Sibylla. Sie war mit ihren Entdeckungen und Untersuchungsmaterial des heutigen Tages mehr als zufrieden.

»Was, jetzt schon?«, protestierte Dorothea, die noch einige neue Schlangenarten oder Käfer finden wollte.

»Für heute reicht es«, entschied Maria Sibylla. Jetzt, da ihre Neugier erst einmal gestillt war, fühlte sie, wie das Fieber sie langsam wieder beschlich. Sie wollte so schnell wie möglich zurück auf der Plantage sein und sich hinlegen, bevor sie nicht mehr weiterkonnte.

»Wo kommen denn all die Bienen plötzlich her?« Dorothea fuchtelte abwehrend mit ihren Händen. »Oder sind es Wespen?«

Schon von draußen nahmen sie ein lautes Surren wahr, als sie sich ihrer Unterkunft auf der Plantage näherten. Drinnen wurde ihnen schnell klar, was geschehen war.

»Wedle doch nicht so mit den Armen, Dorothea, du machst sie ja noch ganz wild.«

»Na, du hast gut reden. Ich will doch nicht gestochen werden. Ich gehe nach draußen.«

Fluchtartig verließ sie das Zimmer.

Das also war es, was aus den weißen Würmchen kroch, dachte Maria Sibylla. Sie fing mit dem Kescher einige der schwarz-gelben Tiere ein, die anders aussahen als die Wespen und Bienen in Amsterdam.

Zu ihrem Leidwesen verzogen sie sich, nachdem sie geschlüpft waren, nicht, und nach ein paar Tagen stellte Maria Sibylla fest, dass sie ausgerechnet neben ihrer kleinen Farbkiste wiederum eine Form aus Lehm bauten. Maria Sibylla konnte beobachten, wie sie auf die runde Form einen Deckel bauten, um das Geformte zu schützen. An einer Stelle ließen sie ein Loch, so dass sie hineinkriechen konnten. Zweifelsohne, um ihre Jungen oder Würmer zu ernähren, vermutete Maria Sibylla, denn sie sah, wie sie unentwegt kleine Raupen nach drinnen brachten. Gerade so wie die Ameisen, dachte Maria Sibylla.

Das Fieber wurde im Laufe der nächsten Zeit stärker und zwang Maria Sibylla, zunächst im Bett zu bleiben. Nach einigen Tagen wurde es wieder besser, aber sie fühlte sich noch immer schwach. Zu schwach, um gleich wieder aufzubrechen und die strapaziösen Erkundungen im Urwald wieder aufzunehmen.

Hatte sie jetzt etwa auch eine dieser sagenumwobenen Krankheiten erwischt, an der schon so viele Weiße erkrankt und manche sogar daran gestorben waren?, fragte Maria Sibylla sich, als sie schwitzend und mit berstendem Kopfweh im Bett lag. Unter den weißen Siedlern machte so manche grausame Krankheitsgeschichte die Runde. Und praktisch kannten alle jemanden in der Familie oder im Bekanntenkreis, der von einer der mysteriösen Tropenkrankheiten dahingerafft worden war. Ach was, wischte sie den Gedanken daran gleich wieder beiseite. Sie hatte eben Fieber, und das würde auch wieder weggehen. Sie konnte doch nicht einfach sterben. Wo dachte sie hin! Jetzt, wo sie endlich hier war, bereits so viel erkundet hatte und für so viele Puppen sorgen musste, um zu schauen, was aus ihnen schlüpfen würde! Sie musste noch so viel zeichnen von dem, was sie hier gesammelt und gezüchtet hatten. Schließlich wollte sie es so wahrheitsgetreu wie möglich ins Kupfer stechen, wenn sie erst einmal wieder zu Hause in Amsterdam war. Jetzt zu sterben wäre sinnlos, geradezu lächerlich. Erst musste sie das ganze Wissen, das sie hier angesammelt hatte, zusammentragen, aufschreiben und zeichnen, es weitergeben.

»Mama?« Sie hörte Dorothea aus der Ferne nach ihr rufen, oder war es Johanna? Wie lange hatte sie sie nicht mehr gesehen, ihre Stimme nicht mehr gehört? Auch deshalb konnte sie jetzt nicht einfach sterben.

»Mama!« Es klang etwas näher. Sie glaubte Dorotheas Stimme zu erkennen.

Sie wollte unbedingt erst noch wissen, wie es Johanna ergangen war, sie in die Arme nehmen. Natürlich war sie aber noch lange nicht bereit, mit dem Leben abzuschließen. Maria Sibylla hielt kurz inne, musste lächeln und wunderte sich. War sie etwa gerade dabei, mit dem Allmächtigen verhandeln zu wollen?

»Mama!« Dorotheas Stimme klang jetzt ganz nah an ihrem Ohr.

Maria Sibylla öffnete ihre Augen. Ihre Tochter hielt ihr ein feuchtes Tuch auf die Stirn.

»Na endlich … Bist du wieder wach? Du hast im Schlaf geredet und ganz furchtbar geschwitzt.«

Maria Sibylla sah ihrer Tochter ins Gesicht, die halb vornübergebeugt neben ihr saß. Sie blickte sich um. Es war heller Tag, und sie lag im Bett. Wie konnte das denn sein? Sie wollte aufstehen.

»Das scheint mir keine gute Idee zu sein.« Dorothea drückte sie sanft wieder zurück auf ihre Kissen. »Komm erst mal wieder richtig zu dir und dann zu Kräften.«

»Es tut mir leid, ich muss geträumt haben«, sagte Maria Sibylla schließlich.

»Ja, und zwar ziemlich lange.« Dorothea klang besorgter als sonst, das konnte Maria Sibylla hören.

»Es wird bald wieder besser gehen, du wirst sehen.« Maria Sibylla wollte ihrer Tochter Mut machen. Aber wenn sie in sich hineinschaute, musste sie zugeben, dass sie sich auch selbst Mut machen musste.

»Vorläufig ist es jedenfalls besser, wenn du das Bett hütest.«

Maria Sibylla musste einsehen, dass dies im Moment wohl das Beste sei.

»Warum fragen wir nicht Kapelka, ob uns die Eingeborenen nicht Pflanzen oder Tiere aus dem Urwald mitbringen könnten?«, schlug Dorothea vor. »Sie können uns sagen, wie sie bei ihnen heißen und ob sie zu etwas gut sind.«

Maria Sibylla nahm einen Schluck Wasser, den ihr Kapelka gereicht hatte. Sie war ins Zimmer gekommen, als sie gehört hatte, dass Maria Sibylla wieder wach war.

»Es ist eben nicht dasselbe, weil ich dann die Tiere nicht in ihrer eigenen Welt sehen kann, wie sie sich bewegen, wie sie sich verhalten. Aber gut, mir ist gerade wirklich nicht danach, durch den Urwald zu laufen.« Sie zögerte, nahm noch einen kleinen Schluck Wasser.

»Also gut«, sagte sie schließlich, »machen wir es so.«

»Ich war so frei, Gesontu um Rat zu fragen«, sagte Kapelka.

»Und ich war damit einverstanden«, schob Dorothea schnell hinterher, einem etwaigen Einspruch ihrer Mutter zuvorkommend.

»Wenn Sie möchten, können Sie zu ihr. Vielleicht kann sie Sie von Ihren Schmerzen befreien und Sie wieder gesund machen.«

»Danke, Kapelka«, sagte Maria Sibylla, »vielleicht werde ich ihr Angebot an einem der nächsten Tage annehmen.«

KAPITEL 19

Nach ein paar Tagen ging es Maria Sibylla wieder besser. Aber an eine Erkundungstour in den Urwald war noch immer nicht zu denken. Immerhin konnte sie sich wieder um die Raupen und Puppen kümmern und vor allem wieder zeichnen.

Nach Dorotheas Aufruf hatten einige Sklaven immer wieder Pflanzen und Tiere zu ihnen gebracht. Maria Sibylla bedankte sich jedes Mal herzlich und sprach mit ihnen, um die Namen und den Nutzen der Pflanzen zu erfahren, wo sie wuchsen, wie groß sie wurden und was sie sonst noch alles wissen wollte. Desgleichen bei den Tieren. Sie konnten zwar nicht auf alle Fragen Maria Sibyllas Antwort geben, aber trotzdem brachte sie so mehr Material und Informationen zusammen, als sie sich hätte träumen lassen.

Die Wespen oder Bienen, sie war sich noch immer nicht sicher, wurden ihr zunehmend lästiger mit ihrem Gesumme und dem Herumgekrabbel auf ihren Farben oder dem Pergament. Auch wurde es für Maria Sibylla eine immer heiklere Angelegenheit, ihre Farben aus der Farbkiste zu nehmen, neben die sie ihr Nest gebaut hatten.

Irgendwann war es ihr zu viel, und sie schlug sie alle tot, zerbrach ihr Nest aus Lehm und warf es so weit wie möglich aus dem Fenster.

»Was haben Sie denn, Frau Merian?«, fragte Cornelia van Velde besorgt, als sie sah, wie Maria Sibylla während eines gemeinsamen Abendessens auf einmal zusammenzuckte und versuchte, mit ihrem Arm den anderen zu strecken, den sie in seinem schmerzhaften Krampf offensichtlich nicht mehr bewegen konnte.

Maria Sibylla benötigte ein paar Sekunden, bis der Krampf sich löste, der Schmerz nachließ und sie antworten konnte.

»Ach, das ist nichts«, versuchte sie, die Sache herunterzuspielen.

»Sie sollten das aber schon ernst nehmen, meinen Sie nicht?« Cornelia van Velde sorgte sich um ihren Gast.

»Sie hat diese Krämpfe immer mal wieder«, sagte Dorothea.

»Und seit wann?«

»Sie kommen und gehen«, sagte Maria Sibylla ausweichend. »In letzter Zeit hatte ich eigentlich keine mehr. Ich dachte schon, der Spuk sei vorbei.«

Philip van der Meer zog an seiner Pfeife und schien nachzudenken. »Und Sie hatten in letzter Zeit auch Fieberschübe, nicht wahr?«

Maria Sibylla konnte das nicht abstreiten.

»Wenn ich Ihre Symptome richtig deute, könnten Sie diese Krankheit haben, die schon einige hier ereilt hat.« Er zog wieder an seiner Pfeife, hob den Kopf ein wenig und blies den Rauch nach oben hin weg. »Und, nun ja, frank und frei gesprochen, nicht alle haben sie überstanden.«

»Aber Philip! Wie kannst du nur so etwas sagen?«, rief seine Frau. »Du bist doch kein Arzt, und so weit ist es ja wohl noch lange nicht.« Und zu Maria Sibylla gerichtet, fügte sie hinzu: »Machen Sie sich mal keine Sorgen, Frau Merian, das wird schon wieder, da bin ich mir sicher.«

»Das hoffe ich natürlich auch, dass wir uns da nicht falsch verstehen«, beeilte sich Philip van der Meer zu sagen. »Ich meinte nur, Sie sollten diese Anfälle und Fieberschübe sehr wohl ernst nehmen. Einen Arzt haben wir hier auf der Plantage leider nicht. Und auch auf den anderen Plantagen gibt es, soweit ich weiß, nirgends einen Arzt.« Er legte seine Hand, mit der er die Pfeife festhielt, auf seinen Oberschenkel. »Ich denke wirklich, dass Sie in Erwägung ziehen sollten, zurück nach Paramaribo zu reisen. Dort gibt es auf jeden Fall einen Arzt.«

»Ich glaube«, wandte sich Dorothea an ihre Mutter, »das wäre keine schlechte Idee.«

»Ich möchte hier doch noch so viel sehen«, sagte Maria Sibylla. Aber als sie in die besorgten Gesichter um sie herum sah, fügte sie hinzu: »Also gut, ich werde darüber nachdenken.«

»Ich wollte das nicht vor unseren Gastgebern sagen«, vertraute Maria Sibylla ihrer Tochter an, als sie wieder allein in ihrer Unterkunft waren, »aber ich möchte mir erst bei Gesontu Rat holen, bevor ich eine Entscheidung treffe. Morgen bitte ich Kapelka, die Medizinfrau zu fragen, ob ihre Einladung noch immer gilt und ich sie besuchen darf.«

Auch wenn sie es nicht gerne zugab, Maria Sibylla fühlte selbst auch, dass sie nicht mehr gesund war. Das Schlimme war, dass sie einfach nicht wusste, was es war. Ihr Alter oder diese komische Fieberkrankheit, von der sie hier sprachen? Es war zum Verzweifeln, aber das lasse ich nicht zu, bläute sie sich selbst ein. Sie würde kämpfen, sie wollte wieder gesund werden und weiterarbeiten. Sie hoffte nur, dass Gesontu ihr tatsächlich helfen konnte. Maria Sibylla legte ihre Handfläche auf die Stirn. Das Kopfweh wurde wieder stärker.

»Guten Tag, weiße Frau, was führt dich zu mir?«

Gesontu sah ihr eine tiefe innere Ruhe ausstrahlend in die Augen. Sie saß auf demselben Baumstamm, auf dem sie gesessen hatte, als Maria Sibylla sie zum ersten Mal gesehen hatte, und genauso aufrecht wie damals. Maria Sibylla erzählte von ihren Krämpfen, den Lähmungserscheinungen, dem Kopfweh und dem Fieber.

Gesontu atmete tief ein und langsam wieder aus. Sie schloss für einen Moment die Augen.

»Du kommst spät.«

Sie öffnete ihre Augen wieder, stand auf und ging um Maria Sibylla herum. Als sie schräg hinter ihr stand, legte sie ihre linke Hand auf die linke Schulter der Patientin. Wieder atmete sie tief ein und lange und hörbar aus. Mit ihrer rechten Hand machte sie sanfte Bewegungen von Maria Sibyllas Körper weg. Währenddessen murmelte sie etwas Unverständliches. Dann wiederholte sie die gleichen wellenartigen Bewegungen auf Höhe des gesamten Rumpfes. Am Unterrücken angekommen, wiederholte sie die Bewegungen schließlich länger und öfter. Dann fuhr sie Maria Sibylla mit ihren Händen durch das Haar, wieder in den sanften Bewegungen vom Kopf her weg von ihr. Manchmal stieß sie am Ende dieser Bewegungen hörbar die Luft aus, als wolle sie etwas aus Maria Sibylla herauspusten und weit weg von ihr schicken. Noch immer murmelte Gesontu ohne Unterlass. Es klang fast wie ein Gebet, fand Maria Sibylla.

Auch auf Höhe ihres Hinterkopfs führte die Medizinfrau die gleichen Bewegungen aus und stieß lautstark und ruckartig Luft aus. Gesontu ging einmal langsam um Maria Sibylla herum und wiederholte immer wieder diese Bewegungen. Dann stellte sie sich wieder hinter sie und legte ihre rechte Hand flach auf Höhe des Herzens auf Maria Sibyllas Rücken. So verweilte sie eine Weile. Schließlich atmete sie ein paarmal tief ein und aus, ließ ihre Patientin dann langsam los, setzte sich wieder und sagte erst einmal nichts.

Maria Sibylla blieb stumm stehen. Sie hatte während der gesamten Zeit der Behandlung ihre Augen geschlossen. Sie fühlte in ihrem Körper nach, was gerade geschehen war, wie es ihr ging. Nach einer Weile öffnete sie ihre Augen wieder.

»Danke, Gesontu.« Sie räusperte sich sanft, musste erst noch ihre Stimme wiederfinden. »Das fühlt sich gut an, ruhig und so harmonisch.«

Die Medizinfrau schaute Maria Sibylla eindringlich in die Augen. Dieses Mal wirkte ihr Blick sanfter.

»Ich werde dir einen Tee mischen. Den solltest du dreimal am Tag trinken«, sagte sie schließlich, als sie sich wieder gesetzt hatte. »Du solltest dir nichts vormachen, weiße Frau. Du hast die Schlechte-Luft-Krankheit, wie ihr das nennt. Ein anderes Mittel als diesen Tee gibt es nicht zur Heilung, und die kann lange dauern. Ich rate dir, nach Hause zu fahren. Das Klima hier ist nicht gut für dich. Hier wirst du sterben. Kehre so schnell wie möglich wieder nach Hause zurück, nur dann wirst du leben.«

Eigentlich hätte Maria Sibylla jetzt erschrecken sollen, aber durch die innere Ruhe, die sie durch die Behandlung erfahren hatte, nahm sie den Ratschlag, oder vielmehr die dringende Aufforderung der Medizinfrau gelassen entgegen, ließ ihre Worte einsickern.

»Danke«, sagte Maria Sibylla noch einmal. Mehr brachte sie in diesem Moment nicht heraus, und das war auch nicht nötig. Die beiden kommunizierten längst auf einer anderen Ebene miteinander.

Mit ihrem Arm wies Gesontu ihr mit einer sanften Geste den Weg. Sie verbeugten sich kurz voreinander. So gab Gesontu Maria Sibylla zu erkennen, dass die Behandlung abgeschlossen war.

KAPITEL 20

»Wir fahren so schnell wie möglich zurück nach Paramaribo und nehmen das nächste Schiff nach Holland.«

So lange Maria Sibylla auch zunächst gezögert hatte, nach ihrem Besuch bei Gesontu stand ihr Entschluss fest. Sie sah im Gesicht Dorotheas, wie heilfroh diese war, als sie ihr ihre Entscheidung mitteilte.

Zwar hatten die Krämpfe und Lähmungserscheinungen etwas abgenommen und waren nicht mehr ganz so heftig, seitdem sie den Tee, den Gesontu ihr mitgegeben hatte, regelmäßig trank. Aber sie sah auch die zunehmende Sorge in Dorotheas Gesicht.

Ihre Tochter fing unverzüglich damit an zu packen. Das war kein leichtes Unterfangen, schließlich musste alles, was sie gesammelt hatten, beschriftet und geordnet in Kisten untergebracht werden. Es war so viel, dass sie ihre Gastgeber bitten mussten, ob sie ihnen noch einige Transportkisten bauen lassen würden.

Philip van der Meer und Cornelia van Velde bedauerten ihren überstürzten Abreisewunsch. Aber aufgrund von Maria Sibyllas ernstem Zustand hielten auch sie die Entscheidung für sinnvoll und waren gerne bereit, mit allem zu helfen. So wurden Kisten gezimmert, und nach einigen Tagen lag das Zeltboot am Steg der Plantage bereit zur Abfahrt.

Sklaven brachten das Gepäck an Bord. Als alles verstaut war, nahmen sie Abschied von ihren Gastgebern, die während der ganzen Zeit so gut für sie gesorgt hatten und ihnen nicht nur in den letzten Tagen so hilfreich zur Seite gestanden hatten.

Maria Sibylla und Dorothea bedankten sich nochmals für die Gastfreundschaft und die Freundschaft, die daraus entstanden war.

Philip van der Meer drückte ihnen herzlich die Hand und half ihnen ins Boot. Mit der anderen hielt er seine Pfeife fest, vergaß aber, daran zu ziehen. Stattdessen strich er sich mit der Hand über die Augen, als ob er etwas wegwischen müsste. »Dieser verdammte Staub«, murmelte er.

Außer Maria Sibylla, Dorothea und Kapelka saß auch der Zimmermann mit im Boot. Philip van der Meer hatte ihm eine Liste mit Dingen mitgegeben, die er in der Stadt besorgen sollte. Sobald die Frauen an Bord waren, gab der Steuermann Order, die Leinen loszumachen. Sie winkten traurig, als sie losfuhren.

Viel zu früh, dachte Maria Sibylla. Immerhin hatten sie schon jede Menge Wissen und Material gesammelt, viel gesehen, was sie sich vor der Reise nur erträumt hatten.

Nach ein paar Ruderschlägen sah Maria Sibylla eine ältere Frau mit dunkler Haut in ihrem weißen Gewand und hoch aufgestecktem Kopftuch am Ufer stehen. Maria Sibylla legte ihre linke Hand auf ihr Herz und winkte ihr mit der rechten Hand zum Gruß. Gesontu stand auf ihren langen Stab gestützt und schaute ihr nach. Es berührte Maria Sibylla, dass die Medizinfrau für sie ans Ufer gekommen war. Auch jetzt fühlte sie eine tiefe Verbundenheit mit dieser weisen Frau, die keiner Worte bedurfte.

Kaum waren sie nach der mehrtägigen Reise im Zeltboot wieder zurück in Paramaribo, suchte Anna van Gelre sie in ihrem kleinen Häuschen auf. Maria Sibylla freute sich über ihren Besuch. Selbstverständlich wollte die Gouverneursfrau alle Neuigkeiten aus den Plantagen wissen. Maria Sibylla erzählte ihr, was sie wusste, von ihren Erkundungen, ihren Erlebnissen im Urwald, und zeigte ihr die mitgebrachten Pflanzen und Tiere in den Kästchen und Gläsern.

Anna van Gelre ihrerseits konnte Maria Sibylla, die sich nach ihrem Wohlbefinden erkundigte, versichern, dass die Schwangerschaft bisher problemlos verlaufe, die Übelkeit vorbei und sie guter Dinge sei. Dann wechselte sie das Thema.

»Sie werden es mir verzeihen, liebe Frau Merian, aber wenn ich so frei sein darf …« Anna van Gelre atmete tief durch.

»Aber sicher, was liegt Ihnen auf dem Herzen?«, fragte Maria Sibylla.

»Bitte nehmen Sie es mir nicht übel, aber Sie sehen so anders aus, als fühlten Sie sich nicht besonders gut.«

Anna van Gelre waren die eingefallenen Wangen aufgefallen und der Blick, der nicht mehr so fokussiert zu sein schien wie vor ihrer Abreise.

»Im Moment geht es mir recht gut«, sagte Maria Sibylla. »Nur ab und zu habe ich Krämpfe oder kurze Lähmungserscheinungen. Und in Palmeneribo hatte ich zuletzt recht hohes Fieber. Aber wie gesagt«, wiegelte sie rasch ab, »jetzt geht es mir schon wieder viel besser.«

»Sie sollten wirklich zum Arzt gehen, Frau Merian.« Die Gouverneursfrau zeigte sich besorgt.

»Ja, vielleicht sollte ich das«, sagte Maria Sibylla und seufzte. »Aber bitte, setzen wir uns doch.« Sie schloss die Transportkisten wieder, deren Inhalt sie ihrem Gast gerade gezeigt hatte.

»Wenn ich im Vertrauen mit Ihnen reden darf, Frau van Gelre?«

»Aber selbstverständlich.«

»Ich habe auf der Plantage Palmeneribo eine ganz besondere Frau kennengelernt, eine freie Eingeborene. Sie hatte diese Ausstrahlung, diese Würde … Und sie hatte eine unwahrscheinliche Kenntnis darüber, mit welcher Pflanze man welche Krankheiten heilen kann.«

»Und Sie haben sie aufgesucht, um sich über Ihre Unpässlichkeiten auszutauschen?« Die Gouverneursfrau formulierte ihre Frage bewusst vorsichtig.

»Ja, ich muss zugeben, ich war bei ihr. Und auch, dass ich sehr beeindruckt war. Sie meinte, dass wir Weißen diese Symptome die Schlechte-Luft-Krankheit nennen würden.«

Anna van Gelre stockte der Atem. Das waren offenbar keine guten Neuigkeiten.

»Wenn es das tatsächlich sein sollte, dann ist das Ganze sehr ernst. Diese Krankheit haben wir hier schon öfter beobachten müssen. Meist verläuft sie glimpflich, aber manchmal …« Sie unterbrach ihren Satz, als ihr bewusst wurde, wohin er führen würde.

»Keine Angst, Frau van Gelre, ich bin mir dieser Tatsache wohl bewusst. Auch wenn ich alles in meiner Macht Stehende tun werde, das Zeitliche in naher Zukunft noch nicht segnen zu müssen.«

»Aber sagen Sie, wie kamen Sie dazu, sich einer Eingeborenen anzuvertrauen?« Anna van Gelre wusste nicht so genau, was sie davon halten sollte, war aber doch auch neugierig auf Maria Sibyllas Erfahrungen.

»Sie hat eine Ausstrahlung, der man sich schlecht entziehen konnte. Wenn sie mich anschaute, war das fast magisch. Als kommuniziere sie nicht mit Worten, sondern … Ach, ich weiß auch nicht. Aber irgendwie bekam ich Vertrauen zu ihr, als sie uns über die heilende Kraft der hiesigen Pflanzen erzählte, wie sie die Kräuter bereitete und anwandte.«

»Und was meinte sie noch über Ihre Schlechte-Luft-Krankheit?«

»Dass ich zu lange gewartet hätte, ehe ich zu ihr kam, und dass ich nur eine Chance hätte, wenn ich so schnell wie möglich wieder nach Holland gehen würde.«

»Oh.« Anna van Gelre musste erst einmal schlucken. »Das war ja bestimmt nicht Ihr Plan. Deshalb sind Sie also schon wieder hier, jetzt verstehe ich.«

»Ja«, sagte Maria Sibylla traurig, »und wahrscheinlich wäre es wirklich das Beste, wir würden mit dem nächsten Schiff wieder zurück nach Amsterdam fahren.«

»Ich verstehe.« Anna van Gelre klatschte entschlossen in die Hände. »Ich schlage vor, ich lasse meinen Arzt zu Ihnen rufen. Er soll Sie gleich morgen untersuchen. Und wenn sich herausstellen sollte, dass es sich wirklich um diese vermaledeite Krankheit handelt, dann sehen wir wieder weiter.«

»Das ist sehr freundlich von Ihnen, Frau van Gelre«, bedankte sich Maria Sibylla. Sie war gerührt, wie sich die Gouverneursfrau um sie kümmerte. »Aber ich möchte Ihnen gewiss keine Umstände machen.«

»Ach was, ich bitte Sie. Sosehr ich es auch bedaure, Sie hier so kränklich vorzufinden, so selbstverständlich erscheint mir dies das Geringste, was ich für Sie tun kann.«

Wie Maria Sibylla schon befürchtet hatte, bestätigte am nächsten Morgen der Arzt, was Gesontu schon in Palmeneribo festgestellt hatte. Nicht nur, was ihre Krankheit betraf, sondern auch, dass er es gern gesehen hätte, wenn sie ihn schon früher damit aufgesucht hätte.

»Sie sollten so schnell wie möglich von hier weg, in kühlere Gefilde, zurück nach Holland«, sagte der Arzt zum Abschluss. »Es tut mir leid, es Ihnen so direkt sagen zu müssen, aber nur so haben Sie eine gewisse Wahrscheinlichkeit, diese Krankheit zu überleben.«

Maria Sibylla dankte ihm für sein Kommen und seine Mühe. Dann sollte es wohl so sein. Lieber vollendete sie ihr Werk mit weniger Material als gehofft, als dass sie es gar nicht mehr konnte.

Am Abend waren Maria Sibylla und Dorothea beim Gouverneursehepaar zum Essen eingeladen, und natürlich fragte Anna van Gelre gleich als sie ins Haus traten, was der Arzt denn gesagt habe. Maria Sibylla sagte es ihr.

»Also die gleichen Feststellungen wie schon auf Palmeneribo…«

»Ja, da bleibt mir wohl wirklich keine Wahl mehr.«

»Ah, Frau Merian und Tochter, treten Sie ein, seien Sie uns willkommen«, rief ihnen Paulus van der Veen zu, als die Frauen in die gute Stube traten. Maria Magdalena Boxel-van Gelre, die Schwester Anna van Gelres, und ihr Mann André saßen bereits um den gedeckten Tisch.

Nach der freundlichen gegenseitigen Begrüßung nahmen die beiden Männer ihr Gespräch über die politische Lage wieder auf.

»Das wird doch Krieg geben, wenn dieser Ludwig XIV. jetzt auch noch König von Spanien wird, oder was glaubst du?«, donnerte André Boxel.

»Ich mag es nicht hoffen«, bekräftigte der Gouverneur. »Dass Karl II. sein Testament kurz vor seinem Tod noch einmal geändert hat, ist schlicht unbegreiflich. Meiner Meinung nach schätzt Wilhelm van Oranje die Lage vollkommen richtig ein, wenn er meint, dass die spanische Erbfolge mit diesem Schritt für die Engländer und uns eine echte Gefahr darstellt.«

»Der Enkel von Ludwig XIV. auf dem Thron Spaniens, ja ist es denn zu glauben! Das ist einfach zu viel Macht in einer Hand. Ich sage dir, die werden uns zermalmen, wenn wir nicht sofort handeln.«

Maria Sibylla hörte verwundert zu. Krieg kannte sie bisher nur aus Erzählungen. Sie war gerade drei gewesen, als der Achtzigjährige Krieg endlich beendet wurde, und in Frankfurt hatte sie davon nichts mehr mitbekommen, oder auf jeden Fall keine Erinnerung mehr daran. Ihr wurde klar, dass sie sich während ihrer Reise vollkommen von Neuigkeiten aus Europa abgeschottet hatte. Sie war einfach zu sehr in ihre Arbeit versunken, als dass dafür noch Platz gewesen wäre. Außerdem war sie von den Zuständen zwischen den Weißen auf der einen und den Sklaven auf der anderen Seite so tief schockiert, das war eine Art Krieg für sie, den sie täglich erlebte. Die skrupellose und schier grenzenlos scheinende Machtausübung, die Erniedrigungen, der Zwang, die Gewalt.

»Ein Krieg zwischen Holland und England einerseits und Spanien und Frankreich andererseits wäre auch für uns hier sehr bedrohlich. Wenn die katholischen Länder unsere Schiffe aufbringen und entern würden, hätten wir bald nicht mehr genug zu essen, könnten unseren Zucker nicht mehr verkaufen und bekämen keine neuen Sklavenlieferungen mehr. Das wäre doch alles furchtbar, lebensbedrohend!«

»Noch ist es ja nicht so weit, mein Lieber. Vielleicht sollten wir erst einmal sehen, wie sich die Lage entwickelt«, sagte der Gouverneur beschwichtigend. »Lassen wir es uns gutgehen und die Sorgen bis morgen beiseiteschieben.«

Mit seinem einnehmenden Wesen konnte der Gouverneur die Sorgen schnell vergessen machen. Er rieb sich die Hände und freute sich sichtlich auf das Essen, das er in den höchsten Tönen lobte, bevor es überhaupt auf dem Tisch stand.

Als die Suppe kam, fragte er: »Frau Merian, Sie sind ja so ruhig. Wollen Sie nicht erzählen, was Sie unterwegs erlebt haben und wie es den Plantagen und unseren Leuten im Hinterland so geht? Wir sind alle schon rasend gespannt auf Ihre Geschichten.«

Maria Sibylla erzählte von ihren Wanderungen durch den Regenwald, von den Gefahren, denen sie begegnet waren, und den Bekanntschaften, die sie geschlossen hatten. Die Runde folgte gespannt ihren Erzählungen und freute sich über die Neuigkeiten aus den Plantagen.

»Meine Frau hat mir gesagt, dass Sie krank geworden und deshalb schon nach Paramaribo zurückgekehrt sind«, sagte Paulus van Veen schließlich, als Maria Sibylla fertig war mit ihren Schilderungen.

»Ja, leider«, sagte sie ausweichend. Es war ihr unangenehm, über ihre Krankheit zu sprechen, die sie selbst noch nicht verstand. »Aber das wird schon wieder werden.«

»Ich denke, Sie sollten wirklich ernst nehmen, was der Arzt Ihnen nahegelegt hat«, sagte Anna van Gelre.

»Ah, Sie waren sogar schon bei einem Arzt?«, fragte der Gouverneur. »Doch nicht etwa die Schlechte-Luft-Krankheit?«

»Ich fürchte doch«, sagte Maria Sibylla zerknirscht.

»Damit ist nicht zu spaßen«, meinte Maria Magdalena Boxel-van Gelre, und ihr Mann ergänzte, »wisst ihr noch, wie es unserem Freund …«

»André, bitte! Das ist jetzt wohl nicht der Zeitpunkt, um …«, unterbrach ihn seine Frau.

»Ja, natürlich, bitte entschuldige.«

»Der Arzt hat recht«, sagte Paulus van der Veen, »und sosehr ich es auch bedaure, wenn Sie uns schon bald verlassen müssen, so denke ich doch, es wäre äußerst ratsam, wenn ich Ihnen mit dem nächsten Konvoi einen Platz reserviere. Wären Sie damit einverstanden?«

»Das ist sehr freundlich von Ihnen, Herr Gouverneur«, sagte Maria Sibylla.

»Keine Ursache. Ich werde dafür sorgen, dass Sie wieder unter persönlichem Schutz des Kapitäns reisen. Soweit ich weiß, wird Herr Hendricks auch mit dem nächsten Schiff wieder abreisen. Er ist der Handwerkschirurg an Bord, ein patenter Mann, außerdem ist er Deutscher. Der kann sich dann um Sie kümmern.«

»Ich bin Ihnen wirklich sehr zu Dank verpflichtet, Herr van der Veen«, bedankte sich Maria Sibylla nochmals.

Anne van Gelre zwinkerte ihr zu. Mehr konnten sie nicht für sie tun.

KAPITEL 21

Es sollte noch einige Wochen dauern, bis die Schiffe endlich in Paramaribo vor Anker gingen. Lange Wochen für Maria Sibylla, die immer öfter Krämpfe, Kopfschmerzen, Fieber und Lähmungserscheinungen in Händen und Beinen bekam. Aber auch wenn sie sich elend fühlte, versuchte sie doch, jeden Tag zu arbeiten.

»Wir müssen alles fertig haben, wenn die Schiffe ankommen«, bläute sie Dorothea und Kapelka ein, »wer weiß, wie schnell sie dann wieder wegwollen. Und warten werden sie sicherlich nicht auf uns.«

Sie präparierten Tiere und Pflanzen, steckten Motten und Schmetterlinge auf Schaukästen, legten Schlangen in mit Alkohol gefüllte Gläser, trockneten Pflanzen, nachdem sie sie gezeichnet hatten, beschrifteten die Gläser. Danach verpackten sie alles in Transportkisten und versiegelten sie, so dass ihnen das Salzwasser oder die Ratten während der Überfahrt nichts anhaben konnten.

Maria Sibylla stellte anerkennend fest, dass Dorothea und Kapelka sich mächtig ins Zeug legten. Sie selbst schaffte, so viel sie konnte, aber an manchen Tagen blieb ihr nichts anderes übrig, als das Bett zu hüten.

Mit der Zeit wurde Maria Sibylla klar, dass sie einfach nicht die Kraft hatte, unter dem enormen Zeitdruck alle Pflanzennamen herauszufinden und diese zu beschreiben. Desgleichen galt für die Raupen und Schmetterlinge.

Für eine sorgfältige Arbeit hatte sie schlichtweg keine Zeit, grübelte sie. Aber sie konnte doch nicht einfach ein halb fertiges Buch machen. Die Sache lag ihr schwer im Magen, tagelang dachte sie darüber nach. Wenn sie erst mal auf dem Schiff wäre, hätte sie keine Verbindung mehr zu dem Wissen auf der Insel, und in Amsterdam schon gar nicht.

Sollten ihre ganzen Mühen, die harte Arbeit, die Zeit, die sie in dieses Unternehmen gesteckt hatte, etwa letzten Endes doch umsonst gewesen sein? Das konnte sie nicht zulassen. Dafür hatte sie nicht diese ganzen Strapazen auf sich genommen und war sogar krank geworden deshalb. Sie musste schlicht und ergreifend einen Weg finden.

Sie überlegte tagsüber beim Zeichnen, wälzte sich nachts mit dieser Frage im Kopf von links nach rechts und fand einfach keine Antwort. Bis sie eines Tages aufwachte, und die Lösung klar und deutlich vor sich sah.

»Ich mache mir Sorgen um Kapelka«, sagte Dorothea an diesem Morgen zu Maria Sibylla. »Sie ist so verändert, seit sie weiß, dass wir abreisen. Schließlich hat sie noch keine Ahnung, wie ihr Leben weitergeht, wer ihr neuer Besitzer sein und ob sie es dort gut haben wird.«

»Dann werden wir ihr diese Sorge nehmen«, sagte Maria Sibylla entschlossen.

Dorothea schaute ihre Mutter irritiert an. »Hast du sie etwa schon verkauft?«

»Würdest du Kapelka bitte holen«, sagte Maria Sibylla und überging die Frage.

»Aber …«

»Hol sie einfach, sie müsste draußen im Garten sein.«

Maria Sibylla fühlte, wie nervös Kapelka war, als sie vor ihr stand und nicht wusste, wohin mit ihren Händen. Wahrscheinlich hatte sie einen Teil des Gesprächs von draußen mit angehört und ahnte, dass es wohl um ihre Zukunft ging.

»Kapelka«, begann Maria Sibylla, »du weißt, dass Dorothea und ich schon sehr bald nach Holland zurückfahren müssen.« Nicht nur Kapelkas Nerven waren bis zum Zerreißen gespannt, auch Dorothea biss auf ihre Lippen. »Dass wir gern noch viel länger hiergeblieben wären und meine Krankheit dies verhindert.«

Kapelka nickte nur.

»Mein Problem ist, dass ich von vielen Pflanzen, Raupen, Motten, Schmetterlingen und all den andere Tieren, die wir mitnehmen werden, noch nicht alles Wissenswerte notiert habe. Dies ist zum Verständnis der Natur aber von wesentlichem Belang. Darum tue ich all diese Arbeit, verstehst du?« Ohne eine Antwort abzuwarten, fuhr Maria Sibylla fort: »Du hast auf unseren Expeditionen im Urwald immer wieder gezeigt, dass du sehr viel Ahnung hast von der Natur, dass du weißt, wie Dinge heißen und wo man sie finden könnte.« Sie brauchte eine kurze Pause und holte tief Luft. »Darum möchte ich gerne, dass du mit uns nach Holland gehst, um uns auch dort zu helfen, unsere Arbeit zu einem guten Ende zu führen.«

Dorothea starrte Maria Sibylla mit offenem Mund an. Kapelka erging es nicht viel anders. Sie brachte im ersten Moment keinen Ton heraus.

»Ich weiß, das bedeutet, dass du deine Heimat verlassen müsstest und in ein fremdes Land kommst«, sagte Maria Sibylla. »Ich würde es darum verstehen, wenn du ablehnst. Es soll deine Entscheidung sein.«

»Ich würde mich sehr freuen, wenn du mitkommst«, sagte Dorothea, noch immer verdutzt.

Maria Sibylla sah Kapelka in die Augen. »Ich weiß ehrlich gesagt nicht, wie wir es schaffen sollten, die Arbeit an diesem

Buch ohne dich fertigzustellen. Du würdest dann natürlich bei uns wohnen, und wir sorgen für dich.«

Maria Sibylla sah, wie Kapelka mit sich rang. Ihr war bewusst, dass die Entscheidung ihr weiteres Leben verändern würde. Es war vielleicht das erste Mal in Kapelkas Leben, dass sie überhaupt eine Entscheidung über ihr Leben treffen konnte. Seit sie Sklavin war, wurde immer nur über sie bestimmt. Ein eigener Wille wurde ihr nie zugestanden, und jetzt sollte sie so mir nichts, dir nichts einen solch großen Entschluss treffen? Maria Sibylla wollte gerade hinzufügen, dass sie sich etwas Zeit nehmen könne, aber Kapelka hob die Arme zum Zeichen, dass sie nichts mehr sagen brauchte. Sie hatte ihre Augen geschlossen und ihren Kopf leicht nach unten geneigt.

Maria Sibylla meinte den Schmerz in ihrem Herzen zu spüren. So oder so bedeutete die Situation einen Abschied für Kapelka. Nachdem die junge Frau mit einem Stöhnen ausgeatmet hatte, sagte sie leise: »Ich komme mit Ihnen.«

KAPITEL 22

»Die Schiffe sind angekommen, die Schiffe sind angekommen!« Dorothea eilte ins Haus, um die Neuigkeit zu verkünden. Maria Sibylla und Kapelka folgten ihr zum Ufer, um die Schiffe zu sehen. Als sie an der Waterkant ankamen, war die Kade bereits gesäumt von Menschen, die sich das Spektakel nicht entgehen lassen wollten. Alle wollten sie Neuigkeiten aus dem Heimatland erfahren, und vielleicht hatten die Schiffe Briefe oder gar Päckchen für sie dabei.

Drei Schiffe lagen vor Anker, die »Hendrick de Derde«, die »De drie Vrienden« und die »De Vreede«. Sie löschten ihre Ladung in Beiboote, die sie dann zum Wall brachten.

Jetzt war es also bald so weit.

Sie schauten dem bunten Treiben noch eine Weile zu, aber Maria Sibylla ging recht schnell wieder zurück. Sie konnte sich nicht mehr so lange auf den Beinen halten.

Ein paar Tage später kam Anna van Gelre zu Besuch.

»Kapitän Jan Mocns nimmt Sie auf seinem Handelsschiff ›De Vreede‹ mit«, verkündete sie aufgeregt, noch bevor sie einen Schritt in die Tür gesetzt hatte. »Sie stehen selbstverständlich unter seiner besonderen Obhut.«

»Passen Sie bitte auf, dass Sie nicht auf das Nest hier in der Ecke treten«, bat Maria Sibylla ihre Besucherin.

»Ach, was haben Sie denn hier?«

»Da hat eine Eidechse ein Nest mit drei Eiern in unsere bescheidene Bleibe gelegt. Ist das nicht exquisit?«, erzählte Maria Sibylla mit einem Lächeln.

»Also, ich weiß nicht …« Ihr Gast schaute mit einigem Schauder auf das Nest und machte einen Schritt zur Seite.

»Ich hoffe, die Kleinen schlüpfen noch bevor wir wegfahren. Andernfalls nehme ich sie mit auf das Schiff und ziehe sie dort auf.«

Anna van Gelre schüttelte sich. »Wenn Sie meinen … Meine Sache wäre das nicht, muss ich Ihnen gestehen.«

»Danke, dass Sie sich die Mühe gemacht haben, mir die Nachricht persönlich zu überbringen«, wechselte Maria Sibylla das Thema. »Es ist wirklich rührend, wie Sie und Ihr Mann sich um mich kümmern.« Maria Sibylla konnte von Glück sagen, dass die beiden sich so um sie in ihrer misslichen Lage sorgten.

»Keine Ursache, Frau Merian, schließlich wollen wir ja alle, dass Sie es wohlbehalten nach Hause schaffen.«

»Wissen Sie schon, wann das Schiff ablegen wird?«

Anna van Gelre schaute immer noch argwöhnisch auf das Nest. Bewegte sich da gerade etwas?

»Ah, ja, genau, das ist es, was ich Ihnen noch sagen wollte.« Sie sammelte sich wieder. »Voraussichtlich in zwei Wochen. Die drei Schiffe fahren im Konvoi wieder zurück. So sind sie sicherer vor Piraten oder den Franzosen und Spaniern, falls denn dieser Krieg doch noch ausbricht.«

»Das heißt ja wohl, dass sie in spätestens einer Woche mit dem Beladen beginnen werden. In diesem Fall müssen wir uns beeilen mit dem Packen«, sagte Maria Sibylla.

Es blieben ihnen also nur noch wenige Tage, um alles zur Kade zu bringen. Maria Sibylla instruierte Dorothea und Kapelka, so gut sie konnte.

»Für alle Raupen, die sich noch nicht zu Puppen verwandelt haben, brauchen wir noch genügend Futter. Ihr müsst also in den Urwald gehen und von den jeweiligen Pflanzen genügend Blätter mitbringen.« Maria Sibylla war angespannt. Alles, was sie vergessen würden vorzubereiten oder mitzunehmen, wäre ein Grauen.

»Dann weiter, was noch?«, überlegte sie. »Wir dürfen nicht vergessen, dass wir die Schachteln und Döschen mit den Raupen und den Puppen griffbereit bei uns in der Kajüte haben müssen. Schließlich müssen wir sie täglich säubern und den Tieren zu essen geben. Außerdem brauchen wir die Behältnisse und Nahrung, damit uns die Schmetterlinge nicht wegfliegen – und eine extra Schachtel für das Eidechsennest. Ich glaube nicht, dass die drei noch aus ihren Eiern schlüpfen, bevor wir ablegen. Und bringt auch etwas für die kleinen Eidechsen mit. Wenn die geschlüpft sind, brauchen sie was zu fressen. Erkundigt euch, was wir am besten für sie mitnehmen können.«

Während sich Dorothea und Kapelka in den Urwald aufmachten, um nach Nahrung für die Raupen zu suchen, ging Maria Sibylla zur Waterkant, um Jan Moens, den Kapitän der »De Vreede« aufzusuchen. Sie wollte beim Verstauen ihrer Transportkisten nichts dem Zufall überlassen.

An der Kade herrschte gehöriger Betrieb. Die Plantagenbesitzer und -betreiber waren mit ihren Zeltbooten voller Zuckerrohr in die Stadt gekommen. Sie wollten sichergehen, dass ihre Ernte auf die Schiffe kam und sie so ihr Geld verdienten. In dem Gewusel von Trägern versuchte sich Maria Sibylla einen Weg zu bahnen. Nicht nur der Zucker wurde geladen. Fässer, gefüllt bis zum Rand mit Frischwasser, Wein oder Rum fanden ihren Weg über die Barkasse und die anderen Beiboote in die Bäuche der Schiffe. Kisten und Körbe mit Brot, Gemüse, Obst und Fleisch wurden für die lange Reise auf die Schiffe gebracht.

Für Maria Sibylla wirkte dies alles wie ein heilloses Durcheinander, und sie wunderte sich, wie sie es schafften, die richtige Ware auf das richtige Schiff zu bekommen.

Als sie es bis ans Ufer geschafft hatte, sprach sie einen der Männer an, der das Umladen von den Karren auf die Boote zu organisieren versuchte. Er stand auf einer Kiste, so dass er das Treiben besser übersehen konnte.

»Ich suche den Kapitän der ›De Vreede‹.«

»Warum der nicht hier ist, wüsste ich auch mal gern«, erwiderte ihr der Mann mit rauer Stimme und rief, kaum hatte er ausgesprochen: »Hey! Diese Kisten müssen hierher zu mir, nicht dorthin.« Er winkte die Träger zu sich, und sie stellten die Kisten vor ihm ab. »Na also.«

Endlich drehte er sich zu Maria Sibylla.

»Den Kapitän suchen Sie? Was wollen Sie denn von dem? Na, es soll mir egal sein«, schob er gleich hinterher, die Antwort interessierte ihn doch nicht. »So wie ich ihn kenne, ist er wahrscheinlich in einer der Hafenkneipen. Aber in welcher kann ich Ihnen beim besten Willen nicht sagen. Das müssen Sie schon selbst rausfinden.« Er zuckte mit den Achseln und wandte sich wieder seiner Arbeit zu. »Hey, ihr Landratten, macht endlich, dass ihr das Zuckerrohr hier auf das Beiboot packt, oder soll das hier etwa verschimmeln?«

Maria Sibylla bedankte sich noch bei ihm, aber das bekam er schon nicht mehr mit.

Na, das konnte ja was werden, dachte sie, die Wirtshäuser nacheinander aufzusuchen, bis sie den Kapitän gefunden hatte. Ihr graute vor dieser Idee, aber es half nichts.

So viele Einkehrmöglichkeiten gab es nicht in dem kleinen Paramaribo, und so fand Maria Sibylla den Kapitän recht schnell. Er saß in einer dunklen Spelunke. Als Maria Sibylla den Raum betrat, drehten sich alle Köpfe nach ihr um. Den Besuch einer Dame hatte hier niemand erwartet.

»Ich suche Jan Moens, ist der hier?«, rief Maria Sibylla in den Raum.

»Ja, verdammt, hat man denn wirklich nirgendwo mehr seine Ruhe?«, brummte es aus einem Eck. Der Kapitän saß da mit einem Glas Rum vor sich und sah recht müde aus, soweit Maria Sibylla das im Dunkeln erahnen konnte. Seine Augen waren von Alkohol eingetrübt. Das hinderte ihn nicht, große Sprüche mit seinen Tischgesellen zu klopfen.

»Ich bin Maria Sibylla Merian und möchte mit Ihnen über die Beladung meiner Transportkisten sprechen.«

»Aber doch wohl nicht jetzt.« Er hob seinen Kopf und schaute sie an. »Oh, Sie sind die Frau Merian, von der mir der Gouverneur erzählt hat.« Seine Haltung änderte sich und sein Benehmen auch. »Bitte entschuldigen Sie, im Moment ist es vielleicht etwas ungelegen, Sie verstehen.« Er räusperte sich.

»Wie wäre es in zwei Stunden an der Kade, wo die Beiboote verladen werden?«, schlug Maria Sibylla vor. Sie wollte keinen Moment länger in diesem dunklen, dreckigen, schäbigen und zweifelsohne auch sündhaften Loch bleiben.

»Ja, sicher, in zwei Stunden. Ich werde da sein.«

Maria Sibylla drehte sich um und verließ den Raum. Sie konnte gerade noch hören, wie die anderen Männer an dem Tisch zu feixen begannen, dass Jan Moens sich es von diesem Frauenzimmer aber habe zeigen lassen. Ihr sollte das egal sein. Sie hoffte nur, dass er an Bord anders mit dem Alkohol umzugehen wusste, und musste ihre Augen zusammenkneifen, als sie wieder nach draußen in die pralle Sonne ging.

Die Abfahrt der drei Schiffe wurde auf Freitag, den 17. Juni 1701 festgelegt. Noch am Tag zuvor beaufsichtigte Maria Sibylla, wie die letzten Transportkisten an Bord gebracht und ordentlich verstaut wurden. Ihnen wurde auch dieses Mal wieder die Kajüte vor derjenigen des Kapitäns und gegenüber dem Wundarzt zugeteilt. Ihre persönlichen Sachen und die Kästen mit den Raupen und Puppen hatte sie bereits hierhin bringen lassen.

Dieses Mal würde es noch enger werden, dachte Maria Sibylla, schließlich hatten sie Kapelka dabei.

Sie zuckte kurz zusammen, hatte wieder Krämpfe. Das kleine Abschiedsfest bei Paulus van der Veen und Anna van Gelre war wirklich schön gewesen, aber anscheinend auch zu viel für sie. Die letzten Tage mit ihrem hektischen Treiben hatten auch ihre Spuren hinterlassen. Aber sie wollte, wie krank sie auch war, unbedingt mit eigenen Augen sehen, dass ihre Transportkisten gut und sicher gelagert waren. Stolz war sie vor allem auf das Krokodil, das sie hatte fangen lassen. Aber auch die Leguane und die Schildkröte würden ihr in Amsterdam gutes Geld einbringen. Dafür mussten sie die Überfahrt aber wohlbehalten überstehen.

Maria Sibylla war froh, dass die Abfahrt nun bevorstand, und versuchte, ihren Arm zu strecken, um so den Krampf loszuwerden, der in ihn gefahren war. Sie atmete tief durch, der Krampf ließ etwas nach. Noch eine Nacht würden sie in dem kleinen Häuschen in der Nähe der Gouverneurswohnung schlafen, dann ging es auf das Schiff und zurück nach Holland.

KAPITEL 23

»Das darf ja wohl nicht wahr sein!« Paulus van der Veen war mehr als erzürnt, als er am nächsten Morgen, dem Tag der Abfahrt der drei Schiffe, frühmorgens das Chaos auf der gegenüberliegenden Uferseite entdeckte.

»Ich habe Ihnen doch gleich gesagt, Sie sollen hinter der Flussbiegung auf dem Commewijne ankern und nicht hier direkt vor dem Fort. Sie unglaublicher Trottel! Und überhaupt, warum waren Sie heute Nacht nicht auf Ihrem Schiff, verdammt nochmal?«

So hatte Maria Sibylla den Gouverneur noch nie erlebt. Aber auch sie war erschrocken. Alle, die an der Kade standen, um den Schiffen hinterherzuwinken, starrten mit offenen Mündern auf das Schauspiel, das sich ihnen hier bot.

»Aber mein Steuermann war doch an Bord …«, erwiderte der angesprochene Kapitän Jan Moens kleinlaut.

»Zum Teufel mit Ihrem Steuermann, Moens. Was hat der denn heute Nacht gemacht auf dem Schiff? Geschlafen wahrscheinlich, und keine Wachen aufgestellt. Das ist ja wirklich kaum zu glauben!«

Paulus van der Veen brüllte den Kapitän jetzt regelrecht an. Der traute sich in der Zwischenzeit gar nichts mehr zu sagen.

Manche Schaulustigen mussten lauthals lachen. Aber auch sie wussten, dass dies ein Fiasko war.

Die »De Vreede« war auf dem gegenüberliegenden Ufer des Suriname auf eine Sandbank aufgelaufen. Für ein voll beladenes

Schiff machte es einen ziemlich lächerlichen Eindruck, wie es da so mit einer ziemlichen Schlagseite wie festgezurrt im Sand lag. Während der Nacht war der Anker im Strom losgeschlagen und das Schiff steuerlos auf die Sandbank getrieben.

»Und wie wollen Sie das Schiff jetzt wieder flottkriegen?« Der Gouverneur forderte eine Antwort.

»Ich weiß auch nicht«, sagte der Kapitän konsterniert.

»Sie wissen es nicht? Sie wissen es nicht?« Paulus van der Veen konnte sich kaum noch beherrschen. »Dann lassen Sie sich verdammt nochmal etwas einfallen, aber ein bisschen plötzlich, sonst vergesse ich mich hier noch!«

»Ich fürchte, uns bleibt nichts anderes übrig, als die Ladung wieder zu löschen, so dass das Schiff leichter wird. Dann können wir es wieder flott ziehen.«

»Worauf warten Sie dann, Mann? Los, an die Arbeit!«

Er drehte sich wutschnaubend zu Maria Sibylla um.

»Kommen Sie mit, ich glaube, Sie sind noch eine Weile unser Gast«, sagte er zu ihr.

Nach ein paar Schritten atmete er tief durch und ging etwas langsamer.

»Geht es Ihnen wieder etwas besser?«, fragte Maria Sibylla.

»Es tut mir leid, dass ich mich so habe gehen lassen«, sagte er, »aber es ist einfach furchtbar, wenn man auf solche Stümper angewiesen ist.« Er winkte mit beiden Händen ab und stieß ein Brummen aus. »Wissen Sie, wir haben in ganz Suriname viel mehr Zuckerrohr geerntet, als wir diesen drei Schiffen mitgeben können. Und wir sind auf Lebensmittel aus Holland angewiesen. Je länger hier ein Schiff liegt, desto länger braucht es auch, bis es in Amsterdam und wieder zurück ist. An so einer Nachlässigkeit hängt also ein ganzer Rattenschwanz an Problemen, die letztendlich alle auf mich zurückfallen.« Er stöhnte kurz auf. »Das bedeutet leider auch, dass ich die anderen beiden Schiffe fahren lassen und sich die ›De Vreede‹ so schnell wie möglich allein auf den Weg nach Amsterdam machen muss. Nicht gerade die sicherste Art zu reisen, aber es geht nicht anders. Es tut mir leid, Frau Merian. Ich bete zu Gott, dass Sie trotz allem gut in Amsterdam ankommen werden.«

Es sollte noch mehr als einen geschlagenen Monat dauern, bis sie endlich in See stechen konnten. Maria Sibylla bemühte sich, das Beste aus der Zeit zu machen, aber viel konnte sie nicht tun. Alles war bereits auf dem Schiff. Sie befürchtete, dass durch das Auflaufen auf die Sandbank Kisten verrutscht oder gar beschädigt worden waren. Nachschauen durfte sie nicht, es gab niemanden, der ihr Auskunft darüber geben konnte oder wollte.

»Die sind vor allem damit beschäftigt, sich darüber zu streiten, wie sie den Zucker von der ›De Vreede‹ auf ein anderes Schiff laden können und vor allem wer dafür aufkommen soll«, ärgerte sich Paulus van der Veen, als Maria Sibylla bei ihm nachfragte, ob er möglicherweise dafür sorgen könne, dass sie nach ihren Sachen schauen dürfe.

»Das Ganze wird zu einem wahren Possenspiel und dauert zu lange. Wie gesagt, wir sind hier viel zu abhängig von den Herrschaften in Amsterdam, denen nicht einzuleuchten scheint, dass wir sogar Butter importieren müssen. Und wenn die Schiffe zu lange auf sich warten lassen, werden die Lebensmittel knapp, und die Preise steigen hier ins Horrende – wenn es dann in ganz Suriname überhaupt noch etwas zu kaufen gibt.«

»Vielleicht sollten die Plantagenbesitzer nicht nur Zuckerrohr anbauen lassen?«, versuchte es Maria Sibylla.

»Jaja, ich weiß, das haben Sie ja schon vor einiger Zeit gesagt, und vielleicht haben Sie recht. Aber für den Zucker erwirtschaften sie nun mal den größten Profit.«

»Was hilft Ihnen der größte Profit, wenn Sie nichts zu essen haben?«

»Ach«, der Gouverneur machte eine wegwerfende Handbewegung, »was weiß ich. Ich bin auf jeden Fall dabei, einen Brief an die hohen Herren der West-Indische Compagnie in Amsterdam zu schreiben, der sich gewaschen hat. Ich hoffe nur, dass sich dann auch endlich mal etwas ändert.« Er schnaubte vor Wut und Machtlosigkeit. »Zumal die Bedrohung eines Krieges mit Frankreich und Spanien immer wahrscheinlicher wird. Die Dokumente und Briefe, die mir die Kapitäne der Schiffe überreicht haben, lassen das Schlimmste befürchten. Aber keine Angst«, versuchte er Maria Sibylla gleich wieder zu beruhigen, »bevor das losgeht, werden Sie hoffentlich schon unterwegs sein. Das kann ja nicht ewig so weitergehen.« Er atmete hinter seinem Schreibtisch tief durch. »Aber lassen wir das. Wie geht es Ihrer Gesundheit, Frau Merian? Gibt es schon Fortschritte?«

»Leider nein, befürchte ich«, musste Maria Sibylla zugeben. »Immerhin ist Philip Hendricks jetzt auch in der Stadt. Er ist so freundlich, mich alle paar Tage zu untersuchen.«

Auch deshalb konnte sie nicht viel tun. Ihre Krankheit wurde immer schlimmer, und Maria Sibylla konnte nur hoffen, dass die Reise bald beginnen würde.

Als die »De Vreede« endlich wieder selbstständig schwamm, ging alles recht zügig. Der Zucker wurde so schnell wie möglich wieder im Schiffsbauch verstaut und die wenigen Reisenden gebeten, an Bord zu gehen. Als das Schiff endlich den Anker lichtete, stand Maria Sibylla mit Dorothea und Kapelka auf dem Deck und winkte Paulus van der Veen und Anna van Gelre zum Abschied zu, die sie so großzügig empfangen und so für sie gesorgt hatte. Sobald sie außer Sicht waren, ging sie zurück in ihre Kajüte. Sie merkte, wie ihre Kraft nachließ, und musste sich hinlegen.

»Findest du nicht auch, dass Herr Hendricks sich rührend um dich kümmert?«, fragte Dorothea ihre Mutter.

»Du bist wirklich froh, dass wir einen Handwerkschirurgen an Bord haben, was?«

»Ich mache mir nun mal Sorgen um dich.«

»Ich muss zugeben, es ist manchmal mehr als lästig, vor allem wenn ich diese Schübe habe. Aber es ist auszuhalten, und sie gehen ja auch immer wieder weg.«

»Versuche, zu schlafen, das wird dir guttun und dich wieder zu Kräften bringen.«

Dorothea schloss leise die Tür, als sie nach draußen an Deck ging.

Maria Sibylla wollte nicht, dass sich ihre Tochter Sorgen um sie machte. Immer wieder fragte Dorothea, wie es ihr ging, und Maria Sibylla spürte ihre Angst.

Wenn ich es mir recht überlege, dachte Maria Sibylla, dann ist sie ja auch wirklich abhängig von mir und meiner Arbeit. Und wenn ich wirklich so krank werde, dass ich nicht mehr arbeiten kann? Ihr Name taucht auf keinem der Werke auf, niemand weiß, was sie bisher alles geleistet hat. Dabei ist sie jetzt schon dreiundzwanzig Jahre alt.

Eigentlich wurde es für Dorothea Zeit, dass sie ihre Flügel ausstreckte. Aber Maria Sibylla brauche sie auch noch, genauso wie Johanna. Ohne die beiden könnte sie ihre Arbeit nicht vollenden.

Maria Sibyllas letzter Gedanke galt Johanna und wie es ihr wohl in den letzten knapp zwei Jahren ergangen war, bevor die sanften Wellen des Atlantischen Ozeans sie langsam in den Schlaf wiegten.

»Haben Sie schon mal Fische fliegen sehen?«

Wenn schon der Kapitän ihre Kajüte aufsuchte, dazu noch mitten am Tag, musste es wohl um etwas ganz Besonderes gehen.

»Sie belieben zu scherzen, Herr Moens«, erwiderte Maria Sibylla.

»Das denke ich nicht. Kommen Sie an Deck, dann werden Sie schon sehen!«

Na gut, dachte Maria Sibylla. Scheinbar plagte den Mann noch immer sein schlechtes Gewissen.

Der Kapitän wartete vor ihrer Tür und lud sie ein, mit ihm auf die Poop zu gehen.

»Hier, schauen Sie, direkt vor unserer Nase springen die Fische aus dem Wasser. Glauben Sie mir jetzt?«

»Tatsächlich! So etwas habe ich fürwahr noch nie in meinem ganzen Leben gesehen«, staunte Maria Sibylla, als sie sah, wie ganze Schwärme von Fischen hoch aus dem Wasser schossen und erst hundert Fuß weiter wieder ins Meer eintauchten.

»Erst fliehen sie vor den Thunfischen im Wasser, und dann vor den Seevögeln in der Luft«, sagte der Kapitän lachend.

»Matrose!«, rief er einem der Männer zu. »Ja, du, bring uns einen dieser fliegenden Fische hier herauf.«

Da die Fische so hoch und weit sprangen, fielen einige von ihnen auf das Schiffsdeck.

»Er ist gerade so lang wie meine Hand«, sagte Maria Sibylla, als der Matrose ihr den Fisch reichte. »Sonderbar, er gleicht einem Hering, nur kürzer und nicht so rundlich. Und unten am Bauch trägt er fast so etwas wie eine Feder.«

»Ja, aber schauen Sie, hier«, sagte Jan Moens, packte, was zunächst wie direkt hinter dem Kopf angesetzte Flossen aussah, und streckte sie in die Breite.

»Das sieht ja aus wie die Flügel eines Vogels! Darum also

kann er auch fliegen.« Ungläubig betrachtete Maria Sibylla die flügelähnlichen Flossen des Tieres.

»Da haben Sie mir wirklich etwas ganz Besonderes gezeigt, Herr Kapitän. Dafür möchte ich mich aufrichtig bei Ihnen bedanken.«

»Das habe ich doch gerne getan, Frau Merian«, sagte Jan Moens. »Und ich hoffe, dass Sie trotz des – wie soll ich sagen – ungewöhnlichen Beginns unserer Bekanntschaft und der, ähm, verzögerten Abfahrt doch eine gute Reise haben werden.« Wieder an den Matrosen gewandt, sagte er: »Sorgt dafür, dass ihr die Fische auf dem Deck einsammelt und dem Koch in die Kombüse bringt. Er soll uns ein gutes Mittagessen daraus bereiten.«

Maria Sibylla musste während der Überfahrt öfter das Bett hüten, als ihr lieb war. Nach dem gemeinsamen Morgengebet legte sie sich gleich wieder hin. Dieses Mal war nicht so sehr die Seekrankheit daran schuld. Sie war einfach zu schwach, um sich lange auf den Beinen zu halten.

»An die Krüppel und Blinden, lasst euch verbinden. Oben bei dem großen Mast, könnt ihr den Meister finden.«

Der allmorgendliche Ruf des Provoost, einem der Unteroffiziere nach dem Gebet war nicht zu überhören. Maria Sibylla wusste, dass der Wundarzt nach dieser Sprechstunde meist bei ihr vorbeikommen und nach dem Rechten schauen würde. Philip Hendricks war mit seinen dreißig Jahren zwar wesentlich jünger als sie, dafür war er als Wundarzt erster Klasse schon recht erfahren. Maria Sibylla fiel irgendwann auf, dass zur selben Zeit auch immer Dorothea in der Kajüte war.

Sie sorgt sich wirklich sehr um mich, dachte sie. Und wie nett von ihr, dass sie dann immer das Gespräch mit Philip Hendricks sucht. Sie will mir wohl die Nervosität vor all den Untersuchungen nehmen.

»Sind Sie schon öfter auf einem Schiff mitgefahren?«, fragte Dorothea, als Philip Hendricks ihre Mutter wieder einmal untersuchte.

»Schon jahrelang. Das ist mein Beruf, auf einem Schiff den Matrosen, Offizieren und Gästen zu helfen.«

»Was ist nun eigentlich der Unterschied zwischen einem Wundarzt und einem Handwerkschirurgen?«

»Auf einem Schiff? Eigentlich keiner. Außer vielleicht, dass ich keine Dienste als Barbier anbiete. Die Männer müssen sich also selbst rasieren«, sagte er und lachte.

So ging es in einem fort. Manchmal wäre es Maria Sibylla lieber gewesen, sie hätte auch ab und zu etwas Ruhe gehabt, vor allem, wenn Philip Hendricks sie zur Ader ließ. Aber sobald der Wundarzt in der Kajüte war, konnte Dorothea nicht aufhören zu reden und Fragen zu stellen. Maria Sibylla fiel mit der Zeit auf, wie sie den Wundarzt anschaute, jede seiner Bewegungen und Handlungen verfolgte. Eines Tages, nachdem Dorothea den Arzt mit Fragen wieder einmal gelöchert hatte, sagte er nach seiner Untersuchung: »Da Sie mit dem Hantieren von feinen Werkzeugen vertraut sind, würde es mich freuen, Ihnen einmal meine Medizinkiste zeigen zu dürfen.« Er lächelte Dorothea an. »Natürlich nur, wenn Ihre Mutter damit einverstanden ist«, schob er schnell und leicht errötend hinterher.

»Ja, sicher«, antwortete Maria Sibylla matt. Sie war schon wieder müde, und es konnte ja nur von Vorteil sein, wenn sich Dorothea mit dem chirurgischen Besteck vertraut machte. Das konnte ihr bei der Präparationsarbeit durchaus noch von Nutzen sein.

»Schau nur«, sagte Maria Sibylla aufgeregt zu Kapelka, die sich gerade auch in der Kajüte aufhielt, »in die Eidechseneier kommt Leben. Geh und hol Dorothea, das möchte sie sicher sehen.«

Nach einiger Zeit kam Kapelka mit Dorothea zurück, die am Anfang noch nicht ganz bei der Sache zu sein schien, sich dann aber richtig darüber freute, als die kleinen Eidechsen tatsächlich aus ihren Eiern schlüpften.

»Was sollen wir ihnen denn zu fressen geben?«, fragte sie, als sie das erste Neugeborene in der Hand hielt.

»Wir müssen ausprobieren, welche Blätter sie fressen«, antwortete Maria Sibylla.

»Bist du traurig, weil du dein Land verlassen hast und nicht weißt, was kommt, Kapelka?«

Maria Sibylla war aufgefallen, dass Kapelka sich immer weniger draußen und dafür immer öfter bei ihnen in der Kajüte aufhielt und still vor sich hinstarrte. Zu Anfang war sie noch guter Dinge und oft mit Dorothea draußen an Deck, genoss die See und den Wind. Als die Vögel, die sie begleiteten, immer weniger wurden, schien es Maria Sibylla, dass Kapelka immer schwermütiger wurde.

»Nein, das ist es nicht. Ich freue mich eigentlich auf Holland.«

»Ich versichere dir, dass wir gut für dich sorgen werden und du es da gut haben wirst. Deshalb brauchst du dir keine Gedanken zu machen.«

»Ja, das weiß ich. Es ist nur …« Kapelka kämpfte mit den Tränen und verließ wortlos die Kajüte.

Arme Kapelka, dachte Maria Sibylla, jetzt erfuhr sie schon zum zweiten Mal in ihrem noch so jungen Leben eine große Veränderung, einen regelrechten Bruch. Sie würde dafür sorgen, dass es ihr wirklich an nichts fehlte.

Maria Sibylla wunderte sich immer häufiger, wo Dorothea nur den lieben langen Tag steckte. Sie sah sie vor allem morgens, während der Wundarzt seine Visite bei ihr machte, aber danach war sie den Rest des Tages meist auf dem Schiff unterwegs. Außer zu den Stunden, an denen sie an den Raupen und Puppen arbeiteten.

Fühlte sich Maria Sibylla etwas besser, ging sie um die Mittagszeit an Deck, um frische Luft zu schnappen und ihre Beine zu strecken. Sie ging den Niedergang am Heck nach oben, hielt sich mit beiden Händen an der Reling fest und genoss den Wind im Gesicht, folgte mit ihren Augen den Wellen.

Bald würden sie in kältere Gegenden kommen, dann würde es ihr sicher besser gehen, schon bevor sie in Holland ankamen, sagte sich Maria Sibylla immer wieder.

Sie drehte sich um und ließ ihren Blick über das Schiff gleiten. Sah den Steuermann, wie er ruhig vor seinem Steuerrad stand, die gehissten Segel im Wind, wie die Matrosen das Deck um den Großmast schrubbten und die Zimmerleute irgendetwas beim Fock zu reparieren schienen. Es war ein ruhiger Tag, und jeder ging in aller Ruhe seiner Arbeit nach. Weiter vorne auf dem Schiff überprüften Matrosen die Taue, während andere in die Masten steigen mussten, um Teile der Takelage in Schuss zu halten.

Maria Sibyllas Blick blieb an einem Paar hängen, das in einiger Entfernung an der Reling stand. Ja, war es denn die Möglichkeit? Maria Sibylla traute ihren Augen kaum. Stand da ganz vorne beim Vorsteven etwa Dorothea mit Philip Hendricks?

Sie musste laut auflachen. Wie naiv sie doch gewesen war zu glauben, dass Dorothea alleine aus Sorge um ihre Mutter jedes Mal während der Visite des Wundarztes zugegen war und so freundlich und interessiert mit ihm kommuniziert hatte.

Als Philip Hendricks sich halb umdrehte, berührte er wie zufällig Dorotheas Hand. Maria Sibylla konnte sich ein Lächeln nicht verkneifen. Vielleicht konnte sie sich nicht mehr so gut bewegen, aber ihre Augen sahen doch noch außerordentlich scharf.

Immerhin erscheint mir dieser Hendricks ein ganz patenter Kerl zu sein, dachte sie noch und machte, dass sie wieder unter Deck kam, bevor die zwei Turteltäubchen sie noch entdeckten. Sie wollte das zarte Glück nicht stören.

Sie kamen in kühlere Gefilde, und Maria Sibylla saß nun regelmäßig mit Dorothea und Kapelka zusammen, um die gefangenen Schmetterlinge allesamt zu präparieren, zu sortieren, in Schaukästen aufzustecken und sie schließlich zu beschriften. Sie unterhielten sich dabei darüber, wie es in Amsterdam sein würde, und sie erzählten Kapelka Geschichten von dort.

»Das sind heute ja viel mehr Schmetterlinge als ich dachte«, sagte Maria Sibylla scheinbar überrascht.

»Wie meinst du? Das sind doch nicht mehr, als wir sonst auf dem Tisch haben«, sagte Kapelka.

»Ich glaube schon.« Maria Sibyllas Augen leuchteten diebisch. »Nur sind die Schmetterlinge nicht auf dem Tisch, sondern wohl eher in deinem Bauch?«

»Du … Wie kannst … Ich …«, stammelte Dorothea und lief hochrot an.

Maria Sibylla musste schallend lachen. So hatte sie ihre Tochter noch nie gesehen. Auch Kapelka konnte sich nicht mehr halten, und prustete los.

»Glaubst du wirklich, dass deine Mutter nicht weiß, was hier vor sich geht?«

Dorothea sah aus, als wollte sie im Boden versinken. Sie merkte, wie ihr das Blut in den Kopf schoss, und biss sich auf die Lippen.

»Ach komm, jetzt hab dich nicht so«, erlöste Maria Sibylla sie aus ihrem Leiden. »Ich glaube, Herr Hendricks ist ein ganz geschickter Kerl. Ich hatte ja nun auch das Vergnügen, ihn besser kennenzulernen, wenn auch in der undankbaren Position als seine Patientin, aber immerhin.«

Dorothea entspannte sich zusehends, sichtlich erleichtert darüber, dass ihre Mutter ihre Liebschaft tatsächlich guthieß.

Die Reise zog sich hin, die Luft wurde immer kälter und der Wind rauer. Maria Sibylla wunderte sich, dass sie schon so lange in kaltem Wetter segelten und noch immer nicht zu Hause waren.

»Wir fahren einen Umweg«, wusste Philip Hendricks eines Morgens zu berichten. »Ich habe den Kapitän gefragt, weil es auch mir komisch vorkam und wir meiner Meinung nach zu weit gen Norden segeln.«

»Aber warum denn das?«, fragte Maria Sibylla.

»Der Kapitän meinte, aus Vorsorge. Er wolle auf keinen Fall von französischen oder spanischen Schiffen aufgebracht werden. Wer weiß, vielleicht gibt es ja schon Krieg zwischen Holland und diesen Mächten.«

»Gott bewahre«, sagte Dorothea.

»Deshalb fahren wir viel nördlicher als gewöhnlich. Mit etwas Glück sollten wir bald einen Blick auf die Südküste Islands erhaschen können, bevor wir entlang der Färöer und den Orkneys nördlich von Schottland aus direkt Kurs Richtung Amsterdam nehmen.«

Maria Sibylla war jetzt öfter an Deck, genoss es, dass sie sich endlich besser fühlte. Sie sah die Basstölpel wieder, wie sie sich todesverachtend, so kam es Maria Sibylla jedes Mal aufs Neue vor, wie Pfeile ins Meer stürzten, um ihrer Nahrung aus Fischen habhaft zu werden.

»Wir haben Island erreicht«, rief ihr der Kapitän zu. Er sah, wie sie den prächtigen Vögeln beim Tauchen zuschaute. »Die Basstölpel haben hier auf einem großen Felsen direkt vor der Insel eine riesige Kolonie. Jetzt dauert es nicht mehr lange, und wir sind wieder zu Hause.«

Vor Piraten konnten sie sich allerdings erst in Sicherheit wähnen, wenn sie auf Höhe der Inseln über Schottland, den Orkneys und Shetland waren. Noch 1627 hatte es einen Überfall algerischer Korsaren auf die Island nur wenig vorgelagerten Westmännerinseln gegeben, bei dem die Piraten rund dreihundert Isländer als Sklaven mitgezerrt hatten. Seither war so etwas zwar in diesen nördlichen Gewässern nicht mehr geschehen. Aber die Erinnerung nötigte auch Jan Moens noch immer den nötigen Respekt ein. Noch ein paar Tage, und sie dürften sich sicher fühlen.

TEIL 3

Amsterdam
1701–1705

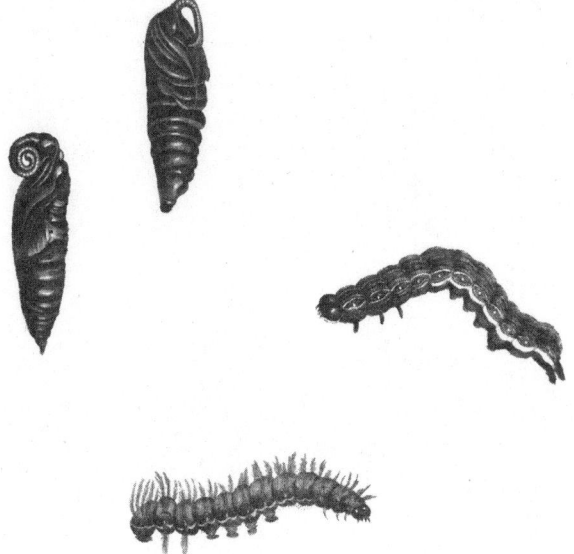

✦ KAPITEL 1 ✦

»Das ist ja geradezu umwerfend, Frau Merian! Einfach unglaublich!« Nicolaes Witsen kam aus dem Staunen nicht mehr heraus. »Und dieses Krokodil! Schauen Sie nur diese Zähne, und wie groß es ist. So ein prachtvolles Exemplar habe ich in meinem ganzen Leben noch nie gesehen.«

Maria Sibylla war gleichzeitig froh und stolz, dass dem Bürgermeister ihre mitgebrachten Tiere aus dieser so anderen Welt so gefielen. Er war nicht der Erste, der so reagierte. Simon Schijnvoet und Agnes Block hatte sie ihre Sammlung zuerst gezeigt, das war sie ihren Freunden schuldig, fand Maria Sibylla. Und natürlich Johanna und Jacob als Allererste.

Es waren auch diese vier, die am 23. September 1701, als sie mit der »De Vreede« endlich in Amsterdam einliefen, am Surinamekai auf sie warteten und wie wild winkten, sobald sie sie erspähten.

Maria Sibylla traute ihren Augen kaum, als sie an der Reling standen. »Siehst du auch, was ich sehe, Dorothea?«

»Ja, und wenn das stimmt, ist das eine wirklich gelungene Überraschung.«

»Sie trägt ein Kleinkind auf dem Arm.« Maria Sibylla jubelte. »Ich bin Großmutter geworden!«

Das Wiedersehen hätte herzlicher und inniger nicht sein können. Sie alle waren froh, sich wiederzusehen und einander endlich in die Arme fallen zu können.

Maria Sibylla wollte als allererstes ihr Enkelkind auf den Arm nehmen.

»Maria Abigail darf ich vorstellen, das ist deine Großmutter Maria Sibylla«, scherzte die stolze junge Mutter. Sie war gerührt, wie ihre Mutter ihre kleine Enkelin herzte. Auch Dorothea wollte sie auf den Arm nehmen und küssen.

Als Johanna ihre Tochter wieder festhielt, wurden Maria Sibylla und Dorothea aufgefordert zu erzählen, wie es ihnen ergangen war und was sie alles erlebt hatten. Die beiden konnten sich vor Fragen kaum retten.

»Jetzt lasst uns doch erst mal ankommen«, sagte Maria Sibylla, »ihr bekommt schon noch alles zu hören.«

Maria Sibylla war erstaunt, dass sie keine Fragen zu Kapelka stellten. So, als wäre es normal, dass sie sie mitgebracht hatten. Maria Sibylla stellte Kapelka vor, und die anderen nickten höflich mit ihren Köpfen. Aber als Dorothea sich bei Kapelka einhakte und sagte: »Sie war mir in unserer Zeit in Suriname wie eine zweite Schwester«, war auch die anfängliche Reserviertheit verflogen. Gerade Johanna war besonders herzlich Kapelka gegenüber.

»Willkommen, Kapelka« sagte sie und brach das Eis endgültig.

»Wir haben eine neue Wohnung für euch gefunden. Wir können also gleich dorthin«, sagte Jacob. »Es ist in der Spiegelstraat, gleich um die Ecke, wo ihr vorher gewohnt habt, also immer noch in unmittelbarer Nähe zu uns.«

Maria Sibylla war ihrem Schwiegersohn sehr dankbar, dass er in diesen Dingen so praktisch war und sich auch bei ihrer zweiten Ankunft in Amsterdam so um sie kümmerte.

»Da ist noch etwas.« Dorothea wirkte verlegen. »Oder besser gesagt: jemand.«

Erst jetzt fiel den anderen ein Mann auf, der ein paar Schritte von ihnen entfernt stand und die ganze Willkommensszene beobachtet hatte. Er trug einen schwarzen Gehrock, schwarze Hosen, ein weißes Hemd und weiße Strümpfe. Er hatte ein freundliches, wenn auch vom Wetter gegerbtes Gesicht, und eine ansehnliche Gestalt. In seiner Rechten trug er eine Ledertasche. Dorothea machte ihm ein Zeichen, und er kam näher.

»Darf ich euch Philip Hendricks vorstellen? Er ist Wundarzt erster Klasse, und wir wollen bald heiraten.«

Die Überraschung war ihr gelungen.

»Was?«, stieß Johanna schließlich voller Freude aus. »Das ist ja phantastisch!« Sie umarmte ihre Schwester und küsste sie.

»Na, meine Freundin«, sagte Agnes Block und lachte, trat auf Maria Sibylla zu und legte ihr den Arm um die Schultern. »Wie ich sehe, haben Sie uns noch sehr viel mehr zu erzählen, als wir Zurückgebliebenen dachten.«

Für eine kurze Zeit durfte Maria Sibylla ihre Mitbringsel in einem Bodenspeicher zwischenlagern, der der VOC gehörte, bei der Jacob arbeitete. Sie war ihrem Schwiegersohn auch hierfür dankbar, dass er dies für sie arrangieren konnte. Sie hätte andernfalls nicht gewusst, wohin mit den ganzen Kisten, Dosen und Gläsern. Und nun stand sie hier mit Nicolaes Witsen, der seinen Augen nicht zu trauen schien.

»Also, Frau Merian, dass Sie es dank Ihrer Sturheit überhaupt nach Suriname gebracht haben, empfand ich schon als eine Leistung. Aber welch schöne und wundersame Exemplare Sie mitgebracht haben – ich bin wirklich beeindruckt.«

»Nun, ich habe getan, was ich konnte«, sagte Maria Sibylla und zeigte ihm auch noch einige ihrer Arbeitszeichnungen, die sie in Surinam angefertigt hatte. Der Bürgermeister betrachtete sie aufmerksam und mit nicht nachlassendem Entzücken.

»Wissen Sie was? Ich werde eine Ausstellung mit Ihren Stücken im Rathaus veranlassen. Na, was sagen Sie?«

Maria Sibylla war überrascht und überwältigt.

»Das wäre wunderbar!«, flüsterte sie.

»Ganz Amsterdam soll wissen, was Sie geleistet haben und was es in unseren westindischen Kompanien an Natur zu erleben gibt.«

»Ich bin gleichermaßen gerührt und geehrt, Herr Bürgermeister«, sagte Maria Sibylla und dachte gleichzeitig, dass das eine tolle Möglichkeit wäre, die mitgebrachte Kollektion an den Mann zu bringen und so wenigstens den Beginn der Arbeit an ihrem Buch zu finanzieren.

Auch nach ihrer Heirat blieb Dorothea bei ihrer Mutter wohnen. Philip Hendricks war als Wundarzt doch die meiste Zeit auf See. Immerhin konnte er ihnen so immer wieder präparierte oder in Alkohol eingelegte Tiere und aufgespießte Schmetterlinge aus Übersee mitbringen, die sie dann gewinnbringend verkaufen konnten.

Das Haus in der Spiegelstraat hieß Roosen Tak, Rosenzweig, und lag zwischen der Kerkstraat und der Prinsengracht, also nur einen Steinwurf entfernt von ihrer vorigen Wohnung.

Nach hinten öffnete sich ein ungepflegter Garten, was Maria Sibylla sehr gelegen kam, denn das bedeutete viel Licht für ihre Arbeit.

Nachdem sie eingerichtet waren und Maria Sibyllas Schwiegersöhne eine Bettstätte für Kapelka gebaut hatten, rief sie ihre Töchter und Kapelka zusammen.

»Ich mochte euch gern wissen lassen, wie ich mir die folgende Zeit vorstelle. Nach unserer Reise und Vorarbeit in Suriname«, sie schaute zu Dorothea, »ist es jetzt an der Zeit, die Skizzen, Zeichnungen, Illustrationen und Aquarelle zu sichten und sie so zu ordnen, dass wir daraus ansprechende Kupferstiche stechen können. Dabei ist mir, wie ihr ja wisst, wichtig, dass die

Raupen auf den Pflanzen abgebildet werden, von denen sie fressen.« Sie schaute in die Runde. Soweit schien es keine Fragen zu geben. »Leider konnten wir in Surinam nicht alles fertigstellen. Das heißt, dass wir manche der getrockneten Pflanzen, aber vor allem die Puppen, Raupen und Schmetterlinge erst noch bestimmen müssen. Dafür ist Kapelka zuständig. Sie wird uns helfen, all das richtig zuzuordnen.« Maria Sibylla schaute in Kapelkas Richtung und nickte kurz.

»Und wie bringen wir das alles zueinander? Ihr habt auch noch so viele Käfer und Würmer, Vögel und größere Tiere mitgebracht.« Johanna war von der schieren Masse an Material überwältigt.

»Das ist vornehmlich meine Aufgabe«, sagte Maria Sibylla. »Sobald wir alles zugeordnet haben, erstelle ich eine Komposition. Die besteht erst mal nur aus der Pflanze, von der die Raupen fressen, den verschiedenen Stadien des Tieres und jeweils einem Schmetterling oder einer Motte im Sitzen, also mit zusammengeklappter Tarnseite der Flügel und einer im Flug, so dass man auch die schmucke Innenseite der Flügel sieht. Und dann schauen wir mal, was wir qua Komposition wo unterbringen können, um das Ganze noch lebhafter zu gestalten.« Maria Sibylla schaute wieder in die Gesichter der drei jungen Frauen. »Was meint ihr, klingt das sinnvoll?«

»Ja, sagte Dorothea, und die anderen nickten. »Und wie fangen wir konkret an?«

»Gute Frage«, antwortete Maria Sibylla. »Lasst uns zunächst alles zueinanderlegen, was zusammengehört. Also die Zeichnungen mit den entsprechenden Stadien des Tieres mit der entsprechenden Pflanze, von der die Raupe isst. Na los! Macht euch an die Arbeit.« Maria Sibylla stand auf und schlug die Hände zusammen.

Das war leichter gesagt als getan. Vor allem für Johanna, die viele Tiere und Pflanzen auf den Illustrationen zum ersten Mal sah und sich manchmal aus Unglauben schütteln musste.

»Auf diese Weise machst du unsere Reise im Schnelldurchlauf mit«, sagte Dorothea und lachte.

Für die Zeichnungen, die sich im Skizzenbuch Maria Sibyllas befanden, legten sie jeweils einen Zettel mit einem Verweis auf den Stapel, so dass sie wussten, wo sie sie finden konnten.

»Igitt, was ist denn das?«, rief Johanna und ließ das Blatt beinahe aus der Hand fallen, als sie ein sonderbares Tier bei den Illustrationen entdeckte.

»Das ist ein Laternenträger«, sagte Kapelka.

»Ein was?«, fragte Johanna, die überrascht war, dass Kapelka überhaupt etwas sagte. Sie hatte sich bislang sehr zurückgezogen und seit ihrer Ankunft kaum ein Wort gesprochen.

»Ein Laternenträger«, wiederholte Kapelka. »So nennt ihr Weißen dieses Tier. Der kommt bei uns zu Hause sehr oft vor. Er ist also gar nicht so ungewöhnlich, wie es dir scheinen mag.«

Der letzte Satz rutschte ihr vielleicht eine Spur zu hart heraus, war aber keineswegs böse oder abschätzig gemeint. Zum Glück verstand es Johanna auch so.

»Und warum heißt der so?« Sie schaute das Tier näher an.

»Er heißt so, weil er nachts leuchten kann wie eine Laterne«, sagte Kapelka. »Da kann man sogar die Zeitung lesen, so hell leuchten die.«

»Die Eingeborenen brachten mir einmal eine ganze Menge dieser Laternenträger«, begann Maria Sibylla zu erzählen. »Da wusste ich noch nicht, dass sie leuchten können. Ich habe sie zunächst in eine große Holzkiste gelegt und wollte mich anderntags um sie kümmern. Aber auf einmal wurde ich nachts mit einem Schrecken wach.« Sie sah in die Gesichter der drei und wie sie an ihren Lippen hingen. Maria Sibylla genoss es.

»Ich hörte ein unglaubliches Summen und darüber hinaus etwas, das klang wie ein Windheulen. Ich stand auf, zündete eine Kerze an und schaute nach, was los war. Denn es ging fast kein Wind, und so wunderte ich mich immer mehr, was denn dieses Geräusch sei. Bis ich dahinterkam, dass es aus der Holzkiste kommen musste. Ich öffnete die Kiste und bekam einen Riesenschreck, die Kiste rutschte mir aus den Händen und fiel zu Boden. Aus der Holzkiste strahlte mir ein enormes Licht entgegen, wie von einer Flamme. Es war wirklich erstaunlich, wie hell diese Motten leuchten können.«

Johanna starrte wie gebannt auf den Laternenträger. Sie sah das Flunkern in Maria Sibyllas Augen nicht, als diese anfing zu lachen. Dorothea und Kapelka, die sich beide an diesen Vorfall nicht erinnern konnten, wollten etwas sagen, aber Maria Sibylla lachte so herzlich und schaute sie so eindringlich an, dass sie ihren Mund hielten und ein Grinsen kaum unterdrücken konnten. Maria Sibylla hielt sich schon den Bauch vor Lachen, bis sie auf einmal zusammenfuhr. Wie ein Stich fühlte sich der Schmerz in ihren Muskeln an. Es ging ihr zwar wieder wesentlich besser als in den letzten Wochen in Suriname, aber die Krankheit schlummerte in ihr, und sie befürchtete, dass dies auch so bleiben würde.

Reiß dich zusammen, dachte sie, und zum Glück blieb es für jetzt bei dem einen Stich.

Die Ausstellung war ein voller Erfolg. Bürgermeister Nicolaes Witsen hielt die Eröffnungsrede, alle waren sie gekommen. Maria Sibyllas Herzensfreundin Agnes Block, die sie in Suriname doch sehr vermisst hatte, Alida Withoos, der alte Frederik Ruysch, der immer noch recht rüstig daherkam, der Neffe des Bürgermeisters Jonas Witsen, der sie zum Zeichnen in Suriname mitangestiftet hatte, und Caspar Commelin, der etwas an Leibesfülle hinzugewonnen hatte. Der junge Albertus Seba war gekommen, und selbst Levinus Vincent war da, um die ausgestellten Tiere und Pflanzen zu betrachten, sei es mit süß-saurem Gesichtsausdruck, den er die ganze Zeit über demonstrativ zur Schau stellte. Außerdem noch jede Menge Interessierter, die vernommen hatten, dass eine Künstlerin und Naturkundige aus dem fernen Suriname zurückgekehrt war und hier alle möglichen Kreaturen aus der neuen Welt sehen ließ.

Maria Sibylla erzählte ein wenig von ihren Abenteuern und den Tieren und Pflanzen, die sie mitgebracht hatte. Alle waren sie begeistert, auch von den Zeichnungen, von denen Maria Sibylla einige sehen ließ.

Die Sammler betrachteten die Stücke genau und überlegten, welche denn gut in ihre Sammlung passen würden. Auch Caspar Commelin schien das eine oder andere Exemplar für den Hortus Medicus zu erwägen.

»Meine Herren«, wandte sich Maria Sibylla schließlich an die Sammler der Raritätenkabinette und gab einen Überblick, welche Tiere sie mitgebracht hatte – darunter ein Krokodil, zwei große Schlangen und eine kleine Schildkröte – und welche Preise sie festgelegt hatte.

»Und Schmetterlinge? Die haben Sie doch sicher zuhauf mitgebracht, oder etwa nicht?«, fragte Frederik Ruysch sie etwas später, als sie etwas abseits standen.

»Ja, natürlich, dafür bin ich ja überhaupt erst nach Surinam gereist.« Sie schauten sich an. Maria Sibylla war froh, ihn zu kennen, diesen bescheidenen, zurückhaltenden Mann, der doch so viel wusste und mitzuteilen hatte. »Aber die gibt es erst, wenn ich mein Buch fertiggestellt habe.«

»Ich verstehe«, sagte Frederik Ruysch. »Und wann denken Sie, sind Sie soweit? Sie müssen wissen, ich bin schon sehr gespannt auf Ihre Zeichnungen und Erkundungen.«

»Ich mache, so schnell ich kann. Aber ich befürchte, Sie müssen sich noch etwas gedulden, mein lieber Freund.« Sie ging einen Schritt auf ihn zu, brachte ihren Mund näher an sein Ohr und sagte etwas leiser: »Im Vertrauen, ich muss erst noch schauen, wie ich die ganze Herstellung finanzieren kann. Und dann ist das Buch noch nicht einmal gedruckt.«

»Ich verstehe«, sagte der Pathologe. »Deshalb verkaufen Sie hier Ihre Ausstellungsstücke?«

»Ja, und ich habe jemanden in Suriname, der mir immer wieder neue Tiere zukommen lassen wird, die ich dann verkaufen kann. Und außerdem«, sie kam noch einen kleinen Schritt näher und flüsterte: »Ich bin krank geworden in Suriname. Sie sagen, es sei die Schlechte-Luft-Krankheit. Ich habe einfach nicht mehr dieselbe Kraft wie früher, brauche für alles etwas länger.«

Frederik Ruysch, der Arzt, Pathologe und oberster Geburtshelfer der Stadt, erschrak nicht über diese Nachricht. Ebenso leise sagte er zu ihr: »Ehrlich gesagt, ich hatte schon so eine Vermutung.«

Maria Sibylla trat einen halben Schritt zurück, so dass sie ihm ins Gesicht sehen konnte, und hob dann fragend ihre Augenbrauen.

»Sie wirken einfach nicht mehr so energiegeladen wie vor Ihrer Abreise.«

»Das haben Sie gut beobachtet, Herr Ruysch«, sagte Maria Sibylla, »ich hoffe nur, den anderen fällt das nicht auf.«

Nach und nach verabschiedeten sich alle, und mit Agnes Block und Simon Schijnvoet sprach Maria Sibylla ab, sich schon sehr bald wieder zu treffen. Am Schluss blieb sie allein zurück. Glücklich ob des gelungenen Tages, aber auch erschöpft. Das lange Stehen, die vielen Leute hatten sie viel Kraft gekostet. Sie setzte sich auf einen der Fenstersimse und atmete tief durch.

Kaum zu glauben, dachte sie. Vor ein paar Jahren kam ich hier in Amsterdam an und musste mich als Wohnungssuchende einschreiben. Sie erinnerte sich noch genau an den Weg, der sie in diese Stadt geführt hatte, und wie neu noch alles war, wie beeindruckend diese Stadt auf sie wirkte, die vielen Leute, der Lärm und der Gestank, aber vor allem dieser unwahrscheinliche Reichtum. Kein Wunder, dachte sie bitter, jetzt wusste sie ja, woher der kam. Ob die Leute hier ahnten, dass für ihren Lebenswandel Menschen verschleppt, ihre Familien entzweit wurden, dass sie schuften mussten, immer in der Angst, geschlagen zu werden, dass sie arm bis auf die Haut waren und keine Zukunft hatten?

Maria Sibylla stand gedankenversunken auf und ging zum Ausgang des Rathauses.

Wahrscheinlich wollten es die meisten auch gar nicht wissen. Warum sollte sie das Leid in so weiter Ferne schon kümmern, wenn sie hier doch so gut leben konnten? Warum sollten sie ihr Gewissen belasten? Maria Sibylla verstand diese Gier nach immer mehr Geld nicht. Vielleicht steckte dahinter die Angst, irgendwann alles zu verlieren und am Ende nackt und arm dazustehen.

Sie schaute sich um und erkannte ihre Umgebung nicht wieder. Hier musste doch irgendwo der Ausgang sein. Hatte sie sich etwa verlaufen? Sie schaute sich um und entschied sich für eine Richtung.

Wäre die Gier nicht so groß, und wüssten sie hier noch vernünftige Sachen, die sie mit ihrem Geld anfangen könnten, bräuchte ich mich in diesem Koloss von einem Gebäude auch nicht zu verlaufen, dachte sie. Sie schaute sich wieder um. In dieses Rathaus passte wahrscheinlich die halbe Einwohnerzahl

Paramaribos. Und dabei bräuchten sie nicht einmal so eng zusammengepfercht liegen, wie sie es den Sklaven in ihren Sklavenhütten dort antaten.

Sie wusste nicht mehr weiter und öffnete einfach die nächste Tür, um zu sehen, ob sie dort weiterkam. Von diesem Raum aus schien es nicht weiterzugehen. Maria Sibylla wollte die Tür schon wieder schließen, doch irgendetwas ließ sie zögern. Sie betrat den Raum, der sich auf sonderbare Art und Weise merkwürdig anfühlte. In einer Ecke stand ein kleiner Tisch mit einem Stuhl dahinter. Auf dem Tisch lagen einige Blatt Papier aufeinander und Schreibutensilien. An der Wand gegenüber stand ein Stuhl, ein weiterer mitten im Raum, daneben eine Art Arbeitstisch, an dem an der Seite ein Speichenrad angebracht war, wie sie es von den Pressen kannte. Nur konnte sie keine Presse sehen. Maria Sibylla ging auf den Tisch zu, um ihn näher zu betrachten.

War das … Sie wich unverzüglich einen Schritt zurück. War das Blut?

Sie richtete ihren Blick nach oben und sah, wie sich zwei Reliefbögen von links nach rechts über die gebogene Decke zogen. Komisch, dachte sie. Der Raum war relativ klein, karg eingerichtet, und doch hatte man sich die Mühe gemacht, die Decke zu verzieren. Neugierig betrachtete sie die Steinmetzarbeiten genauer. Auf der ersten Tafel erkannte sie zunächst nur eine Blume, die aus einem Gitter hervorwuchs, auf der zweiten Tafel war eine größere Blume abgebildet.

Sie schien eingebettet in ein Viereck aus Stäben, die wahrscheinlich Schrauben darstellen sollten. Aber warum nur?

Auf der nächsten Tafel erkannte sie eine Rute und eine weitere Zange. Ihr wurde übel. Das war doch nicht …

Maria Sibylla hörte Schritte und bekam es mit der Angst zu tun. Sie schaute sich die erste Tafel noch einmal an, und jetzt wurde ihr klar, was der Steinmetz hier abgebildet hatte. Sie erschauderte. Das waren Daumenschrauben. Sie musste für einen Moment mit beiden Händen eine Faust formen, um ihre Daumen zu fühlen und sich zu vergewissern, dass es nicht ihre waren, an denen die schmerzhaften Gewinde angebracht waren. Und das daneben stellten Schienbeinschrauben dar.

Die Schritte kamen näher. Maria Sibylla legte sich vor Schreck ihre rechte Hand auf den Mund. Plötzlich wurde ihr klar, wo sie sich befand.

Sie hatte Folterungen in Suriname erlebt, dort waren sie öffentlich gewesen. Natürlich wusste sie, dass es so etwas wie ein scharfes Verhör hier in Holland, genauso wie in Deutschland gab. Aber hier geschah es im Verborgenen, Zuschauer waren unerwünscht. Immerhin blieb den Gepeinigten hier die Verhöhnung durch eine grölende Menschenmasse erspart. Ob die dunkle Einsamkeit besser war?

»Was machen Sie denn hier in der Folterkammer?«, donnerte die Stimme des Mannes, der soeben in den Raum getreten war.

»Ich …«, sie konnte nicht mehr als stammeln, noch völlig benommen von der Erkenntnis, dass sie sich in einem der furchtbarsten Räume befinden musste, den diese Stadt zu bieten hatte.

»Ich habe mich wohl verlaufen«, brachte sie schließlich heraus. »Bürgermeister Witsen hat oben meine Ausstellung eröffnet, und ich war auf dem Rückweg wohl in Gedanken, als ich mich plötzlich hier wiederfand.«

»Ach, dann sind Sie diese Künstlerin, die in Suriname war?« Der Mann sah kräftig aus. Sein breiter Schädel saß auf einem dicken, zu kurzen Hals, der an der Vorderseite von einem wilden Bart vollständig verdeckt wurde.

»Ja, die bin ich.« Maria Sibylla wunderte sich, dass sogar solch ein Mann, der wohl nicht gerade den ehrwürdigsten Beruf ausübte, von ihr gehört hatte.

»Na, dann kommen Sie mal mit, oder wollen Sie etwa einem scharfen Examen unterzogen werden?«

Seine volle Stimme und sein Lachen hallte von den Wänden wider und drang in Maria Sibyllas Kopf. Sie wollte sich erst gar nicht vorstellen, wie es wäre, wenn sie jetzt angekettet auf diesem Tisch läge und er lachend an dem Speichenrad drehen würde, und konnte sich dem Gedanken doch nicht entziehen.

»Nein, nein, natürlich nicht.« Sie versuchte zu lächeln, befürchtete aber, dass ihr das nicht wirklich gelang, und zwang sich, einen Schritt vor den anderen zu setzen und so schnell wie möglich diesen Raum, dieses Gebäude zu verlassen.

»Da haben Sie aber Glück, dass ich mein Tagwerk für heute schon verrichtet habe«, scherzte der Mann weiter. »Nichts für ungut«, winkte er dann ab, »ich sehe schon, Sie sind eher zart besaitet, was? Künstlerin eben.«

Maria Sibylla hörte nicht mehr wirklich zu, sie wollte einfach hier raus.

»Schauen Sie«, sagte der Mann jetzt etwas ruhiger, mit fast schon sanfter Stimme, »Sie gehen einfach diesen Gang zurück bis zum Ende, und dann biegen Sie rechts ab. Da sollten Sie den Ausgang auch schon sehen.« Er schaute Maria Sibylla an, sie schien zu zittern. »Haben Sie das verstanden?«

»Ja«, sagte sie, »danke.« Sie ging, so schnell sie konnte, den Gang hinunter.

»Einen schönen Tag noch!«, rief ihr der Mann hinterher.

KAPITEL 2

Maria Sibylla war froh, dass ihre Ausstellung mit so viel Aufmerksamkeit und Wohlwollen aufgenommen wurde. Vor allem aber darüber, dass sie die Tiere, die sie in der Ausstellung präsentierte, verkaufen konnte. So hatten sie ein wenig Geld, um an ihren Zeichnungen zu arbeiten. Johanna hatte während ihrer Abwesenheit weiterhin Malkurse gegeben und einzelne Blätter im Namen ihrer Mutter verkauft. So war der Name Merian auch während Maria Sibyllas Abwesenheit nicht in Vergessenheit geraten.

»Lasst uns unsere Jungfern-Compagnie wieder aufleben, so dass wir mit Malkursen, dem Verkauf von Farben und unserer Kunst wieder Geld verdienen. Es ist an der Zeit, dass wir den Namen Merian wieder vermehrt unter die Leute kriegen«, sagte Maria Sibylla zu ihren Töchtern, die beide froh waren, dass ihre Mutter trotz ihrer Krankheit mit ihnen weiterarbeiten wollte. Sie saßen wieder zusammen und sortierten Puppen, Raupen, Motten und Schmetterlinge, Pflanzen und Blätter mit Arbeitsskizzen. Kapelka nahm die ihr angereichten Dinge und legte sie nach Maria Sibyllas Vorgaben auf kleinen Stapeln ab, die immer höher wurden.

»Es gibt aber einen bedeutenden Unterschied, und das ist das neue Buch, an dem wir schon angefangen haben zu arbeiten.« Johanna horchte auf.

»Ich habe das schon in Suriname mit Dorothea besprochen. Die bisherigen Blumen- und Raupen-Bücher hatten ein kleines

Format. Die Schmetterlinge in Suriname sind mitunter aber viel größer als hier in Europa. Außerdem möchte ich die Pflanzen größer abbilden. Die Illustrationen sollen die Leser überwältigen. Ihr müsst euch vorstellen, fast alles, was sie in diesem Buch zu sehen bekommen, ist neu für sie. Diesen Effekt des Staunens unterstreichen wir noch mit der Größe der Blätter. Und wisst ihr was? Ich habe mich dazu entschlossen, auch Abbildungen von den anderen Tieren zur Verzierung mit aufzunehmen. Wenn ich sehe, wie begeistert die Leute bei der Ausstellung von den Schlangen und den Leguanen sind, wäre es doch geradezu fahrlässig, wenn wir davon nicht auch welche ins Kupfer stechen.«

»Du möchtest das Buch also etwas größer machen?«, fragte Johanna.

»Nicht nur ein bisschen«, sagte Maria Sibylla stolz, »sondern richtig groß, im Folioformat.«

»Im Folio… aber das bedeutet auch jede Menge mehr Arbeit«, sagte Johanna.

»Und eine Menge mehr Freiheit«, konterte Maria Sibylla. Das Folioformat würde ihnen viel mehr künstlerische Möglichkeiten bieten.

»Ich gebe zu, die Kosten für eine solche Ausgabe werden viel höher ausfallen, aber ich möchte, dass die Abbildungen lebendiger wirken als alles bisher auf Papier Dagewesene, dass etwas auf ihnen geschieht, eine Geschichte erzählt wird. Versteht ihr? Und das größere Format gibt mir auch die Möglichkeit, mehr Details zu zeigen, als es mir bisher möglich war. Detaillierter, als überhaupt jemals jemand bisher illustriert hat.«

Johanna, Dorothea und Kapelka fühlten Maria Sibyllas Enthusiasmus und standen ergriffen vor ihr. Sie waren sich bewusst, dass sie hier etwas Großes schaffen würden, und dankbar dafür, dass sie ein Teil davon sein durften.

Währenddessen widmete sich Maria Sibylla bereits wieder ihrem Skizzenbuch.

»So.« Sie schaute auf eine Zeichnung. »Ich glaube, diese Blüte hier gehört zu der Raupe, die hier liegt.«

Sie schaute auf, dann wieder auf den Skizzenblock in ihrer Hand und die aufgespießte Motte direkt vor ihr.

»Kapelka, trägst du diesen Stapel bitte zu meinem Arbeitstisch? Dann werde ich mich daran machen, mit diesen Elementen hier eine ansprechende und lebendige Szene zu arrangieren.«

Es ging einfach nicht. Jedenfalls nicht gut genug. Maria Sibylla fühlte das ihr so vertraute Heft des Stichels in der Handfläche und versuchte, mit dem Grabstichel einen Ast des Korallenbaums in feinen Linien zu zeichnen. Sie musste kurz lächeln, als sie daran dachte, dass die Eingeborenen diesen Baum »Kofi mama« nannten. Seinen Namen schuldete er seiner Größe und der breiten Krone, die die Kaffeebäume vor zu viel Hitze beschützten. Für einen Moment war sie in Gedanken wieder auf einer ihrer Exkursionen im Urwald Suriname. Ihre Hand brachte sie aber schnell wieder in die Gegenwart zurück. Warum konnte sie nicht einfach, wie früher auch, in aller Ruhe nacheinander die Linien ziehen?, dachte sie. Sie fühlte, wie sie mit ihrer Hand einfach nicht mehr die Kraft und Ruhe aufbrachte, die für die feine Arbeit im Kupfer nötig war. Sie konnte ihre Hand nicht mehr richtig kontrollieren, stellte sie frustriert fest.

Mehrmals musste sie pausieren, und wo sie früher stundenlang konzentriert hatte arbeiten können, ging ihr jetzt schon nach kurzer Zeit die Kraft aus. Wenn sie auch nur ein bisschen länger daran zu arbeiten versuchte, krampfte ihre Hand, und sie musste den Stichel unvermittelt auf die Kupferplatte fallen lassen.

Als dies wieder einmal geschah, stieß sie einen wütenden Schrei aus. Frustration und Schmerz überwältigten sie.

So konnte es nicht weitergehen. Sie musste hierfür eine Lösung finden, sonst würde das Buch nie fertig werden. Ihre Töchter waren gut im Zeichnen und Kolorieren, und das würde noch genug Zeit in Anspruch nehmen. Für das Kupferstechen wollte Maria Sibylla sie schon deshalb nicht einsetzen.

Da blieb ihr wohl nichts anderes übrig, als jemanden von außen zu suchen.

Eigentlich wollte Maria Sibylla das nicht, wollte dieses Buch mit ihrer Jungfern-Compagnie fertigstellen. Sie schauderte beim Gedanken an die Kosten, die sie für einen Kupferstecher würde aufbringen müssen.

Es blieb ihr wohl keine andere Wahl, realisierte sie sich und machte sich auf in die Werkstatt zu Gerard Valck auf dem Dam. Sie hoffte, Pieter Sluyter dort anzutreffen, diesen jungen Kupferstecher, der vor ihrer Abreise so viel Eindruck auf sie gemacht hatte.

»Welch eine Freude, Frau Merian, Sie wieder in meiner bescheidenen Druckerei begrüßen zu dürfen!« Gerard Valck war ganz außer sich, als Maria Sibylla den Raum betrat. Sie atmete tief durch, genoss die Luft aus schwerer, öliger Tinte und die Feuchtigkeit, die das noch zu bedruckende Papier verbreitete. Wie wenig hatte sich hier doch verändert. Der lange Ladentisch, die Druckpresse, die Regale und Schubläden, alles stand noch an seinem Platz, als wäre die Zeit stehengeblieben. Nur standen jetzt noch mehr Globen herum, vor allem oben auf den Schränken.

Sie freute sich über die überschwängliche Begrüßung des Druckers.

»Die Freude ist ganz meinerseits«, sagte Maria Sibylla.

»Wie geht es Ihnen denn? Ich hatte schon gehört, dass Sie wieder zurück sind.«

Maria Sibylla erzählte ihm von ihrer Reise und dass sie bereits mit den Arbeiten für das Buch angefangen hatte.

»Einen Folioband möchten Sie machen? Das ist ja wunderbar!« Der Drucker war gleich Feuer und Flamme. »Wir haben die richtige Druckpresse dafür im Haus, aber das wissen Sie ja. Es wäre mir eine Ehre, Ihr Buch drucken zu dürfen.«

»So weit ist es noch nicht, mein lieber Herr Valck«, wehrte Maria Sibylla ab. »Ich komme heute auch zu Ihnen, weil ich auf der Suche bin nach einem Kupferstecher, der sein Fach versteht, und zwar herausragend versteht. Sie hatten da einen noch recht jungen Kerl bei sich arbeiten, Pieter Sluyter, wenn ich mich recht entsinne.«

»Tatsächlich, ein wirklich guter Mann. Noch recht jung, aber mit einem außerordentlichen Talent gesegnet. Er sollte in ein paar Minuten wieder hier sein. Er sitzt gerade an einer Arbeit für mich, die er heute noch fertigstellen möchte«, sagte Gerard Valck. »Aber möchten Sie Ihre Illustrationen nicht selbst stechen?«

»Eigentlich schon«, sagte Maria Sibylla zögerlich. »Es ist nur, ich möchte sechzig Kupferplatten stechen, und auf denen steht jeweils eine Pflanze, manchmal auch mit Blüten oder Früchten, und Sie wissen ja, wie aufwändig allein das schon ist. Dann kommen noch die Eier, die Puppen, die Raupen und schlussendlich die Tag- oder Nachtflügler hinzu.«

»Das ist eine Menge Arbeit, da haben Sie vollkommen recht.«

»Ich habe auch noch jede Menge Schlangen, Geckos, Schildkröten, Leguane und weitere besondere Tiere gezeichnet.«

»Und das bedeutet noch mehr Arbeit.«

»Sehen Sie, und deshalb brauche ich einfach noch jemanden, der mir beim Kupferstechen hilft. Sonst dauert es noch Ewigkeiten, bis das Buch erscheinen könnte. Erschwerend kommt hinzu, dass ich nicht Mitglied der Zunft der Kupferstecher bin, und die würde es mir wohl, gelinde gesagt, nicht in Dank abnehmen, wenn ich ihre Mitglieder übergehen würde.«

»Das wäre sicherlich eine Katastrophe für das Buch«, sagte Gerard Valck.

»Und ich weiß von einem Engländer, dass er mit einem Buch über Pflanzen aus der neuen Welt beschäftigt ist. Dieser Hans Sloane ist ein hoch angesehener Arzt und Sammler. Er kennt meine Werke, und ich möchte nicht, dass sein Buch zuerst erscheint.«

Sie schaute Gerard Valck in die Augen, um die Dringlichkeit zu unterstreichen.

»Nun, ich bin mir sicher, dass er Ihrem Ansatz, der die Kunst und Naturwissenschaft miteinander verbindet, nicht folgen kann und Ihr Buch einen wesentlich höheren Stellenwert einnehmen wird.« Er kratzte sich an seinem Bart. »Aber ich verstehe auch, dass es dem Verkauf Ihres Werkes nicht dienlich wäre, wenn ein anderes über die Natur des mehr oder weniger gleichen Landstrichs dem ihrem zuvorkäme. Das gilt es selbstverständlich zu vermeiden«, sagte Gerard Valck.

In diesem Moment wurde die Tür schwungvoll aufgestoßen, und herein kam ein junger, gut aussehender Mann mit einer warmherzigen Ausstrahlung.

»Frau Merian, welche Überraschung!«

Auch Pieter Sluyter schien sich aufrichtig zu freuen, Maria Sibylla wiederzusehen.

»Ich habe eine Frage an Sie«, sagte Maria Sibylla schließlich, nachdem sie von ein paar Exkursionen in Surinam erzählt hatte. »Ich bräuchte jemanden, der mir hilft, die Kupferstiche für mein Buch anzufertigen. Ich konzentriere mich vor allem auf die Komposition und das Kolorieren und Malen. Letztendlich haben ja nur Dorothea und ich die wirklichen Farben vor Ort gesehen.«

»Es wäre mir eine Ehre, Frau Merian, Kupferstiche für Sie anfertigen zu dürfen.«

»Kommen Sie in den nächsten Tagen zu mir, dann besprechen wir alles weitere«, beschloss Maria Sibylla.

Maria Sibylla war sehr zufrieden mit der Arbeit Pieter Sluyters. Sie respektierten einander nicht nur, sie mochten einander auch. Und obwohl Pieter Sluyter fast genauso jung war wie Dorothea, entstand doch eine innige Freundschaft zwischen den beiden. Maria Sibylla hatte ihn gern um sich, konnte mit ihm stundenlang über Kunst und Kupferstiche reden, wie man mit dem Grabstichel am besten Akzente setzen konnte, in welchem Winkel man den Anfang einer Linie am besten anging und wie unterschiedlich man eine Linie beenden konnte – ach, das Feld war weit. Maria Sibylla hatte das Gefühl, dass sie ihm auch persönliche Dinge anvertrauen konnte, und Pieter Sluyter tat das auch umgekehrt. Obwohl er schon so einiges in seinem Fach erschaffen hatte, hatte er doch immer wieder Selbstzweifel über seine Arbeit. So übernahm Maria Sibylla mitunter eine Rolle als Ersatzmutter, dann wiederum als Mentorin, und bald war er wieder voller Selbstvertrauen und wusste genau, was er wollte.

Maria Sibylla erkannte an seinen Arbeiten, die er ihr zeigte, wie gut er war. Er war ein Meister seines Fachs geworden, daran hatte sie keine Zweifel, und darum hatte sie ihn auch ausgewählt. Er gehörte zu den allerbesten Kupferstechern, die die Stadt zu bieten hatte, da war sie sich sicher.

Und auch, dass sie seine Arbeit eine ganze Stange Geld kosten würde.

KAPITEL 3

»Immer dieses verdammte Geld«, sagte Maria Sibylla, als sie wieder versuchte, an einem Kupferstich zu arbeiten, während Johanna und Dorothea mit dem Kolorieren beschäftigt waren und Kapelka noch immer sortierte.

»Es macht mich einfach wahnsinnig, dass ich dauernd das Gefühl habe, ich kann nicht das tun, was ich möchte, was von Nöten wäre, weil mal wieder kein Geld da ist«, sagte Maria Sibylla und machte ihrem Ärger Luft. »Das tötet doch alle Kreativität, wenn man nicht einfach frei sein und tun und lassen kann, was man möchte. Ich renne dauernd gegen diese Wand an und kriege sie einfach nicht umgestoßen. So langsam reicht es mir. Sollen sie doch alle dahin gehen, wo der Pfeffer wächst, mit ihrem eitlen Gehabe und ihrer Gier, immer nur zu wollen, aber nichts dafür zu tun, geschweige denn zu bezahlen. Außerdem habe ich keine Ahnung, wie ich an genügend Leute komme, die das Buch subskribieren möchten. Die paar Reichen und Interessierten hier in Amsterdam sind einfach nicht genug, um ein solches Buch aus den Kosten kommen zu lassen.« Sie hatte sich einmal mehr in Rage geredet. »Und dann auch noch diese vermaledeite Krankheit. Wie stelle ich mir das überhaupt noch alles vor?«

Ihre Wut schlug um in eine Art traurige Machtlosigkeit, die ihren Töchtern bei ihr bisher fremd gewesen war.

»Vergiss doch nicht«, sagte Dorothea schon fast verzweifelt, »warum du so viele Strapazen auf dich genommen hast, warum du dies alles tust. Du hast uns doch immer eingebläut, nie das Ziel aus den Augen zu verlieren und den Grund, warum wir das hier alles machen.«

Maria Sibylla seufzte tief und schloss für einen Moment die Augen.

»Du hast ja recht, Dorothea, du hast ja recht.« Sie seufzte.

»Also gut.« Sie hob ihren Kopf und atmete einmal tief durch. »Die Reise nach Suriname war teuer und hat alle Reserven aufgebraucht. Im Moment leben wir von dem, was unsere Jungfern-Compagnie abwirft. Das reicht uns zum Leben, aber nicht, um das Buch zu finanzieren. Außerdem brauchen wir so viel zu lange. Nach unserer Rückkehr und der Ausstellung sind wir in aller Munde, aber bald schon werden sie uns wieder vergessen haben, wenden sich anderen Neuigkeiten zu. Es ist also wichtig, dass wir das Buch so schnell wie möglich an den Mann bringen. Irgendwelche Vorschläge?«

Sie schaute in ratlose Gesichter.

»Vielleicht sollten wir versuchen, mehr Illustrationen zu verkaufen?«, schlug Johanna vor.

»Oder wir suchen mehr Frauen, die einen Malkurs bei uns belegen möchten. Dann können wir auch gleich mehr Farben und Leinwände verkaufen«, war Dorotheas Idee.

»Ja, das ist ja alles schön und gut«, erwiderte Maria Sibylla, »aber das ist alles nur ein Tropfen auf den heißen Stein. Was wir brauchen, ist eine Menge Geld. Und zwar am liebsten jetzt gleich.« Sie schlug die Hände zusammen und seufzte wieder. »Ich weiß nicht, Kinder, vielleicht sollten wir es einfach bleiben lassen und uns auf das dritte Raupen-Buch mit den einheimischen Arten konzentrieren. Das machen wir dann in der gleichen Größe wie die anderen. Dafür finde ich vielleicht sogar einen Verleger, und wir haben nicht auch noch die Produktionskosten am Hals.«

Dorothea war während ihrer letzten Worte hochrot angelaufen. Sie konnte nicht mehr an sich halten, es platzte aus ihr heraus: »Du glaubst doch nicht im Ernst, dass ich mich in Suriname von Mücken habe zerstechen lassen, auf irgendwelchen öden Plantagen rumgesessen habe, anstatt mich in Amsterdam zu vergnügen, dass ich mit dir durch den Regenwald getrampelt bin, geschwitzt habe, bis ich mir die Kleider auswringen konnte, dass ich jeden Abend mit dir dasaß und im fahlen Kerzenlicht gezeichnet oder irgendwelche Raupen gefüttert und ihre Kästchen vom Kot gesäubert habe, dass ich zusehen musste, wie du immer kränker wurdest und ich auch dich pflegen musste – und das alles für nichts? Du glaubst doch nicht im Ernst daran, dass das alles umsonst gewesen sein soll?« Sie gab ihrer Mutter nicht die Zeit zu antworten, die Antwort hatte sie selbst parat: »Oh nein, bestimmt nicht. Wir werden dieses Buch machen, dafür haben wir schon viel zu viel riskiert, als dass wir diesen Traum jetzt einfach so aufgeben könnten.«

Johanna und Kapelka hörten Dorothea mit offenen Mündern zu.

»Und außerdem, schon jahrelang liegst du uns in den Ohren mit diesem Projekt. Jahrelang dreht sich bei dir alles nur um dieses eine Buch. Und versteh mich nicht falsch, ich finde es wunderbar. Und ich habe mit der Zeit sogar begriffen, warum es ein wichtiges Unterfangen ist. Also komm mir jetzt bloß nicht damit, dass du aufgeben willst.«

Es war kolossal still im Raum. Dorotheas Wut schien geradezu in der Luft hängenzubleiben. Und vielleicht noch mehr die Verwunderung aller, einschließlich Dorotheas, dass sie sich so hatte gehen lassen, dass sie sich getraut hatte, ihrer Mutter so zu widersprechen.

Maria Sibylla ließ den Grabstichel aus ihrer Hand fallen, stützte sich mit dem Ellenbogen auf dem Tisch ab und hielt sich mit Daumen und Zeigefinger die geneigte Stirn. Sie atmete aus und schlug dann mit der flachen Hand auf den Tisch, dass die Kupferplatten nur so schepperten.

»Du hast recht!«

Dorothea begann zu schluchzen und umarmte ihre Mutter.

»Oh Mama, bitte entschuldige.«

»Du hast ja so recht, Dorothea«, sagte ihre Mutter, aber da weinten sie schon alle und umarmten einander.

»Soll ich dann weitermachen mit sortieren?«, fragte Kapelka, die diese Szene mit großer Verwunderung beobachtet hatte und nicht sicher war, wie viel Teil sie davon war oder auch nicht. Auf jeden Fall musste auch sie eine Träne wegwischen.

»Ja«, sagte Maria Sibylla und räusperte sich zwischen ihren Tränen, dann sagte sie mit etwas festerer Stimme: »Tu das, Kapelka.«

Sie ließen einander wieder los und wischten sich ihre Tränen aus den Augen.

Maria Sibylla schossen alle möglichen Gedanken durch den Kopf.

Bisher hatte sie sich doch auch immer auf sich selbst verlassen, dachte sie. Sie hatte nie um Zustimmung gefragt, ob sie etwas tun oder lassen sollte – und sie hatte sich immer durchgesetzt. Sie verstand einfach nicht, warum sie sich gerade jetzt, wo sie schon so weit war, so darüber ärgerte und beinahe aufgeben wollte.

Maria Sibylla haderte mit sich selbst. Denn obwohl sie es nicht einmal vor sich selbst zugeben wollte, so wusste sie in ihrem Innern doch genau, was ihre Reaktion ausgelöst hatte, und sie begann so langsam zu verstehen, sei es noch mit dem nötigen Widerstand, dass sie sich diesen Tatsachen stellen musste. Zum ersten Mal in ihrem Leben hatte Maria Sibylla richtig Angst, etwas nicht zu schaffen, sich ihren Traum nicht erfüllen zu können. Zum ersten Mal stieß sie dabei an ihre eigenen Grenzen, nicht an die anderer, die sie bisher immer so geschickt zu verschieben gewusst hatte. Ihr eigener Körper hatte eine Barriere aufgebaut, um die sie nur schwer herumzusteuern wusste. Mit Wut und Frustration kam sie jedenfalls keinen Zentimeter weiter, so viel hatte sie schon erfahren.

Sie konnte die Dinge einfach nicht mehr so tun, wie sie es bis hierher gewohnt gewesen war. Sie musste lernen loszulassen, auf andere zu vertrauen.

Maria Sibylla schluckte. Das würde vielleicht ihre schwerste Aufgabe in diesem ganzen Unterfangen sein. Aber ihre Krankheit ließ einfach nicht mehr zu, dass sie unverändert weiterarbeitete. Sie konnte einfach nicht mehr alles selbst machen, das musste sie sich eingestehen, ob sie nun wollte oder nicht.

Ihr war alles andere als wohl dabei, aber sie sah die Notwendigkeit ein und tröstete sich mit dem Gedanken, dass sie ihre Töchter hatte, die beide noch immer mit ihr zusammenarbeiten wollten und über ein großes Maß an Talent verfügten.

Maria Sibylla seufzte. Es tat weh, aber ihr blieb keine andere Wahl mehr. Wollte sie dieses Buch zu Ende bringen, musste sie ehrlich zu sich selbst sein. Ihr lief schlicht die Zeit davon. Maria Sibylla erschrak, als sie sich bei diesem Gedanken ertappte. Sie begriff mit einem Male, dass dies ihre größte Angst war: Was, wenn sie sterben würde, bevor sie ihr Lebenswerk vollendet hätte? Wenn niemand auch nur gesehen hätte, was sie geleistet hatte, geschweige denn begriffen hätte, was sie der Welt wirklich mitteilen wollte? Ihr schauderte.

Nein, das durfte einfach nicht sein. Sie war hier auf dieser Welt, um zu zeigen, wie alles mit allem zusammenhing. Wie unglaublich wunderbar die Natur dieser Erde beschaffen war. Und wenn die Wissenschaft dies begreifen würde, was das bedeutet, würden dann nicht auch die Waffen schweigen?

Sie merkte, wie ihre Gedanken sie immer weiter forttrugen, und räusperte sich.

Erst einmal musste sie begreifen, wie hier alles mit allem zusammenhing, so dass sie ihr Werk voranbringen konnte.

Sie war bereit, sich den Tatsachen, auch über ihr eigenes Befinden, zu stellen.

Wer wusste schon, ob ihre Krankheit noch schlimmer würde. Nicht einmal mehr richtig Kupferstechen konnte sie noch. Immerhin hatte sie das Glück, hierfür mit Pieter Sluyter einen hervorragenden jungen Mann gefunden zu haben. Und kolorieren konnte sie noch immer selbst, dafür war nicht so viel Kraft in den Händen vonnöten. Johanna und Dorothea halfen ihr dabei und übernahmen die anderen Aufgaben der Jungfern-Compagnie, und Kapelka ging ihr, so gut sie konnte, zur Hand.

Eigentlich stand sie gar nicht so schlecht da, wurde ihr bewusst. Nur musste sie jetzt noch potenzielle Käufer für ihr Werk finden.

Maria Sibylla atmete durch. Und das würde sie auch.

»Ich habe bei verschiedenen Verlagen nachgefragt, aber keiner will so ein gewagtes und teures Projekt herausgeben. Sie sind alle zu feige. Keiner traut sich mehr, ein Risiko einzugehen. Vielleicht finde ich das noch das Übelste, dass sie mein Buch einfach nicht begreifen oder nicht begreifen wollen, wer weiß.«

Maria Sibylla wischte sich mit ihrem Ärmel über die Nase.

»Wie auch immer. Dann verlegen wir es eben selbst. Schließlich komme ich aus einer Verlegerfamilie. Und wenn ich dieses Fach auch nie wirklich angestrebt habe, so ist es mir doch nicht gänzlich fremd.«

»Ich glaube auch, dass das am besten wäre«, meinte Johanna, »aber es bedeutet auch, dass wir uns nicht nur um Illustrationen und Text, sondern auch um Produktion und Verkauf kümmern müssen. Und das kostet Zeit.«

»Die Produktion hätte ich sowieso in eigener Hand behalten.«

Johanna hatte es auch nicht anders erwartet. Ihre Mutter würde ihr Lebenswerk nicht von einem unsorgfältigen Drucker noch im letzten Moment zunichtemachen lassen.

»Und wie möchtest du das mit den Texten machen?«, fragte Dorothea, »wie bei den anderen Büchern?«

»Ja, genau. Also auf der einen Seite den Text und auf der anderen Seite über die ganze Fläche nur die Abbildung. Groß!«

»Und in welcher Sprache soll das Buch erscheinen?«, fragte Dorothea.

»Na, auf Holländisch, Lateinisch, Deutsch, Französisch und Englisch.«

»Auf was?«, fragten Johanna und Dorothea ungläubig. Jetzt kamen also auch noch fünf Sprachen dazu, die sie irgendwo im Buch unterbringen mussten.

»Das ist doch kein Problem«, sagte Maria Sibylla und lächelte ihre Töchter an. »Schaut, was die Seiten der Abbildungen betrifft, bleibt es doch dasselbe, welcher Text in welcher Sprache auf der gegenüberliegenden Seite auch stehen wird. Wir drucken also zum einen alle Abbildungen auf die eine Hälfte der Foliobögen, und auf der gegenüberliegenden Seite die Textseiten. Versteht ihr?« Sie schaute noch immer in ungläubige Gesichter.

»Das macht das Ganze viel einfacher und flexibler.«

»Genial«, musste Dorothea schließlich bekennen.

»Wenn ich dich richtig verstehe, kommt auf einen Bogen immer nur eine Sprache?«

»Ja, genau.«

»Aber sind fünf Sprachen nicht zu viel?«

»Wir werden sehen. Auf jeden Fall möchte ich zunächst niemanden ausschließen und das Buch breit anbieten.«

»Und wie, wenn ich fragen darf?« Johanna war noch immer skeptisch.

»Ich habe mir Folgendes überlegt: Wir produzieren ein, zwei Bögen zur Ansicht, und die verschicke ich an alte Freunde. Die schicken die Proben hoffentlich auch an Interessierte, die sich für das Werk interessieren und zu neuen Freunden werden.«

»Und dann? Das ist mir alles noch zu ungenau«, sagte Johanna.

»Man kann hören, dass dein Mann Kaufmann ist«, schmunzelte Maria Sibylla. »Aber gut, diejenigen, die das Buch gerne kaufen möchten, können sich im Vorhinein subskribieren.«

»Subskri… was?«, fragte Dorothea dazwischen und runzelte ihre Stirn.

»Einschreiben«, sagte ihre Mutter. »Sie können sich in einer Liste einschreiben, dass sie das Buch tatsächlich kaufen werden, sobald es fertig ist und eventuell eine Anzahlung leisten.«

»Für einen Drucker wäre so eine Liste fast so etwas wie eine Bürgschaft«, sagte Johanna.

»Ah, die Kaufmannsfrau«, sagte Maria Sibylla und lachte. »Aber genau, so läuft das wohl. Wenn wir eine ordentliche Liste vorweisen können, bedeutet das, dass wir Geld verdienen und der Drucker weiß, dass wir seine Rechnung auch begleichen können.«

Maria Sibylla hatte wieder Mut gefasst.

»Johanna, bitte hole Feder und Papier, ich möchte einen Brief schreiben. Der Doktor Volkammer aus Nürnberg hat doch noch während meiner Reise hierher geschrieben. Ich glaube, es ist Zeit, ihm zu antworten.«

Johanna legte Feder und Papier, dazu das Tintenfass und Löschpapier auf den Tisch.

»Ach, weißt du was? Du schreibst, ich diktiere.«

Johanna setzte sich und wartete darauf, dass ihre Mutter begann. »Monsieur!«

Der Brief wurde lang und ausführlich. Maria Sibylla erzählte von ihrer Reise, ihrer Arbeitsweise, was sie so alles mitgebracht hatte, und dass sie gedachte, ihr Werk mittels Voreinschreibung zu verkaufen, dass sie die Illustrationen von sechzig Kupferplatten im Buch aufnehmen wollte, und sie zählte auf, welche sonderbaren Tiere sie ihm zu Kauf anbieten könne.

Sie endete mit: »Zu Ehren dienstbeflissene Maria Sibylla Merian, bitte alle bekannten Freunde, so sie nach mir fragen, freundlich zu grüßen. Amsterdam, den 8. Oktober 1702«.

Es war ein langer Brief geworden. Maria Sibylla atmete erleichtert auf. »So, das war's. Bringst du den Brief gleich zum Postmeister, Johanna?«

KAPITEL 4

»Wir haben nur sechzig Platten, und du möchtest zweimal dieselbe Frucht mit aufnehmen?« Dorothea verstand die Wahl ihrer
Mutter nicht. Es gäbe doch so viel mehr, was sie noch zeigen
könnten.

»Ja, und ich erkläre dir auch, warum«, bestätigte Maria Sibylla
in einem Ton, der wenig Widerrede duldete. »Die Ananas ist die
vornehmste aller Früchte. Du weißt, wie wunderbar sie duftet,
wie herrlich sie schmeckt.«

»Ja, schon, aber …«

»Aber«, nahm Maria Sibylla ihren Faden ohne Umschweife
wieder auf, »ausgerechnet auf ihr legen die schädlichsten Insekten ihre Eier ab. Ich kann also schon auf der ersten Seite die
beiden Extreme der Natur zeigen. Zum einen die Königin der
Früchte Amerikas und zum anderen die größte Plage der Menschen dort. Schließlich ist niemand vor den Kakerlaken sicher,
in den Schränken machen sie sich über die Wolle und das Leinen her und in der Küche sogar über das Essen und Trinken.«

»Ja, das verstehe ich schon. Aber warum dann auf der nächsten Seite noch mal eine Ananas?«

»Schau, du weißt doch, wie stolz Agnes Block auf ihre selbst
gezüchtete Ananas war. Und zu Recht, schließlich wachsen die
hier im holländischen Klima nicht von selbst. Weißt du auch
noch, wie gedrungen die war? Die hatte doch eine ganz andere Form, als wie wir sie in Surinam gesehen haben. Sicher
aber ist, dass diese Frucht hier auf ganz besonderes Interesse

stoßen wird. Deshalb zeige ich sie im ersten Blatt schon ausgebildet, aber noch nicht reif zwischen den Blättern, und auf dem zweiten dann nur die reife Frucht. Sie soll dann so wirken, als könnte man sie vom Stamm weg abschneiden und essen. Außerdem zeige ich so das Wachstum oder, wenn du so willst, die Metamorphose einer Pflanze. Alle wissen, wie Pflanzen wachsen und dass sie sich verändern. Bei den Raupen haben aber die meisten noch immer keine Ahnung oder glauben es einfach nicht.«

»Mhm«, sagte Dorothea, so langsam verstand sie, worauf ihre Mutter hinauswollte.

»Alle wissen, dass man einen Samen oder eine Zwiebel in den Grund steckt, und sich daraus eine Pflanze entwickelt. Wie sich das Aussehen der Ananas verändert, hilft also dabei, zu zeigen, dass es in der Tierwelt nicht anders ist, dass auch dort Veränderungen vorkommen, bis die letztendliche Form erreicht ist. Verstehst du?«

»Du willst also eventuellen Zweiflern voraus sein«, sagte Dorothea.

»Genau. Und deshalb fange ich mit zwei ganz unterschiedlichen Ananas-Platten an.«

»Ich verstehe deine Gründe, aber ich finde es noch immer schade, dass uns deshalb eine ganze Seite verloren geht, die wir für Insekten oder Vögel verwenden könnten.«

»Also gut, Dorothea, du sollst deine Seite haben«, sagte Maria Sibylla. »Mal sehen, was haben wir denn …« Sie blätterte in ihrem Skizzenbuch. »Die Schlangen und Echsen wollte ich eigentlich immer wieder mal über die verschiedenen Platten verstreuen.«

»Ich habe einen Vorschlag«, sagte Dorothea. Sie hatte schon eine recht genaue Vorstellung von dem, was sie wollte.

»Weißt du noch, wie diese große Spinne einen Kolibri gefressen hat? Und wie schaurig wir das fanden?« Sie schaute ihre Mutter an.

Maria Sibylla musste sich unwillkürlich bei der Erinnerung daran schütteln. »Das könnte tatsächlich etwas sein«, sagte sie. »So eine Seite wird die Leser ordentlich wachrütteln. Wenn schon, dann machen wir es auch richtig. Wir komponieren eine Platte nur mit Spinnen, ganz ohne liebliche Pflanzen. Das würde das Buch spannender machen«, sie schaute vom Skizzenbuch auf ihre Tochter, »und den Lesern wahrscheinlich einen ziemlichen Schrecken einjagen …«

Sich die Gesichter der Leute vorzustellen, wenn sie diese Seite aufschlugen, darüber mussten die beiden jetzt schon herzlich lachen.

»Lass mich auch gleich schauen, welche Motive die letzte Seite zieren sollen. Dann habe ich eine Klammer, um die herum ich das Buch komponieren kann«, sagte Maria Sibylla und betrachtete abwechselnd die von Kapelka fein säuberlich hergerichteten Stapel und ihr Skizzenbuch. Dorothea schaute mit ihr. Sie wusste aber, dass sie ihre Mutter nicht stören durfte, wenn sie so auf etwas fokussiert war.

Maria Sibylla nahm aufgespießte Schmetterlinge in die Hand, und legte sie wieder zurück, schaute in ihren Skizzen nach Blumen und verwarf ihre Idee wieder. Nach einer Weile schien sie ihre Entscheidung getroffen zu haben.

»So mache ich es!«, sagte sie entschieden.

»Diesen schönen Schmetterling zusammen mit dieser furchtbaren wilden Wespe?«, fragte Dorothea entsetzt.

»Aber sicher doch«, sagte Maria Sibylla. »Es geht ja nicht nur um das Schöne in der Natur, das müssest du doch in der Zwischenzeit gelernt haben.« Sie schaute ihre Tochter streng an. »Verstehst du nicht, ich greife das Motiv des Anfangs wieder auf. Nur das jetzt das Hauptaugenmerk nicht mehr auf einer Frucht, sondern auf einem Schmetterling liegt. Die absolute Unschuld und Schönheit des Großen Atlas kombiniere ich mit der Gefahr der stechenden Wilden Wespe. Diese Welt besteht aus beidem, dem wahren, liebhaften Schönen …«

»… und dem überaus Hässlichen, Gefährlichen«, vollendete Dorothea den Satz.

❧ KAPITEL 5 ❧

»Sie müssen uns unbedingt erzählen, wie Sie mit Ihrem großen Werk vorankommen«, sagte Agnes Block, als sie mit Maria Sibylla und Simon Schijnvoet durch ihre Gartenanlage entlang prächtig blühender Rosensträucher zur Laube hinunterging. Auch Simon Schijnvoet war schon neugierig darauf, wie weit Maria Sibylla in der Zwischenzeit war.

»Ach, es läuft eigentlich ganz gut«, sagte Maria Sibylla, als sie endlich in der Laube angekommen waren und sich gesetzt hatten. »Ich glaube, wir haben die größten Hürden überwunden und sind auf einem guten Weg.«

»Und Ihre Gesundheit?«, fragte Agnes Block mit einer gewissen Sorge.

»Mal so, mal so. Ich habe gelernt, damit umzugehen. Ich muss es nehmen, wie es kommt, mir bleibt ja nichts anderes übrig.«

Ihre Freunde sagten nichts. Sie kannten Maria Sibylla nur allzu gut. Es brauchte immer erst eine gewisse Zeit, bis sie mit der Wahrheit herausrückte. Maria Sibylla ihrerseits fühlte sich ertappt. Sie wusste, dass sie den beiden nichts vormachen konnte.

»Jaja«, sie hob ihre Arme wie zur Verteidigung, »ich gebe es ja zu, es ist nicht immer leicht. Dass ich es nicht schaffe, die Kupferstiche selbst anzufertigen, das setzt mir manchmal schon zu. Drei habe ich geschafft, aber nur unter großen Zeitaufwand und noch größeren Mühen. Mit Pieter Sluyter habe ich wirklich einen guten Mann gefunden, da kann ich nicht klagen. Und wenn ich es von einer anderen Warte aus betrachte, hat es durchaus auch Vorteile. So bleibt mir mehr Zeit zum Nachdenken und Ausprobieren, wie ich auf einem Blatt alles arrangiere möchte.«

»Das macht sicherlich Spaß«, sagte Simon Schijnvoet, der es als Sammler sehr gut verstand, wie viel Freude es bereiten konnte, sich mit seinen Exponaten zu befassen, sie zu kategorisieren und eine Aufstellung zu wählen.

»Oh ja, das macht es«, bestätigte Maria Sibylla, und ihre Augen funkelten vor Freude, wenn sie an ihre Arbeit dachte. »Dorothea hat sich wirklich gut gemacht. Ihre Vorliebe beim Zeichnen haben die Tiere, während Johanna lieber die Blumen malt.«

»Praktisch«, warf Agnes Block ein.

»Ja, und ich bin unsagbar froh, dass ich Kapelka mitgebracht habe. Sie hilft mir enorm bei der Bestimmung der Gewächse und Tiere. Ohne sie hätte ich wahrscheinlich gar nicht daran denken können, mein Werk hier zu vollenden.«

»Wie schön zu hören, dass Sie in der Zwischenzeit so gut vorankommen und so froher Dinge sind.« Agnes Block freute sich aufrichtig für ihre Freundin.

»Ich muss zugeben, zwischenzeitlich sackte mir der Mut schon manchmal in die Schuhe.«

Sie nahmen alle einen Schluck des Tees, den Agnes Block bereitstellen hatte lassen.

»Vergeben Sie mir meine Freizügigkeit, liebe Freundin«, Simon Schijnvoet rutschte ein bisschen auf seinem Sessel herum. Es war kaum zu übersehen, dass er sich überwinden musste, diese Frage zu stellen, die ihm auf den Lippen brannte. »Und es geht mich ja auch streng genommen gar nichts an, aber wenn ich doch so frei sein darf …«

»Nur zu, Herr Schijnvoet, wir sind hier doch unter uns«, sagte Maria Sibylla.

»Wir wissen ja, dass Sie zumindest zu Anfang um die Finanzierung Ihres Werkes verlegen waren.« Er machte eine kurze Pause, und fuhr dann fort: »Ich wollte fragen, wie es in der Zwischenzeit damit aussieht, ob Sie die Produktion Ihres Buches finanziert bekommen haben?«

»Aber ich bitte Sie, Herr Schijnvoet, natürlich dürfen Sie diese Frage stellen«, beruhigte Maria Sibylla ihn, »immerhin haben Sie mir doch auch so gut Sie konnten damit geholfen. Ich bin Ihnen sehr dankbar, dass Sie mich dem Herrn Apotheker Petiver in London empfohlen haben. Er ist durchaus bemüht, Skribenten für mein Werk zu finden. Aber genauso wie der Doktor Volkammer in Nürnberg, den ich noch von meiner Zeit dort kenne und schätze, scheinen sie letztendlich in dieser Sache doch recht glücklos zu operieren.«

»Und was bedeutet das konkret?«, wollte Agnes Block wissen.

»Konkret bedeutet es, dass ich mein Buch zunächst nur auf Niederländisch und Lateinisch herausbringen werde. Englisch, Deutsch und Französisch müssen warten – wenn es denn jemals überhaupt so weit kommt, was ich selbstverständlich inständig hoffe.«

»Immerhin!«, sagte Agnes Block. »Das ist doch auch schon eine enorme Leistung.«

Sie schaute ihre Freundin ermutigend an.

»Wenn ich Ihnen noch einen Rat geben darf«, sagte Simon Schijnvoet. »Halten Sie sich von diesem Levinus Vincent fern. Ich habe gehört, dass er sie im Ausland als Geldwolf verschreit.«

»Ausgerechnet der«, sagte Agnes Block und schnaubte verachtend, »man fragt sich ja manchmal, ob sein Geld wirklich nur aus dem Tuchhandel kommt.«

Sie nahmen einen weiteren Schluck Tee. Simon Schijnvoet ergriff als Erster wieder das Wort.

»Die Finanzierung Ihres Werks ist also noch nicht gänzlich gesichert?«

»Leider noch nicht, nein«, musste Maria Sibylla zugeben.

»Ich frage, weil ich vielleicht noch eine andere Möglichkeit hätte, Ihnen zu helfen«, sagte Simon Schijnvoet. Er räusperte sich. »Sagt Ihnen der Name Georg Eberhard Rumpf etwas?«

»Der blinde Seher von Ambon? Ja, sicherlich. Er ist doch Deutscher in holländischen Diensten. Wurde er nicht schon vor mehr als zwanzig Jahren als Mitglied in die Academiæ Curiosum Naturæ aufgenommen?«, sagte Maria Sibylla.

»Ja, genau der. Auch nach seinem Dienst bei der Vereenigde Oostindische Compagnie und als holländischer Konsul wohnt er noch immer in den Molukken auf Ambon. Er sammelt und beschreibt noch immer vor allem die Muscheln und Schalentiere, die er dort finden kann. Er diktiert seine Funde an seine Leute, aber zeichnen kann er sie aufgrund seiner Erblindung schon lange nicht mehr selbst. Nun möchte er aber seine Funde in einem großen Buch gesammelt wissen, und dafür müssen noch etliche der von ihm beschriebenen Tierchen gezeichnet werden. Ich möchte, werte Freundin, diese Aufgabe in Ihre vertrauensvollen Hände legen.«

»Und wie stellt Herr Rumpf sich ein solches Buch vor?«, fragte Maria Sibylla.

»Bisher hat er die Tiere kategorisiert und beschrieben. Dabei wünscht er sich auch Abbildungen der beschriebenen Schalentiere, der Krebse und Krabben.«

»Hat er denn die Tiere mitgeschickt? Einfach nur aus einer Beschreibung heraus zu zeichnen, wäre schlicht unmöglich, wie Sie sich sicher denken können.«

Maria Sibylla war dem Auftrag nicht abgeneigt, aber es war ihr noch so einiges unklar.

»Einige hat er selbst geschickt, andere habe ich in meiner Kollektion. Sie sind selbstverständlich recht herzlich eingeladen, meine Exponate abzuzeichnen.«

»Werden die Illustrationen in einen größeren Zusammenhang eingebunden oder einfach nur neben- und untereinander aufgereiht?«

Simon Schijnvoet wusste, dass dies ein wunder Punkt war.

»Sagen Sie jetzt bloß nicht, es soll wieder so ein langweiliges Buch werden, bei dem sich die Tiere einfach lose im Raum befinden, ohne ihre natürliche Umgebung.«

»Ich fürchte schon«, sagte Simon Schijnvoet zerknirscht.

»Aber Sie wissen doch, dass das genau das ist, was ich nicht tue«, sagte Maria Sibylla. »Mir geht es darum, die Zusammenhänge der Natur aufzuzeigen, nicht nur ein einzelnes Wesen oder eine einzelne Pflanze zu beschreiben.«

»Ja, das verstehe ich«, beschwichtigte Simon Schijnvoet, »aber sehen Sie es doch einfach als das, was es ist: eine gute bezahlte Auftragsarbeit.«

»Gut bezahlt, sagen Sie?«

»Ich glaube, dass Sie, wenn Sie diesen Auftrag annehmen, die Kostenfrage für Ihr eigenes Buch als gelöst betrachten können.«

»Mhm, ich gebe zu, das ist eine verlockende Idee.« Maria Sibylla überlegte. »Also gut, ich mache das. Aber nur unter der Bedingung, dass ich die Blätter nicht signieren muss.«

»Das lässt sich machen«, sagte Simon Schijnvoet erleichtert, »Sie signieren die meisten Ihrer Arbeiten ja sowieso nicht.«

»Darauf sollten wir heute Abend anstoßen!«, sagte Agnes Block. »Wie aufmerksam, mein lieber Herr Schijnvoet, dass Sie für diese Aufgabe an unsere Maria Sibylla gedacht haben.«

Erst jetzt fiel Maria Sibylla auf, dass sich ihre Freundin während des gesamten Gesprächs merklich zurückgehalten hatte. Sie betrachtete sie aufmerksam.

Als sie durch den Garten gingen, hatte sie schon den Eindruck gehabt, dass sie nicht mehr so sicher lief und darum immer auf ihre Füße schaute. Ihre Gesichtsfarbe erschien Maria Sibylla etwas fahler, und wenn sie ehrlich war, musste sie bekennen, dass die Augen ihrer gutmütigen Freundin mit einem viel trüberen Blick in die Welt schauten als früher.

»Sagen Sie, Agnes, geht es Ihnen gut?«, fragte sie.

»Ach, wissen Sie, ich bin nicht mehr die Jüngste«, antwortete Agnes Block mit einer abwehrenden Handbewegung. Das war eine Untertreibung. Schließlich war sie inzwischen siebzig Jahre alt.

»In meinem Alter hat man eben so seine Zipperlein«, versuchte Agnes Block das Ganze herunterzuspielen. »Ich habe auch nicht das ewige Leben und muss dem Tod wohl so langsam ins Auge schauen.«

Die beiden schauten sie mitfühlend an, wussten nicht so recht, was sie sagen sollten.

»Und wissen Sie, ich glaube, das ist auch gut so. Das Alter macht einen einsam. Wenn Sie niemanden mehr kennen, der genauso alt ist wie Sie selbst, haben Sie niemanden mehr, mit dem Sie über Ihre Kindheit sprechen können. Das ist es wahrscheinlich, was mir zusetzt: Ich kann darüber erzählen, aber ich bleibe alleine damit. Die anderen tragen diese Erinnerung nicht mehr in sich. Für sie bleibt es eine Erzählung, während es für mich eine körperliche und seelische Erfahrung war, die sich tief in mir eingeprägt, mich mit geformt hat. Und eben dieses Gefühl kann ich mit niemandem mehr teilen. Verstehen Sie? Nun, wahrscheinlich nicht, schließlich sind Sie ja auch zu jung dafür.«

Jetzt sah Agnes Block wirklich alt aus, fand Maria Sibylla, wie sie so zusammengesackt in ihrem Stuhl saß.

»Aber ich möchte hier kein Trübsal blasen, meine lieben Freunde, schließlich hatte ich ein wirklich gutes Leben und fühle ich mich trotz meines hohen Alters durchaus gut.« Agnes Block lächelte. »Außerdem sind wir hier unter Freunden und sollten das Leben genießen, solange wir es noch können!«

Sie stand langsam auf. »Kommt, lasst uns ins Haus gehen und einen Aperitif nehmen, bevor wir zu Tisch gehen. Meinem Koch habe ich den Auftrag gegeben, heute ein ganz besonderes Essen für uns zu bereiten. Ich bin gespannt darauf, und ich hoffe, Sie auch.«

Sie hatte ihre alte Fröhlichkeit wiedergefunden.

Und doch hatte Maria Sibylla, als sie am nächsten Tag gemeinsam mit Simon Schijnvoet in der Kutsche von Agnes Block wieder zurück in die Stadt fuhr, das untrügliche Gefühl, dass dies das letzte Mal gewesen sein könnte, dass sie ihre treue Freundin gesehen hatte.

KAPITEL 6

Die beiden Frauen unterhielten sich, während sie durch die Kerkstraat Richtung Osten gingen, ohne Unterlass, und das Schöne, fand Maria Sibylla, war, dass sich ihre Gespräche mit Alida Withoos regelmäßig um Kunst drehten, was es hieß, Kunst zu machen und wie es ihnen als Frauen auch in dieser so männlich dominierten Welt dabei erging.

Die beiden waren unterwegs zum Hortus Medicus der Stadt, um Caspar Commelin zu treffen. Der war in der Zwischenzeit der Botanicus dort und hatte erst vor Kurzem den zweiten Band über die überseeischen Gewächse herausgegeben, die im Hortus gepflegt und gezüchtet wurden. Damit hatte er die Arbeit seines Onkels fortgeführt. Alida Withoos erzählte ihrer Freundin, dass Caspar Commelin sie beauftragt hatte, einige der Illustrationen zu diesem Buch beizusteuern.

»Das ist ja wunderbar. Gut, dass er an Sie gedacht hat. Sie haben es sich mit Ihren bisherigen Arbeiten auch redlich verdient«, sagte Maria Sibylla.

»Sie lassen mich erröten, liebe Maria Sibylla. Wenn Sie als Meisterin unseres Fachs so etwas sagen, zählt mir dies doppelt.« Sie schwiegen einen Moment, während sie über eine kleine Grachtenbrücke gingen und an der Amstelkerk vorbeischlenderten. Die Straße machte nach der Brücke einen kleinen Knick nach links. Die beiden waren nicht in Eile, sie wollten sich für den Spaziergang zum Hortus Zeit nehmen, um ungestört miteinander sprechen zu können.

»Eigentlich ist sie doch wunderschön«, meinte Maria Sibylla, »dieser quadratische Holzbau hat so eine warme, freundliche Ausstrahlung.« Sie blieben kurz stehen.

»Nur schade, dass sie bald einer viel größeren Kirche aus Stein weichen muss. Ich kann mir nicht vorstellen, dass die schöner wird«, sagte Alida Withoos.

»Na, ob die Kirche noch kommt, da bin ich mal gespannt«, sagte Maria Sibylla und lachte. »Dieser Holzbau sollte doch eigentlich nur für kurze Zeit stehen bleiben, und jetzt sind es schon mehr als dreißig Jahre.«

Alida Withoos stimmte in ihr Lachen ein. »Da könnten Sie schon recht haben.« Sie hatte sich ihr jugendliches Aussehen wahrhaft erhalten, fand Maria Sibylla.

Sie liefen gemütlich weiter auf der Kerkstraat Richtung Osten.

»Ach ja, meine Kunst …« Maria Sibylla hörte die Traurigkeit in der Stimme von Alida Withoos.

»Was ist mit ihr? Sie zeichnen und malen doch prächtig! Und glauben Sie mir, ich verstehe nur allzu gut, dass Sie immer mal wieder Selbstzweifel haben. Das geht uns allen so, auch mir. Sie glauben gar nicht, wie sehr mich das immer geärgert hat. Und es, um ehrlich zu sein, manchmal immer noch tut. Aber irgendwann habe ich begriffen, dass diese Zweifel geradezu notwendig sind, um Kunst zu machen, verstehen Sie? Ohne diese Zweifel könnten wir nicht wirklich etwas kreieren. Diese Selbstzweifel bringen uns weiter. Wir müssen uns öffnen, um schöpfen zu können, das bedeutet gleichzeitig auch, dass wir angreifbar werden. Nicht nur vor anderen, das ist mitunter ja schon schlimm genug …«

Alida Withoos bestätigte dies mit einem lauten Seufzer.

»… sondern auch vor uns selbst. Wenn wir uns so dem kreativen Prozess öffnen, feiern die Dämonen in unserem Kopf ein großes Fest. Die wissen ganz genau, wann sie am besten aus ihren Löchern kriechen können.«

Ein paar Schritte vor ihnen gingen zwei große Stalltüren auf. Der Kutscher schaute weder nach links noch nach rechts, sondern trieb rüde die beiden vorgespannten Pferde auf die Straße. Es blieb ihnen nichts anderes übrig, als stehen zu bleiben und zu warten. Ein Händler, der mit seinem Karren dem Gespann gerade noch so aufweichen konnte, begann lauthals zu schimpfen und den Kutscher zu verfluchen. Ein Teil seiner Ware war von seinem Karren gefallen. Maria Sibylla redete unterdessen unbeirrt weiter.

»Schauen Sie, erst wenn man anfängt, etwas zu kreieren, teilt man der Welt etwas mit, weil es jetzt etwas gibt, womit sich die anderen auch auseinandersetzen müssen. Wahrscheinlich wären wir Kunstschaffenden sogar ziemlich beleidigt, wenn niemand unsere Kunst beachten würde. Dass es da immer wieder Leute gibt, die etwas dagegen einzubringen haben, ach wissen Sie, lassen Sie sie doch reden. Ich denke mir in der Zwischenzeit, ihr redet doch nur über die Kreation von jemand anderem, weil ihr selbst nichts in die Welt gesetzt habt. Aber so ist es nun mal.«

»Ja, schon, aber ...«, weiter kam Alida Withoos nicht.

»Wieso also soll unser eigener Geist sich da anders verhalten? Schlimm ist nur, dass der uns besser kennt als irgendwer sonst. Und dass sich der Streit im eigenen Oberstübchen abspielt, obwohl wir das doch für den kreativen Prozess benötigen. In dem Moment aber, in dem Sie verstehen, dass diese Dämonen eigentlich Ihre Freunde sind, schaffen Sie viel mehr Raum für sich und Ihre Arbeit. Verstehen Sie?«

»Ich weiß nicht, vielleicht ...«

»Sehen Sie, da sind sie wieder, Ihre Dämonen, die Sie am klaren Denken zu hindern versuchen. Verständlich, denn die fühlen sich bedroht. Stellen Sie sich doch vor, Sie würden diesen

Gedanken tatsächlich Raum bieten. Was würde dann mit den Dämonen – und vor allem mit Ihnen selbst geschehen?« Sie schaute Alida Withoos mit einem Augenzwinkern an.

»Ich sehe schon, das war etwas viel. Nehmen Sie sich Zeit, meine Freundin, und denken Sie in aller Ruhe darüber nach.«

»Das werde ich sicher tun«, sagte Alida Withoos, »nur im Moment kann ich noch gar nicht richtig fassen, was Sie mir da gerade alles offenbart haben.« Sie holte tief Luft. »Was ich Ihnen eigentlich sagen wollte, war aber etwas ganz anderes.«

In der Zwischenzeit hatten sie die Utrechtsestraat passiert und standen am Ufer der Amstel, über die eine schmale Zugbrücke mit dreizehn Brückenbogen führte. Wieder mussten sie warten, dieses Mal auf Schiffe, die die hochgezogene Brücke passierten.

Sie waren nicht die Einzigen. Während sie warteten, kamen immer mehr Leute, die auf die andere Seite des Flusses wollten. Ein alter Mann mit einem dunklen Umhang und Rauschebart stützte sich müde auf seinen Stock. Eine junge Frau hielt ihr Kleinkind auf dem Arm und wiegte es, auf dass es weiterschlafe. Mit der anderen Hand hielt sie ihre Tochter fest. Zwei Männer sprachen Portugiesisch miteinander. Das jüdische Viertel begann auf der anderen Seite des Flusses, und die Esnoga, die portugiesische Synagoge, befand sich praktisch nur einen Häuserblock entfernt gegenüber dem Hortus. Davor stand die deutsche Shul, wie die askenasische Synagoge hier nur genannt wurde. Maria Sibylla sah, dass sie während ihrer Zeit in Suriname dort sogar ein drittes Gebäude hinzugebaut hatten.

Die Fußgänger nahmen es gelassen, dass sie warten mussten.

Würde man sich in Amsterdam darüber aufregen, dass man vor einer Brücke stand, dachte Maria Sibylla, wäre man hier wirklich nicht gut aufgehoben. Sie wandte sich an Alida Withoos.

»Bitte entschuldigen Sie. Ich rede und rede hier und höre Ihnen gar nicht zu. Na los, raus mit der Sprache. Ich sehe, es bedrückt Sie etwas.«

»Mein Mann …«

Kein guter Anfang, dachte Maria Sibylla.

»… mein Mann möchte, dass ich bei ihm in der Firma mitarbeite.«

»Oje«, rutschte es Maria Sibylla heraus.

»Das würde bedeuten, dass ich keine Zeit mehr zum Malen hätte.«

»Wollen Sie das wirklich zulassen?«

»Ach, es ist so schwierig.« Alida Withoos kämpfte mit den Tränen. »Ich war fast vierzig, als ich endlich geheiratet habe, verstehen Sie? Und dann kann ich doch nicht einfach so gegen den Wunsch meines Mannes vorgehen.«

»Und wieso nicht?«

»Weil … So ist es eben üblich. Er steht dem Unternehmen seiner Familie vor, da ist es auch nur billig, dass er mich dort einbinden möchte.«

»Das verstehe ich schon, aber möchten Sie es denn?«

»Ja, nein … ach, ich weiß auch nicht.« Sie schluckte ihre Tränen hinunter, wollte sich nicht die Blöße geben, auf offener Straße zu weinen.

Die kleine Tochter an der Hand der Mutter lutschte an dem Daumen ihrer freien Hand und schaute mit ihren großen Augen zu ihr herauf, als ob sie sie fragen wollte, warum sie denn so traurig sei.

»Immerhin handelt es sich um eine Kupferstecher- und Porträtmalerei. Wer weiß, vielleicht kann ich da ja auch noch malen.«

»Aber Sie malen doch Blumen und keine Menschen.«

»Es wäre aber immerhin noch malen. Und wer weiß, vielleicht kann ich ja so ab und zu nebenher meiner Leidenschaft nachgehen.« Sie versuchte, zwischen ihren Tränen hindurchzulächeln. In der Zwischenzeit hatten alle Schiffe die Brücke passiert, und der Brückenmeister ließ das Mittenelement, das an zwei Kettenschnüren hing, wieder langsam sacken.

»Ach, Alida, meine Teuerste, überlegen Sie es sich gut«, sagte Maria Sibylla sichtlich ergriffen von dieser Neuigkeit. Wie konnte es nur sein, dass ihr Mann nicht ihr Talent sah, sie nicht fördern wollte? Das könnte der ganzen Familie doch auch zugutekommen, dachte sie.

»Und vergessen Sie nie: Sie haben immer eine Wahl. Wenn ich das getan hätte, was mein Mann wollte, stünde ich heute nicht hier. War das immer einfach? Beileibe nicht! Würde ich es wieder so tun? Mit absoluter Sicherheit!«

Das Klappteil der Brücke war mit einem dumpfen Rums wieder auf seinen Stützpfeilern gelandet.

»Ich bitte Sie also, überlegen Sie es sich gut, bevor Sie eine Entscheidung treffen.«

Maria Sibylla und Alida Withoos setzten sich mit den anderen, die gewartet hatten, in Bewegung und überquerten die Brücke. Die war tatsächlich recht schmal, fand Maria Sibylla, als sie den entgegenkommenden Fußgängern und Karren Platz machen musste. Sie bogen nach links ab und überquerten nach wenigen Schritten bereits die nächste Brücke, die parallel zur Amstel über eine Grachtenzufahrt zum Fluss führte.

»Ob wir eines Tages auch einmal hier landen werden?«, fragte sich Alida Withoos, als sie durch den Torbogen des Amstelhofs, eines groß angelegten und im klassizistischen Stil von der Diakonie der reformierten Gemeinde gebauten Pflegeheims für Frauen hindurchgingen.

»Ich glaube nicht«, sagte Maria Sibylla und fügte hinzu: »Jedenfalls ich nicht. Mir fehlen dazu die nötigen Mittel, um mir hier ein Zimmer leisten zu können. Aber Sie vielleicht, wenn Sie älter sind und in Ihrem Familienbetrieb genug Geld verdient haben.«

Eine gemeine Spitze, die Maria Sibylla sofort bereute.

»Entschuldigen Sie, Alida, das war wirklich nicht gerade nett von mir.«

»Ich habe doch nicht etwa Ihre – wie sagten Sie? – Dämonen geweckt?«, gab ihr Alida Withoos schnippisch zurück.

»Ich wollte Ihnen nicht zu nahe treten, bitte verzeihen Sie mir. Es ist selbstverständlich Ihre Entscheidung, es ist ja auch Ihr Leben.«

»Es ist schon gut«, beendete Alida Withoos das Thema.

Im Innenhof des Amstelhofs lag die Wäsche zum Trocken ausgelegt. Einige Frauen waren mit Gärtnern beschäftigt.

»Wie schön, dass Ihre Tochter Sie besuchen kommt«, sagte eine der vielen Betreuerinnen im Vorbeigehen zu Maria Sibylla und warf Alida Withoos einen freundlichen Blick zu.

Die beiden Frauen konnten sich fast nicht mehr halten und legten die Hand vor den Mund. Aber nach ein paar Schritten prusteten sie vor Lachen laut los.

»Sehe ich jetzt so alt aus, oder Sie so jung?«, brachte Maria Sibylla irgendwie zwischen ihren Lachanfällen heraus.

»Kommen Sie, ›Mutter‹, lassen Sie uns zum Hortus gehen.«

Alida Withoos hakte sich bei Maria Sibylla ein, und sie lachten noch immer, als sie auf der gegenüberliegenden Seite den Innengarten des Amstelhofs wieder verließen. Die Spannung zwischen ihnen war verflogen.

Ihre Vorfreude stieg jedes Mal, sobald Maria Sibylla die doppelte Baumreihe vor den Hecken des Hortus Medicus sah. Sie gingen nah rechts entlang der Baumreihe und bogen bei dem abschließenden achteckigen Eckturm in den breiten Sandpfad ein. Rechts davon stand eine große Baumplantage, links die Hecke und das Wintergebäude, an das sich das Eingangstor anschloss.

Schon auf dem Pfad schien es ihr jedes Mal so, als verhielten die Menschen sich anders, als würden sie diesen Ort der Ruhe genießen. Die Leute wirkten hier entspannter, hier konnte man flanieren, die Sorgen woanders lassen.

Auch jetzt wieder schien es ihr so. Zwei galant bekleidete Pärchen unterhielten sich mit leichtem Gemüt, ein Reiter genoss seinen Ausritt, Dienstmägde schienen einen kleinen Umweg genommen zu haben, um hier kurz verweilen zu können, bevor sie wieder in die Häuser zurück und ihrer Arbeit nachgehen mussten.

Es mochte wohl daran liegen, dachte Maria Sibylla, dass hier nicht mehr so viel Lärm herrschte wie in der Innenstadt und dass es vor allem viel angenehmer roch. Hier gab es keine lärmenden Zimmermänner wie mitten in der Stadt oder Kürschner am Stadtrand, mit übelriechender Beize.

Sobald sie durch die Pforte traten, begann Maria Sibylla anders zu atmen, viel tiefer. Sie sog die Düfte der Blüten geradezu in sich auf. Sie blieb einen Moment stehen und schloss die Augen, so wie sie es jedes Mal machte, wenn sie in den Hortus ging.

»Ah, da sind Sie ja«, hörte Maria Sibylla eine wohlvertraute Männerstimme und öffnete ihre Augen wieder, nicht ohne einen letzten, tiefen Atemzug genommen zu haben.

»Wie schön, dass Sie beide den Weg hierher gefunden haben«, begrüßte sie Caspar Commelin.

Maria Sibylla richtete Grüße von Johanna aus, die ebenfalls Zeichnungen und Illustrationen in seinem Auftrag angefertigt hatte, und Caspar Commelin lud sie zu einem kleinen Spaziergang durch den Hortus ein.

Er lotste die beiden Frauen zunächst entlang den Brutkästen in den Großen Garten mit seinen in Reihen angelegten Beeten. Jan Commelin erzählte stolz von seinen neuesten Ankäufen, die er sich von den Handelsschiffen aus den Kolonien mitbringen ließ.

»Alle Achtung, Herr Commelin, ihr Hortus wächst rasch«, lobte Maria Sibylla seine Umtriebigkeit.

»Ja, tatsächlich«, meinte auch Alida Withoos, »hier steht schon wieder so viel mehr als noch vor ein, zwei Jahren.«

»Ich versuche mein Bestes«, freute sich der Gelobte mit der förmlich gebotenen Bescheidenheit eines stolzen Mannes.

Sie gingen weiter in den rund angelegten Blumengarten, der, je weiter man hineinging, in sechs immer kleiner werdenden Kreisen zu einem Mittelpunkt führte.

»Sehen Sie nur, diese wunderbaren Blumen, die habe ich erst kürzlich aus unseren ostindischen Kompanien erhalten. Schauen Sie nur, wie schön sie blühen, ist das nicht eine Pracht?«

Maria Sibylla und Alida Withoos bewunderten auch seine Neuankömmlinge und freuten sich mit ihm, dass er sie hier zum Blühen gebracht hatte.

Ein guter Zeitpunkt, mein Anliegen vorzutragen, dachte Maria Sibylla.

»Lieber Herr Commelin, ich bräuchte Ihre Hilfe«, hob sie vorsichtig an. Sie hatte gelernt, dass sie oft mehr erreichen konnte, wenn sie Männer um Hilfe fragte. Auf die eine oder andere Weise fühlten sie sich dem anderen Geschlecht gegenüber dann schon fast verpflichtet.

»Ich dachte mir, Sie als promovierter Arzt und Botaniker hier im Hortus Medicus, der sich auf die Gewächse aus fernen Ländern spezialisiert hat, Bücher darüber schreibt und sogar Vorlesungen hält, gilt als die Autorität auf diesem Fachgebiet. Und genau deshalb scheinen Sie mir die angewiesene Person, eine

Lücke, die ansonsten in meinem neuen Buch schmerzhaft klaffen würde, mit Ihrer Kenntnis zu füllen.«

Als Frau durfte sie sich schließlich erst gar keine Autorität anmaßen, dachte sie noch, hütete sich aber, diesen Gedanken auszusprechen.

Immerhin, nach so viel wohlgemeinter Schmeichelei konnte er eigentlich nicht mehr Nein sagen, erwartete Maria Sibylla.

»Zu gütig, Frau Merian, zu gütig. Aber sagen Sie mir, womit kann ich Ihnen denn nun helfen?«

»Ich für meinen Teil werde mich mit den Namen begnügen, die die Einheimischen dort ihrer Flora und Fauna geben. Ich finde, dass auch diese gehört werden sollen. Ich bitte Sie aber um Hilfe bei der Bestimmung und den lateinischen Namen der Gewächse, die ich aus Suriname mitgebracht habe und in meinem neuen Werk mitaufzunehmen gedenke. Ihr Befinden würde ich gerne an das Ende jedes Artikels platzieren.«

»Das wäre mir eine regelrechte Freude, Frau Merian«, sagte Caspar Commelin enthusiastisch. »Ich wollte Sie sowieso schon fragen, wie Sie vorankommen. Ich muss sagen, ich bin doch schon sehr gespannt auf Ihr Buch.«

»Ich komme recht gut voran, danke der Nachfrage. Ich erwarte im Frühjahr nächsten Jahres das Buch gedruckt und gebunden fertigzustellen. Ich wäre Ihnen also sehr verbunden, wenn Sie nicht mehr allzu lange mit dieser Arbeit warten würden.«

»Das passt zeitlich doch hervorragend. Dann kann ich mich den Winter über, wenn hier alles schläft und ich doch weniger zu tun habe, an die Arbeit machen.«

»Das würde mich außerordentlich freuen«, sagte Maria Sibylla, »zumal Sie wohl einer der wenigen sind, der meine Arbeit nicht nur als Künstlerin, sondern auch als Naturwissenschaftlerin zu erfassen scheint. Ich verfolge, müssen Sie wissen, Ihre

Arbeiten mit Interesse, in denen Sie sich darum bemühen, Ihre Gewächse hier in eine möglichst sinnvolle Ordnung zu bringen. In gewisser Weise beschäftigen wir uns also beide mit den Zusammenhängen in der Natur.«

»Da mögen Sie durchaus recht haben«, sagte Caspar Commelin nachdenklich. »Auf jeden Fall freue ich mich, dass Sie hierfür an mich gedacht haben und ich Ihnen mit meinem bescheidenen Wissen helfen darf.«

»Die Freude ist ganz meinerseits«, sagte Maria Sibylla, »und wenn Sie schon so gespannt sind auf die Illustrationen im Buch: Sie werden einer der Ersten sein, der sie zu sehen bekommt«, sagte sie mit einem Lächeln und zwinkerte ihm zu.

KAPITEL 7

»Unglaublich«, sagte Maria Sibylla erstaunt, »diese Schönheit, die sich unter dem van Leeuwenhoekschen Mikroskop offenbart. Kommt, schaut mal durch die Linse«, rief sie ihre Töchter und Kapelka zu sich.

Sie gab die kleine Metallplatte, in die eine winzig kleine Linse eingesetzt war und vor der sie die Flügel des Schmetterlings mittels Schrauben fixiert hatte, an Johanna, die am nächsten bei ihr stand.

»Wirklich wunderschön«, sagte diese und gab das kleine Utensil weiter an Dorothea und diese schließlich an Kapelka.

»Dieser Schmetterling ist so schön, dass man ihn mit Worten gar nicht beschreiben kann. Seine schwarz-weiße Oberseite und dieses intensive Rot auf der Unterseite«, sagte sie, während sie das Mikroskop wieder in der Hand hielt. »Einfach unglaublich.«

Sie nahm den Flügel ab, legte ihn wieder auf den Stapel bei den Jasminblüten und befestigte einen anderen Flügel, dieses Mal einen blauen, den sie vom Stapel des Granatapfelbaums nahm. Sie fixierte den Flügel und stellte die Schrauben so ein, dass der Teil, den sie sehen wollte, im richtigen Abstand zur Linse lag.

»Unbeschreiblich!« Maria Sibylla war fasziniert. »Wie wunderschön diese Tiere doch sind.« Sie hielt kurz inne, dann beschrieb sie so präzise wie möglich, was sie sah. »Das sieht doch tatsächlich aus wie Dachpfannen, da, wo der Flügel blaufarbig ist, besteht er aus einzelnen Teilen, eben wie Dachpfannen oder

Federn, die sehr ordentlich und gleichmäßig angeordnet sind, genauso wie die Federn eines Pfaus.«

Maria Sibylla befestigte nun einen Mottenflügel, den sie vom Stapel der Maccai-Distel nahm. »Makadroifi« nannte Kapelka diese Pflanze.

»Es ist schon sonderbar«, sagte Maria Sibylla, als sie den Flügel durch das Mikroskop betrachtete, »so schön, wie die Flügel aussehen, wenn man sie mit bloßem Auge betrachtet, so rau und hässlich können sie durch das Mikroskop wirken.« Sie schüttelte sich kurz. »Der hier hat doch tatsächlich Haare wie ein ungarischer Bär! Ich bin Herrn van Leeuwenhoek schon sehr dankbar für diese Erfindung. Damit lernen wir noch einmal ganz neu die Dinge zu betrachten.« Sie überlegte kurz. »Ich schreibe das alles gleich auf. Das kann ich durchaus auch im Buch verwenden. Das Gute ist, dass mit den Bestimmungen von einer Autorität eines Caspar Commelins meine eigenen Einsichten auch eine gewisse Glaubwürdigkeit erhalten. Versteht ihr?«

»Du meinst, weil sie sie sonst nicht ernst nehmen würden, weil du keine Gelehrte bist, und dazu noch eine Frau?« Dorothea konnte sich schon darüber aufregen, wenn sie nur darüber nachdachte.

»Genau«, sagte Maria Sibylla, »und ich glaube, dies ist der einfachste und subtilste Weg, mich darüber hinwegzusetzen. Ich habe zum Beispiel dank des Mikroskops herausgefunden, dass die Flügel aller Motten mit Haaren, aller Schmetterlinge mit Federn und aller durchsichtigen oder glasigen Schmetterlinge mit Schuppen bedeckt sind. Und das werde ich auch im Buch so schreiben. Dann sollen mir die Herren Gelehrten erst mal das Gegenteil beweisen, wenn Sie können.«

Maria Sibylla stand auf und klatsche in die Hände.

»So, weiter geht's, schließlich malt sich das Buch ja nicht von alleine.«

Johanna und Dorothea setzten sich wieder zu ihren Pinseln und Farben, Kapelka hielt die Arbeitsplätze sauber.

Auch Maria Sibylla fuhr mit ihrer Arbeit fort. Für das Kolorieren der Kupferstiche und das Malen der Umdrucke hatte sie sich eine größere Lupe angeschafft, als sie noch für ihre bisherigen Bücher verwendet hatte. So konnte sie tatsächlich viel mehr Details anbringen.

»Jetzt wollen wir mal sehen, ob meine Kenntnis über Farbpigmente und das Herstellen von Farben einen Nutzen hat«, sagte sie zu sich selbst, als sie damit begann, mit einer wasserabstoßenden Farbe die feinsten Stellen eines Schmetterlingsflügels zu zeichnen.

»Was machst du denn mit dem Pinsel?«, fragte Dorothea erstaunt, als sie zu ihrer Mutter hinübersah.

»Ich reiße dem Pinsel ein Haar aus. Diese Lupe ist so groß, dass es mir möglich ist, die Farbe für diese Flügelenden hier mit nur einem einzigen Haar auf das Papier zu ziehen. Du wirst sehen, das wird prächtig. Aber bitte, seid leise jetzt, ich muss mich wirklich konzentrieren.«

Nach einer Weile hob sie das Blatt an, betrachtete es und war zufrieden. Dann legte sie es zurück und griff nach ihrem Umhang. Sie brauchte frische Luft – und einen Drucker.

»Ich muss einen Drucker für mein Buch finden«, sagte sie nur, bevor sie die die Tür hinter sich schloss.

Maria Sibylla wusste, dass sie am besten zu Gerard Valck gehen konnte. Er war ein Meister, der seinesgleichen suchte. Außerdem war er erst vor Kurzem auch Mitglied der Buchhändlerzunft und dann gleich auch deren Vorsteher geworden. In der Zwischenzeit hatte er sich mehr und mehr auf Landkarten und Globen spezialisiert, die feinste und genaueste Arbeit erforderten.

»Das ganze Buch kann ich Ihnen unmöglich drucken, Frau

Merian«, sagte Gerard Valck, als sie in seiner Druckerei angekommen war. »Sie wissen doch, wir sind zwei Zünfte, die Hochdrucker und die Tiefdrucker. Und die eine Zunft darf der anderen nun mal nicht in die Quere kommen.«

»Das verstehe ich doch, Herr Valck«, sagte Maria Sibylla. »Ich möchte gerne, dass Sie bei sich die Kupferstiche drucken. Davor muss aber der Text gedruckt werden.« Sie nahm ein Stück Papier, das auf dem Ladentisch lag. »Schauen Sie, ich habe beschlossen, dass ich sechzig Kupferstiche in dem Buch aufnehme. Wie Sie ja schon wissen, habe ich entschieden, dass das Werk im Folioformat gedruckt werden soll.«

»Ja, das hat mich wirklich beeindruckt.«

Maria Sibylla nickte nur kurz. »Zu jedem Kupferstich kommt ein erläuternder Text, wie bei Govart Bidloos Buch über die menschliche Anatomie. Kennen Sie das?«

»Ja, sicher.«

»Aber bei meinem Werk wird der Text niemals länger werden als eine Seite. So sparen wir enorm an Papier, sehen Sie?«

»Dann brauchen Sie auch nur sechzig Seiten für die Texte.«

»Ja, im Ganzen vierundsechzig mit den Titelseiten und dem Vorwort.«

»Dann verbrauchen Sie nur zweiunddreißig Blätter. Das ist tatsächlich eine enorme Ersparnis«, begriff Gerard Valck.

Maria Sibylla war froh, dass sie mit einem Mann reden konnte, der sein Fach verstand.

»Und dann möchten Sie, dass wir doppelte Foliobögen verwenden, so dass sie auf der gegenüberliegenden Seite nach dem Text die Kupferstiche drucken?«

»Ja, so habe ich mir das vorgestellt. Denn wissen Sie, wenn wir die Kupferstiche kolorieren, scheinen die Farben auf der Rückseite durch. Die gegenüberliegende Seite muss also leer bleiben.« Maria Sibylla konnte die schwarze Farbe geradezu riechen, wenn sie nur über den Druckprozess nachdachte, sie fühlte regelrecht die dickflüssige Masse auf ihren Fingern.

»Das wir uns richtig verstehen, Herr Valck, ich will nur das beste Papier für mein Werk.«

»Selbstverständlich.«

»Eine Sache ist da noch«, sagte Maria Sibylla.

»Und die wäre?«

»Ich weiß, im Buchdruck wurde das bisher noch nicht gemacht, aber ich möchte gern, dass Sie nach jedem Druck eines Stichs auch einen Abklatsch machen.«

»Oh, das ist aber jede Menge mehr Arbeit, und außerdem wäre der Kupferstich dann ja auf der anderen Seite des Papiers.« Er nahm ein weiteres Stück Papier vom Ladentisch und legte zur Erläuterung Papier auf dasjenige, auf dem Maria Sibylla erklärt hatte, was sie wünschte.

»Mhm«, dachte Gerard Valck laut nach, »dann muss ich das Papier so anlegen, dass ich noch genug Platz auf dem Drucktisch habe, damit ich den Umdruck oder Abklatsch, wie Sie sagen, machen kann, ohne dass sich die beiden Textseiten berühren.«

Er machte eine kurze Pause, schaute auf die zwei Blätter, die er halb aufeinandergelegt hatte, und strich sich nachdenklich über den Bart. »Ja, das dürfte gehen. Vielleicht muss ich einen kleinen Tisch an die Presse anstellen, aber das ist kein Problem.«

Er sah Maria Sibylla an und sagte bewundernd: »Sie haben sehr genau darüber nachgedacht, Frau Merian, und Sie wissen, wie Sie Geld sparen können, Respekt.«

Sie lächelte ihn an. »Und trotzdem erscheint mir dies kein geringer Auftrag, Herr Valck. Und da Sie jetzt ja auch noch Buchhändler sind, würde es mich sehr freuen, wenn Sie bereit wären, mein Werk auch zu verkaufen.«

»Aber selbstverständlich, mit dem allergrößten Vergnügen sogar«, bestätigte er.

»Bliebe noch die Wahl des Textdruckers. Haben Sie hierfür einen Vorschlag?«

Gerard Valck riet ihr, zu Gerard onder de Linden zu gehen, der ein paar Straßen weiter an der Ecke Nes und Langebrugsteeg sein Geschäft ausübte. Er galt als hervorragender Drucker, und mit ihm hatte er schon gute Erfahrungen gemacht.

Er schlug sogar vor, seinen Kollegen sogleich gemeinsam zu besuchen.

Gesagt, getan. Maria Sibylla gefiel durchaus, was sie dort sah, und so beschloss sie, sehr zu dessen Freude, dass Gerard onder de Linden die Textseiten ihres Werks drucken würde.

»Und wie, wenn ich so frei sein darf«, fragte Gerard Valck, als sie sich schon dem Gehen zuwandten, »wird der Titel Ihres Werks lauten?«

»Sie sind die Ersten, die ihn zu hören bekommen«, sagte Maria Sibylla, holte tief Luft, streckte ihre Schulter nach hinten durch und sagte: »*Metamorphosis insectorum Surinamensium* oder *Die Verwandlung der surinamischen Insekten.*«

KAPITEL 8

Maria Sibylla hatte die Reihenfolge mit den Motiven für die sechzig Kupferplatten festgelegt, sie hatte die Abbildungen komponiert und an Pieter Sluyter gegeben. Sie hatten von allen schon fertigen Platten Probedrucke gemacht und illustriert. Sie hatte die Texte geschrieben und alles an Caspar Commelin gegeben, der wie versprochen über den Winter seine Erkenntnisse auf fast jeder Seite beisteuerte. Wenn er so ab und zu auch bekennen musste, dass er manche Art noch nie vorher zu Gesicht bekommen hatte, und in einem Fall nicht einmal wusste, zu welchem Geschlecht er den Baum zuordnen sollte.

Gerard onder de Linden hatte bereits die ersten Texte gesetzt und sogar gedruckt. Sie saßen mit der Jungfern-Compagnie jetzt schon mehr als drei Jahre an diesem Buch, und Maria Sibylla wurde immer nervöser, je näher der Tag der Fertigstellung kam. Ihre Nervosität nahm so zu, dass es ihr nach all den Jahren jetzt auf einmal nicht mehr schnell genug gehen konnte. Vorfreude mischte sich mit Anspannung, ob auch alles gut gehen würde. Dazu kam ein neuerlicher Umzug, wenn auch nicht weit weg von ihrer vorigen Wohnung. Sie zog wieder in die Kerkstraat, wie zu Anfang ihrer Zeit in Amsterdam. Der Vergulde Arent, wie das Haus hieß, lag zwischen der Leidse- und der Spiegelstraat, gegenüber einer Wäscherei.

Im letzten April hatte sie eine Zeitungsannonce aufgegeben, dass das Buch bestellt werden konnte, und jetzt war das neue Jahr schon angebrochen. Sie wollte auf keinen Fall ihre Subskribenten verlieren, schließlich sorgte deren Voreinschreibung für die Finanzierung des gesamten Projekts. Würden sie zu ungeduldig werden, bliebe sie auf einem Haufen Kosten sitzen. Aber so weit war es noch nicht gekommen, und Maria Sibylla setzte alles daran, dass dies auch nicht geschehen würde. Mit jeder neuen Kupferplatte ging sie zu Gerard Valck und stand ihm gegenüber an der Druckpresse.

»Bitte nehmen Sie mir es nicht übel, Herr Valck, ich möchte einfach nur, dass die Drucke wirklich perfekt sind. Außerdem erinnert mich die Arbeit an einer solchen Presse immer an meine Kindheit. Schon von klein auf wollte ich mich so oft es nur ging in der Druckerei meines Vaters und dann meines Stiefvaters aufhalten. Der Geruch der Farbe ist für mich wie Heimat.«

Gerard Valck brummte so etwas wie eine Zustimmung.

Maria Sibylla ahnte, dass es ihm ähnlich erging, dass sie in dieser Hinsicht Seelenverwandte waren. Wahrscheinlich hatte sie deshalb ein so großes Vertrauen zu ihm, dachte sie. Es schien ihr, als wäre er seiner Werkstatt verhaftet, beinahe eins mit ihr. Alles in diesem Raum, die mit Büchern gefüllten Regale, die Globen, die die Welt abbildeten, die Tische, auf denen an den neuesten Werken gestochen, geschnitzt, gezeichnet wurde, die Druckpressen, selbst der Ladentisch atmete seine Arbeit, sein Leben. Sein ganzes Sein fand seinen Ausdruck in diesem Raum. Hier verwandelte er Gedanken, Ideen, Vorstellungen, Wissen und Phantasien in tastbare Form, hauchte ihnen damit Leben ein, trug sie sie in die Welt hinaus.

»Für mich fühlt es sich an wie ein Ritual, wenn es nichts anderes mehr zu geben scheint, als die Kupferplatte genau an die richtige Stelle unter der Druckpresse zu legen, mit der ganzen Aufmerksamkeit, die man hat, den Papierbogen darüber zu platzieren, so dass der Druck an der richtigen Stelle auf dem Papier gedruckt wird, und dann das Filztuch darüber zu legen. Jetzt gibt es kein Zurück mehr. Sobald das Speichenrad gedreht wird und der Drucktisch sich über die Walze bewegt, geschieht das, was mir als Kind immer wie ein kleines Wunder erschien; dass sich die Abbildung auf der Platte plötzlich auf Papier befand.«

»Ja«, sagte Gerard Valck, ohne aufzuschauen, »das ist auch ein kleines Wunder, jedes Mal aufs Neue.«

Auch er kannte diese Faszination, und auch er hatte sie sich beibehalten.

Er hatte die Kupferplatte vorsichtig eingefärbt und danach die Oberfläche von der überflüssigen Farbe gesäubert, so dass diese sich nur noch in den Ritzen befand. Maria Sibylla war froh, dass Gerard Valck so geduldig war, dass er ihre Anwesenheit duldete, und vielmehr noch, sie mit ihm gemeinsam arbeiten ließ. Tatsächlich war ihm das gar nicht so unrecht, denn die doppelten Folioblätter waren so groß, dass man sie alleine noch nicht einmal auf die Presse legen hätte können, ohne sie zu knicken.

»Helfen Sie mir mit dem Bogen?«, bat er Maria Sibylla dann auch.

»Ja, gern«, antwortete Maria Sibylla. »Lassen Sie uns aber erst den Bogen für den Abklatsch bereitlegen, den müssen wir so schnell wie möglich auf den Druck auflegen, solange die Farbe noch nass ist.«

»Und verrutschen darf er uns auch nicht«, sagte Gerard Valck, »da müssen wir äußerst akkurat zu Werke gehen.«

Maria Sibylla stimmte ihm zu. Einfach würde es nicht werden.

»Weshalb sind Sie denn auf Ihre Umdrucke so erpicht? Außer wegen der Kosten natürlich, meine ich.«

»Das hat mehrere gute Gründe, Herr Valck«, sagte Maria Sibylla und begann sie aufzuzählen. »Außer den Kosten kann ich damit auch die Auflage erhöhen, bevor ich die Kupferplatten nachbearbeiten muss. Vor allem aber der künstlerische Aspekt scheint mir reizvoll. Wie Sie wissen, wird das Schwarz auf dem Abklatsch weniger, es wirkt sanfter und farblich nicht mehr ganz so dunkel. Das macht es mir möglich, das Buch nicht in zwei, sondern in drei Ausgaben zu verkaufen. Zum einen den puren Druck, so wie wir ihn gerade machen.«

»Also nur mit der schwarzen Farbe des Kupferstichs sozusagen?«

»Richtig. Dann den normalen Druck, von mir und meinen Töchtern koloriert, und zum dritten den Abklatsch, von uns gemalt.«

»Und worin liegt der Unterschied?«

»Den Abklatsch erkennen Sie daran, dass er spiegelverkehrt ist, aber das wissen Sie ja. Für mich ist aber vor allem wichtig, dass die Bögen beinahe so aussehen werden wie ein Gemälde. Das weiche Schwarz tritt dann mehr in den Hintergrund, und zudem werden wir für diese Version aufwändiger hergestellte und bessere Farben mit hochwertigeren Pigmenten mitsamt Silber- und Goldfarben verwenden.«

»Wirklich interessant, Frau Merian«, sagte Gerard Valck. »Sie haben das gut durchdacht. Und die Preise bleiben, wie sie Sie vorgeschlagen hatten?«

Sie hatten schon zu einem früheren Zeitpunkt darüber geredet, und Maria Sibylla kannte seine Vorbehalte.

»Ja, Herr Valck, das bleiben sie. Wie gesagt, f 18 für die einfache, f 45 für die illustrierte und f 75 für die gemalte Ausgabe.«

»Da entspricht ja schon die einfache Ausgabe ungefähr dem Jahresgehalt eines Matrosen!«, rief der Drucker spontan.

»Es ist ja auch nicht für Matrosen gedacht«, konterte Maria Sibylla trocken.

»Mhm«, überlegte Gerard Valck, fuhr sich mit Daumen und Zeigefinger über das Gesicht und den Bart. Dann legte er vorsichtig das Filztuch auf das Papier und stellte sich an das Speichenrad.

»Ich finde das immer noch stolze Preise«, meinte er schließlich, »aber gut, es steckt ja auch jede Menge Arbeit darin.«

»Und vergessen Sie nicht die Reise nach Suriname.«

»Ja, ich verstehe, was Sie meinen.« Er fasste mit seinen Händen das Speichenrad und sagte: »Sind Sie bereit?«

Maria Sibyllas Herz machte einen Sprung.

Jetzt wurde Wirklichkeit, worauf sie schon so lange hingearbeitet hatte. Seit sie vor vierzehn Jahren in Amsterdam angekommen war, wartete sie auf diesen Moment.

Sie spannte ihre Muskeln an, atmete durch und sagte: »Ja, lassen Sie uns anfangen.«

Gerard Valck stellte den Anpressdruck ein. Dann drehten seine kräftigen Hände das Speichenrad, übertrugen dessen Bewegung über Zahnräder auf die Unterwalze, die den Druck unter der Walze hindurch auf die andere Seite schob. Gerard Valck bewegte das Speichenrad nicht zu schnell, so dass die Farbe genügend Zeit hatte, von der Kupferplatte auf das Papier zu gelangen. Sobald der Drucktisch auf der anderen Seite angekommen war, nahm er das Filztuch herunter, sie hielten den Papierbogen an allen vier Enden fest, drehten es in einer Bewegung von der Platte weg auf den Tisch, damit die gedruckte Seite jetzt oben lag. Dann nahmen sie schnell den bereitliegenden Bogen und drückten ihn auf das gerade bedruckte Papier, aber nur mit der Hälfte, die für die Abbildung gedacht war und auf der kein Text stand.

Sie drückten die beiden Bögen gegeneinander, hoben den oberen Bogen wieder an, drehten ihn um und legten ihn auf einen anderen Tisch. Erst jetzt nahmen sie sich die Zeit, die Drucke zu betrachten.

Im ersten Moment sagten sie beide nichts, sie schauten einfach nur. Gingen einen Schritt zurück und kamen dann wieder ganz nah, bis ihre Nase fast das Papier berührte.

»Wunderbar«, brachte Gerard Valck nach einer Weile heraus, »wirklich wunderbar. So etwas habe ich in meinem ganzen Leben noch nie gesehen.«

Er drehte seinen Kopf, um den Bogen unter verschiedenen Blickwinkeln betrachten zu können.

»Vielleicht mag der Preis Ihres Werks dem ein oder anderen nicht billig vorkommen. Wenn die anderen Abbildungen aber die gleiche Qualität aufweisen, und daran zweifle ich nicht, ist das Buch auf jeden Fall jeden einzelnen Gulden wert. Chapeau, Frau Merian, Chapeau!«

KAPITEL 9

Zum Schluss wurde die Zeit doch noch knapp. Maria Sibylla hatte zu einer kleinen Feier in den Räumlichkeiten Gerard Valcks anlässlich der Publikation ihrer *Metamorphosis insectorum Surinamensium* gebeten, aber Pieter Sluyter hatte dann doch etwas mehr Zeit für die Kupfersticharbeiten benötigt. Maria Sibylla hatte deshalb noch zwei andere Kupferstecher beauftragt, um Pieter Sluyter etwas zu entlasten.

Sobald er ihr seine letzte Kupferplatte brachte, zog sie ihren Umhang über und ging zu Gerard Valck. Sie setzten sofort den Druckprozess in Gang, ohne den Kupferstich davor richtig betrachtet zu haben. Sie war froh, als sie den ersten Abklatsch vom Druck abzogen und auf den davor vorgesehenen Tisch legten.

»Oh nein«, stöhnte Maria Sibylla auf einmal auf, »was soll denn das?« Sie konnte nicht glauben, was sie da sah.

»Was ist denn?«, fragte Gerard Valck. »Der Druck sieht doch gut aus.«

»Die Frucht …«, stammelte Maria Sibylla und musste Luft holen, »die zwei Cashewnüsse mit ihrer Frucht sollten auf dem Boden liegen, so habe ich das Blatt komponiert.«

»Aber ist es denn weiter schlimm, dass sie jetzt noch am Baum hängen? Es macht die Vorstellung vielleicht ja sogar lebendiger«, versuchte der Drucker, sie zu besänftigen.

»Dass er sich nicht an die Vorgabe gehalten hat, ist eine Sache«, Maria Sibylla runzelte ihre Stirn, ihr Mund wurde schmaler, und dann rief sie vor Wut: »Aber dass er die Cashewnüsse falsch herum an den Ast anbringt, ist ja wohl die Höhe! Hat er denn keine Augen im Kopf? Wie konnte er nur! Da hat er alles so gut gemacht, so präzise und fein gearbeitet, und jetzt das ...«

»Das ist wirklich ärgerlich«, sagte Gerard Valck und wartete ein wenig, bis Maria Sibylla sich beruhigt hatte.

»Was sollen wir jetzt machen?«, fragte er. »Wenn Sie ihn eine neue Platte stechen lassen wollen, werden wir es bis zu Ihrer kleinen Feier nicht mehr rechtzeitig schaffen.«

»Ich weiß, deshalb regt mich das auch so auf.«

Der Drucker hatte schon öfter mit Künstlern und Auftraggebern zu tun gehabt, die einen Fehler zu spät erkannten, und hatte gelernt, dass es am besten war, sie ausrasen zu lassen, Ruhe auszustrahlen und dann so praktisch wie möglich zu sein. Das bedeutete, die Kunden vor die Wahl zu stellen, entweder den Fehler zu beheben, was Zeit und Geld kostete, oder den Fehler zu akzeptieren und Verzögerungen und Kosten zu vermeiden.

Maria Sibylla brauchte etwas Zeit, um sich eingestehen zu können, dass Gerard Valck recht hatte.

»Sie werden sehen, es wird kaum jemandem auffallen«, meinte dieser, nachdem sie sich zähneknirschend eingestand, dass sie eigentlich keine Wahl hatte, wollte sie ihr Buch noch rechtzeitig erscheinen lassen.

Als sie alle Bögen zum ersten Mal falteten und vollständig in der richtigen Reihenfolge übereinanderlegten, erschrak sie zum zweiten Mal, als Gerard Valck plötzlich mit seinem Finger auf die Kopfzeile zeigte.

»Da steht auf einmal Insectne anstatt Insecten.«

Sie blätterten das gesamte Buch durch und fanden denselben Fehler auf vier Seiten.

»Da werde ich nachher wohl noch ein ernstes Wörtchen mit Gerard onder de Linden reden müssen ...«

»Wissen Sie, Frau Merian, ich verstehe Ihren Ärger in diesem Moment. Aber freuen Sie sich doch über das, was Sie hier geschaffen haben! Jetzt liegt Ihr großes Werk das erste Mal vor Ihnen, so, wie Sie es bedacht haben. Lassen Sie diese Kleinigkeiten hinter sich, weil letztendlich werden sie das sein: nichts als kleine Fehler, die man Ihnen in Anbetracht der großen Leistung, die Sie hier vollbracht haben, mit Sicherheit verzeihen wird, glauben Sie mir. Und wenn ich das hinzufügen darf: Ich habe bisher noch kein Buch ohne irgendwelchen Fehler gesehen. Also genießen Sie diesen Moment, freuen Sie sich darüber, was Sie geschaffen haben, seien Sie stolz auf sich!«

»Sie haben ja recht«, sagte Maria Sibylla und war froh, in Gerard Valck einen Drucker gefunden zu haben, der wusste, wie er mit solchen Situationen umzugehen hatte.

Trotzdem besuchte sie danach auch noch Gerard onder de Linden, der schwor, den Fehler bisher nicht gesehen zu haben. Schlussendlich gab einer seiner Lehrlinge zähneknirschend zu, dass ihm der Winkelhaken mit der Kopfzeile einmal aus Versehen aus der Hand gefallen war und die Typen allesamt über den ganzen Boden verstreut gelegen hatten. Er habe sie sogleich wieder gesetzt. Und wie er jetzt mit gesenktem Kopf und untröstlichem Gesicht zugeben musste, leider nicht korrekt.

Maria Sibylla bekam fast Mitleid mit dem jungen Kerl.

»Sei's drum«, sagte sie schließlich, »ich habe es ja auch erst jetzt bemerkt. Hoffen wir einfach darauf, dass es den Lesern genauso ergeht und sie darüber hinwegschauen. Ändern können wir es jetzt auch nicht mehr.«

Und dann war er da, der große Tag. Die kleine Feier, die Maria Sibylla für die Präsentation der *Metamorphosis insectorum Surinamensium* in den Räumen Gerard Valcks organisiert hatte, wurde ein voller Erfolg. Allen, die ihr Werk im Vorhinein bestellt hatten, übergab Maria Sibylla ihr Exemplar persönlich. Und gekommen waren sie alle, selbst Levinus Vincent konnte es sich nicht verkneifen. Umso überraschter war er, als er seinen Namen im Vorwort wiederfand und sein Raritätenkabinett als Beispiel genannt wurde.

»Das muss ich Ihnen lassen, Frau Merian, Mut haben Sie«, sagte er zu ihr und fügte hinzu: »Und Durchsetzungskraft.«

Maria Sibylla genoss es, wie unbehaglich ihm die Situation war. War er sich doch seiner Sticheleien ihr gegenüber durchaus bewusst, und jetzt hatte sie ihn einfach so in ihr Vorwort mit aufgenommen.

»Bis auf diese angefressenen Pflanzenblätter finde ich Ihr Buch durchaus sehenswert«, konnte er es doch nicht lassen, noch eine Spitze zu setzen. »Warum nur mussten Sie die so unvollkommen abbilden? Das ist doch ordinär, finden Sie nicht auch?«

»Offensichtlich nicht, Herr Vincent, denn sehen Sie, wenn ich schon die Raupen auf den Pflanzen abbilde, von denen sie fressen, wäre es doch geradezu unglaubwürdig, die Blätter nur in ihrer jungfräulichen Schönheit zu zeigen, meinen Sie nicht?«, kontere Maria Sibylla gut aufgelegt und ließ ihn stehen.

Caspar Commelin stand mit stolzgeschwellter Brust im Raum. Immerhin hatte er ja die lateinischen Namen und Bestimmungen im Buch hinzugefügt und wurde nicht müde, zu betonen, dass er die einzelnen Blätter als Erster schon vor Monaten zu Gesicht bekommen hatte. Dass es sich dabei nur um die Schwarz-Weiß-Version gehandelt hatte, verschwieg er süffisant.

Nicolaes Witsen lobte in einer kurzen Ansprache Maria Sibylla und ihr neuestes Werk über alle Maßen. Ihm sei, wie allen anderen Sammlern, Künstlern und Wissenschaftlern im Raum klar, dass dieses Buch zweifelsohne etwas ganz Besonderes war und dass diese Meinung auch bald die gesamte zivilisierte Welt mit ihnen teilen würden. Er vergaß nicht zu erwähnen, dass er Maria Sibylla unterstützt hatte, wo er nur konnte, dass er immer an sie und ihr Talent geglaubt hatte und dass sich die Stadt Amsterdam glücklich schätzen durfte, eine solch erfolgreiche Künstlerin, aber auch Naturkundige und – wie er betonte – geschickte Unternehmerin in ihren Stadtmauern beheimatet zu wissen.

Jetzt wollten sie sich alle in ihrem Glanz sonnen, dachte Maria Sibylla, aber als sie wirklich Hilfe nötig gehabt hatte, waren die meisten von ihnen doch ziemlich zurückhaltend gewesen – anders als sie das wohl bei Männern gewesen wären, die weniger konnten als Maria Sibylla. Manchmal dachte sie, sie hatte das Buch nicht wegen, sondern trotz dieser Männer hingekriegt.

Sie wusste aber auch, dass dieser letzte Gedanke nicht ganz stimmte. Trotz aller Gleichgültigkeit, die ihr so ab und zu entgegenschlug, war sie jedem Einzelnen von ihnen dankbar. Sie war froh, wie sie hier aufgenommen worden war, und doch hatte sie manchmal auch das Gefühl, nicht so ganz dazuzugehören. Nun, sie war nun mal eine Frau, und solange sie nicht nur Blumensträuße malte, sondern auch noch etwas zu sagen hatte, durfte sie sich auch nicht wundern, wenn sie die Männer damit ab und zu vor den Kopf stieß. Sie klopfte einfach an zu vielen Türen. Aber solange sie klopfen konnte, würde sie das auch tun. Und mit diesem Buch hier hatte sie bewiesen, dass sie ein Recht darauf hatte, gehört zu werden.

Maria Sibylla entschied sich, sich nicht die Laune vermiesen zu lassen, sondern diesen Tag so richtig zu genießen. Es tat ihr sichtlich gut, von allen Seiten so viel Lob einheimsen zu können.

Frederik Ruysch hielt sich wie immer galant zurück, freute sich aber genauso wie die anderen für Maria Sibylla, dass sie ihr großes Ziel erreicht hatte.

»Ich möchte Ihnen von Herzen zu diesem wirklich grandiosen Meisterwerk gratulieren«, beglückwünschte er sie, als die anderen bereits alle ihr Buch in Händen hielten.

»Das freut mich sehr, Herr Ruysch, und es ist mir eine besondere Ehre, diese Worte aus Ihrem Mund zu vernehmen.« Ihr war seine bescheidene Art, gepaart mit großer Intelligenz sehr ans Herz gewachsen.

Das allererste Exemplar ihres Buches überreichte Maria Sibylla aber Simon Schijnvoet.

»Mein lieber Herr Schijnvoet«, sagte sie vor der versammelten Gästeschar, »Sie waren mir in meiner Zeit in Amsterdam von Anfang an immer ein treuer Weggefährte und wahrer Freund. Ich hoffe, Sie bleiben es noch lange. Sie haben mich so wunderbar unterstützt und immer an mich geglaubt. Deshalb ist mein allererstes Exemplar der *Metamorphosis insectorum Suranimensium* für Sie bestimmt.«

Als er nach vorne trat, sah sie, wie er sich verstohlen eine Träne aus den Augen wischte.

Gerard Valck stellte Gläser auf seinen Ladentisch und holte eine Flasche Wein hervor. Simon Schijnvoet brachte Maria Sibylla, die sich etwas abseits gestellt hatte, ein Glas mit.

Alida Withoos gesellte sich zu ihnen. Sie wirkte trotz des freudigen Anlasses etwas melancholisch. Maria Sibylla warf ihr einen mitfühlenden Blick zu.

»Sie vermissen sie auch, oder?«, fragte Alida Withoos.

»Ja«, sagte Maria Sibylla. »Ich vermisse sie sehr.«

Agnes Block hatte recht behalten, Maria Sibyllas gemeinsamer Besuch mit Simon Schijnvoet auf dem Vijverhof war tatsächlich das letzte Mal gewesen, dass sie einander gesehen hatten.

»Auf unsere Freundin Agnes Block«, hob Simon Schijnvoet das Glas. Die beiden Frauen taten es ihm nach.

»Ich glaube, ich sollte gehen«, sagte Maria Sibylla nach einer Weile, »ich werde müde.«

Sie winkte ihren Töchtern und Kapelka zum Zeichen, dass sie aufbrechen wollte.

Als sie draußen auf dem Dam standen, drehte sich Maria Sibylla Richtung Rathaus und ging los.

»Gehen wir nicht nach Hause?«, fragte Dorothea.

»Nein, ich möchte erst zur Surinamekade am Hafen.«

Maria Sibylla nahm die Umtriebigkeit am Hafen fast nicht wahr, so in Gedanken versunken war sie, als sie zusammen mit ihren Töchtern und Kapelka an der Kade stand und auf das Wasser schaute. Die Aussicht war frei, es lag gerade kein Schiff vor Anker. Sie war noch immer trunken von dem Erfolg der Buchpräsentation, von den liebevollen und aufmunternden Worten.

Ich habe es tatsächlich geschafft, dachte Maria Sibylla. Nach all den Jahren der Anstrengungen, des Kampfes, aber auch der Freundschaften. Dass es tatsächlich geglückt ist mit der Reise nach Suriname … Sie schüttelte den Kopf. Die Schönheit der Natur dort zu sehen und was sie in diesem fernen Land alles hatte erleben dürfen, das hätte sie sich nie träumen lassen.

Silbermöwen flogen vor ihnen über das Wasser und hielten Ausschau nach Nahrung. Ihre weißen Köpfe mit dem gelben Schnabel und hellgrauen Flügeln mischten sich mit den graubraun gefleckten Jungen. Sie begleiteten die kleinen Fischerboote mit hungrigen Flügelschlägen und ihren gellenden, manchmal auch kratzenden Rufen, die weit trugen.

»Ich möchte auch nach Suriname«, sagte Johanna als sie so über das Wasser schauten. »Ich habe Jacob gefragt, ob wir nicht dahin ziehen könnten für eine Weile. Schließlich arbeitet er ja im Überseehandel mit dem Westen.«

»Wie kommst du denn darauf?«, fragte Dorothea erstaunt.

»Ihr habt solche schönen Dinge aus diesem Land erzählt, ich möchte es mit eigenen Augen sehen.«

»Du hast recht«, sagte ihre Mutter, »wenn ihr die Chance dazu habt, nutzt sie. Es wird deinen Blick weiten. Ihr seid noch jung und werdet es dort sicher besser aushalten als eure alte Mutter.« Sie lächelte. Seit sie wieder in Amsterdam war, ging es ihr wesentlich besser, sie hatte nur noch selten Last von den Symptomen, die sie in Surinam so furchtbar heimgesucht hatten.

Sie schwiegen wieder eine Weile und schauten aufs Wasser.

»Ich möchte dir von ganzem Herzen danken, Kapelka«, sagte Maria Sibylla nach einer Weile. »Für dich war es der größte Schritt von uns allen, so weit weg von deiner Heimat.«

Sie sah die junge Frau gerührt an.

»Ohne dich wäre dieses Buch nie zustande gekommen, hätte ich es nie geschafft. Danke.« Maria Sibylla musste schlucken. »Und danke, dass du Gesontu für mich gefunden hast. Ohne sie wäre ich wohl nicht mehr am Leben.«

Kapelka sagte nichts, erwiderte den Dank aber mit ihrem Blick.

Gesontu, wie oft dachte Maria Sibylla an diese Frau.

Ihr verdankte sie ihr Leben. Was wohl aus ihr geworden wäre, wenn sie dieselben Möglichkeiten gehabt hätte wie Maria Sibylla? Wenn sie mit ihrem Wissen ein Buch hätte schreiben können? Sie hatte diese Welt besser gemacht, vor allem für Frauen, mit ihrem Wissen und ihrer Würde. Wie ungerecht es doch auf der Welt zugehen konnte.

»Kapelka«, sagte Maria Sibylla dann, »du bist frei. Du sollst keine Sklavin mehr sein, du sollst deinen eigenen Weg gehen und dich endlich frei entfalten können, sollst endlich fröhlich tanzen und umherflattern können wie die Schmetterlinge.«

Tränen rannen über Kapelkas Gesicht, erst stumm, doch dann

brach es aus ihr heraus. War es wirklich wahr, was sie da gerade gehört hatte? Durfte sie nach all den langen Jahren auf einmal wieder selbst über ihr Leben bestimmen?!

Dorothea umarmte sie und musste ebenfalls weinen. Jetzt stand einer unbeschwerten Freundschaft mit ihr hoffentlich nichts mehr im Wege.

»Danke«, sagte Kapelka mit brüchiger Stimme, nachdem sie sich ihre Tränen abgewischt und Dorothea sie wieder losgelassen hatte.

»Nichts zu danken«, sagte Maria Sibylla, sichtlich ergriffen, »es hätte niemals anders sein dürfen.«

Auch sie musste sich eine Träne aus den Augen wischen und schaute wieder auf das Wasser hinaus, wie seine Wellen in beruhigender Regelmäßigkeit ohne Unterlass sanft an der Kade anlandete und sich dort brachen.

Maria Sibylla merkte, wie Dorothea von einem Bein auf das andere trat und immer unruhiger wurde. Sie drehte sich zu ihr.

»Ich habe auch noch Neuigkeiten«, sagte ihre jüngste Tochter schließlich. »Ich bin schwanger.«

»Du bist was?«, fragte Maria Sibylla.

»Ja, du hast schon richtig gehört, du wirst wieder Großmutter.«

»Und ich Tante«, sagte Johanna lächelnd.

Sie umarmten die werdende Mutter. Auch Kapelka umarmte Dorothea und freute sich für sie.

Sie löcherten Dorothea mit Fragen, lachten und malten sich aus, wie es erst sei, wenn das Kind geboren wäre und ihre Jungfern-Companie ein Mitglied mehr hätte, wenn sie eine Tochter bekäme.

Ein Tag voller Freude und Überraschungen für uns alle, dachte Maria Sibylla. Sie drehte sich um und schaute wieder aufs Wasser, ließ ihre Gedanken über die Wellen gleiten.

»Wisst ihr, zum ersten Mal fühle ich mich richtig gesehen und wertgeschätzt. Jetzt habe ich dieses Buch in die Welt gesetzt, und die Menschen sehen tatsächlich, was ich damit erreichen möchte.«

Sie sah noch immer hinaus auf das Wasser. Johanna, Dorothea und Kapelka sagten nichts. Sie fühlten, dass sie ihr diesen Moment lassen mussten.

Neben ihnen landeten zwei Silbermöwen auf einem Geländer an der Kade.

»Habt ihr gehört, was sie gesagt haben? Zum ersten Mal würde die Natur Surinames schlüssig illustriert und erklärt, die Illustrationen wären phantastisch, und Leute wie Caspar Commelin, Frederik Ruysch oder Simon Schijnvoet sehen den Zusammenhang, den ich hergestellt habe, zwischen Pflanze und Tier. Das ist mir das Wichtigste. Dass die Leute begreifen, dass alles mit allem zusammenhängt. Dass es den Schmetterling nicht ohne die Raupe gibt und die Raupe nicht ohne die Pflanze, von der sie sich ernährt. Ist das eine nicht da, gibt es auch das andere nicht. Darum geht es mir letztendlich. Und das habe ich mit diesem Buch noch deutlicher als mit meinen vorigen Raupen-Büchern aufgezeigt. Dafür war die lange Reise nötig, das große Folioformat.«

Sie schaute die beiden Möwen an, die gerade ihre Flügel ausbreiteten und sich aufmachten, nach ihrer Ruhepause wieder übers Wasser zu segeln.

»Und habt ihr gehört, was Frederik Ruysch noch gesagt hat? Ich hätte die Schönheit in die Wissenschaft gebracht. Ist das nicht grandios?«

Sie blickte in die Ferne und schwieg eine Weile. Es stand fast kein Wind, die Temperaturen waren mild und der Seegang ruhig.

»Bist du glücklich?«, fragte Johanna schließlich.

»Ja, mit meiner ganzen Seele glücklich«, sagte Maria Sibylla leise. »Ich weiß nicht genau, wie ich es beschreiben soll, aber ich fühle eine tiefe innere Ruhe in mir.«

Sie spürte, wie die Anspannung, nicht nur der letzten Tage, langsam aus ihrem Körper wich, fühlte neben ihrer Zufriedenheit aber auch eine gewisse Leere.

In der Ferne machte sie jetzt auch einige der kleineren Lachmöwen mit ihren dunklen Köpfen und den tiefroten Schnäbeln aus, die sich fliegend unter die Silbermöwen mischten.

Maria Sibylla atmete die frische Salzluft des Meeres ein paarmal tief ein. Es war, als söge sie neue Lebenskraft in ihre Lungen. Stillstand war nun einmal nichts für sie.

Sie schaue noch ein letztes Mal übers Wasser, dorthin, wo ihre abenteuerliche Reise nach Suriname begonnen hatte, streckte ihren Rücken durch, klatschte in die Hände und rieb sie aneinander.

»Es wird Zeit, dass ich mich endlich an die Fertigstellung des Dritten Raupen-Buchs mache«, sagte sie mit kräftiger Stimme.

Die anderen drei Frauen drehten sich ungläubig zu ihr um.

»Na, worauf wartet ihr noch? Die Raupen und Schmetterlinge, die wir hier und in Friesland gefangen haben, liegen schon viel zu lange bei uns herum. Lasst uns an die Arbeit gehen.«

Sie drehte sich um und machte sich mit entschlossenen Schritten und frischer Energie auf, ihr nächstes Projekt anzugehen.

Sie freute sich schon darauf.

NACHWORT

Die Metamorphosis insectorum Surinamensium wurde ein riesiger Erfolg. Mit ihr wurde Maria Sibylla Merian sowohl als Künstlerin als auch als Naturforscherin »weltberühmt«.

Ihre Kunst befindet sich heute in Museen auf der ganzen Welt. Von ihrem Leben kennen wir zwar die Eckdaten. Von ihrem Privatleben wissen wir bisher aber noch recht wenig. Auch aus den achtzehn bekannten Briefen, die sie geschrieben hat, lernen wir nur wenig über sie als Person, da es sich in erster Linie um Geschäftsbriefe handelt. Bei der Recherche stieß ich diesbezüglich schnell an die Grenzen des wissenschaftlich Fundierten.

Dies ermöglichte es mir aber auch, mit der gebotenen Vorsicht wahrscheinliche Wirklichkeiten auszuloten. Diese Freiheiten entlang der bekannten Fakten habe ich mit dem größten Respekt für Maria Sibylla Merian wahrgenommen. Manchmal musste auch einfach nur eine Entscheidung getroffen werden, zum Beispiel wie Maria Sibylla Merian von Wieuwert nach Amsterdam gereist ist. Dasselbe gilt für die Krankheit, die sie in Suriname ereilt hat. Meist wird angenommen, dass es sich dabei um die »Schlechte Luft-Krankheit« – heute bekannt als Malaria – handelte.

Manchmal habe ich aus dramaturgischen Gründen die Vorgänge etwas verändert oder in der Zeit verschoben. So erzählt Maria Sibylla, dass sie die Guave in der Labadisten-Siedlung La Providence gefunden hat. Ich habe die Beschreibung dieses Funds an den Anfang ihrer Expeditionen in den Urwald gesetzt.

Auch befanden sich im Anatomischen Theater zwar sicherlich in Alkohol eingelegte Körperteile, ganze Kleinkinder und andere Exponate. Das eigentliche Raritätenkabinett hatte Frederik Ruysch aber in seinem Wohnhaus ausgestellt. Im Roman betrachtet Maria Sibylla seine Ausstellungsstücke in den Räumen der Chirurgenzunft.

Alle im Roman genannten Personen hat es, bis auf die vier weiter unten genannten Ausnahmen, tatsächlich gegeben. Simon Schijnvoet wurde im Roman Förderer Merians, ebenso Agnes Block. Beide waren sehr gut mit Merian befreundet. Levinus Vincent diente mir als Kontrapunkt, obwohl Merian ihn sogar im Nachwort der Metamorphosis nennt. War er es nicht, so möge er mir verzeihen. Obgleich: Seine Aussage, Merian sei ein »Geldwolf«, ist verbrieft.

Von allen im Roman genannten Personen ist verbürgt, dass sie mit Merian in Kontakt standen oder wir das als sehr wahrscheinlich erachten können. Das gilt auch für Zar Peter I., der sich zu dieser Zeit tatsächlich inkognito für einige Zeit in Amsterdam aufhielt, wo er den Schiffsbau erlernen wollte. Und Nicolaes Witsen war nicht nur einer der Bürgermeister Amsterdams, sondern hatte 1671 ein Buch über den Schiffsbau geschrieben, das sich schnell zu einem Standardwerk entwickelte. Es gibt keinen Beweis dafür, dass Merian den Zaren auch wirklich getroffen hat. Aber schon während seines Aufenthalts in Amsterdam erwarb der Zar einige Kunstwerke Merians und nur neun Tage vor ihrem Tod kaufte dessen Leibarzt für ihn zweihundertvierundneunzig lose Pergamentblätter von Maria Sibylla Merian für die damals horrende Summe von dreitausend Gulden. Für sich selbst kaufte er das Skizzenbuchs Merians, heute bekannt als »Leningrader Studienbuch«.

Gesontu dagegen hat es so nicht gegeben. In ihr vereine ich die vielen namenlosen Einheimischen, die Maria Sibylla, vor allem nachdem sie krank geworden war und nicht mehr selbst auf Exkursionen gehen konnte, all die besonderen Pflanzen und Tiere brachten und ihr erklärten, was sie darüber wussten.

Alle im Roman genannten Pflanzen und Tiere und das damit einhergehenden Wissen stehen in der »Metamorphosis insectorum Surinamensium« von Maria Sibylla Merian beschrieben.

Kapelka gab es tatsächlich. Nur wissen wir sehr wenig über sie. Sie wird lediglich auf der Passagierliste der De Vreede erwähnt, wo geschrieben steht: »Maria Sibilla merian haer dogter en Indianin«, »Maria Sibylla Merian, ihre Tochter und Indianerin«. (Als »Indianer« wurden damals die Einheimischen von den Holländern bezeichnet.) Kapelka ist also tatsächlich mit Maria Sibylla nach Amsterdam gereist und hat ihr wohl dort bei der Arbeit an der Metamorphosis geholfen. Danach verliert sich ihre Spur.

Philip van der Meer und Cornelia van Velde hingegen sind erfunden, sie dienen hier als exemplarisches Beispiel für Plantagenverwalter zu dieser Zeit.

Suriname wurde, wie im Roman erwähnt, tatsächlich mehr oder weniger freiwillig mit England gegen »Neu-Amsterdam am Manhattes riviere« getauscht. Seitdem heißt diese Stadt New York.

Maria Sibylla hat in Amsterdam im Lauf der Zeit in verschiedenen Wohnungen gewohnt, immer entweder in der Kerkstraat oder in der diese kreuzenden Spiegelstraat. Heute liegen diese Straßen im Zentrum der Stadt. Damals waren sie nur einen Katzensprung von der Stadtmauer entfernt. An der Stelle, wo Maria Sibylla mit Johanna und Dorothea auf einer Wiese außerhalb dieser Stadtmauern nach Schmetterlingen sucht, steht heute das Rijksmuseum.

Das Phänomen der Wunderkammern oder Raritätenkabinette fand ihren Anfang in der beginnenden Kolonisierung und der damit einhergehenden Neugier auf die Kuriosa in den überseeischen Gebieten. Alle im Buch genannten Sammler gab es wirklich. Ihre Wunderkammern waren die Statussymbole der Superreichen, die ihre Sammlungen der Bevölkerung sogar oftmals gratis in ihren Grachtenhäusern zur Schau stellten. Hieraus sollte sich das Phänomen der Museen entwickeln.

Die Übersetzungen aus der Metamorphosis und die Übertragungen ins Neudeutsche stammen vom Autor.

Maria Sibylla Merian selbst verwendet nie das Wort »Schmetterling«. Sie schreibt meist »Sommervögelein« für »Schmetterling« und »Nachtfalter« oder »Uil(kes)«, »Eule« oder »Eulchen« für »Motten«. Zugunsten der Lesbarkeit habe ich, auch für die anderen Eigenheiten in Merians Duktus, die im heutigen Sprachgebrauch üblichen Bezeichnungen gewählt.

Weitergehende Informationen zu Maria Sibylla Merian, ihren Töchtern und den Örtlichkeiten sowie eine ausführliche Literaturliste und einen Podcast, den ich über meine Recherche und das Schreiben dieses Romans produziert habe, finden Sie auf www.mariasibyllamerian.de.

Alexander Schwarz, im Mai 2022

Danksagung

Mein ausdrücklicher Dank gilt den Merian-Kennern Hans Mulder, Konservator der naturhistorischen Kollektion der Artis Bibliotheek, der Wissenschaftlerin, Journalistin und Künstlerin Ella Reitsma-Snoep sowie dem Seefahrer und Historiker Dirk Tang. Ohne euer Wissen, das ihr so offen und hilfsbereit mit mir geteilt habt, hätte ich diesen Roman längst nicht so schreiben können. Euer Enthusiasmus für Maria Sibylla Merian ist ansteckend, und unsere Gespräche sind noch lange nicht vorbei. Auch dienten mir eure Bücher und Publikationen als wichtiger Leitfaden beim Schreiben (siehe Nachwort).

Mein Dank gilt außerdem Paul Rowold, der mit mir durch Amsterdam gewandert ist, dem grafischen Künstler Arri Frigge, der mir in seiner Werkstatt den Prozess des Kupferstechens vorführte, dem Biologen Geert Jonkers, der sein enormes Wissen über Schmetterlinge mit mir teilte, Loes Vertstraete, von der ich lernen durfte, wie man Schmetterlinge präpariert, Victor Mostart, der mir die Geschichte des Missionsmuseums Steyl mit seiner unglaublichen Schmetterlingskollektion näherbrachte, und Margot Lölhöffel, die so kenntnisreich über Maria Sibyllas Zeit in Nürnberg erzählt hat.

Für die Freiheiten, die ich mir erlaubt habe, und etwaige inhaltliche Fehler in diesem Roman bin ausschließlich ich zu verantworten.

Mein herzlicher Dank gilt auch Mieke van Dommelen für Raum und Zeit und ihr offenes Ohr, Sabine Burger, die Merian sah, bevor ich es tat, Suzanna Meeuwissen für ihre Nachfragen, Tialda Hoogeveen fürs Mitdenken, Bert Natter für seinen Rat, Claudia Rugart für ihre Tatkraft, Alexander Reeuwijk für die Ermutigung und Sabine Linz für die Gestaltung der Website.

Und nicht zuletzt möchte ich mich bei Reinhard Rohn vom Aufbau Verlag für die Möglichkeit, diesen Roman zu schreiben, bedanken und bei Constanze Bichlmaier, der immer geduldigen, aber scharfsinnigen Lektorin des Verlags, mit der das Ringen um den Text so viel Spaß gemacht hat.

Ohne eure Unterstützung wäre dieses Projekt so nicht zustande gekommen. Hierfür gebührt euch allen mein herzlicher Dank.

KAPITEL 1

München, Mitte Februar 1905

Wie Maria es auch drehte und wendete, es half nichts. Sie sah furchtbar aus. Verzweifelt streckte sie ihrem Spiegelbild die Zunge heraus.

Wie war sie nur auf die verrückte Idee verfallen, in diese Tracht zu schlüpfen? Sich ausgerechnet darin zeichnen zu wollen? Zu allem Überfluss als Heimarbeit bei Marie Schnür. Für Selbstporträts besaß sie kein Talent. Das wusste sie doch. Dazu musste sie sich nicht erst Angelo Janks vernichtendes Urteil in Erinnerung rufen, mit dem er neuerdings sämtliche Arbeiten von ihr zerpflückte. Dabei hatte er bis vor Kurzem noch keine Gelegenheit ausgelassen, ihr Talent zu loben. Sie zur besten Schülerin gekürt, die er angeblich je gehabt hatte. Um dieser Ungerechtigkeit zu entgehen, hatte sie sich aus seinen Kursen ab- und bei der Schnür angemeldet. Die sieben Jahre ältere Lehrerin mochte sie, verehrte sie geradezu. Unbedingt wollte sie sie mit ihren Bildern beeindrucken, ihr gefallen, vielleicht sogar ihre Freundin werden.

Welcher Teufel hatte sie nun jedoch geritten, außer ihrem bewährten Stillleben- auch den Porträtkurs bei ihr zu belegen? Mit diesem Übereifer machte sie am Ende nur alles kaputt.

Marias Augen wanderten zwischen dem Skizzenblock in ihrer linken Hand und dem Spiegel an der Innenseite des Kleiderkastens hin und her. Nachdenklich strich sie sich mit dem Bleistift übers Kinn. Vielleicht war doch noch etwas zu retten? Weniger an ihr selbst als an der Zeichnung?

Sie zupfte am Stoff, probierte eine andere Gewichtung von Stand- und Spielbein, musterte ihr Spiegelbild, betrachtete die

Zeichnung. Akzentuierte die eine Linie auf dem Papier stärker, radierte eine andere dafür aus, schraffierte einen Schatten dunkler. Sah wieder in den Spiegel.

Es änderte nichts. Die Zeichnung war korrekt, das Modell war, wie es war: hoffnungslos. Nichts stimmte an ihr, aber auch rein gar nichts. Die Ärmel der Bluse waren zu voluminös, die Weste spannte über der Brust, der Rock bauschte sich zu breit über die Hüften, und zu allem Überfluss überschattete der Hut mit der ausladenden Krempe und den langen Satinbändern das Gesicht. Verdeckte so das einzig Schöne an ihr: das dichte, honiggoldene Haar, das sie zu einem Zopf geflochten trug.

Einzig daraus ließe sich ein guter Akzent gewinnen. Aber nicht mit dem Hut obenauf. Wütend zerrte sie ihn vom Kopf und pfefferte ihn in die Ecke. Und den Skizzenblock schwungvoll gleich hinterher.

»Bist du so weit?«

Plötzlich stand Janne im Zimmer. Erschrocken fuhr Maria herum. Starrte sie an wie eine Erscheinung. Die Wirtin musste sie hereingelassen und gleich zu ihrem Zimmer am Ende des langen Flurs geschickt haben. Maria hatte nicht einmal die Klingel gehört.

»Geh allein. Ich bleibe hier. Ich habe zu tun.«

Nach einem flüchtigen Blick auf die Freundin begann sie hastig, sich das Kostüm auszuziehen.

Janne sah hinreißend aus. Bei ihr betonte die Bauerntracht genau die richtigen Stellen ihrer wohlgeformten Figur. Das war selbst unter dem offenen Mantel zu erkennen. Und der Hut mit den langen Bändern umrahmte ihr ebenmäßiges Gesicht vortrefflich.

Sie sollte sie zeichnen, nicht sich. Flüchtig streifte sie noch einmal ihr Spiegelbild.

Neben Janne wirkte sie noch plumper, unförmiger und biederer als ohnehin. Völlig ausgeschlossen, sich an ihrer Seite zu zeigen.

»Warum ziehst du dich aus? Hast du etwa vergessen, was wir vorhaben?«

Janne umklammerte ihre Handgelenke und versuchte, sie am weiteren Aufknöpfen der Bluse zu hindern.

Eine Weile rangelten sie miteinander.

»Lass mich!«, bat Maria. »Ich komme nicht mit. Ich habe es mir anders überlegt. Ich habe keine Zeit.«

»Das ist nicht dein Ernst! Natürlich kommst du mit«, widersprach Janne. »Die Bauernkirta im Schwabinger Bräu ist das Ereignis des Jahres. Alle gehen da hin. Die Herren von der Akademie wie auch die Damen von der Damenakademie, Lehrer wie Schüler. Darauf freust du dich seit Wochen! Im letzten und im vorletzten Jahr hast du dir da die Seele aus dem Leib getanzt. Und geflirtet und …«

»Dieses Jahr ist es anders. Mir steht nicht der Sinn danach. Und dir würde ich nur den Spaß verderben. Amüsier dich lieber ohne mich.«

»Fang jetzt bloß nicht so an! Jank …«

»Es reicht! Ich bleibe hier.«

Nicht auch noch seinen Namen nennen! Janne wusste doch, dass er der Quell allen Unglücks war. Dass sie nicht darüber hinwegkam, dass sie bei ihm in Ungnade gefallen war. Als Schülerin. Und als Geliebte. Ohne Vorwarnung. Völlig abrupt. Von einem Tag auf den anderen.

»Du bist verrückt!«

Janne schüttelte den Kopf. Maria nutzte die Gelegenheit und stieß sie energisch von sich weg. Janne strauchelte, verlor das Gleichgewicht, fiel rücklings aufs Bett.

»Verrückt war ich, als ich eingewilligt habe, mich in dieses lächerliche Kostüm zu zwängen, um mit dir zur Bauernkirta zu gehen«, erklärte Maria, sobald sie wieder ruhiger atmete, und stemmte die Hände in die Seiten.

»Schau mich doch an! Wie ein Trampel sehe ich aus. Lächerlich mache ich mich in dem Aufzug. So wird alles nur schlimmer statt besser.«

»Willst du dich etwa für alle Zeit in deiner Kammer verkriechen? Damit machst du es mit keinem Deut besser. Im Gegenteil. Jank wird triumphieren. Das darfst du ihm nicht durchgehen lassen. Zeig dem aufgeblasenen Schönling, dass er nicht der einzige Mann auf der Welt ist, der dich interessiert und der sich für dich interessiert. Versink seinetwegen nicht in Trübsal, nur weil er dich auf einmal nicht mehr will. Das ist er nicht wert. Jetzt musst du dich erst recht ins Vergnügen stürzen. Du bist nur einmal jung.«

Sie sprang vom Bett, fischte den Hut aus der Ecke, in die Maria ihn eben geschleudert hatte, klopfte den Staub ab, drückte die Dellen heraus und wollte ihn Maria reichen, als ihr Blick auf den Skizzenblock fiel, der dort ebenfalls lag. Gleich legte sie den Hut beiseite und bückte sich nach dem Block, blätterte ihn noch im Aufrichten neugierig durch, um schließlich an dem halbfertigen Selbstbildnis hängen zu bleiben.

Maria wollte ihr den Block wegnehmen, sie aber drehte sich blitzschnell zur Seite und trat einige Schritte in die Mitte des Raums, um das Licht der einzigen Lampe besser auszunutzen.

»Das ist gut. Das ist sogar sehr gut!«

Aufgeregt tippte sie mit dem Finger auf den Block.

»Klar in der Linienführung. Hervorragend in der Proportion. Wieso behauptest du immer, Porträts lägen dir nicht? Warum hast du das weggeworfen? Jetzt ist das Papier zerknickt.«

Vorsichtig strich sie es glatt, darauf bedacht, die Zeichnung nicht mit dem Handrücken zu verwischen.

»Die Schnür wird entzückt sein, wenn du es ihr nächsten Montag zeigst. Für ihren Kurs hast du das doch gezeichnet, oder? Die ›Heimarbeit Selbstbildnis‹. Gut, dass du den Kurs gewählt hast. Gib dir nur für Jank keine Mühe mehr. Den Anatomiekurs an der Damenakademie nutzt er frech, um sich an seine Schülerinnen heranzuwanzen. Damit ist ab sofort Schluss. Zumindest bei dir. Dem zeigst du die kalte Schulter. Für das gute Schnürlein musst du dich gar nicht so arg ins Zeug legen. Dich mag sie sowieso am liebsten von uns allen. Dein Talent hat sie längst erkannt.«

Sie legte den Block auf die Kommode, nahm den Hut vom Bett und setzte ihn Maria wieder auf den Kopf.

Maria wollte gerade nachfragen, ob sie das tatsächlich ernst meinte mit dem überschwänglichen Lob und dem Hinweis auf die Schnür, »Schnürlein«, wie die meisten Schülerinnen an der Damenakademie in der Barerstraße sie liebevoll nannten, jene zierliche, attraktive und bewundernswert selbstbewusste Lehrerin und Künstlerin, die schon einige Male die Titelblattzeichnung für die Zeitschrift *Jugend* geliefert hatte. Und trotzdem Woche für Woche in der Damenakademie unermüdlich an den Fähigkeiten ihrer talentierten und weniger talentierten Schülerinnen feilte. Sie ermutigte, nicht aufzugeben. Schon allein, um es den Männern in der »Königlichen Akademie der schönen Künste« zu zeigen, an der Frauen nicht studieren durften.

»Meinst du wirklich, die Zeichnung ist gelungen?«, hakte sie noch einmal verzagt nach.

»Dein Haar ist einfach wundervoll! Damit verzauberst du alle«, überging Janne die Frage und strich ihr über die Wange, hauchte einen Kuss darauf.

»Unter dem Hut sieht man aber nichts davon.«

Maria begriff, dass der Moment vorbei war. Und dass ihr wohl nichts anderes blieb, als doch mit zur Bauernkirta – »Bauernkirchweih« – zu kommen, wollte sie die Freundin nicht vergrätzen. Sie brauchte sie als Vertraute in der vertrackten Geschichte mit Jank. Und als Verbündete gegenüber den Eltern, die um nichts in der Welt erfahren durften, was sie in München trieb, wenn sich die Pforten der Damenakademie nach dem täglichen Unterricht hinter ihr schlossen und sie sich den weiteren Angeboten hingab, die die Kunst- und Bohèmestadt für junge Damen bereithielt.

Viel zu behütet war sie in Berlin gewesen, trotz ihrer mittlerweile achtundzwanzig Jahre. Nicht vorbereitet auf das, was außerhalb des Elternhauses zwischen den Geschlechtern üblicherweise geschah. Dagegen war sogar die Geschichte mit Westphal vor zwei Jahren rührend unschuldig gewesen, auch wenn sie für sie in Langenschwalbach geendet hatte. Kein Wunder, dass sie sich auf jede Gelegenheit stürzte, das Versäumte nachzuholen. Und dabei immer wieder auf die Nase fiel. Nur deswegen neigte sie zu überspannten Nerven, geriet bei der kleinsten Herausforderung aus der Fassung. So würde nie eine echte Künstlerin aus ihr, die sich selbstbewusst dem Leben stellte, um ihm in Bildern dynamisch Ausdruck zu verleihen.

Rasch knöpfte sie die Bluse wieder zu, zog die enge Weste darüber und betrachtete sich noch einmal von allen Seiten im Spiegel. Wenn sie es wie bei der Zeichnung machte, hier eine Linie durch Zupfen am Stoff etwas mehr unterstrich, dort eine andere durch Hineinstopfen in den Rockbund stärker zurücknahm und insgesamt mit der Frisur das Augenmerk auf ihr Haar lenkte, sah sie auf den zweiten Blick gar nicht so übel aus. Tatsächlich besaß sie ein sympathisch-hübsches Gesicht. Das hatten ihr schon einige Künstlerkollegen versichert und sie und ihr mysteriös in der Sonne leuchtendes Haar porträtiert.

Janne hatte recht: Es wäre fatal, sich zu verkriechen. Sollte Jank davon erfahren – und das würde er, denn auf die Bauernkirta im Schwabinger Bräu gingen alle aus dem Umfeld der Akademie und der Damenakademie, er selbst eingeschlossen –, verbuchte er das gewiss als persönlichen Sieg. Und verführte die nächste. Das wollte sie um jeden Preis verhindern.

Am Eingang des Festsaals mit der von Stuck und Girlanden verzierten Decke nahm es ihr den Atem. Das Fest war bereits in vollem Gang. Hunderte in Bauerntracht oder dem, was sie dafür hielten, zogen in einer der berühmtem Polonaisen an Janne und ihr vorbei, sangen oder vielmehr brüllten gegen die ohrenbetäubende Blasmusik vorn auf der Bühne an. Männer wie Frauen, Studenten wie Professoren. Was für ein lebensüberschäumendes Motiv!

Maria kniff die Augen zusammen, um die Szenerie genauer zu betrachten. Der Trubel war gewaltig. Dichte Rauchschwaden vernebelten ihr den Blick. Bierdunst hing in der Luft. Der Holzboden klebte von verschüttetem Bier. Seit Stunden musste es zwischen den schlanken, weißen Säulen hoch hergehen.

Unruhig tänzelte Janne neben ihr auf der Stelle, reckte den Kopf in alle Richtungen, um in dem Wirrwarr bekannte Gesichter zu entdecken. Ihre Augen funkelten vor Vergnügen. Sie war ganz in ihrem Element. Bei nächstbester Gelegenheit würde sie sich ins Gewühl stürzen. Genau solcher Feste wegen war sie nach München gegangen, hatte Maria genau solcher Vergnügungen wegen überredet, ihr zu folgen.

Maria blickte sich weiter um. Und landete nach kürzester Zeit wie von einem Magneten angezogen in der Ecke hinten rechts. Bei Jank. Natürlich. Ihm entkam sie nicht. Nach wie vor zog er sie magisch an. Trotz allem, was er ihr angetan hatte.

Sein eckiger Kopf stach aus der Menge heraus, der forschende Blick seiner dunklen, asymmetrisch geformten Augen, die etwas nach oben gezogene linke Braue, der stets leicht spöttische Gesichtsausdruck. Viel zu gut kannte sie die Details. Viel zu sehr hatte sie sie geliebt. Viel zu oft hatte sie sie aus nächster Nähe studiert. Selbst aus der Ferne meinte sie, jetzt noch jede Linie erfassen und Jank aus dem Stegreif porträtieren zu können. Sie konnte ihn einfach nicht vergessen. Nicht die Leidenschaft, mit der er sie geliebt, und die Neugier, mit der er ihren Bildern begegnet war, aus ihrem Kopf verbannen. Was tat er ihr da nur an?

Leider war er nicht allein. An seiner Seite bewegte sich eine zwar hübsche, aber gesichtslose Brünette in einem ungarisch anmutenden Kostüm im Takt der Musik. Aufmerksam folgte sie der Polonaise mit den Augen, wartete vermutlich auf den geeigneten Moment, um sich einzureihen. Jank legte ihr den Arm um die Hüften, neigte sich zu ihr herunter und flüsterte ihr etwas ins Ohr, streifte dabei wie zufällig ihr Haar mit den Lippen. Sie errötete.

Maria schluckte. Was für ein stimmiges Motiv die beiden abgaben, der gut aussehende Herr in den Dreißigern und die unschuldige junge Dame Anfang zwanzig auf dem Künstlerfasching. Nur zu gut ahnte Maria, was er der Unbekannten wohl gerade gesagt hatte. Zu oft war sie selbst in den letzten Monaten diejenige gewesen, die er auf dieselbe Art besitzergreifend an sich gezogen hatte, um ihr etwas Frivoles zuzuraunen, bevor er mit ihr den Ort des Geschehens gewechselt hatte. Zu ihrer beider Vergnügen.

Das aber war jetzt vorbei. Vor wenigen Tagen hatte er ihr das verkündet. Aus heiterem Himmel hatte er es sich anders überlegt mit ihr. Und nun umgarnte er bereits die Nächste.

Auch wenn Maria von Anfang gewusst hatte, wie unstet er war, schmerzte es ungeheuerlich, das mit eigenen Augen zu sehen.

Sie spürte einen aufrüttelnden Stoß in der Seite, schrak zusammen. Janne hatte recht. Sie sollte die Zwei nicht derart auffällig anstarren. Entschlossen drehte sie sich zu der Freundin um.

Die aber stand gar nicht mehr neben ihr. Wo war sie hin? Vom Erdboden verschluckt?

Statt Janne blickte sie einem kahlköpfigen, untersetzten Jüngling in hellblau-weißem griechischen Gewand ins apfelrunde Gesicht.

»Ich bin der Grassl Hubert. Gerade wollte ich dich auffordern«, rief er und packte sie am Arm, zerrte sie zum Tanzboden.

»Nein!«

Sie sträubte sich. Vergebens. Er war stärker. Schon fand sie sich im dichtesten Gewühl, seine Hände auf ihren Hüften. Schwungvoll führte er sie zu den Klängen einer lustigen Polka im Kreis, jauchzte laut, schnalzte mit der Zunge und drehte sie um die eigene Achse, bis ihr schwindelig wurde und sie stolperte.

Lachend fing er sie auf.

Aus dem Augenwinkel erspähte sie Janks verdutzte Miene. Gleich reckte sie das Kinn etwas höher und strahlte Hubert an.

»Gut, was?«, fragte er.

»Passt schon«, erwiderte sie.

Sie nutzte die erstbeste Gelegenheit, sich ihm zu entwinden und in die entgegengesetzte Richtung zu fliehen.

Wo steckte nur Janne? Wieso hatte sie sie im Stich gelassen? Sie hätte wenigstens Bescheid geben können, bevor sie wegging.

Verzweifelt hielt Maria nach ihr Ausschau. Bei all den wild Feiernden und noch wilder Trinkenden gar nicht so einfach. Mehr als einmal deutete ein Kommilitone ihr Suchen falsch und wollte ebenfalls mit ihr tanzen. Einer grapschte ihr sogar direkt an die Brust und versuchte, sie zu küssen. Nur mit einer Ohrfeige wurde sie ihn wieder los.

Endlich fand sie Janne. Ihr strohblondes Haar hob sich von der dunklen Holztäfelung einer Säule am anderen Ende des

Saales ab, ebenso setzte die weiße Bluse ihrer bunten Tracht einen markanten Akzent.

»Warum bist du fort?«, fragte sie sie, sobald sie bei ihr war.

»Du warst doch wieder mit Jank beschäftigt.«

»Ist das ein Grund, mich einfach stehen zu lassen?«

Maria konnte ihren Ärger kaum verbergen, dann aber bemerkte sie, dass Janne ihr gar nicht richtig zuhörte, sondern fast schon entrückt an ihr vorbei nach hinten sah.

Irritiert drehte sie sich um und folgte ihrem Blick.

Mangels Stühlen oder Bänken saßen einige junge Leute an der Seitenwand erschöpft auf dem Boden und ließen einen tönernen Bierkrug zwischen sich kreisen.

Auch das gab ein interessantes Bildmotiv ab, doch Maria ahnte, dass das nicht der Grund für Jannes Interesse war.

»Sieh nur, Dörte!«, raunte Janne ihr zu, aber da hatte Maria die gemeinsame Freundin ebenfalls schon entdeckt. Sie saß auf dem Schoß eines stattlichen dunkelhaarigen Mannes in bretonisch anmutendem Gewand. Von irgendwoher kam er Maria bekannt vor, allerdings fiel ihr nicht ein, woher. Dörte kicherte und schien sich köstlich zu amüsieren. Typisch! Die junge Düsseldorferin mit dem runden Apfelgesicht voller Sommersprossen ließ ungern eine Gelegenheit zum Flirten aus. Maria hatte es längst aufgegeben, sich zu merken, mit wem sie gerade »zugange war«, wie Dörte es selbst nannte.

An diesem Abend hatte sie sich also ein neues Opfer geangelt. Vor Kurzem noch hatte sie in Marias Gegenwart versucht, Jank zu bezirzen. Zwar bezweifelte Maria, dass sie von ihrer Beziehung mit ihm geahnt hatte, trotzdem hatte es sie verletzt. Mehrere Monate waren Jank und sie zusammen gewesen. Und jetzt wollte sie sich nicht vorstellen, dass Dörte die Ursache für seine abrupte Abkehr von ihr gewesen war. Dann schon lieber die konturlose Brünette von vorhin.